*Mar de tierra*

AMÓS MILTON

# *Mar de tierra*

ALMUZARA

Editorial Almuzara • Colección Novela histórica
Director editorial: Antonio Cuesta
Edición de Rosa García Perea

www.editorialalmuzaracom
pedidos@almuzaralibros.com - info@almuzaralibros.com

Imprime: Romanyà Valls
ISBN: 978-84-18648-46-5
Depósito Legal: CO 362-2022
Hecho e impreso en España - *Made and printed in Spain*

*Para Nené*

*Dedicado a Tomás López Lucena. In memoriam.*

# Nota del autor

Mar de Tierra (o mal de tierra): Fenómeno que puede suceder a los navegantes al pisar tierra firme, por el cual se tiene la misma sensación de inestabilidad que sobre la embarcación en alta mar, con la apariencia de que el suelo se moviera. Puede ir acompañada de mareo, vértigo y angustia.

# Glosario de personajes

Estos personajes aparecen en la primera parte de *El abogado de Indias* y reaparecen en *Mar de Tierra*.

—NE SUNG: Padre de familia de un poblado situado al este de las playas de Dakar, Senegal. Cazado con red en la costa y hecho esclavo, sería embarcado hasta Cartagena de Indias donde un tratante portugués lo comerció al hacendista Antonio Vargas. Mientras la barcaza lo llevaba al barco negrero tuvo que contemplar cómo Kura, su hija de tan solo siete años, se hundía en el mar.

—VALLE (K'OOM en su lengua nativa): Indígena de la Sierra Nevada de Santa Marta, en la actual Colombia. Líder natural del poblado de Teyuna. Su comunidad habitaba el Naciente del río Buritaca y estaba gobernada exclusivamente por mujeres; un pueblo intrínsecamente unido a la naturaleza y a los valores más puros y nobles.

—ALONSO ORTIZ DE ZÁRATE Y LLERENA: Alumno manteísta de la Universidad de Santa María de Sevilla. No tuvo acceso a una beca pues estas les correspondían a las castas privilegiadas: aristócratas, hacendistas o eclesiásticos. Fue el primero de tal condición en ganar el título de Doctor en Leyes en toda Sevilla. Desde entonces trabajó en el despacho que gestionaba su tío a pesar de no contar este con título ni estudios de abogacía. Fiel a sí mismo y a unos principios inquebrantables, pudo ayudar con su buen tino a muchos personajes en cuitas legales reales, históricas, como el caso de Heleno de Céspedes, acusado por la Inquisición de ser hermafrodita, o el caso de Cervantes por deudas a la Corona. En su hacer profesional siempre se ve envuelto en problemas con una burocracia arrogante y corta de miras. Alonso habrá de abandonar Sevilla precipitadamente cuando intenta poner distancia con su amada Constanza, pues esta, sin ni tan siquiera tener noticia de ello, se ha de casar con su primo Andrea Pinelo en un matrimonio concertado por la familia. Es entonces cuando Alonso decide huir a Cartagena de Indias.

—FERNANDO ORTIZ DE ZÁRATE: Padre de Alonso. Se consideraba a sí mismo como el letrado más reputado y temido de todo Cartagena de Indias. Sí, se había hecho un nombre y era poderoso, así como también un arrogante e insensible clasista que despreciaba y abusaba de sus sirvientes. Hubo de dejar Sevilla, familia y despacho debido a una serie de graves corruptelas. Pero ninguna de sus malas artes se le suponían en el Nuevo Mundo en donde había recomenzado cuando Alonso parte a su encuentro.

—DIEGO ORTIZ DE ZÁRATE: Exmilitar de los tercios viejos de Castilla, herido en Amberes. Heredó el despacho de su hermano Fernando cuando este hubo de abandonar España precipitadamente para no acabar enjuiciado y en prisión. Diego, con unos sólidos principios morales y con su buen hacer, a pesar de no tener estudios legales, será un referente constante en el abogado que es Alonso.

—DOÑA BEATRIZ DE LLERENA: Madre de Alonso, mujer trabajadora y de voluntad férrea, entregada a su hijo y a ayudar a los demás. Colaboraba asiduamente en el despacho familiar leyendo los pliegos oficiales a los analfabetos (gran parte de la población lo era por entonces) y también dedicaba jornadas enteras a cuidar a los enfermos del Hospital de las Cinco Llagas de Sevilla, donde comenzaba a destacar su brillante personalidad cuando se desató una epidemia de peste bubónica.

—LOS AMIGOS DE ALONSO: Principalmente estudiantes de leyes como él, los manteístas Martín Valls y Luis de Velasco. Pero es con Andrea Pinelo, el más joven de una dinastía de genoveses afincados en Sevilla, prestamistas de los Reyes Católicos, con el que se abriría a la vida y compartiría noches de ronda y amistad. En un corral de comedias del Campo del Príncipe de Granada, Alonso conoció a la bailaora Carmen. Pero Carmen era un espíritu libre, una «lozana andaluza» que no quería ningún tipo de relación que la atara y le rompe el corazón en mil pedazos.

—CONSTANZA: Constanza de Gazzini es la rica heredera de un imperio de comercio de seda. Sobrina de los Pinelo y prima hermana de Andrea. Quedó huérfana a los doce años tras la muerte de su padre en una emboscada e ingresó en el convento sevillano de San Clemente donde la educaron. Los Pinelo velan por ella y sus asuntos de finanzas. Los legales los atiende Alonso buscando siempre el bienestar de la chiquilla. A los quince años, Constanza es toda una espléndida mujer, y durante unas vacaciones en Sanlúcar de Barrameda inician una apasionada relación amorosa que mantendrán en secreto. Alonso ni se despedirá de ella al huir hacia el Nuevo Mundo.

—EL HACENDISTA ANTONIO VARGAS: Encomendero solitario, amo despótico, injusto y cruel. Será el dueño entre otros esclavos de Ne Sung. Para él, el fin justifica los medios y no le importa maltratar esclavos, indios y sirvientes para conseguir sus objetivos. Sus triunfos son siempre sucios y destaca por el poco respeto al sufrimiento y al dolor de la vida humana, siempre y cuando no sea la suya.

—HELENO DE CÉSPEDES: El individuo más atractivo jamás visto por Alonso. Nació en Alhama de Granada y fue sastre, médico y cirujano. Tuvo que defenderlo en Sevilla en un pleito de la Inquisición donde lo acusaron de hermafrodita. El juicio contra Heleno de Céspedes quedó clavado en el alma de Alonso a pesar de haberlo ganado. Tras él, «Su vida de adulto se acababa con un inesperado bofetón, dejando atrás la juventud, la inocencia y la alegría».

Este estado de ánimo y el hecho de que su amor, Constanza, fuera a casarse con Andrea, su mejor amigo, fueron los detonantes que impulsaron a Alonso a embarcarse en una nueva aventura de *El abogado de Indias,* la de llegar a un Nuevo Mundo.

(Glosario de personajes realizado por Elisa Fenoy Casinello)

# *Prólogo*

Normalmente un prólogo habla del libro en cuestión, pero en este caso considero fundamental escribir además unas palabras de su autor. No se puede entender un libro en profundidad si no conoces algo de quién lo ha escrito.

Un proyecto empresarial, un negocio, hizo que un buen día el camino de Amós se cruzara con el mío. Ya de esto hace muchos años. El negocio fue mal, perdimos todo el dinero, pero gané un amigo, o sea, gané.

Amós es un andaluz en mayúsculas, un emprendedor con mucho arte, multifacético, todo lo que hace, lo hace con pasión, empresario, escritor o cultivando la amistad.

Es totalmente imposible no leerse sus libros si le conoces a él en persona, pues sabes que de sus escritos saldrán historias increíbles llenas de inteligencia.

Este es el caso del este libro, *Mar de Tierra*, donde narra la historia de un abogado anónimo que defendió de forma totalmente altruista a Don Miguel de Cervantes para sacarlo de la cárcel por unas deudas que había contraído.

Como sucede en el efecto del aleteo de una mariposa que puede provocar cambiar el rumbo del mundo, si no hubiera existido un abogado que estimaba su profesión cumpliendo su código deontológico, no hubiera sacado a Don Miguel de la cárcel, y consecuentemente, no se habría escrito la obra universal por excelencia, *El Quijote*.

No hace mucho tiempo, tuve la mala suerte de ir a la prisión, por injustos motivos que ahora no vienen a cuento, y allí conocí «el lugar donde toda incomodidad tiene su asiento y donde todo triste ruido hace su habitación», tal como Don Miguel la definía. Efectivamente así es la prisión, y especialmente para mí, lo peor eran los ruidos, y concretamente el ruido que hacían las puertas de hierro de las pequeñas celdas que se cerraban y abrían varias veces al día. En la cárcel no necesitas despertador, la puerta te despierta bruscamente, cada día.

Pues bien, *Mar de Tierra* me transporta a mis días de encierro, donde viví en primera persona la relación de los presos con los abogados. Son tus compañeros de viaje, son tu altavoz con el mundo exterior, y la persona a la que te agarras como hierro ardiente para ser escuchado, especialmente por aquellos que te acusan.

Hoy, para ser defendido, necesitas recursos, y para ser muy bien defendido, necesitas muchos recursos. He visto en la cárcel, como algunos abogados de oficio, no defendían a su cliente por no tener recursos, incumpliendo su juramento profesional, y solo aparecían para ganarse la tarifa marcada por ley sin esforzarse lo más mínimo en conocer si el preso era o no culpable. Simplemente, pactaba una pena con el fiscal de turno para liquidar cuanto antes el caso, llegando a una conformidad, que el pobre preso, (pobre, aquí se refiere a dinero, no a pobre hombre) debía aceptar antes de pudrirse allí sin otra alternativa. Por suerte para todos nosotros, también existen aquellos abogados solidarios, humanos y profesionales que hacen el trabajo de oficio de manera impecable. Pero a mí, me ponía muy nervioso ver la actitud de los otros, aquellos abogados faltos de ética.

Siempre he pensado, en un mundo ideal de justicia democrática, que los pactos judiciales, las conformidades, no deberían estar permitidos por ley, a modo de una negociación persa. Si has cometido un delito, hay que pagar por él en su justa medida, si no lo has cometido, libertad, pero nunca negociar con las faltas.

Nuestro abogado, el abogado de *Mar de tierra*, fue el compañero, el salvador, la voz de Don Miguel, porque era un hombre de principios, y muy profesional, cumpliendo con su promesa de defender a quien pudiera necesitarle sin mirar su condición económica… quizás en este caso si miró la condición literaria de su cliente, Don Miguel, pero en este caso se lo pasamos por alto, pues sin ello, nunca hubiéramos conocido la vida de *El Quijote*.

Si estáis leyendo estas líneas, significa que vas a leer lo que viene después, que es el último libro de mi amigo Amós. No pretendo en modo alguno hacer spoiler sobre la obra que tienen entre manos, pero si les aseguro que *Mar de tierra* les hará vibrar. Seguramente que lleguen a sentir asco, cariño, pasión o pena por algún personaje, escena o situación, puede que hasta se emocionen o incluso lloren, pero… al fin y al cabo, ¿qué es lo que esperan de una buena novela?

Creo que leer *Mar de tierra* es una muy buena decisión, sólo comparable a practicar deporte y/o asistir a un partido del F.C. Barcelona. Estas tres actividades, leer a Amós, deporte y Barça tienen en común que producen adrenalina en nuestro organismo, sustancia que como todo el mundo sabe, te hace sentir bien, muy bien…

Felicidades por los buenos momentos que vais a pasar.

Un fuerte abrazo.

Sandro Rosell
Ex Presidente del F.C. Barcelona (2010-2014)
Ex presidiario (2017-2019)

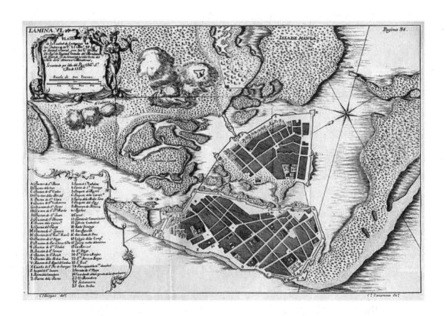

Cartagena de Indias en el Siglo XVII

# 1

A bordo del galeón Santo Domingo.
En algún punto del Océano Atlántico.

Alonso Ortiz de Zárate no consigue pegar ojo. Y así van ya muchas noches desde que partiera, hace casi tres meses, de su Sevilla natal. Mecidos por las olas, el crujir de las cuadernas de la nave no encubre la conversación de sus compañeros de camarote. Hablan de las inagotables oportunidades de conseguir oro y plata que les aguardan. Los sueños, preñados de ambición, dan rienda suelta a sus lenguas. ¡El *Nuevo Mundo!* Pareciera que el maná fuera a caer allí del cielo que ahora los ve navegar.

La proximidad del mar Caribe y el mal olor empiezan a hacer asfixiante aquel cubículo sin apenas ventilación, donde solo hay espacio para cuatro hamacas asidas por sus extremos al maderamen del barco. Cansado de voltearse sobre su cuerpo, decide prestar atención a aquella inagotable letanía de susurros en un vano intento de escapar de la angustia que lo consume. Un comerciante está interrogando a otro por el precio que cree podrá pedir por los paños de tafetán y brocados que transporta en la bodega. El otro le responde que tal vez treinta o cuarenta veces el valor que tenían al embarcarlos. El primero se sonríe, apretando los labios en amago de no confesar la cifra, pero la vanidad lo embarga. Sorbiendo otro trago de vino de la botella que han ido vaciando, señala hacia la litera que ocupa Alonso y, con el índice sellando sus labios en señal de complicidad, al final reconoce:

—¡Más! —sisea entre dientes, henchido de ego—. ¡Al menos cien veces! ¿No ves que son tejidos italianos? ¡Propios de reyes! Todo provechoso para sus majestades los indianos. ¡Todo provechoso! —afirma intentando contener una carcajada.

—¿Y las mujeres? —le replica el otro, excitado—. ¡Hay tantas que sólo tienes que *coger* una para fornicar! ¡Dicen que huelen a gloria y que no tienen ni un pelito en todo el cuerpo! Estoy deseando desembarcar y montarme a la grupa de una de esas indias. Lo tendremos todo al alcance de la mano, ¡como fruta madura!

Alonso deja súbitamente de atender a la soez conversación, pues otro de aquellos pensamientos irrumpe bruscamente en su cabeza, apoderándose por completo de su ser. Se reiteran constantemente. Siempre están ahí: a cada despertar, con cada puesta de sol, como un cancerbero fiel, martillando su cabeza, oprimiéndole la respiración. Apenas si escucha las mal disimuladas risas de sus compañeros, pues una inmensa rabia le hace morderse el labio inferior con tanta fuerza que el dolor lo proyecta hacia la figura de su tío, el tutor que suplió a su padre cuando este los desamparó. La persona que jamás le falló y a la que él abandona en Sevilla. A don Diego le han impedido de manera repentina y fulminante ejercer la profesión de abogado con la que dignamente se ganaba la vida. Una serie de entramados y envidias le han privado del derecho a trabajar. Y él, Alonso, la persona en la que había depositado todas sus esperanzas, lo ha dejado a su suerte.

No consigue apartar de su cabeza el rostro desencajado de su tío, atónito, incrédulo, resentido; despidiéndolo sin tan siquiera darle un abrazo ante la puerta del que fuera su común despacho en la calle del Aire de Sevilla.

La memoria se revuelve y le vomita otro recuerdo: el de su madre conteniendo las lágrimas mientras introduce en su petate, con gesto desgarrado, el estuche que contiene una navaja de afeitar de acero toledano. La misma que le regaló el día en el que se convirtió en el primer alumno no becado Doctor en Derecho por la universidad de Sevilla.

Más recuerdos, más dolor.

Da una vuelta. Otra. Finalmente se recuesta tratando de dar la espalda a una conversación que no cesa, al olor putrefacto, a la asfixia. El diálogo que ahora escucha se ralentiza. O al menos eso le parece. Es como si el efecto del vino hubiera provocado que las lenguas de los mercaderes fueran más densas, más pastosas.

Y lo que viene a hostigar su mente ahora, inmisericorde, es su más hondo pesar, el más triste infierno de su existencia. La injusticia plena. Plena como la luna que vio nacer su amor, ahora perdido, una noche de San Juan en las playas de Sanlúcar de Barrameda. Intramuros de un convento sevillano languidece el sentimiento más puro, el de Constanza; la niña monja que, por esas fechas, debe encontrarse leyendo una dispensa papal que le permite contraer matrimonio con su primo hermano. Imagina a la abadesa del convento de San Clemente entrando en la celda de la novicia para entregarle una carta firmada por Su Santidad, el mismísimo papa de Roma, que prácticamente la obliga a casarse con su primo Andrea Pinelo. Solo que Andrea es, además, el mejor amigo que Alonso jamás haya tenido. Su hermano de alma.

Los compañeros de travesía se miran con estupor. De la garganta de ese hermético muchacho ha brotado un extraño y gutural lamento mezcla de desesperación e impotencia; creen incluso adivinar que ha dado un fuerte puñetazo a una de las cuadernas del camarote. Instintivamente, trocan la conversación por un intento de silencio que es quebrado por la sorda contención de unas risas de mofa que no pueden evitar. Ese chico les produce un sentimiento mezcla de vergüenza y pena. Transmite una tristeza impropia de la ilusión de todo aquel que emprende la Carrera de Indias.

No sabe cómo huir de su propio vacío y se sume en un nuevo pensamiento, quizá el único istmo que lo une a una mínima esperanza de vida y que es el motivo por el cual se encuentra ahora embarcado en ese galeón: su padre. ¿Y quién es su padre al fin y al cabo sino un desconocido? Los abandonó a él y a su madre cuando tan solo tenía nueve años. En un principio le mintieron. Parecía que, como tantos otros, hubiera partido a hacer fortuna en el Nuevo Mundo. Pero luego descubrió que no fue así; que huyó porque no respetó las reglas del juego, que amañó y falsificó pruebas de un proceso judicial en beneficio de un cliente… que cayó en desgracia.

Y aquel individuo es ahora su único motivo para seguir con vida, para no arrojarse por la borda de la embarcación que en esos momentos acaricia el mar océano y acabar en su fondo cristalino. Se imagina sintiendo cómo el agua va envolviendo su cuerpo, abrazándolo, arropándolo, para nunca más emerger.

Para nunca más sufrir.

# 2

*Bendita sea la luz, y la Santa Veracruz.*
*Y el Señor de la Verdad, y la Santa Trinidad.*
*Bendita sea el alma y el Señor que nos la manda.*
*Bendito sea el día y el Señor que nos lo envía.*

El tiempo transcurre y un nuevo amanecer lo acecha, inexorable. No sabe en qué momento se quedó dormido, pero acaba de escuchar la primera cantinela religiosa de la mañana, la que recita el grumetillo con gesto destemplado, puño en el mentón, dando otra vuelta de ampolleta al reloj de bitácora. La hora prima ha anunciado (las seis de la mañana) aunque la claridad que se filtra a través de la madera mal ensamblada del camarote delata que el chiquillo ha podido quedarse dormido durante la noche o no ha estado demasiado atento a la arenilla de la ampolla.

Mientras se evapora el rocío de la mañana va armándose poco a poco el oficio religioso y comienzan a escucharse apuradas pisadas sobre la cubierta.

Sin moverse del jergón, desentumece huesos y músculos preparándolos para otra jornada de tedio y olvido. Dentro del reducido y agobiante espacio, denso de humedad, resulta imposible no escuchar los ronquidos acompasados de sus compañeros que, ahora sí, duermen a plomo. Percibe el primer rayo de sol besándole el rostro y cómo su calor le incomoda el sueño. Necesita huir urgentemente de aquel rancio agujero. Lo terrible es que, en cuanto salga y transcurran unos minutos a la vista de la tripulación, tampoco soportará estar en cubierta y necesitará regresar de nuevo a refugio de miradas y comentarios. Al abrir la portezuela sitúa instintivamente una mano en la frente. Sus ojos, secos de lágrimas, se entrecierran al impacto de un sol inclemente. Al tiempo, una fragante brisa le roza el rostro. Los pulmones se le cargan de aire. El justo para seguir sobreviviendo.

El oficio religioso ya está instalado, y frente al sacerdote se van arrodillando todos por igual: carpinteros, marineros, maestres, cirujanos, despenseros, cocineros, capitanes, pilotos y demás gente de mar. Únicamente un pequeño retén queda al gobierno de la embarcación que avanza hinchando pesadamente las velas. Doscientas sesenta y tres almas rezan al unísono el padrenuestro, el avemaría, el credo y el canto de la salve marinera. No viaja ninguna mujer a bordo del galeón Santo Domingo. Hincado de rodillas, uno más sobre la cubierta, Alonso implora a Dios que le dé algún motivo para seguir con vida.

Tras el acto de contrición se inicia en la nave una creciente actividad. Algunos comen algo: un bizcocho, una galleta, ajos, una sardina salada… Los marineros se lavan la cara y las manos con agua del mar que suben con cubos desde la borda. La mayoría ha pasado la noche en cubierta, al abrigo de alguna estera o manta, cuando no con el único calor del cordaje. El capitán está ya al frente de las tareas, supervisando las operaciones de achique del agua que haya podido entrar en el barco durante la noche anterior. Algunos miembros de la tripulación suben y bajan de las escalas agitando las velas para que el rocío se despegue más rápidamente; otros se afanan en reparar algún aparejo, limpiar la nave, trepar por los palos o confeccionar cuerda nueva con cabos viejos. Tres o cuatro hacen impaciente cola sobre los *jardines*: una especie de tablilla desplegable que da directamente al mar y desde la que todos, sin excepción —capitanes, sacerdotes, militares y grumetes— evacúan sus necesidades sin discreción alguna.

Alonso ha comido tan solo un trozo de pan con carne seca de vaca y uvas pasas. Permanece unos minutos observando la estela de la embarcación, pero el recuerdo de lo que deja atrás le hace saltar como un resorte. Cansado, aburrido de deambular por cubierta, de fijarse en cada mínima tarea, se dirige de nuevo a su camarote, dejándose caer pesadamente sobre el jergón. Allí al menos no tiene que disimular su angustia. Saca un tomo de derecho, hace como si lo leyera pero lo mete nuevamente en el petate en el que guarda sus únicos enseres. Toma otro volumen, esta vez es el ejemplar de *Los seis libros de la Galatea*, la novela que le regaló un pobre infeliz al que defendió en un litigio. Lo abre y lee la dedicatoria que el autor le firmó en la primera página:

*Es en las desventuras comunes donde se reconcilian
los ánimos y se estrechan las amistades.*
*Miguel de Cervantes Saavedra.*

Sofocado, trata de despegar un poco el traje togado de su cuerpo, pero la humedad hace que se le adhiera nuevamente. La proximidad del mar Caribe se va haciendo notar y él lleva meses sin poder asearse con agua dulce, sin cambiarse de ropa. Se recuesta resoplando. La sangre le hierve, el alma le escuece. Es aún muy de mañana, tiene toda una jornada de languidez por delante para intentar evadirse, olvidar, no consumirse, no morir lentamente… aunque sabe que no lo conseguirá.

Está solo en el camarote. Fuera se escuchan voces confusas y poco a poco se sume en un inquieto letargo. Los sonidos de los aparejos se van fundiendo como un eco dentro de su cráneo y rebotan mezclándose con las órdenes de los oficiales, con las quejas silenciosas de los marineros, con los martillazos de los calafates, el crujir del velamen…

Todo así, meciéndose al vaivén de las olas que golpean contra la amura de la nao. Todo así, hasta que un profundo sueño, producto del agotamiento, comienza a envolverlo.

Todo sí, así, hasta que resonó aquel tremendo cañonazo. Y entonces el mundo se estremeció.

# 3

—Había que hacerlo, don Luis —se excusaba don Juan de Borja en tono conciliador, al tiempo que varios oficiales de los tercios se abrían paso para escoltarlo—. Esas urcas holandesas son el enemigo de la Corona. Así por lo menos sabemos claramente cuáles son sus intenciones. Un cañonazo las obliga a sacar bandera blanca y dejar que nos acerquemos a inspeccionarlas. Aún podemos darles alcance y apresarlas. Se encuentran en nuestras aguas sin permiso del rey.

—Soy yo el capitán general de esta flota y quien decide toda orden que se da en cada uno de sus barcos. Juan —dijo apeándole el tratamiento—, tu atrevimiento hace peligrar mi misión, que no es otra que la de llegar a puerto sin perder ni naves ni carga. ¡Lo que pretendes es una absoluta temeridad!

—¿Pero es que no ves que están huyendo? —le replicó señalando hacia el grupo de naves holandesas que habían puesto rumbo de retirada—. Si los perseguimos ahora serán presa fácil. Es nuestra obligación y la tuya, expresamente, defender los intereses de nuestro rey allá donde estemos. ¿O es que pensabas dejarlas pasar de largo? —le espetó, desafiándolo.

—Juan, ordenando esa descarga has cometido un acto de grave insubordinación —clamó don Luis dando un paso atrás, levantando el mentón y pronunciando sus palabras con una voz lo suficientemente rotunda como para que lo escuchara toda la tripulación—. ¡Acompáñame al camarote de capitanía! —Exigió, dándose media vuelta.

Subido a unos escalones del pabellón de proa, Alonso contemplaba la escena. Salió del camarote nada más producirse la detonación, confuso y acongojado, la respiración entrecortada, el corazón a punto de desbocarse. El barco entero se había zarandeado después de la tremenda deflagración procedente de uno de los cuatro cañones de largo alcance y veintidós libras que llevaba armados el galeón. Su camarote había crujido por los cuatro costados y por un momento creyó, de tan seco que fue el estruendo, que era el Santo Domingo el que estaba siendo atacado. Nunca en su vida había sentido nada igual. Los hombres se hacinaban inquietos sobre la cubierta de la amura de estribor. Entre el tumulto generalizado consiguió distinguir las figuras de don Luis Fernández de Córdoba y de don Juan de Borja dirigiéndose hacia el camarote del primero.

Por encima de las doscientas sesenta y pico almas embarcadas a bordo del Santo Domingo, la nave almiranta de la Armada de Guardia española; por encima de su gente de mar y de armas, de sus pilotos, pasaje y grumetes; por encima incluso de su capitán, destacaban dos personajes. Uno, el capitán general, don Luis Fernández de Córdoba y Sotomayor. Más de cinco mil ducados de oro era su sueldo anual, posiblemente el más alto de toda Europa, solo a la altura de su responsabilidad: llevar y traer intactos los galeones que hacían la Carrera de Indias y, claro está, las riquezas que estos portaban y que suponían el sustento de la Corona y del Imperio. El otro prohombre era don Juan de Borja y Armendia, nieto del mismísimo san Francisco de Borja. Acababa de ser nombrado presidente de la Audiencia de Santa Fe, con responsabilidades como gobernador del Reino de Nueva Granada, y allí se dirigía para tomar posesión del cargo. Se trataba del primer hombre de armas, sin formación jurídica alguna, que iba a ostentar un cargo de semejante magnitud. Y si don Juan era un personaje de lustre, no lo era menos quien lo había puesto en el cargo: su primo hermano el duque de Lerma, flamante valido y ministro plenipotenciario de su majestad el rey don Felipe III.

Para cuando los galeones cruzaron la desembocadura del río Guadalquivir y viraron a poniente para que sus quillas lamieran el mar océano, la rivalidad entre ambos egos ya se derramaba por la cubierta del barco. De Borja pasaba el día con soldados y oficiales de los tercios, compartiendo con ellos la necesidad de plantar cara a los corsarios y piratas que plagaban las aguas españolas donde quiera que estos se encontrasen. Una armada semejante, la más provista y poderosa de cuantas jamás se hubieran visto, no debía limitarse, según él, a escoltar oro, comerciantes y riquezas.

—Si no atacamos al adversario allá donde se encuentre —solía arengar a soldados y marineros—, si no presentamos batalla a cada nave que ose surcar sin permiso nuestras aguas, ¿qué puerto no será asediado, o qué galeón hecho presa de esos perros enemigos de la patria?

Desde que el emperador Carlos V sostuviera las primeras guerras contra Francia o, mejor dicho, contra su monarca Francisco I, el corso francés no había dejado de hostigar la hegemonía española. Estos ataques se habían intensificado cuando España entró en guerra con Inglaterra. Entonces la piratería había hecho mucho daño a los intereses patrios, conquistando en ocasiones ciudades enteras. Y la cosa iba a peor, pues últimamente, y como arpías surgidas de la nada, las urcas holandesas se habían convertido en una auténtica pesadilla.

Por eso, cuando el vigía de la almiranta detectó sobre la línea del horizonte a seis urcas holandesas que surcaban la mar en dirección noreste, se produjo una abrupta discusión entre aquellos dos personajes. La obsesión de Fernández de Córdoba no era otra que la de llegar cuanto antes a puerto, sanos, salvos y ricos. Pretendía a toda costa rehuir cualquier tipo de enfrentamiento. Diametralmente opuesta era la de don Juan de Borja, que exigía rendir las naves enemigas. Por ello, y ante la negativa de don Luis de perseguir a las urcas, decidió por su cuenta bajar a la batería de cañones y, sin consultar al capitán general, ordenar el cañonazo de advertencia.

Ya dentro del camarote del almirantazgo los gallos se midieron en la distancia corta:

—¿Pero qué mierda te crees que estás haciendo, Juan? ¿Cómo te atreves a ridiculizarme delante de mis hombres? ¿Quién te mandaba ordenar ese disparo a mis espaldas? Me has puesto en una posición muy difícil. ¿Es que quieres que te haga azotar atado al palo mayor?

—Que no llegue la sangre al río, Luis. Tan solo ha sido una descarga de advertencia. Y muy efectiva. Ya has visto cómo las urcas han puesto de inmediato rumbo de huida. Ahora están en posición propicia para ser abordadas... si las alcanzamos. No podemos perder un solo minuto, vamos a cubierta y te pediré excusas delante de todo el mundo. Luego tú ordena el ataque. Tienes en tus manos una victoria fácil de la que informaré puntualmente a su majestad a través de mi primo el duque de Lerma.

—¡Que te jodan Juan! ¡Que te jodan bien, pedazo de imbécil! —exclamó absolutamente fuera de sí—. ¡No tienes ni idea, maldito ignorante majadero! ¡No sabes de lo que son capaces esas condenadas urcas! Son veinte veces más ágiles y tienen mucha más capacidad de maniobra que nuestros galeones que, además, llevamos cargados hasta las entrañas.

Don Juan resopló tomándose su tiempo antes de responder a los insultos. Era conocedor de que en los galeones se había permitido introducir mucha más carga de la debida en un buque militar, pero aún así había que atacar. Desgraciadamente, desde que su primo se constituyera en ministro plenipotenciario de su majestad, una escalada de corruptelas se había instalado en la Carrera de Indias y el barco iba cargado de contrabando. Las bodegas se encontraban repletas de enseres tan valiosos como inútiles para la guerra, tanto que en ocasiones era muy difícil acceder con prontitud hasta la pólvora o la munición de los cañones. Era consciente además de que la partida de la flota se había demorado deliberadamente, pues él mismo había soportado con gran tedio una espera de varias semanas en Sanlúcar de Barrameda hasta que el capitán general entendió que todo estaba listo para zarpar. En realidad, las naves aguardaban a que llegaran las mercancías «prohibidas»: valiosas perlas, esmeraldas engarzadas y colorantes, como la cochinilla, que capitán y oficiales embarcarían en pequeños cofres para hacer más *rentable* la travesía. Así, a pesar de la urgencia de la corte por recibir su dosis de oro y plata con la que calmar la acuciante necesidad de las arcas reales, aquel año la armada tardó mucho en zarpar.

Con toda calma, don Juan comenzó un lento caminar en derredor del camarote privado del capitán general, haciendo como si repasara cada saco, cada arcón o cofrecillo que se encontraban apilados en aquel lujoso camarote. Mientras, don Luis iba apagando sus últimos insultos que resonaban cada vez con menos ímpetu.

—Hay que ver Luis —dijo parsimoniosamente el primo hermano de Lerma—, que a cada viaje te empeñas en poner en peligro tu posición, tu sueldo y la confianza que su majestad, nuestro rey, te tiene profesada… —y diciendo esto último, se detuvo frente a un anaquel, tomó por el asa un cofre que se encontraba embutido en un estante y, mirando desafiante al capitán general, lo dejó caer contra el suelo. Con un seco estruendo la arquilla se reventó y de su vientre manó un extraño y preciado polvillo rojo: tinte de cochinilla.

—¡Maldito bastardo! —bramó don Luis echando mano a la empuñadura de su espada.

—¡Escúchame antes de cometer ninguna majadería! —replicó don Juan alzando la voz de una manera temible—. ¡Sabes que no me durarías dos mandobles! Me importa una mierda lo que vayas a hacer con todo este maldito contrabando que manejas. Pero sí te advierto que, aunque aquí tú eres el que manda, nada más pises tierra firme entrarás en mi jurisdicción, y allí te aseguro que lo vas a pasar muy mal si mis hombres te incautan estas fruslerías con las que piensas engrosar tu ya considerable fortuna. Me veré obligado a informar a mi primo de tus trapicheos, y entonces dudo que vuelvas a hacer otra vez la Carrera de Indias. Y hablo de la posible pérdida de todos tus privilegios.

Don Luis lo miró con los ojos impregnados de ponzoña y el rostro enrojecido. En el cuello, las hinchadas venas pugnaban por romperle la golilla. Le llevó unos segundos resignarse y asumir la derrota. Clavó la espada en la vaina al tiempo que susurraba:

—Tú ganas, Juan.

—No quiero ninguna victoria sobre ti, sino sobre esos malditos enemigos de la fe católica y de nuestro monarca. Luis, ¡aquí tú y yo somos España! Démosle a nuestro rey y al papa de Roma un motivo de orgullo. Vamos a capturar esas malditas urcas y a ponerlas al servicio de su majestad. Que sepan en todos los mares que los enemigos de nuestro rey son enemigos de todos los españoles. ¡Machaquemos a esos malnacidos herejes!

Ambos hombres salieron del camarote. Don Juan primero, exultante, sonrisa de satisfacción en ristre y mentón en su cenit. A escasa distancia le seguía Fernández de Córdoba, el rostro serio e inexpresivo. Antes de dar ninguna orden, y como habían acordado previamente, don Juan pronunció delante de toda la tripulación una disculpa hacia su capitán general lo suficientemente clara como para que pudiera ser entendida por todos, soldados y marineros. El poder quedaba, pues, restablecido. Acto seguido reclamaron la presencia del capitán, los pilotos y los oficiales del tercio. Se tocó a persecución y se puso rumbo hacia la escuadra holandesa, apenas ya un punto visible en el horizonte. Mediante banderas se transmitieron las órdenes al resto de galeones de la Armada de Guardia Española. La más temible y poderosa de cuantas flotas surcaban el mar océano se disponía a reventar a su presa.

Los gritos de arenga, el clamor y el rugido de las gargantas de los miles de marinos y militares rebotaron sobre aquel inmenso espejo azul.

# 4

Sierra Nevada de Santa Marta (actual Colombia)
Naciente del río Buritaca

El calor de la gran hoguera acariciaba el rostro de Valle y del resto de las mujeres que gobernaban el poblado de Teyuna. Discutían en consejo, formando un círculo alrededor de aquella masa vaporosa de madera ardiente, acerca del castigo que debían aplicar sobre *Keh,* uno de los adolescentes más problemáticos del poblado. El muchacho había tratado por segunda vez de abusar sexualmente de una de las jóvenes de la tribu. En la primera ocasión, la condena al *kuché,* el árbol de la justicia, parecía haber surtido su infalible efecto aleccionador. Eran muy pocos los que, tras haber probado aquel castigo, reincidían en su comportamiento delictivo. Pero con *Keh,* la amonestación había fallado. El día en el que se le aplicó la pena, juró y perjuró que jamás volvería a cometer un acto semejante. Ahora, maniatado, miraba con actitud desafiante al consejo que lo estaba juzgando.

Valle lo recordaba perfectamente. Aquel cuerpo de niño, desnudo y tumbado bocarriba con las piernas atadas alrededor del formidable cedro rojo. Los brazos en forma de cruz asidos a firmes estacas. Fue ella misma quien aplicó la condena: un único aguijonazo de *paraponera,* una hormiga gigante cuya picadura inoculaba un ardiente e incisivo veneno, capaz de hacer que el condenado, fuera quien fuese, sufriera un padecimiento tal que sus gritos y gemidos serían escuchados en todo el poblado. Con ello el castigo surtiría un efecto ejemplarizante. Los que lo habían experimentado en sus propias carnes lo describían como si una ardiente brasa se introdujera dentro de la piel y permaneciera allí, con un calor cada vez más hirviente, expandiendo e irrigando su mordiente ardor por todo el cuerpo, diez veces más intenso que la picadura de un escorpión. La punición se aplicaba en la zona culpable del delito. Si robabas, en la mano; si ofendías, en la lengua… En aquella ocasión Valle, ayudada de una pinza de madera, impuso el insecto sobre los genitales lampiños y apenas formados del muchacho.

No fue la primera ni sería la última ocasión en la que Valle ejecutaba una condena. Había sido educada junto a las curanderas del poblado y conocía toda suerte de artes, tanto para sanar como para infligir dolor. Con suma maestría presionó el vientre de la *paraponera* contra el testículo del condenado, hasta que el insecto clavó su deletéreo aguijón con tanta fuerza que, al atravesarle la piel e incrustarse directamente en el testículo, le resultó sumamente complicado luego extraerlo. El inculpado comenzó de inmediato a sufrir espasmos, y su bolsa escrotal se enrojeció e hinchó tanto que alcanzó un tamaño cuatro o cinco veces superior normal. Durante más de un día permaneció Keh atado al árbol de la justicia, sumido en un padecimiento agónico. Semejante castigo solía ser suficiente como para que el culpable, del solo recuerdo, no volviera a reincidir. Pero este no había sido el caso de Keh. Y al haber recaído en su conducta solo quedaba, según la ley Teyuna, dictar la sentencia fatal.

Ya habían declarado ante el consejo el acusado, la agredida, los testigos que intervinieron evitando que se consumara la violación y, por último, acababa de hacerlo la madre del muchacho. Ella, consciente del grave comportamiento de su hijo, únicamente se atrevió a implorar que la condena que se aplicara no fuera la capital. Sin embargo, la ley y la costumbre establecían que el segundo intento de violación debía ser penado con tres *picaduras* de paraponera. Y ello supondría un largo y agónico padecimiento del reo que acabaría con su segura muerte. Nadie nunca había sobrevivido a tres picaduras de paraponera. Muy pocos a dos.

Pero un muerto más, se decía Valle, podría no ser la mejor solución. No al menos en aquellos convulsos momentos por los que atravesaba la tribu…

Reflexionaba sobre la historia de su pueblo y los indecibles sacrificios y padecimientos que habían tenido que soportar para llegar hasta donde habían llegado. Los testimonios de las abuelas, y de las abuelas de estas, transmitidos de generación en generación, hablaban bien a las claras de lo que les había sucedido mientras su pueblo era gobernado por hombres. Lejos de buscar la satisfacción y el bienestar de sus gentes, los caciques buscaban el suyo propio, y con la complicidad de los sumos sacerdotes influían sobre la voluntad de los reyes, quienes en verdad se creían descendientes legítimos de dios.

—Cómo si no fuesemos todos hijos de dios y de la madre naturaleza —masculló Valle, ajena a las deliberaciones que en esos momentos se estaban sucediendo durante el juicio.

En aquellos entonces, las guerras, los conflictos y los sacrificios masivos fueron el mejor exponente. Miserables reyezuelos abusaban de sus pueblos, conduciéndolos de una masacre a otra. Sin embargo, ese ansia beligerante había sido por fin interrumpida cuando *Táanil Na*, la primera de las mujeres, clavó sobre el pecho de su esposo, el tirano rey que iba a condenar a su pueblo a un nuevo sacrificio multitudinario, un cuchillo de obsidiana. Aquella misma noche y tras comprobar su muerte, inició un éxodo junto a muchas de las mujeres del poblado y sus hijos, que culminó con la fundación de la primera civilización gobernada exclusivamente por mujeres. Desde entonces, su pueblo no conoció más guerras ni sacrificios y las siguientes generaciones vivieron en paz.

Pero aquella armonía terminó cuando llegaron los malditos hombres blancos y sus temibles caballos de combate. Su mente vagó entonces hasta el día en el que, por primera vez, vieron a aquellos soldados subidos a sus monstruosas bestias cuadrúpedas. Llegaron al poblado pasando a cuchillo a cuantos se atrevieron a salirles al paso, consiguiendo finalmente reducirlos. ¡Oro!, recordaba que decían. ¡Oro!, repetían una y otra vez. Los ojos aviesos de aquellos hombres no cesaban de moverse, pareciendo querer salirse de las órbitas, como si estuvieran trastornados o enfermos, mirando de un lado hacia otro en una búsqueda incesante que parecía tener sus almas asidas a una codicia infinita. Revolvieron cielo y tierra buscando aquel dios que para ellos parecía significarlo todo: el dichoso oro.

Y luego se fueron, pero llevándose con ellos a los hombres más sanos y fuertes. También se llevaron en aquella primera remesa a Son de Viento, su esposo y amante. Pareciera que los blancos encontraron no muy lejos de allí a su dios, el oro, o al menos algo que les satisfizo, pues desde entonces no pararon de venir cada vez que necesitaban más manos para trabajar en aquello que llamaban «mina». Y dado que apenas si quedaban adultos útiles, los hombres que se llevaban eran cada vez más y más jóvenes, hasta el punto de que si estos no regresaban pronto, la pervivencia de su propio poblado se vería amenazada.

Por todo aquello, Valle dudaba si aplicar o no sobre aquel muchacho díscolo y reincidente la pena capital.

Su mente continuaba vagando, ajena ahora a las primeras conclusiones de sus compañeras de consejo. Sabía que tendría el último turno de palabra y que sobre ella recaería la mayor parte de la responsabilidad antes de votar. Recordó como un día llegó al pueblo un religioso, un hombre bueno, que lloraba con ellas cada vez que los soldados venían a reclutar más varones. Y el sacerdote intentaba evitarlo interponiéndose con un crucifijo en la mano, pero rara vez lo conseguía. Y también les enseñaba poco a poco la lengua de los hombres blancos, y les explicaba que su dios no era el oro, ni tampoco la plata, que era lo que habían encontrado a escasas tres jornadas. Les contó que la mina también se llamaba encomienda, y que esa encomienda tenía un amo que no era un Dios sino un hombre muy poderoso. Ellas también, en cierto modo, eran hijas de Dios, pero pertenecían a la encomienda y al amo poderoso que se llamaba Vargas. Valle y el resto de las mujeres que gobernaban el poblado le mostraron su inquietud y temor por el cada vez menor número de hombres y le preguntaban al religioso cómo era posible que una persona fuera dueño de la tierra, de los árboles o incluso de un pueblo entero, si la única dueña de aquello era la madre naturaleza. El sacerdote no sabía muy bien qué responder, pues estaban todos aprendiendo aún a entenderse, pero les aseguraba que su dios era muy bueno, clemente y misericordioso, y que si bien él no tenía todas las respuestas, su dios sí.

Y el religioso, al que todos llamaban padre, cada mañana hacía que el poblado entero se arrodillara y cantara unas canciones muy bellas que hacían que a muchos se le saltaran las lágrimas. Cada vez que veía a uno llorar, el padre se acercaba con mucha alegría, lo abrazaba, lo besaba y le hablaba de bautismo y conversión, religión verdadera y muchas y hermosas palabras.

Un día les dijo que iba a visitar la encomienda y que regresaría con otros religiosos. Que era el momento de enfrentarse al encomendero pues ya todos en el poblado éramos hijos de Dios y había que construir una iglesia. Al montarse sobre su mula Valle se acercó a él, y abrazándose a una de sus piernas, le pidió que le trajera noticias de su esposo, de Son de Viento. Fue la única vez que recordó haber llorado en toda su vida. Pero el sacerdote no regresó y nunca más lo volvieron a ver con vida.

Terminaba de pronunciarse la consejera que tenía a su lado. Se trataba de una de la más ancianas, casi cincuenta estaciones habían sido testigos del paso de su vida. Para ella, había que aplicar la ley con la misma firmeza con la que siempre lo habían hecho, como enseñaron sus abuelas y las abuelas de estas. Y ello suponía tres aguijonazos de paraponera, aunque ello significara la muerte del agresor.

—Ha dejado muestra suficiente de que no tiene intención de enmendar su conducta. La fruta podrida hay que sacarla del cesto antes de que pueda contagiar al resto —sentenció su compañera de consejo dirigiéndose hacia Valle para cederle la palabra.

Había llegado su turno y no tenía más remedio que hablar... Pero en aquella ocasión, y por vez primera desde que participara en los consejos con voz y con voto, no tenía claro qué postura adoptar. Dos aguijonazos le darían a aquel miserable la oportunidad de seguir vivo y tal vez... reformarse. Con ello el poblado contaría con un varón más para procrear llegado el momento, si fuera necesario. Tres picaduras, como indicaba la ley, lo matarían. Todas sus compañeras la miraban expectantes. No conseguía ordenar y aclarar en su cabeza los preceptos más antiguos dictados por las ancianas, porque desde que aquellos infames blancos aparecieron con esas armaduras inexpugnables contra las que las puntas de obsidiana de sus flechas nada podían hacer... No, la decisión ya no resultaba tan fácil y las ideas se amontonaban en su cabeza sin conseguir ordenarlas de manera coherente.

Por encima de la crepitante hoguera miró hacia *Hu*, la luna, que brillaba en la profunda altura de los trece cielos, e invocó a la diosa *Ixchel* para que la inspirara. Si su civilización se extinguía nunca podrían mostrar al mundo los beneficios de una sociedad regida por mujeres. Entonces las palabras comenzaron a fluirle, poco a poco, en prefecto orden y concreción.

—Como ha dicho nuestra sabia compañera de consejo, la ley Teyuna es clara y ordena la imposición de una pena de tres aguijonazos de *paraponera*. Sin embargo, en esta ocasión...

# 5

Por imperativo de la oficialidad, todos y cada uno de los componentes del pasaje, marineros y comerciantes, grumetes y pilotos, habían sido armados. Todos, a excepción del capellán y el resto de hombres de fe. Alonso se colgó al cinto su espada, un arma corta eibarresa que le regaló su tío Diego y que se conocía popularmente como *el perrillo* por el distintivo de ese animal que llevaba grabado en su empuñadura. Era una norma de obligado cumplimiento que el personal civil se armara para prevenirse en caso de abordaje, pero era una orden que los oficiales del tercio daban con cierta ironía, pues resultaba de todo punto impensable que una urca, mucho más pequeña, pudiera abordar a un todopoderoso galeón, armado además hasta la médula.

Alonso seguía con suma atención los preparativos de guerra y observó cómo la armada española iba, poco a poco, situándose en ordenada formación de ataque. Cuando clareó el alba, atisbando ya la fisonomía del enemigo y sin haber dormido un solo minuto en toda la noche, se dio cuenta de que por primera vez desde que dejara Sevilla, había pasado muchas horas sin pensar ni en su tío, ni en su madre, ni tan siquiera en el amor de Constanza. Se disponían a entrar en combate.

Las urcas eran unas naves fabricadas con un extraordinario sentido práctico, temibles en la lucha, dotadas de una magnífica capacidad de carga y muy ágiles en la maniobra. No tenían rival en cuanto a su relación de carga y al escaso número de tripulantes que necesitaban. Ni los piratas ingleses, ni tan siquiera el pánico que habían llegado a crear nombres como el de Francis Drake, habían prodigado hasta la fecha tanto daño al comercio monopolístico español como aquellas embarcaciones. El tráfico legal de Sevilla se resentía, y las *sluits,* como llamaban los holandeses a aquellas naves, inundaban de esclavos, telas o ropa los mercados, arruinando su valor y dislocando las ricas pesquerías de Margarita y Cumaná. Así cuando llegaban a su destino los galeones, el contrabando ya se había encargado de que los mercados se encontraran saturados.

Sorprendidas por el cañonazo de advertencia ordenado por don Juan de Borja y cargadas también ellas hasta las trancas, las urcas pusieron rumbo norte para evitar el encontronazo con la armada española. Sus bodegas se encontraban preñadas, probablemente de sal procedente de las minas de la península de Araya, al este de Venezuela donde, burlando los controles de las galeras de vigilancia se habrían proveído de ese preciado mineral en cantidad suficiente como para surtir a media Europa durante un año. Y fue gracias a ello por lo que, tras muchas horas de vela y navegación y habiendo ganado el barlovento, consiguieron por fin darles alcance.

Se disponía a dar comienzo una pelea entre una jauría de ocho poderosos mastines contra seis gatos pardos. Solo que aquellos gatos eran muy ágiles, muy osados y a buen seguro que, antes de ser presa de las mandíbulas de sus rivales, les levantarían a estos más de un buen pedazo de piel.

Los instantes previos al contacto de fuego entre ambas escuadras fueron agónicos para todos. Armados y pertrechados avanzaban los galeones españoles, solemnes, escorados solo unos grados, pues el viento alegre que impulsaba todo el velamen era contrarrestado por la excesiva carga que portaban. La mañana lucía nítida, diáfana, perfecta para la victoria. Sin embargo, en la cabeza del capitán general de la armada solo rezumaba en esos momentos el odio que profesaba a don Juan de Borja, ese bastardo que ahora se encontraba con medio cuerpo fuera de la embarcación, asido con una mano a un cabo, espada desenvainada en la otra, pelo batido por el viento y rostro arrogante. Henchido de ambición y soberbia, tensionado, a punto de caer sobre la presa, transmitía una confianza ciega en la victoria. Don Luis, en cambio, no las tenía todas consigo. Era consciente de la superioridad de sus piezas de artillería, pero si algo se torcía, si por cualquier circunstancia las urcas no se ponían a tiro o vencían la distancia de disparo, la cosa podría ponerse fea, y la pérdida de un solo galeón supondría un absoluto fracaso y una mancha indeleble en su intachable historial. Con sus aproximadamente treinta metros de eslora y diez de manga, los galeones tendrían difícil margen de maniobra para atender todos los flancos y la popa era sin duda su parte más vulnerable. Y si llegaba a establecerse combate cuerpo a cuerpo…, allí los holandeses eran tan retorcidos y tan puercos como el que más. Entonces la superioridad en artillería serviría de bien poco. Bajas va a haber, dijo para sí.

El viento era favorable para los españoles pues soplaba largo de sureste. Las sluits, en su huida, habían dejado sus castillos de popa desguarnecidos. Si no maniobraban rápido y los galeones conseguían acercarse lo suficiente, una andanada de sus potentes cañones podría dejar a la escuadra holandesa completamente desarbolada de una sola descarga. Con tal finalidad, el San Martín y el San Cristóbal, los dos barcos que flanqueaban a la almiranta por el lado derecho, debían virar unos grados a estribor. Aprovechando su mayor velocidad y el viento limpio, llegado el momento, virarían de nuevo, pero esta vez todo a babor, encarando el costado de las urcas y sorprendiéndolas por la popa para vomitarles toda la artillería que llevaban montada. En ese instante, y aunque estas se giraran para presentar batalla, el combate sería como una lucha entre David y Goliat, aunque sin honda ni piedra de por medio.

En condiciones normales, tras esa andanada preparatoria deberían intervenir la capitana y la almiranta, esto es, el San Roque y el Santo Domingo. Estas tendrían que terminar el trabajo cosiendo a capricho y relamiendo a cañonazo limpio las cubiertas de las naves holandesas una vez ya desarboladas y sin capacidad de maniobra. Luego, los cientos de hombres de armas de los temidos y experimentados tercios de Castilla harían el trabajo de menudillo. Ellos serían los encargados de flagelar y barrer con sus armas ligeras las cubiertas enemigas de lo poco que quedara de resistencia, con la enorme ventaja de la mayor altura de sus pabellones. Solo después se iniciaría el abordaje.

El guion estaba escrito, y sin embargo el capitán general seguía dudando; la victoria no podía ser tan sencilla y alguna carta escondida debían guardar esos perros holandeses. Había vivido suficientes batallas como para saber que al enemigo nunca se le podía menospreciar.

—Y donde no tienes nada que ganar… estás a pique de perder —masculló con el ánimo resignado.

El enemigo se encontraba ya casi a tiro, y era el momento en que tenía que ordenar a su flanco derecho que iniciara la maniobra de ataque. Resolló, se irguió ajustándose la casaca para dirigirse hacia su primer oficial y comunicarle que izara las banderolas de aviso y ordenara el zafarrancho de combate.

El temido y esperado sonido de silbato penetró, agudo como una saeta, en las almas de todos los que componían aquellas dos desiguales escuadras.

Muchos de ellos no volverían a ver amanecer.

# 6

El ataque se inició según lo previsto. El San Martín y el San Cristóbal viraron ligeramente a estribor rumbo noreste, perdiendo el norte de las urcas. Cuando don Luis consideró que habían avanzado lo suficiente y aprovechando el viento que en ese momento les era favorable de popa, ordenó que pusieran dirección a los costados de sus rivales. Todo el velamen de los dos majestuosos galeones se hinchó al virar a babor. El viento del sudeste no les podía ser más favorable y los palos y las drizas crepitaban quejándose del esfuerzo. Los dos barcos iban adquiriendo más y más velocidad a medida que aprovechaban la inercia y el aire mientras el resto de la escuadra seguía rumbo con la intención de cortarles cualquier posibilidad de escape. Si los holandeses no hacían nada, la victoria sería completa. Solo los castillos de los dos barcos españoles estaban armados con treinta y cuatro piezas de artillería de bronce. El total de la flota holandesa llegaba escasamente a cuarenta y ocho piezas de hierro colado. Como su finalidad era el comercio, apenas contaban con pólvora, munición y hombres de armas.

Más de cinco mil toneladas de poderío naval se encontraban ya a escasos segundos de interceptar a la escuadra flamenca, cuyas posibilidades de huida eran, en ese momento, nulas. O combatían o se rendían. Y para mal de ambas armadas, de sus tripulantes, militares y pasajeros, los chacales del mar decidieron vender caro su pellejo.

A escasas brazas de poder abrir fuego sobre la popa del enemigo, que seguía en formación, dos de las *sluits,* haciendo honor a su acreditada fama de agilidad en la maniobra, giraron sobre sí mismas poniendo proa directamente contra el costado del San Martín y el San Cristóbal. Las otras cuatro hicieron lo propio contra el flanco izquierdo de la escuadra española.

Los españoles se vieron sorprendidos por la maniobra casi suicida de sus adversarios y abrieron fuego cuando ya casi las tenían encima, haciendo que mucho del material de artillería se perdiera en el mar y el escaso que impactó en las naves holandesas lo hizo lamiéndoles la popa, por lo que no consiguió causar grave daño. En el último momento, y con una desesperada maniobra, los pilotos de los galeones lograron esquivar el impacto en su costado, lo que hubiera supuesto, a buen seguro, una enorme vía de agua. Fue al pasar por la popa cuando las urcas descargaron su escasa artillería que apenas consiguió dañar los fortísimos cascos, labrados en los astilleros de Rentería y en la Ría de Bilbao. La almiranta y la capitana se lanzaron rumbo directo contra las dos urcas en su intento de evasión y les dieron alcance rápido. Aprovechando del viento favorable empezaron a descargar sobre ellas una buena ración de peladillas.

Mientras esto sucedía en el flanco derecho, en el izquierdo, el Unicornio, una de las urcas de mayor tonelaje, conseguía trabarse con el San Ambrosio sin que este apenas pudiera disparar unas cuantas piezas de artillería. En la refriega, el galeón perdió el bauprés y el espolón de proa, pero los soldados de los tercios abordaron la nave y pasaron a cuchillo a parte de su tripulación antes de ser incendiada por los propios marinos holandeses. La nave y su carga se iban abriendo y fue necesario soltarlas para que no arrastraran con ellas al San Ambrosio, que sufrió muchos daños.

Ni don Juan de Borja ni don Luis podían esperar la inmoladora defensa de aquellos herejes, enemigos de la fe católica. Las largas guerras de religión y la crueldad con la que fueron aplastadas las sucesivas rebeliones y sublevaciones en Flandes por parte de la Corona española habían hecho mella en la marinería, que no consintió su apresamiento, optando por el sacrificio.

Son muchos años de odio e ira los que llevaban a incendiar tu propia nave y perder la carga que tantos meses de esfuerzo había costado reunir, rumió para sus adentros el capitán general.

El San Francisco alcanzó sin excesivos problemas a la sluit cuya intrépida maniobra casi le había costado el flanco al San Cristóbal. Tras una viva andanada la nave se rindió; apenas quedaban seis o siete tripulantes vivos cuando fue asaltada.

La otra urca se enzarzó en feroz refriega con el Santo Domingo, el galeón en el que se encontraba, como mudo testigo, Alonso. Apostado a la borda de la embarcación contemplaba la escena de sangre, astillas y pólvora. Un teatro de muerte y confusión. De repente vio como un arcabucero holandés tras cargar su arma recorrió con ella, como si quisiera lamerlo, todo el costado del buque hasta detenerse justamente en la figura de un muchacho togado. Cuando tenía la mirilla enfilándolo el tirador se detuvo por un instante como sorprendido, preguntándose, qué podía estar haciendo allí un blanco tan inmóvil y fácil de matar. Se tomó solo un momento para asegurare la presa, apuntándole justamente a la cabeza. Alonso lo miraba, impertérrito. Se encontraba a tan escasa distancia que pudo ver como el holandés entrecerraba los párpados afirmando la culata bajo el mentón al tiempo que sonreía de fatídica incredulidad. Sin embargo, por su cabeza, esa que el arcabucero estaba a punto de reventar, no pasaba pensamiento alguno. Tampoco miedo o temor a perder la vida. Ningún instinto de supervivencia que ordenara a su cuerpo moverse, huir o apartarse.

Pero en lugar de su propia muerte, lo que Alonso contempló fue como uno de los proyectiles disparados desde el Santo Domingo rebotaba sobre la cubierta de la urca arrancándole de cuajo una pierna al soldado a la altura del muslo y desviando irremisiblemente el disparo. El hombre cayó sobre la cubierta en medio de un mar de astillas levantando incrédulo el muñón e intentando detener con sus manos una sangre que brotaba como las bocanadas del infierno. Desde el suelo volvió la cabeza por un segundo para mirar hacia donde se encontraba Alonso quien, imperturbable, seguía la escena. «¡Tenías que ser tú! ¡Te tocaba a ti, no a mí! Pero al final he sido yo... Vas a vivir sin merecerlo —pareció decirle la mueca mortal con la que la pérdida de sangre parecía trocarle el rostro». Uno de sus compañeros intentó ayudarle, pero otro cañonazo le arrancó a este la cabeza de cuajo. Lo que quedaba de ambos hombres rebotó una y otra vez, levantados dos palmos del suelo por los arcabuzazos procedentes de la cubierta del Santo Domingo que con su percusión monocorde repasaban la cubierta en mortal sinfonía.

La urca finalmente se rindió.

Mientras, en el flanco izquierdo, el San Jorge, el barco más grande de la flota holandesa se había lanzado a todo trapo consiguiendo alcanzar en su mismo centro al San Ambrosio abriéndolo por la mitad. La vía de agua que originó fue enorme, y el galeón español, esta vez sí, resultó herido de muerte. Antes de hundirse, los españoles lanzaron cabos y se aferraron a la nave enemiga abordándola y apresando a sus treinta y nueve tripulantes. Casi al instante, su capitán, un judío llamado Nicolás Henríquez, descendiente de aquellos expulsados de España en tiempos de los Reyes Católicos, rindió la nave sin poder reprimir una sonrisa de satisfacción al ver naufragar al inmenso galeón español, con sus casi cuarenta metros de eslora y sus inmensos pabellones de proa y popa que, aun hundida ya la cubierta del barco, sobresalían por encima de la fisonomía de la urca. Fue zozobrando, lento y parsimonioso, como tragado por arenas movedizas, dando tiempo a sus tripulantes a salvar la vida y lo que pudieron de la carga, llevándola al barco vencido.

La última de las urcas que presentaba batalla se encontraba en plena refriega con el San Gregorio cuando, sigilosa, Nuestra Señora de Begoña, la nave de reserva, se acercó cuan mantis religiosa por su flanco desguarnecido y la reventó a cañonazos. Los impactos sorprendieron aterrorizando a los holandeses, y los del San Gregorio contemplaron con satisfacción el pánico en los rostros de sus adversarios cuando estos notaron cómo sus carnes se abrían con las astillas del barco y la herrumbre de la metralla. Apenas sobrevivieron, malheridos, dos tripulantes.

Un rugido de feroz victoria emanó de las embarcaciones españolas al remitir el eco del último cañonazo. Hasta Alonso alzó los brazos y se abrazó a soldados y marineros cuando por fin cesó el combate. Había estado muy cerca de morir. Pero no sintió entonces nada. Quizá porque el estado de su alma no hubiera cambiado demasiado caso de haber muerto. Y sin embargo, en lugar de ello había visto por primera vez, perecer a otros seres humanos. ¡Qué fácil, cuán sencillo resultaba arrancar para siempre la ilusión, la esperanza y la risa de una pobre alma! También habían desaparecido los problemas y las cuitas de esas criaturas, que ya no habrían de padecer más males… ni bienes.

Sin embargo, él, casi sin quererlo, seguía vivo.

Toda la tensión y el miedo de los hombres se descargó por el costado de los buques como una vibrante ola de energía. Tan solo dos españoles no celebraban el triunfo. Ni don Juan ni don Luis tenían motivos para estar satisfechos por aquella magra victoria.

# 7

Sierra Nevada de Santa Marta, Nueva Granada,
(actual Colombia)
Encomienda de Antonio Vargas

Cada peldaño de aquella escalera infernal parecía estar a punto de
resquebrajarse. Ne Sung la subía tan cargado de mineral de plata
que los últimos travesaños de madera seca crujieron lastimeros
bajo los pies de aquel negro enorme, amenazando con quebrarse
y mandarlo de nuevo hasta el corazón de la excavación. Nada más
asomarse a la boca de la mina comenzó a escuchar gritos extraños, pero apenas si consiguió ver el tumulto que se estaba formando a la salida de la mina, pues sus pupilas se negaban a adap-
tarse a la intensa luz que reinaba fuera del yacimiento. Ignorando
el dolor agudo en los ojos, los abrió todo lo que pudo para percatarse de que lo que sobresalía en medio de toda esa turba de
indios y negros era una cabeza segada. A Ne Sung le asustó ver tal
cantidad de sangre manando del cuello y el gesto inexpresivo de
aquel rostro sin vida. Tiró al suelo el pesado fardo de mineral de
plata que hundía su espalda y se acercó cuanto pudo, entre empu-
jones, tratando de llegar hasta el epicentro de aquella sudorosa
masa humana. Allí pudo por fin entender la escena y comprender las amenazas del capataz que penetraban como truenos en los
corazones de todos aquellos infelices. Llevaba demasiado tiempo
en el Nuevo Mundo como para no comprender la jerga que hablaban los blancos… por la cuenta que le traía. Ese hombre horrible

que trabajaba para Antonio Vargas, el amo cruel, blandía y agitaba aquella testa sanguinolenta y la mostraba triunfal a cuantos se acercaban horrorizados a primera línea de muchedumbre.

—¡Y el próximo que ose intentarlo no tendrá tanta suerte! ¡Le levantaremos la piel con un cuchillo y todavía vivo lo envolveremos en una manta de sal para que se cure como un marrano! Después lo serviremos en vuestra cena para que disfrutéis de su sabor —reía el capataz mientras profería su anatema, clavando los ojos en los de la temblorosa horda de esclavos.

Ne Sung intentaba hacerse una composición mental de lo que habría podido ocurrir mientras él se encontraba dentro de la mina. Conocía a quién había pertenecido aquella cabeza; se trataba de uno de los indios que habían sido agregados a la encomienda. Provenía de Teyuna, una tribu no muy lejana. Aquel muchacho había tratado de escapar en varias ocasiones; una vez estuvo muy cerca de conseguirlo. Lo vio correr con una rapidez y agilidad inauditos, como dirigido por una extraña fuerza. Saltó varios obstáculos y esquivó a cuantos guardias le salieron al paso, pero cuando estaba a punto de alcanzar la espesura de la selva, ya en los límites de la encomienda, fue abatido por unas voladeras hábilmente lanzadas por el capataz desde su enorme caballo. Esa, al parecer, había sido su última advertencia. Los veinte latigazos que abrieron despiadadamente las carnes del indio no parecían haber servido para restar sus ansias de escapar. Era un joven orgulloso, de cuerpo fibroso y musculado. Ne Sung apenas recordaba su nombre entre los cientos de esclavos que se hacinaban cada noche en los barracones de la encomienda.

—Son de Viento —oyó que decía uno a su lado—. Han cortado la cabeza de Son de Viento.

Ne Sung sonrió con amargura mirando hacia el suelo al tiempo que retrocedía sobre sus pasos. ¿Cuántas veces no había intentado él hacer lo propio? Escapar, huir, correr precipitadamente a la menor oportunidad sin importar hacia dónde pero lejos de aquel infierno que los mantenía bajo tierra la mayor parte de sus vidas. Sin embargo, siempre se le interponía alguno de esos endemoniados blancos montados sobre aquellas tremendas bestias cuadrúpedas contra las que nada se podía hacer. Y todo acababa siempre más o menos igual: un tremendo mazazo en la cabeza, el sabor de la tierra en la boca al caer al suelo y el despertar achicharrado por cada uno de los latigazos que te abrían la piel de la espalda. Volvió a sonreír, esta vez con una mueca de angustia, al recordar aquellos chispazos inclementes que le marcarían de por vida. Pero a él no, a Ne Sung, a pesar de sus repetidos intentos de fuga, no lo matarían nunca. Se trataba de una mercancía demasiado valiosa: un esclavo negro africano de primera hornada. A pesar de estar tullido de un brazo y engrilletado por los tobillos para evitar la tentación de un nuevo intento de huida, sobre su cuerpo aún podía transportar más cantidad de mineral de la que eran capaces tres o cuatro de esos endebles indígenas. No, a él no se atreverían a darle el martirio final, pero a cualquiera de esos infelices indios sí. Y más si se trataba de uno de los más rebeldes y orgullosos.

Ahora, aquella cabeza sanguinolenta clavada en una pica surtiría el más eficaz de los correctivos: el miedo. Un miedo atroz que recorría penetrante toda la maldita explotación minera.

Y otra vez volvió a surgir en su mente la imagen de su hija Kura hundiéndose en el gran lago salado, mirándolo implorante, con la manita apenas sobresaliendo ya unos centímetros del agua. Le ocurría cada día, cada despertar, nada más despegar los ojos aquel doloroso recuerdo se apoderaba de su alma como un centinela pertinaz y despiadado. Volvió a preguntarse el porqué. ¿Por qué a él? Aquella debía de haber sido una deliciosa jornada en el mar junto a su familia y sin embargo... Aquellas bestias blancas arruinaron sus vidas para siempre. Tenía que haber enseñado a la pequeña Kura a nadar mucho antes. Ni tan siquiera pudo despedirse de Nhora, su mujer, embarazada, ni de Gibhú, su hijo mayor, que lo contemplaba todo muerto de miedo desde la rama de un árbol... ¿Por qué?

Luego vino el infierno en la Isla de Goreé, *la puerta del viaje sin retorno*, desde donde, con la mirada puesta en el infinito del sufrimiento, podía advertir la espantosa visión de aquellos enormes peces, con sus aletas ondulantes y esas mandíbulas de dientes infernales, siempre dispuestas a devorar a los esclavos que intentaban huir. También a aquellos que eran arrojados al mar por los esclavistas al no haber alcanzado el peso necesario para aguantar el trayecto hacia los mercados del Nuevo Mundo. Recordaba los cánticos tristes de los cautivos en aquella prisión inhumana. Los emitían cada anochecer. Y cómo esas canciones se mezclaban con las risas y jugueteos inocentes de los hijos de los esclavistas que vivían lujosamente acomodados en el piso superior. Abajo prisión, arriba vivienda. Dos mundos. Tan cercanos como antagónicos.

Recordó la silueta de la enorme casa flotante donde los embarcaron bajo el convincente argumento de los látigos; los asquerosos pedazos de pescado putrefacto y masa de harina que les lanzaban cada mañana hacia el interior de la bodega enrejada. Y cómo aquellos malditos blancos pisoteaban los brazos y las manos de los que imploraban más alimento y escupían sobre las bocas abiertas de los negros que se hacinaban como animales suplicando agua. También el ruido y el ajetreo del puerto donde fueron desembarcados a porrazo limpio o a punta de pica. Allí fue donde tuvo el primer contacto con su dueño, Antonio Vargas. Vio cómo se le acercaba gritando y gesticulando, acompañado de otro hombre muy gordo completamente vestido de negro que sonreía con una mueca de desdén mientras aquel tal Vargas no paraba de señalarlo a él, a Ne Sung, y a su brazo tullido.

Durante varios días fue examinado por hombres blancos de aspecto grave. Parecía que su brazo inútil fuera asunto de gran importancia, pero ninguno de ellos se le acercó con intención de curarlo. Lo miraban y examinaban, intentando moverlo sin empacho alguno de los quejidos que emitía ni del dolor de su alma. Ninguno de esos blancos le preguntó por el estado de su esposa embarazada, de la que ya nada sabía, ni por su hijo, ni tan siquiera se apiadaron de la fatal pérdida de su hijita. Únicamente parecía importarles el brazo que se rompió tratando de escapar de los grilletes que lo asían cuando intentaba salvar a su pequeña que se estaba ahogando.

Muchos días más tarde, sujeto por el cuello con cadenas a otros negros y guiado por hombres que cabalgaban sobre mulas, lo condujeron hasta la mina. Allí aprendió a base de sangre y sudor el que sería su cometido. Con su brazo lisiado, Ne Sung solo serviría para transportar material y sacarlo fuera de la mina a través de una red de interminables escalas que se iban superponiendo sobre la ladera de una profunda excavación. Un inmenso yacimiento de plata cuya explotación se le había encomendado al amo por el mismísimo *rey*, un ser que debería ser tan poderoso como el gran Espíritu, pues a él pertenecía todo y todo dependía de su voluntad. Los indios y negros picaban las vetas de mineral que luego él cargaba sobre sus espaldas. Hasta sesenta o setenta kilos transportaba en cada ocasión, amontonándolo donde le indicaban los capataces, para luego regresar pesadamente a aquel agujero asfixiante. Así una hora y otra, desde que el sol salía hasta que se ponía por el horizonte, un día tras otro... durante todo lo que le restase de vida.

# 8

—Por tu traje togado deduzco que eres hombre de leyes, ¿no es así, muchacho?

A Alonso le costó un mundo reaccionar y conseguir finalmente responder a don Juan de Borja, quien se le había acercado sigilosamente por la espalda hasta situarse a su lado sorprendiéndolo cuando él se encontraba observando las labores de marineros y calafates que reparaban los daños sufridos por el Santo Domingo durante la batalla del día anterior. Llevaba semanas sin articular más que las justas frases de cortesía con los cocineros que le servían el rancho o con sus compañeros de camarote, hasta el punto de que en aquel momento pensó que había perdido el don del habla. Don Juan le hablaba mirando hacia el infinito mar azul, como queriendo disimular el contacto. Entonces Alonso tragó saliva y con una leve inclinación de la cabeza, afirmó:

—Sí, mi señor —carraspeó—. Soy doctor en Leyes por la Universidad de Santa María de Sevilla. ¿En qué puedo servirle?

—Para ser doctor en Leyes pareces muy joven e inexperto, pero no hay otro en esta embarcación y me temo que voy a precisar de tus servicios. Preséntate en unos minutos en mi camarote. ¿Cómo te llamas?

—Alonso, mi señor. Alonso Ortiz de Zárate y Llerena —contestó con la humildad marcada en cada fonema.

—Pues bien, Alonso, no te demores. Da una vuelta por el barco, y si puedes evitar que ese bastardo de Fernández de Córdoba te vea entrar en mi dependencia, pues tanto mejor.

—Descuide señor, así lo haré.

Iba a entrevistarse en privado ni más ni menos que con el nieto de un santo, el cual además se convertiría en cuanto pisara tierra firme en el supremo director de la institución jurídica en la que Alonso iba a desarrollar su carrera. Confuso, se dirigió primero hacia su camarote donde los compañeros de singladura dormían *a serrucho* en esos momentos. Nadie del pasaje había descansado un instante desde que se decidiera atacar a las fuerzas holandesas, y aquellos comerciantes necesitaban reponerse para la feria de mercado que iba a tener lugar nada más tomar tierra en Cartagena. Dudaba. No sabía bien si colocarse el bonete de jurista o acudir asistido de algún códice. Rebuscó nerviosamente dentro de su zurrón, pero finalmente decidió presentarse a la cita sin nada. Don Juan le había advertido que tratara de esquivar la mirada de don Luis, por lo que entendió que la discreción sería su mejor atrezo.

Dio una despreocupada vuelta por la cubierta del barco durante la que no pudo evitar sorprenderse a sí mismo mirando varias veces por encima de su hombro para comprobar si alguien lo vigilaba. Ascendió al pabellón de popa para observar dónde se encontraba don Luis, quien en ese momento se afanaba junto al capitán y los pilotos en ajustar de nuevo el rumbo tras haberlo perdido durante la maniobra bélica. Entonces descendió la escalinata y se dirigió al popel donde se encontraba el camarote de don Juan, puerta con puerta con el del capitán general.

Ya fuese porque la actividad para los soldados era mayor al tener que custodiar a los prisioneros holandeses o porque habían recibido alguna consigna, el caso es que no se apostaba guardia alguna ante los camarotes de la cubierta de popa. Sin atreverse a llamar, dirigió una furtiva mirada hacia atrás por encima de su hombro y giró el postigo. Apenas su mano había avanzado unos centímetros, notó como si alguien tirara firmemente del otro lado y entonces, como un espectro, surgió la figura imponente del militar reclamándolo con gestos urgentes y empujándolo por la espalda para cerrar tras de sí. Avanzó unos pasos hasta ocupar el centro de la estancia. En comparación al suyo, el camarote de don Juan era enorme y muy luminoso. Tenía dos ventanas, una daba a estribor y otra a la popa de la embarcación, lo que permitía disfrutar de la visión de la cremosa estela del barco que se expandía para deshacerse en brillantes haces de luz blancuzca. Además del jergón, el camarote disponía de un escritorio y de varios anaqueles, pero estos se encontraban vacíos. No había libros ni artículo lujoso alguno en el camarote del nuevo presidente de la Real Audiencia de Santa Fe. Sobre la mesa del escritorio se encontraban dispuestos una serie de pliegos doblados que parecían ser asientos o libros de cuentas, y apoyada en una silla descansaba una espada.

Lejos del bullicio de cubierta, ambas figuras se escrutaron por un instante. Soberbia la del militar, apostado sobre sus botas de caña alta, engalanado con el uniforme de guerra, poblada perilla y clavando su penetrante mirada sobre la de Alonso, que lucía bisoño e inseguro con su toga desgastada y el ademán nervioso y serio. Fue don Juan quien, al darse cuenta de la tensión de su interlocutor, comenzó el discurso tratando de relajar el encuentro.

—Siéntate muchacho —le solicitó amablemente—. El motivo por el que te he traído hasta aquí es grave y de suma importancia para España y para el futuro de nuestro tráfico comercial con las Indias. La misión que quiero encomendarte debe mantenerse en el más absoluto secreto hasta que llegue el momento oportuno, ¿me has entendido? —interrogó.

—Si se trata de una cuestión de índole jurídica, cuenta usted con mi juramento deontológico y con el más absoluto celo en cuanto al secreto profesional. Sepa que las confidencias de mis clientes jamás han sido ni serán desveladas —replicó tras tomar asiento y acomodar sus brazos sobre una jamuga.

—Bien. En ese caso he de confirmarte que sí, que se trata de una consulta jurídica —dudó en ese momento, aunque prosiguió con cierta parsimonia—. Más bien… de un informe que preciso que redactes para enviarlo a su majestad el rey don Felipe, a su valido, mi primo el duque de Lerma y a mi otro primo el duque de Lemos, presidente del Consejo de Indias.

Juan de Borja y Armendia poseía más que justificados y acreditados méritos para su nombramiento de gobernador de uno de los territorios más ricos, prósperos y florecientes del Nuevo Mundo, con poderes además como presidente de su Audiencia. Había desarrollado brillantemente todos los cargos que se le encomendaron durante más de veintidós años en diferentes destinos. Pero también era verdad que no le venía nada mal estar emparentado con dos de los más importantes próceres del reino. No en vano iba a romper una tradición ancestral convirtiéndose en el primer presidente en la historia de una Real Audiencia que no poseía título de derecho ni formación en leyes.

—Amigo mío —comenzó en tono afectivo—, como bien debes saber, yo soy hombre de acción y no de letras y desconozco la maraña legal que tenéis al uso. Pero de lo que no cabe duda alguna es que todos hemos sido testigos del desastre que sufrimos ayer al enfrentarnos a un enemigo muy inferior en número y armamento.

Alonso no pudo más que asentir con la cabeza. El tono de la conversación era distendido y cordial, y él se iba sintiendo más relajado a medida que el nieto del santo le iba descargando su confianza.

—Es sabido por unos y ocultado por otros que los galeones de la Carrera de Indias han perdido capacidad militar debido a la gran cantidad de mercancías que transportan. Ni la almiranta ni la capitana estaban exentas de ellas a pesar de estar prohibido por las leyes. La responsabilidad de que se hundiera el San Ambrosio no es otra que la de la intolerable codicia que mueve a esta gente de la mar, que anteponen sus intereses particulares a los de su patria y, lo que es peor, arriesgan con ello su seguridad y la de sus compañeros.

—Es cierto señor, ambas naves van cargadas de mercancías comerciales.

—Pues bien, la responsabilidad última de toda esta corruptela que nos ha llevado incluso a la irreparable pérdida de un galeón recae sobre el capitán general. Ese Fernández de Córdoba no hace honor a su apellido. Retrasó deliberadamente la partida de la flota para que diera tiempo a que llegaran las mercancías prohibidas con las que él y los suyos realizan sus enredos. Hace la vista gorda con lo que se introduce en las embarcaciones, y lo que es peor, lo efectúa con la anuencia y cooperación necesaria de los veedores y los secretarios reales que, a buen seguro, realizan las mismas prácticas. El sistema está corrupto, Alonso. Los funcionarios esquilman con impunidad, y los que deberían vigilarlos son los que les dan el mal ejemplo. ¡Debemos parar esto, amigo mío! ¿Estás dispuesto a ayudarme en esta misión?

—En todo aquello que esté en mi humilde mano cuente conmigo, ilustrísima; pero aún no sé bien cuál puede ser mi cometido.

Don Juan le señaló los legajos que había encima de la mesa.

—Son las cuentas de la carga que transportamos. Galeón por galeón. Tienes ahí los datos pormenorizados. Dispones de ellos y deberás custodiarlos con tu vida hasta que atraquemos en Cartagena. Cuando todo el mundo esté pendiente de las tareas de aproximación a puerto, entrarás sin llamar en mi camarote y las esconderás bajo la cama. Hasta entonces, podrás extraer de ellas toda la información que te sea de interés. Antes de que parta para tomar posesión de mi puesto como presidente de la Audiencia de Santa Fe te buscaré. Deberás entregarme entonces un informe jurídico completo que yo haré llegar a su majestad. Quiero conocer cada pragmática, cada ordenanza, provisión o real cédula que se haya vulnerado en este viaje. Necesito una relación exhaustiva de todo lo que se haya infringido, el estado de cada barco, los asientos de excesivo… ¿Entiendes lo que preciso?

—Creo saberlo.

—¡Pues que te quede bien claro! Necesito que la pérdida del San Ambrosio recaiga sobre esa escoria de capitán general que no merece el honor del puesto que ocupa. Sé que intentará, porque tiene buenas influencias, cargarme a mí con el mochuelo. Por eso tengo que adelantarme y actuar, ¿me he explicado lo suficientemente claro? —interrogó depositando su mano sobre el hombro del letrado.

—Si, señor… —confirmó un tanto aturullado—. Cuando desembarquemos en Cartagena, entraré a formar parte del gabinete jurídico de mi padre, don Fernando Ortiz de Zárate. Allí podrá encontrarme. En cuanto llegue me pondré a redactar su informe.

Don Juan apartó ceremoniosamente la espada que se encontraba apoyada en la silla, y tomándola se sentó junto al letrado. Piernas entreabiertas y el arma en medio, la punta clavada en el suelo y las manos sobre la empuñadura.

—Tenemos que actuar —le exhortó dirigiéndole una mirada de determinación—. En tu buen hacer profesional recae gran parte del éxito de nuestra misión, que no es otra que erradicar de una vez por todas la horrible corrupción que se está instalando en nuestras instituciones, antes de que la pudran como la carcoma a un mueble viejo. ¿Estás conmigo, muchacho?

—Haré todo cuanto esté en mi mano, señor, no le quepa la menor duda.

Y levantándose de su asiento estrechó con firmeza la mano de su interlocutor, abandonando el camarote perseguido por la resignada mirada del futuro gobernador.

Los últimos días de travesía transcurrieron de manera trepidantes para Alonso. Tenía que ocultarse de sus compañeros de camarote para tomar las anotaciones necesarias y copiar datos. Apenas si dormía, pues era durante la noche cuando, simulando repasar su trabajo, encendía una bujía y bajo su tenue luz rasgaba con la punta fina y mano experta folios y legajos. Y así fueron gastándose las jornadas de singladura, la primera de su vida. Aquella que lo colocaría entre dos mundos tan distintos como encontrados: el uno incipiente, decadente el otro; ambos corruptos. En el exterior, totalmente ajena a las cuitas y entresijos materiales de las pobres almas que los ocupaban, la oscuridad, compañera fiel de travesía, se iba cerniendo sobre el silencio que envolvía a los galeones españoles, que lenta y pesadamente se iban acercando a su destino en aquél que empezaba a conocerse como el Nuevo Mundo.

# 9

Puerto marítimo de Cartagena de Indias
Nueva Granada (España). Actual Colombia

El Santo Domingo y su guardia se adentraban, solemnes, en la dársena natural que formaba la península de Bocagrande con los baluartes de San Matías, San Felipe y el Boquerón: las fortalezas terrestres defensivas más avanzadas de su época. Imponentes e inexpugnables. Se mimetizaban tanto con su entorno que parecía que llevaban allí toda la vida. Desde la cubierta, Alonso podía respirar la tensa responsabilidad que recaía sobre cada miembro de la tripulación. Contemplaba las complejas maniobras de pilotos y marineros, la precisión exacta al lanzar cada cabo y las órdenes de la capitanía ejecutada al milímetro por unos marinos tan experimentados que parecían rozar el trance al cumplir cada uno su función. El peligro más real era poder encallar en algún punto de bajo calado o chocar con los sepulcros de las embarcaciones que, durante años, habían sido sucesivamente hundidas para bloquear el puerto contra los ataques de piratas y corsarios.

Exultante, el pueblo de Cartagena vitoreaba la llegada de la flota como una amante recibe fiel la visita de su enamorado, y Alonso aprovechó aquel momento de máximo apogeo previo al atraque para escurrirse y llegar hasta el camarote de don Juan de Borja. No había nadie apostado junto a su puerta. Giró el picaporte y se adentró en una estancia completamente vacía. Con las manos temblorosas y sin dejar de mirar hacia la puerta extrajo un amplio fardo de folios y legajos que llevaba oculto bajo la toga y lo depositó nerviosamente bajo la cama del nuevo gobernador. Contuvo la respiración al salir nuevamente de la cabina y comprobó que todos seguían con la vista puesta en la que parecía ser la *tierra prometida*. Entonces también él se sintió unido a la sensación de seguridad y alivio que confería por fin verse ya tan cerca de los sólidos bloques de piedra que conformaban el muelle.

Primero desembarcaron los pasajeros, que tendrían que aguardar a que se fueran depositando sus mercaderías y pertenencias. Desestibar el cargamento era una tarea que podría demorarse varios días. Los primeros mercaderes, nada más saltar a puerto, se entregaron a una algarabía desenfrenada, compartida y propiciada por las decenas de mercachifles que les ofrecían todo tipo de tratos y bagatelas, pero sobre todo fruta. Fruta fresca. Mucha completamente desconocida para los recién llegados.

Alonso fue de los últimos en bajar de la nave. Tras compartir furtiva mirada de complicidad con don Juan de Borja, descendió a trompicones por la atestada pasarela que se había dispuesto, empujado y empujando a quienes no veían el momento de pisar tierra.

Pero una vez en puerto se topó con la más cruda realidad. El suelo se movía bajo sus pies, como si aun permaneciera dentro de la embarcación. Como si nada hubiera cambiado. Comenzó a sentir una sensación de angustia y de vértigo. ¿Qué hacía allí en realidad?, se preguntó. En su precipitada huida de Sevilla nunca se paró a contemplar esa situación, pero ahora estaba solo. Absolutamente solo en medio de una febril multitud. No sabía hacia dónde dirigir sus pasos. No tenía que esperar a que le descargaran ninguna mercancía pues el macuto con sus escasas pertenencias obraba colgado de su hombro. En la otra mano llevaba el pesado hato lleno de libros de derecho que constituían su única herramienta de trabajo. Miró hacia un lado y hacia otro. Contactó visualmente con los mercaderes que habían sido sus compañeros de camarote. Reían y se abrazaban. Habían comprado una botella que contenía un líquido transparente y la bebían con fruición. Haciendo un esfuerzo, les lanzó un gesto de despedida. Uno de ellos se percató, y antes de que Alonso se diera la vuelta avisó al otro propinándole un codazo. Ni tan siquiera se acercaron para despedirse. Resultaba un alivio no tener que volver a ver a ese muchacho de alma mustia, muerto en vida.

De puntillas trató de distinguir la salida del ágora del puerto, pero apenas pudo moverse pues tanto él como sus pertenencias eran golpeados una y otra vez a cada paso que intentaba.

—¡Sólo un maravedí! ¡Sólo un maravedí, señor! ¡Señor! —le decía un mocoso de apenas diez u once años tratando de introducirle en la boca un trozo de fruta de amarillo tan intenso que contrastaba crudamente con las sucias uñas del chiquillo.

Sorprendido, intentó sin éxito zafarse de él. Fue entonces cuando notó el sabor ácido y dulce del trozo de fruta que le acaban de introducir entre los labios y que le supo a la misma gloria. El crío lo agarró nuevamente de la toga con sus manos infantiles y consiguió meterle otro trozo. De inmediato, sus papilas gustativas se abrieron al sabor que se colaba por todos los recovecos de su boca.

—*Piña,* —decía el pequeñajo dando pequeños saltitos y tomando otro trozo de esa fruta que llevaba en una vasija de barro llena de moscas. —Pruebe la *piña,* señor, es deliciosa.

Pero Alonso no tuvo ni tiempo de negociar lo que el muchacho le vendía al grito de «¡un maravedí, señor, una piña por un maravedí!», porque un violento chasquido lo arrancó súbitamente de aquella escena. Vio la mueca de dolor del niño y su cara de rabia. Le soltó la toga y se alejó corriendo, las manos rascándose el trasero, justo en el lugar donde había recibido el latigazo, mientras profería una retahíla de insultos hacia aquel que se ha abierto paso hasta llegar hasta el único caballero togado que había desembarcado de los magníficos galeones de la flota de Indias.

—¿Eres Alonso? —le interrogó secamente un rostro rudo y hermético de cuyo brazo aún pendía una vara larga y flexible fabricada con el miembro seco de un bóvido, conocido con el nombre de *pijotoro* y que además de ser muy útil para la conducción del ganado, era capaz de levantarle a un hombre un buen pedazo de carne de un solo vergajazo.

—Me llamo Alonso Ortiz de Zárate y Llerena. ¿Quién es usted? —preguntó con voz trémula.

Llevaba más de quince años sin ver a su progenitor, desde que contara apenas nueve, pero el hosco personaje que tenía delante escrutándolo de arriba abajo en modo alguno se parecía a su padre. Y tampoco reflejaba sensibilidad alguna.

—¿Dónde está doña Beatriz? —le preguntó tajante—. ¿Aún se encuentra en el barco? ¿Ha sufrido algún percance? ¿Debemos esperarla aquí o acaso he de subir a ayudarla con sus pertenencias?

Eran demasiadas preguntas cuando solo existía una respuesta.

—He venido yo solo.

—¿Solo? ¡Pero eso no puede ser! ¡De ninguna de las maneras! ¿Es que acaso le ha ocurrido algo? ¿Sufrió la señora alguna enfermedad durante la travesía? ¿Falleció antes de partir? Se dice que una epidemia de peste asola Sevilla. ¿Ha muerto? Contesteme, ¿ha muerto?

—Le he dicho que estoy solo, ¿es que no le ha quedado suficientemente claro? —zanjó.

El rostro que lo contemplaba ya no era impenetrable. Algo se había quebrado en su interior. Era Alonso ahora el que lo escrutaba, detectando su miedo. Después de varios años tratando como abogado a individuos de todo pelaje no se le escapaba que a ese individuo de aspecto impenetrable le aguardaba algún tipo de castigo.

—¿Dónde está mi padre? —preguntó por fin con indeleble resolución—. ¿Dónde está don Fernando Ortiz de Zárate?

—Deme eso y sígame —le ordenó con un exabrupto, señalando el petate de libros.

—¡Por lo menos me podría decir quién es usted y por qué me pide que le siga!

—Me llamo Escobar, Tello Escobar. Soy el mayordomo y capataz de su señor padre —contestó sin tan siquiera mirarlo a la cara—. Me ha estado mandando a buscarlos durante los tres últimos años, cada día, cada vez que atracaba un barco en Cartagena y no le va a hacer gracia verlo llegar sin su madre. No, ninguna gracia.

# 10

Subido a una calesa de madera blanca, escoltado y vigilado en todo momento por Tello Escobar a lomos de su montura, Alonso realizó el trayecto entre el ágora del puerto y la casa de su padre. Frente al modesto albero con el que Sevilla forraba sus calles, sucio polvo durante los días de calor y pesado barro en los de lluvia, las calzadas del centro de Cartagena estaban empedradas y pavimentadas. Ello provocaba un enorme estruendo al paso del carruaje, y los escasos viandantes que a esas horas no se agolpaban en el puerto se sobresaltaban a su paso, apartándose para refugiarse en las aceras.

¡Cuánto lujo se derrochaba en aquella floreciente urbe! Los palacios se sucedían uno tras otro, señorial indicio de la pujanza económica de la ciudad más protegida de América, la perla del Caribe español. No podía evitar moverse de un lado para otro del carruaje sin querer perderse ningún detalle, tratando de absorber aquellos sus primeros momentos en el Nuevo Mundo. Se podría decir que por las calles de Cartagena fluían ríos de oro. Del oro y la plata del Perú que la Corona se afanaba en acumular y proteger como un padre a su más agraciada hija. Y todo aquel lujo era ahora objeto de la mirada atónita del letrado.

El carruaje se detuvo ante la puerta de un enorme y suntuoso palacio cuya fachada principal, aparentemente austera y de estilo colonial, se adornaba con ostentosas esculturas renacentistas. Escobar golpeó una de las enormes aldabas que pendían de ellas, y de inmediato, las inmensas puertas que daban entrada al patio del apeadero se dejaron abrir, de par en par. Varios pajes se prodigaron en profundas reverencias tras desplegar la escalinata de la calesa. Tello ordenó a Alonso que bajara y lo siguiera. Cruzaron una galería rodeada de plantones y maceteros entre genuflexiones de pajes y lacayos para ascender por una escalera de cuyo tiro colgaban aves disecadas y coloridas plumas exóticas.

Por fin se detuvieron ante una sobria puerta de caoba labrada, y Alonso dedujo que se encontraban ante el despacho de su padre. Se percató de cómo Escobar se estiraba y alisaba la ropa, mirando hacia sus zapatos y lanzando un profundo suspiro. Antes de llamar le dio un repaso a Alonso durante un breve segundo y finalmente, con aire resignado y el brazo en *ele*, golpeó con los nudillos tan recto y estirado como pudo.

—¿Quién llama? —se escuchó decir a una voz aguda y estridente.

—Su señoría ilustrísima, soy Tello —dijo, forzando su mejor dicción—. Tengo el atrevimiento de llamar a su puerta para comunicarle que su hijo Alonso ha llegado desde Sevilla y solicita respetuosamente su audiencia.

Por fin iba a poder abrazar a su progenitor después de más de quince años. Sintió que la frecuencia del pulso se le aceleraba en las sienes. Su respiración se agitó casi violentamente al comprobar que desde el interior de la estancia no brotaba respuesta ni sonido alguno. La escena de incómodo silencio se prolongó tanto que el capataz comenzó a dar nerviosos saltitos laterales sobre la punta de sus botas. Finalmente escuchó cómo del interior del despacho brotaba un medido y modulado:

—¡Que pase!

Escobar entreabrió el portalón y cedió el paso a Alonso para que fuera el joven el primero en afrontar el encontronazo. Tres lustros después de que su rostro se difuminara sobre la cubierta de un barco en el puerto fluvial de Sevilla, tenía delante a la persona que lo engendró.

Se detuvo instintivamente ante los sillones de confidentes que don Fernando tenía, cuan frontera, pertrechados frente a su mesa, lo cual no impidió recibir el bofetón del glacial recibimiento. Ni tan siquiera se levantó para recibirlo. La puerta se cerró tras de sí con un sórdido crujido. Únicamente una mesa, unas sillas de despacho y un inmenso silencio reemplazaban ahora la distancia que el mar océano había separado durante tanto tiempo. Pero ambos obstáculos se antojaban igualmente insalvables.

Durante un instante eterno permanecieron observándose. Parecían dos luchadores que quisieran medirse y ninguno se atreviera a lanzar el primer golpe.

Alonso se esforzaba en reconocer a su padre en el individuo obeso que tenía delante, cuya papada sobresalía por encima de la gola que coronaba su toga. Le resultaba imposible conciliar aquel rostro con el que vio por última vez cuando apenas contaba nueve años.

Por su parte, don Fernando lo escrutaba repasándolo de arriba abajo, sin conseguir sentir ninguna debilidad o afecto por la figura del muchacho enclenque y espigado que tenía delante. Finalmente le espetó:

—¿Y bien, Alonso? ¿Por qué has venido solo? ¿Dónde has dejado a mi esposa Beatriz?

# 11

La cólera de su padre. Ese sería el recuerdo que Alonso guardaría para siempre de su reencuentro. El ímpetu de sus gritos, su indignación *in crescendo* ante los vanos intentos de su hijo por explicarle los motivos que habían llevado a su madre a tomar la decisión de no abandonar Sevilla, de no acompañarlo en su viaje. Recordaría para siempre cómo esa rabia fue subiendo de tono conforme le narraba la extraordinaria labor que doña Beatriz había empezado a desarrollar en el hospital de las Cinco Llagas cuidando a los enfermos. Y también recordaría para siempre aquellos golpes sobre la mesa. Golpes de autoridad, secos, sucesivos. Golpes de cerrado puño, golpes de furia e ira.

—¿Me estás queriendo decir que prefiere quedarse cuidando de pobres y menesterosos en lugar de hacerlo de su propio marido, como le obliga y enseña nuestra Santa Madre Iglesia? ¿Después de los denodados esfuerzos que he tenido que hacer para proporcionarle una vida regalada? —fueron algunas de las frases que quedarían para siempre grabadas en su memoria.

Ni tan siquiera se le acercó para besarlo o abrazarlo. No llegó a levantarse. Alonso dudaba incluso que pudiera hacerlo sin ayuda, tal era la obesidad que parecía tenerlo hundido en el enorme sillón de su despacho. Don Fernando tampoco permitió en ningún momento que su hijo encontrara el valor suficiente para acercársele. Frío, cortante, segó de raíz cualquier intento conciliador o suplicante de su hijo, que tuvo que recomponerse varias veces para no romper a llorar delante de aquel individuo cruel. ¿Para eso había venido? ¿Para eso había cruzado el mundo entero?

Escobar, que se encontraba a un metro escaso de Alonso, no pronunció palabra alguna durante aquel primer encuentro. Mudo testigo de la escena se limitaba, manos cruzadas en la espalda, a desviar la mirada del suelo para dirigirla por momentos, cargada de resentimiento, hacia Alonso. Para él, aquel muchacho era el único responsable de la furia de su señor. Furia que, a buen seguro, acarrearía múltiples problemas en forma de castigos y sinsabores para todo el personal de servicio. Si este mentecato no hubiera aparecido, se decía, las cosas no se habrían torcido de esta manera. Tras muchos años a su servicio había desarrollado un fino instinto para saber cómo y cuándo transmitirle según qué noticias a su patrón, pues era consciente de su agrio y voluble carácter. Finalmente, había llegado a conseguir, no sin esfuerzo, un precario equilibrio y estabilidad entre las relaciones del amo y del resto de almas que habitan el palacio. Pero tenía que haber llegado aquel maldito portador de malas noticias a malograr su trabajo. Pájaro de mal agüero, farfulló para sus adentros.

Cuando agotado por sus propios gritos, golpes e insultos don Fernando dio por concluido el encuentro, ordenó a Alonso que saliera del despacho y dio instrucciones a Escobar para que le prepararan un baño de agua caliente y lo vistieran con ropa limpia.

—¡Desde aquí se puede oler la peste que traes! —bramó furibundo.

Llevaba meses sin poder asearse con agua dulce y tampoco había podido mudarse de ropa durante el tiempo que duró la travesía, permaneciendo día y noche vestido con su traje togado. Además, durante los últimos días, el sudor opresivo generado por la humedad caribeña había agravado el asunto. Deseaba asearse, sí, pero sobre todo no veía el momento de quedarse a solas y reventar a llorar hasta que se le secase la última lágrima de los ojos.

Antes de abandonar la estancia, escuchó la primera de las directrices de su padre:

—En cuánto acabes de adecentarte y no huelas carnero te presentas ante mí. Tienes mucho trabajo acumulado que ventilar.

Escobar lo guio hasta la puerta de una enorme alcoba y lo conminó a entrar con un exabrupto y sin mediar palabra alguna. Acostumbrado como estaba al interior del diminuto camarote de un galeón, con los jergones colgados de las cuadernas, sin apenas luz ni ventilación, a Alonso le impactó la claridad y amplitud del que iba a ser su nuevo dormitorio. La cama era la más grande que jamás hubiera visto, provista de dosel y rodeada de una malla a modo de mosquitera. El portazo con el que el mayordomo abandonó el cuarto lo sobresaltó. Escuchó cómo daba varias vueltas de cerradura dejándolo encerrado y completamente solo. Por primera vez desde que zarpara, Alonso no tenía ningún ser vivo a una distancia que no alcanzara a tocar extendiendo el brazo. No había mercaderes, tripulación, grumetes o mareantes. Nadie del que tener que esconderse, disimular o guardar la compostura.

Empezaron, entonces sí, a brotar las primeras lágrimas. Lágrimas que se deslizaban sin cuita sobre su faz y que lentamente iban surtiendo el profundo efecto balsámico para el que se crearon. Avanzó unos pasos para abrir la mosquitera que pendía del dosel y así dejarse caer sobre la cama, permitiendo que el llanto se fuera depositando sobre la blancura de las sábanas sobre las que se recostó de lado, abrazándose las rodillas.

Por unos instantes se sumió en un trance, sin llegar a ser consciente del absoluto desconsuelo que lo envolvía. ¿Por qué no se moría en ese mismo instante si su corazón no sentía ganas de latir? ¿Por qué aquel cañonazo había hecho que el arcabucero holandés errara el disparo? ¿Por qué la fuerza de la naturaleza obligaba a su cuerpo a resistir cuando la desolación de su alma era tan grande como para desear lo contrario?

Y por unos segundos, minutos tal vez, su espíritu empezó a aquietarse. Desolado, hundido y ya sin apenas esperanza, se rindió incondicionalmente. Y con ello consiguió que brotaran desde lo más profundo de ese silencio interior, del vacío de su mente, algunas palabras, frases inconexas al principio, pero que luego comenzaron a cobrar forma. Ideas que algún día había oído de alguien:

—Recuerda, Alonso —escuchaba dentro de su cabeza—, que un abismo no se salva con pequeños pasos sino con un gran salto, y ese es el que tú estás a punto de dar… Es normal que vaciles antes de tomar impulso, que dudes y que flaquees. Pero un valiente no es aquel que no siente miedo sino el que teniéndolo es capaz de enfrentarse a él y superarlo.

«Enfrentarse al miedo y superarlo… un abismo no se salva sino con un gran salto…». Las palabras de su tío Diego golpearon sus sienes con un eco resonante, filtrándose por entre las paredes de sus tejidos para vibrar en todas y cada una de sus células antes de quedarse profundamente dormido.

# 12

Desde la cama y hecho un ovillo, escuchó como crujía nuevamente la cerradura de su dormitorio. No sabía cuánto había dormido, pero se encontraba sorprendentemente descansado. Se incorporó entreabriendo los ojos y los frotó comprobando que sus lágrimas se habían secado. Apoyó pesadamente el brazo sobre la cama con gesto de resignación, rearmándose para recibir la rudeza de un nuevo envite con el lacayo de su padre. Sin embargo, en lugar del rígido rostro de Escobar, lo que se adentró en el dormitorio fue una mulata de rostro dulce e infantil que se presentó con una reverencia.

—Amo, ¿da usted su permiso para entrar? Me llamo Zaida, espero que todo esté a su gusto. Mi madre y yo hemos arreglado la habitación lo mejor que hemos podido en cuanto nos anunciaron su llegada. Me han ordenado que le prepare el baño —dijo, sin levantar la mirada en ningún momento del suelo.

Alonso observaba a la chiquilla con curiosidad. Había visto muy pocas mulatas a lo largo de su vida y se preguntaba intrigado por lo esquivo de su comportamiento. Lo que desconocía era que la muchacha estaba tratando de ocultar la vergüenza de que el dueño de la casa, el padre de la persona que tenía ahora que bañar, la hubiera violado una noche de Navidad, cuando no era más que una niña.

—Está todo bien, Zaida. No tienes que preocuparte por nada, muchas gracias —le respondió con cortesía—. La niña se arreboló aún más ante una amabilidad a la que en modo alguno estaba acostumbrada y apenas alcanzó a susurrar algo.

—Entonces tendré que entrar para prepararle el baño señor, si da usted su permiso.

Mientras Zaida iba preparando una enorme bañera de porcelana blanca y vertía en ella aceites y ungüentos perfumados, hizo entrada una oronda mujer que, por sus rasgos, debía ser su madre. Esta apenas hablaba español, y a manera de saludo ejecutó un breve gesto acompañado de un sonido gutural. Portaba bajo sus carnosos brazos sendos cubos de agua hirviendo que dejaron un rastro humeante por la estancia mientras se cimbreaban tambaleantes. Se acercó hasta Zaida y se puso a hablar con ella en un idioma del que Alonso no conseguía entender una sola palabra. Tras la esclava entró otra persona, esta vez un hombre, menudo y gracioso, de buenas y elegantes maneras, vestido con una levita de seda verde botella, jubón blanco y un lustroso nudo rojo enlazado al cuello que lo hacía parecer más esbelto de lo que en realidad era. Se adentró dando gráciles saltitos al tiempo que ejecutaba una estudiada reverencia.

—Mi señor Alonso, me llamo Mateo Alemán —dijo con marcado amaneramiento—. Soy el sastre personal de don Fernando, bueno, de él y de toda la aristocracia y la nobleza de Cartagena —reconoció sin pretender esconder un relamido orgullo—. Me envía su señor padre para tomarle medidas y prepararle sus nuevos trajes togados y demás ajuar. Tengo instrucciones de confeccionarle al menos tres vestimentas para cada evento social, misas, festividades, bailes de salón… Aquí trabajo no le va a faltar mi querido amigo, ni dinero que pague sus emolumentos. No sé si sabe que ha arribado a la ciudad más próspera del Nuevo Mundo. En Cartagena riegan las calles con oro y plata que provienen de los vastos reinos de su majestad, nuestro rey Felipe, a quien dios conserve muuuchos años la vida—. Y ese «muchos» lo dijo el sastre con cierto retintín que no escapó al letrado.

El caso es que aquella remilgada forma de expresarse, aquellas palabras que el sastre pronunciaba con tanta dulzura y musicalidad, fueron el primer trato afectivo que le dispensaron desde que partiera de Sevilla. Le tomó afecto a ese hombrecillo en aquel mismo instante.

—¡Uy! —exclamó don Mateo arrugando la nariz y dando un repentino salto hacia atrás en cuanto se acercó a dos cuartas de Alonso con su cinta de medir—. Mejor será que termine usted su baño antes de que le tomemos las medidas, ¿verdad que sí? Sí, será mejor idea…, ¡y tanto! Debe ser complicado asearse durante una travesía tan larga como la que ha hecho vuestra merced, ¿no es cierto, don Alonso? Claro, debe ser una labor muy trabajosa esa —se contestaba a sí mismo mientras no dejaba en ningún momento de gesticular—. Además, creo que tengo algo más o menos de su talle confeccionado en mi sastrería y que podría valerle provisionalmente. Sí, está totalmente decidido, antes de tomarle medidas, usted se da tranquilamente un bañito y yo entretanto iré a mi sastrería donde creo que puedo conseguirle algún ropaje informal, nada serio, solo para salir del paso mientras confecciono sus nuevas prendas que, ya verá, van a ser la envidia de toda Cartagena. En la flota que ha llegado esta mañana debe venir mi provisión de paños de seda genovesa con los que pienso hacerle las prendas más elegantes que se hayan visto nunca en la ciudad —dijo, mientras lo repasaba con la mirada a cierta distancia—. ¡Qué buena planta tienes, muchacho! —afirmó tras observarlo unos instantes y tuteándolo abiertamente—. ¡Te van a rifar las indianas! Voy a tener que hacerte una lista de la que te interesa y la que no te conviene… Porque elegir a la más adecuada no va a ser tarea fácil, querido mío, ni mucho menos. Siendo hijo de quién eres, vas a ser objeto de disputa de más de una dama, y esto no será más que el comienzo. Cuando se enteren que ha llegado un pimpollo con tu porte, ¡madre mía! Ya se me ocurren varios nombres de respetables e ilustres familias con hijas casaderas que están de muy buen ver. Pero no te preocupes porque voy a prepararte bien, muy bien, para ese asunto, querido mío. Cuentas con la ayuda de Mateo Alemán, el sastre más reputado de este confín del mundo. Deberemos ser muy selectivos, sí señor. Aquí no abundan buenos partidos como tú, muchacho. Sí —afirmó rotundo, mirándolo mientras reposaba el mentón en el anverso de la mano y lo escudriñaba sin ningún disimulo—. ¡Te voy a poner hecho un pincel, que digo un pincel…! ¡Hecho un jaspe! Gracias a dios tu padre mantiene buena cuenta en mi sastrería, porque el problema aquí, muchacho, es que los tejidos de calidad nos llegan con cuentagotas. Su queridísima Majestad, a quien dios conserve muuuuchos años la vida, mantiene la medida de que en el Nuevo Mundo no se puedan construir ingenios ni telares para la confección. Todo ello para defender el monopolio del comercio que tiene la Madre Patria. Aunque con eso lo que consigue es que al final las materias que nos llegan estén tan subidas de precio que solo buenas firmas como la de tu señor padre son capaces de permitírselo, mientras colonos e indios tienen que andar por ahí medio haraposos y casi como dios los trajo al mundo. Pero tú tranquilo, en menos de un mes te vas ver como el letrado mejor vestido de toda Nueva Granada, eso te lo garantiza Mateo Alemán. Y ahora permíteme que me marche en busca de un pequeño ajuar que proveerte. No esperes nada novedoso, es ropaje con el que cuento ocasionalmente. Paños finos, eso sí, que bien te harán el avío —seguía expresando con ese torbellino de palabras que parecía no tener conclusión—. Vete bañando anda, que no tardaré mucho en volver —dijo ya desde la puerta—. Mi sastrería se encuentra muy cerquita, en esta misma calle. ¡Tienes que verla! Solo me visita lo más granado de la ciudad. Ya te llevaré cuando estés presentable, te tienen que ver con mis confecciones. ¡Sí!, te tienen que ver bien —afirmó a punto de cerrar la puerta y con el postigo en la mano, pero cuando parecía que ya se iba, volvió a abrir y a solicitarle: —Por favor, ordena que echen al fuego esa toga desgastada y todo lo que traes en tu ajuar, si es que huele igual, te lo suplico. —Y diciendo aquello, finalmente, se marchó.

Alonso quedó mudo, mirando la puerta cerrada por la que acababa de salir aquel personaje y no pudo evitar esbozar una leve sonrisa. Luego se volvió hacia la toga que años atrás, cuando se la regaló su tío Diego el día en que se doctoró en Derecho, era la más bella, lustrosa y llamativa prenda que jamás había vestido. El símbolo que vio nacer su exultante profesión de letrado. Ahora semejaba un harapo desgastado, sin brillo y de un color más bien gris pardo que negro. Reflexionó unos segundos para luego volverse hacia Zaida y su madre, que habían terminado de preparar el primoroso baño y que aguardaban, manos dispuestas sobre el regazo, a que Alonso les diera las órdenes oportunas.

—Por favor, si sois tan amables, cuando os marchéis, llevaos esas prendas y les dais el destino que creáis más conveniente. Yo ya no las usaré más.

# 13

Las esclavas se afanaron en arrancarle de la piel la mugre y la suciedad malolientes. Después, una vez seco, lo perfumaron con afeites y ungüentos. Para cuando hubieron terminado, el sastre se encontraba de regreso, portando un hato con varias prendas. Lo vistió tan solo con un calzón, dejándole el torso y las piernas desnudos y procedió entonces a tomarle las medidas del cuerpo: caderas, mangas, perneras, cuello, muñecas...

—Pernera de trece pulgadas —recitaba el sastre mientras tomaba sus anotaciones—. Manga de nueve, brazo de veinticuatro... A ver... empezamos de nuevo, pernera... ¡solo quiero asegurarme de que las medidas son exactas, mi señor! —se excusaba cuando veía que Alonso simulaba cara de hastío.

Entonces volvía a requerirlo, asiéndolo de las caderas, haciendo que curvara el trasero o extendiera los brazos una y otra vez. Cuando por fin dio por concluida aquella tarea fue el propio Mateo Alemán quien lo fue vistiendo con elegantes prendas que a Alonso le parecieron un tanto extravagantes para el gusto austero al que él estaba acostumbrado. Acababa de ajustarse las calzas cuando, como si se encontrara fuera del dormitorio esperando su turno, entró el maestro cirujano que hacía las funciones de barbero. Su padre lo había requerido para que lo examinara y reconociera su estado. Tomó el pulso del muchacho y escuchó la respiración a través de espalda y pecho, comprobando que su salud era óptima. También se empleó vivamente en que la tez del letrado resurgiera de entre su desaliñada barba, pelándolo y afeitándolo con maestría. Concluía su labor auscultándole el vientre, cuando Tello Escobar irrumpió bruscamente en la estancia. Alonso se puso en pie y endureció el rostro como preparándose para el enfrentamiento con el lacayo. Lucía jubón de seda blanco y sobre él resaltaba una levita de terciopelo burdeos que lo hacía parecer más estilizado que con la toga andrajosa con la que había desembarcado en el puerto tan sólo unas horas atrás. La barba aliñada y perfectamente recortada, la melena suelta llegándole casi hasta los hombros y los pómulos angulosos y bronceados por los días de navegación. A Escobar le pareció otra persona la que ahora tenía delante. Ante el aplomo y la firmeza que desprendía el mayordomo titubeó, pero enseguida lo urgió a que lo acompañara al comedor, donde su padre lo aguardaba. Alonso lo detuvo con una templanza tal que su voz sonó tajante como una orden:

—No, el que va a esperar ahora es usted —dijo dándole la espalda para tomar una caja que se encontraba en el interior de su petate y que luego tendió hacia el barbero—. Por favor, quiero que afile y ponga a punto esto —le rogó.

Cuando el cirujano barbero abrió aquel estuche encontró en su interior una navaja de afeitar de las más finas que había alcanzado a tocar en toda su vida profesional. Templado acero toledano y cachas de nácar. Una magnífica pieza que podría valer su peso en oro en aquel confín del universo. Sorprendido le replicó:

—¿Es que no va a desear vuestra merced que venga cada mañana a afeitarlo? Yo podría compraros esta maravilla, os pagaré un precio justo, os lo aseguro —afirmó con una expresión sincera.

—Esta navaja es lo único que he traído a estas tierras que pueda importarme. No puedo desprenderme de ella, lo siento. Seré yo quien me asee y afeite cada mañana. Es mi deseo recordar a la persona que me la regaló. Lo siento pero no está a la venta —zanjó—. Y tras pronunciar esas palabras se despidió, dirigiéndose hacia la puerta donde lo esperaba Escobar para escoltarlo.

Descendieron la escalera principal del edificio hasta llegar a un inmenso comedor. Aseado, limpio y terriblemente hambriento, se detuvo delante de su progenitor, el cual lo esperaba sentado al extremo de una alargada mesa, codos apoyados sobre un mantel de fino hilo blanco, sujetándose la papada con el anverso de ambas manos. Parecía más calmado que en su primer encuentro, pero sin seña alguna del más mínimo arrepentimiento por el horrible trato que le había dispensado. Le ordenó que se sentara y Alonso ocupó el lugar que le indicó al otro extremo.

Si la más agria discusión fue la protagonista de su primer encontronazo, el silencio se erigía ahora como amo absoluto de aquella segunda cita. Únicamente el servicio se atrevía a hablar en *sottovoce* solicitando instrucciones de los comensales, dos seres tan afines como distantes. Les sirvieron un vino aceptable y extraños platos que Alonso desconocía, a base de maíz con chiles y hierbas, complementados con frijoles, tomates y nopales que venían condimentados con vainilla, un sabor que hasta entonces nunca había probado. Un faisán relleno de piñones, almendras y ciruelas pasas y una pierna de cordero estofada fueron el plato principal del almuerzo. Todo ello ingerido sin que entre padre e hijo, mediara diálogo alguno.

Degustaban unos postres a base de guayaba, papaya y piña cuando don Fernando rompió el silencio con un gutural interrogante:

—¿Por qué?

Se vio sorprendido, no tanto por lo inesperado de la pregunta, sino más bien por su indefinición.

—¿Por qué, qué, padre?

—Sí, ¿por qué?

—Si te refieres a por qué no ha venido madre, ya te lo he explicado esta mañana, aunque parece que no hubieras querido escucharme. Realiza una extraordinaria labor a favor de los pobres y menesterosos, así como en la lucha contra la epidemia de peste, y además…

—¿Que por qué carajo estás tú aquí? — lo interrumpió bruscamente— ¿Por qué has venido a este infecto lugar del planeta?

—Por lo poco que conozco, Cartagena no me parece el peor lugar de los que haya visitado —ganó tiempo para responder.

—Pocos habrás visto tú —le replicó con desdén—. Pero responde a mi pregunta: ¿a qué has venido?

—Tú me llamaste, ¿no es así? Nos escribiste reclamando nuestra presencia ante ti, anunciándonos las bondades de esta tierra que te había dado prosperidad, riqueza y posición social.

—¡Exacto! Reclamé vuestra presencia —dijo recalcando con una extrema rotundidad la palabra «vuestra»—, ¡no la tuya exclusivamente! ¿Por qué no trajiste a tu madre? Esa era tu obligación. ¿Acaso no deliberasteis, no sopesasteis el mandato de Dios Nuestro Señor y nuestra Santa Madre Iglesia de mantener el amor y la unidad familiar, ahora que las circunstancias nos son propicias?

Alonso estuvo a punto de estallar y por un momento tuvo la tentación de recordarle a su padre el abandono familiar con el que él mismo afrentó, primero a Dios y luego a los hombres, casi tres lustros atrás. De restregarle su falsedad e hipocresía en su propia cara y casa. Pero no…, no iba a perder el crédito tan pronto. No entregaría aquella segunda partida a su progenitor para que sus voces e insultos liquidaran el trance con una nueva victoria. En su lugar buscó un teatro de operaciones más pacífico donde pudiera llevarlo a su terreno, el de la dialéctica. Respiró profundamente y mantuvo la compostura. Su tío Diego le había enseñado que al que conserva la serenidad le aguarda la victoria. Se recostó sobre su asiento ajustándose las solapas de la levita con ambas manos para mirarlo, por primera vez, directo a los ojos.

—He venido a Nueva Granada a conocer al hombre que me dio la vida. Aquel que me enseñó a nadar a la orilla del Guadalquivir y que, cuando era niño, en ocasiones, me llevaba de la mano a la escuela. He venido a crear y asentar junto a él el mejor gabinete jurídico de Cartagena de Indias —mintió.

A don Fernando le resultó difícil encajar una respuesta tan sutil como inesperada. El duro interrogatorio que tenía preparado se desvaneció súbitamente ante aquella presunta dulzura. Pero no podía enternecerse. No hasta haber conseguido el propósito que tanto ansiaba. Por ello, tras una breve pausa, emitió algo similar a un bufido de incredulidad al tiempo que se erguía clavando, también él, la mirada en la de su pupilo. Alonso se la sostuvo sin amilanarse. Ciertamente el rival que tenía ahora en frente no se parecía en modo alguno al cordero degollado que se había presentado aquella mañana en su gabinete. El bueno de Diego había hecho un excelente trabajo de forja con el muchacho timorato que él abandonó en el puerto fluvial de Sevilla. Tras una breve pausa decidió continuar con su asedio. Ahora necesitaba levantar su espada un poco más…

—Mientes —sentenció finalmente—. ¡No te creo! Tu cara de gallina clueca de esta mañana no era la de un buscador aventurero. Créeme, trato con ellos a diario. Los veo bajarse de los galeones queriendo comerse el mundo. Todos son inmigrantes en esta ciudad. Vienen al reclamo del metal amarillo que riega sus calles, y tú no venías como esos. Sus ojos están preñados de avidez, los tuyos eran los de un cerdo en San Martín. ¡Tú agonizabas!

Alonso, que durante el baño se había preparado para todos los posibles escenarios, comenzó a sentirse algo más seguro de cómo iba desarrollándose el combate dialéctico. El efecto del vino con el que se estaba regando el almuerzo le confirió además una confianza añadida. Con un gesto de la mano reclamó al servicio que le sirvieran algo más de aquel zurrache, al tiempo que replicaba con voz firme:

—Mi querido padre... —dijo forzando una nueva pausa— debo entregar un complejo informe jurídico que me ha encargado don Juan de Borja, a la sazón el nuevo presidente de la Real Audiencia de Santa Fe, y para cuya confección no sé si encontraré en este despacho, ni tan siquiera en toda Cartagena, las necesarias compilaciones de leyes que preciso. Esa y no otras eran las cuitas con la que usted me recibió esta mañana —volvió a mentirle con pretendida humildad.

—¿Me tomas por tonto? —soltó, al tiempo que profería una sonora carcajada.

—¿Os he ofendido en algo? Tal vez haya menospreciado el volumen del fondo de vuestra biblioteca. Quizá sea debido a que aún no me la habéis mostrado. Ni esta, ni el lugar donde voy a desarrollar mi oficio —respondió sarcástico, haciendo que, por primera vez, su padre comenzara a sentirse algo incómodo.

—Me refiero a que si te crees que me voy a tragar que don Juan Buenaventura de Borja y Armendia, el mismísimo nieto del Santo, la persona más importante de toda Nueva Granada, te ha dirigido una sola palabra a ti, a un mequetrefe del tres al cuarto, ni tan siquiera para decirte «hola».

Alonso sonrió, desviando la mirada hacia la bandeja de plata que tenía en frente al tiempo que tomaba de ella un trozo de piña. Al morderlo reconoció de inmediato el sabor de la fruta que aquel mocoso le había metido en la boca nada más arribar a puerto. Hacía todo aquello con parsimonia y tomándose el tiempo justo y necesario para continuar la conversación, a sabiendas de que, a cada segundo que pasara, su interlocutor se encontraría más curioso y ansioso por conocer sus respuestas.

—No puedo contarte el contenido del encargo —respondió añadiendo un cierto toque de misterio—, porque me fue conferido bajo el más estricto y riguroso secreto profesional. Pero sí, puedo decirte que durante los próximos días tendré que dedicar mi máxima atención a dicho asunto que es de vital importancia para don Juan. No creo que a ninguno de los dos nos convenga que le falle al nuevo presidente de la Audiencia, órgano al que van a recaer tantos recursos y procesos.

—Sigo sin creerte —replicó su padre atisbando que se le iba abriendo una posibilidad de obtener por la vía rápida y, tal vez no tan cruenta como había ideado, su ansiado pacto—. Pero, aún así, estoy dispuesto a darte un voto de confianza. Si ese encargo es tan importante como afirmas, durante los próximos días trabajarás para mí por las mañanas, pero dispondrás de las tardes libremente para dedicarte a él. Eso sí, no podrás en modo alguno ausentarte de tu despacho o de la biblioteca hasta que lo termines y… —hizo una prolongada pausa— aquí viene la *conditio sine qua non* que te impongo para que prospere nuestra futura convivencia: cuando concluyas tu encargo tendrás que trabajar para mí en exclusiva. Mañana, tarde y noche si fuera necesario. Descansarás únicamente los domingos y las fiestas de guardar. Si es verdad que quieres que asentemos el mejor gabinete jurídico de Nueva Granada, te someterás a todo lo que yo te ordene. Despacharás a los clientes, confeccionarás las querellas y demandas y actuarás en los juicios. Yo me limitaré a proveerte los casos. Irás haciéndote cargo poco a poco de mis asuntos, ¿me has oído? ¡De todos ellos! Detesto los pleitos, las pruebas, las confesiones, los interrogatorios de las partes, los testigos… Me asquean los estrados. Me repugna tener que servir a esa chusma de pueblerinos venidos a ricos, sin clase ni educación alguna que son los indianos. Estas son las reglas. Si las respetas no te faltará trabajo, dinero y posición social en esta tierra. Podrás elegir a la hembra que desees para desfogar o a la más rica para casarte, pero deberás seguir siempre mis instrucciones. Yo te facilitaré los medios que sean necesarios para ganar todos los pleitos —afirmó sin esconder una sonrisa felina—, pero a la hora del cobro, seré yo quien decida cuánto, cuándo y cómo. Créeme, en ello tengo buena y reconocida reputación. La compensación que recibirás mientras yo viva será de el décimo de lo cobrado y... ya sabes —sonrió ahora como una hiena, enseñando sus apretados dientes—, como hijo mío que eres, algún día todo esto que ves, será tuyo. ¿Qué me dices, Alonso? ¿Aceptas la oferta que te está haciendo tu padre?

—No parezco gozar de demasiadas opciones donde elegir, ¿no es así?

—Por lo que estoy viendo parece que al menos, de lo que sí gozas, es de algo de sesera.

—Pues entonces, ¿a qué estamos esperando? Ha pasado con creces el mediodía, si no me equivoco. Según nuestro reciente acuerdo dispongo de mi propio tiempo para trabajar en el encargo del nuevo gobernador, ¿no es así?

—No tan deprisa, querido mío —dijo, pronunciando las primeras palabras relativamente amables desde que Alonso llegara—. Hay una última condición.

—¿Cuál?

—Cuando tengas que hacerle entrega del resultado de tu trabajo a don Juan de Borja, quiero estar presente. Necesito ver de primera mano si puedo fiarme de tu palabra o me encuentro en presencia de un fulero.

—Podrás venir, y te presentaré como mi progenitor. Pero te marcharás y nos dejarás solos cuando ventile con él del contenido del encargo.

—Claro que sí, hijo mío, claro que sí... En modo alguno me quedaré cuando abordéis ese tema tan delicado y secreto que, por ende, ni me atañe ni me incumbe —sentenció, al tiempo que hacía un gesto al servicio para que lo ayudaran a levantarse.

Y lo hizo con el gesto de suficiencia del que es consciente de que, ni en aquella casa ni en toda Cartagena, había secreto que pudiera resistírsele, si es que él quisiera enterarse.

# 14

Pasó el resto de la tarde rodeado de ordenanzas, pragmáticas y compilaciones de leyes. Ya entrada la noche, en absoluta soledad, dejó fluir su mejor haber: el talento. Así, lectura tras lectura, nota tras nota, fue liberando el don de conocimiento y con ello su mente se fue asentando, dejando de hostigarle continuamente con rancios pensamientos. Alonso volvía a sentirse vivo.

Le trajeron una cena que apenas probó. Se encontraba abstraído, buceando en el galimatías jurídico que debía aplicar en aquel complejo asunto. Aunque ya lo intuía, corroboró que durante la expedición de la Armada se habían vulnerado casi todas las disposiciones legales habidas y por haber.

Creyó escuchar las campanadas que tañían las cuatro de la mañana cuando, vencido por el sueño, decidió dar por concluido aquel agotador día que comenzara desembarcando de un galeón español de la Carrera de Indias. Enrolló cuidadosamente los legajos que contenían la valiosa información que manejaba y colocó en su sitio cada uno de los libros que había utilizado, de manera que, si alguien quisiera husmear acerca del contenido de su misión no pudiera extraer dato o conclusión alguna.

Con el fruto de su trabajo en una mano y una vela en la otra cerró la pesada puerta de la biblioteca. El palacio dormitaba. A la tenue penumbra de la candela recorrió la galería que conectaba la zona destinada a oficio con el patio reservado a vivienda. Caminaba con cautela, casi a hurtadillas, tratando de reconocer pasamanos, escalones y demás obstáculos hasta que por fin desembocó en el patio principal. Allí, a cielo abierto, el sonido de las más diversas criaturas de la noche rompió musicalmente el silencio que lo envolvía. La claridad lunar matizaba la fisonomía hierática y espectral de las esculturas, columnas y bajorrelieves que poblaban aquel suntuoso espacio. La fuente central se encontraba apagada y su mármol blanco, lamido por la luz del astro, resaltaba, brillante, entre la vegetación de plantas y macetas.

Un intenso olor a tabaco llamó poderosamente su atención. Se filtró por su nariz hasta invadirle los pulmones procedente de un portalón entreabierto. La curiosidad lo animó a asomarse. Ayudado por la luz de la vela pudo comprobar que se trataba de un grandioso y lujoso salón de juegos, las paredes forradas en madera y fieltro rojo. El calor humano que emanaba de su interior hacía denotar que don Fernando había mantenido allí una reunión hasta altas horas de la noche. También había entremezclado un aroma a perfume de mujer. Una fragancia dulce y sumamente agradable.

Dejó la puerta como estaba y ascendió las escaleras hasta dar con la que, recordaba, era la entrada de su dormitorio. Al rozar el picaporte comprobó que la llave no se encontraba en la cerradura. Giró el postigo sin poder evitar que este emitiera un insolente y seco crujido y franqueó la entrada. De la puerta contigua a la suya brotó el bufido ahogado de un ronquido al apagarse, lo que significaba que su progenitor lo habría oído llegar o se habría despertado con el sonido del pasador. Tras unos segundos de pausa volvió a escuchar el gruñido gutural de su padre, pero esta vez con forma de respiración acompasada.

Cerró la puerta con sigilo y enfocando la lamparilla recorrió la estancia que ahora parecía fantasmal comparada con la brillante luz que la inundaba aquella misma mañana. Se dirigió al armario y abrió la puerta. Las escasas pertenencias que había traído de Sevilla se encontraban allí, solo que limpias y perfectamente ordenadas. Aliviado, dejó sobre la mesa vela, pliegos y legajos. Todo cuanto le rodeaba era de un lujo ostentoso. Jugueteó durante unos segundos con un fino escritorio de taracea granadina dispuesto entre los dos amplios ventanales de la estancia, abriendo y cerrando sus vacíos cajoncitos.

Se dejó guiar por sus extenuadas piernas hasta la cama y allí retiró la mosquitera. Emitió un profundo suspiro y, sin despojarse de la levita, se dejó caer a plomo con los pies aún apoyados en el suelo. Se sorprendió a sí mismo extrañando el vaivén del barco y el suave mecer de las olas sobre las costillas de la nave y su crujir. Echaba también en falta la voz del grumetillo contando las horas y confirmando la tranquilidad de la singladura. Intentó, como cada noche, acordarse del amor de Constanza, pero el sopor y el cansancio comenzaron a arroparlo tan dulce y suavemente que solo alcanzó a concentrarse en el monótono cantecillo de los grillos que, cuan inesperados invitados, parecían querer entonarle una melodiosa nana. Percibió el ulular de un ave rapaz que, planeando a lo lejos, se dispondría a caer sobre su presa. También el croar de las ranas provenientes de los humedales del sur.

Pesadamente se fue sumiendo en un profundo sueño del que emergieron rostros familiares. Eran su madre y Constanza riendo juntas un luminoso día de primavera en Sevilla. Se encontraban en una amplia cocina y entre ambas preparaban una suculenta comida. Una estaba amasando pan; era Constanza, radiante y bella. Las finas manos rivalizaban en blancura con la harina que iba añadiendo a la masa, mientras sus dedos se hundían una y otra vez moldeándola con destreza. Doña Beatriz, con la ayuda de un cuchillo, rasgaba y separaba la raspa de un esturión sobre el fregadero. Reían abiertamente las gracias del tío Diego que había traído a casa una cesta con los primeros albaricoques que había surtido el huerto y, tras comerlos, lanzaba sus huesecillos dentro de un cubo que había a una cierta distancia. Uno de los huesos rebotó en el borde y salió disparado yendo a caer dentro de un pequeño capazo en el que dormitaba un niño. Se trataba de un lactante. Constanza reprendió graciosamente al tío Diego por su imprudencia al tiempo que limpiaba sus manos de harina en el delantal. Tras comprobar que el niño se encontraba bien, se acercó hasta donde él estaba dormitando en el sofá, lo besó en la frente y le susurró algo con extrema dulzura, llamándolo por su nombre: «Alonso, despierta, mi niño, es hora del almuerzo. Alonso, mi amor, es hora de despertar...»

# 15

—¡Es hora de despertar! ¡Despierte! ¡Despierte, don Alonso, tiene mucho trabajo que ventilar esta mañana!

—¿Qué es? ¿Qué sucede? ¿Y Constanza? ¿Dónde están mi madre y el tío Diego? ¿Y quién es ese niño, es mi hijo? —inquirió aferrando fuertemente la mano de un sujeto adulto, ya casi anciano, cuyo rostro no alcanzaba a reconocer.

—¿Pero de qué niño me está hablando? Está usted en Cartagena, en la casa de su señor padre, y ya es hora de levantarse, lo reclaman importantes asuntos.

Con medio cuerpo dentro y el otro derramado por el lateral de la cama lo había encontrado don Felipe Romero al entrar en el dormitorio, tras no atender a la llamada de sus nudillos sobre la puerta. Don Felipe era uno de los escribanos de su padre. El medio siglo ya cumplido había tornado el escaso pelo que poblaba sus sienes en ceniza. Llevaba casi cinco al servicio de don Fernando como oficial mayor. No tenía estudios universitarios, aunque había pasado toda su vida como amanuense, trabajando para notarios, funcionarios y letrados. Por ello, además de poseer una esmerada caligrafía, los años de oficio y una cierta dosis de sentido común lo habían forjado como un aceptable jurista que, en aquellas tierras de legos, suponía elevarlo a un nivel de gran brillantez. Era un hombre culto, noble y juicioso, amante de su familia y al que le costaba aprobar las malas artes de las que en muchas ocasiones hacía gala su actual rector. Pero don Fernando pagaba magníficamente bien a todo aquel que pudiera hacerle un gramo menos pesada la tarea de ejercer como abogado. Y don Felipe era, con mucho, el que más y mejor tarea le restaba. Además, el oficial contaba con una numerosa prole, incluyendo varios nietos y algunos biznietos a los que alimentar, por lo que la simbiosis terminó floreciendo entre aquellos dos seres tan dispares.

A pesar de las instrucciones de don Fernando de que tratara a su hijo con disciplina, mano dura y rigor estricto, don Felipe, un ser cargado de humanidad, no quiso despertar de manera inhóspita a aquel muchacho al que el cansancio había vencido sin tan siquiera darle tiempo a desvestirse. Apretaba con suavidad el hombro del joven con su mano huesuda en el instante en que el joven despertó sobresaltado. Cuando comprobó que por fin recuperaba una cierta consciencia se dirigió a él con familiaridad, intentando calmarlo. Con una dulce sonrisa y hablándole muy bajito le solicitó:

—Debe usted asearse y disponerse a comenzar la jornada, mi señor.

—Pero es que, Constanza… estaba tan bella… ¿Y el niño? ¿De quién es ese niño? ¡Dígamelo, por favor!

—No hay ningún niño. Ha debido usted tener un sueño. Un sueño muy agradable, a juzgar por la placidez que reflejaba su cara cuando he entrado, y además muy profundo, pues no había forma humana de despertarlo.

—Pero ¿quién es usted? ¿Y qué está haciendo en mi dormitorio? —preguntó, incorporándose para levantarse de la cama. Al hacerlo dirigió una furtiva mirada hacia la mesa en la que la noche anterior había dejado el fruto de su trabajo, comprobando aliviado que todo se encontraba en su sitio y sin que, aparentemente, nadie lo hubiese tocado. Al incorporarse cayó en la cuenta de que estaba totalmente empapado en sudor. Se quitó el pañuelo de seda que aún le rodeaba la garganta, así como la levita y trató de aflojarse el cuello del sayón. Con gesto serio recogió los escritos, abrió el armario y los depositó en su interior, volviéndose entonces hacia su interlocutor para exigirle, con el gesto, una explicación.

—Me llamo Felipe Romero. Soy escribiente y oficial mayor de su señor padre, quien tiene a bien concederme el honor de ayudarlo en aquellas tareas a las que alcanzan mis escasos conocimientos. Puede tranquilizarse en cuanto al contenido de su trabajo —expresó con rectitud y mirando hacia el armario donde

Alonso acababa de guardar los legajos— por lo menos en lo que a mí confiere. Soy consciente del importante valor del secreto profesional y como escribiente presté juramento en su día. Jamás desvelaré ningún dato que usted o su señor padre me confíen. También sé que él arde en deseos de conocer el contenido del encargo que le ha hecho el nuevo gobernador. Pero sepa usted que por mi boca no lo conocerá, aunque sí le advierto que no encontrará en el resto del personal de palacio la misma discreción. Aquí las paredes lo oyen todo, mi señor.

Con esas pocas palabras, su actitud bondadosa y su ademán sincero, don Felipe se había ganado la confianza de Alonso, que se encontraba aún confuso tras el súbito despertar.

—Son más de las nueve de la mañana —prosiguió—. Don Fernando se encuentra ahora asistiendo al oficio religioso que se está celebrando en la catedral en honor a la Real Armada y en agradecimiento a Dios todopoderoso. La ciudad entera conoce ya del encontronazo con la escuadra holandesa. Nos alegramos mucho de la victoria y, especialmente, de que usted se halle sano y salvo. Los personajes más ilustres de la ciudad se reúnen hoy en la misa y su padre no podía faltar. Estará atareado toda la mañana y me ha encomendado que sea yo el que le indique cuáles serán los primeros asuntos jurídicos a los que deberá dedicarse de inmediato. Según me ha dicho, dispondremos de usted únicamente por las mañanas hasta que concluya su importante cometido para con el nuevo gobernador. A partir de ahora, me ofrezco para cualquier ayuda que le pueda prestar, si es que acaso tiene a bien concederme ese grado de confianza. De no ser así, también lo entenderé.

A Alonso le iban cautivando aquel modesto hombre y sus cuidadas maneras. No cabía duda de que, cada uno en su función, su padre había sabido rodearse de un excelente servicio.

—Se trata de una tarea que debo desempeñar yo, pero tenga por seguro que aprecio y valoro su ofrecimiento y que si lo necesito lo llamaré, don Felipe. ¿Y dice usted que voy a tener que atender a clientes esta misma mañana?

—Así es, don Alonso. Su señor padre ha dispuesto que atienda un asunto bastante… urgente —titubeó—. Además, durante estos días tendrá que ir haciéndose cargo de algunos más. Pero importa sobremanera que busque alguna solución para el que hoy nos ocupa. Es de extrema gravedad e importancia para su padre.

—¿De qué se trata?

—Bien... —carraspeó don Felipe— Quizá sería mejor que tomara usted antes su baño. Está completamente sudado —aconsejó mirando la frente perlada del letrado—. El calor y la humedad caribeños son muy pegadizos. Me he permitido la libertad de pedir que le sirvan aquí el desayuno para no perder tiempo. Sobre esa cómoda he dejado su nuevo traje togado. Ha sido confeccionado por don Mateo Alemán quien lo trajo mientras usted aún dormía esta misma mañana. Insistía en verle, pero yo le persuadí para que le dejara descansar. Me ha asegurado que ha estado toda la noche cosiendo para que pudiera estar listo, y que no es definitivo, que tendrá que venir nuevamente para tomarle medidas. Pero cree que le servirá para ir atendiendo a los clientes de momento. Cuando se haya bañado, aseado y vestido, volveré para ponerlo al corriente del asunto que debe despachar, pues se trata de una cuestión bastante delicada.

Alonso, que por la experiencia del día anterior sabía que el baño tardaría aún bastante tiempo en estar listo, prefirió invitar a sentarse a su interlocutor, rogándole que le explicara la cuestión lo antes posible. Con un pañuelo de hilo trató de secarse el sudor que le impregnaba las sienes. Al pegar la espalda al respaldo de la silla, notó cómo un hilillo húmedo le recorría la espalda.

—Don Felipe, necesito que empiece a explicarme ya ese asunto tan delicado. Me enseñaron a que hay que permanecer el mínimo tiempo posible en estado de incertidumbre, no es buena compañera de viaje —le pidió, y se sorprendió a sí mismo sonriendo.

—Como usted mande, don Alonso —dudó don Felipe tomando asiento con cierta desgana al tiempo que juntaba las manos sobre la mesa y comenzaba a enlazar y desenlazar los pulgares y a mover la cabeza como buscando algún punto del dormitorio donde descansar la mirada—. Pues... resulta que hace algún tiempo su señor padre estuvo..., digamos que «atendiendo» a una joven y bella señorita que a la vez era su clienta por cuestiones de una herencia...

# 16

Cuando Alonso entró en el que desde el día anterior era su nuevo despacho, doña Josefina Arnau se encontraba ya allí esperándolo sentada sobre uno de los confidentes que tenía frente a la mesa. Lo miró con timidez para luego volver la mirada hacia el suelo. La belleza de la joven era perturbadora. Piel nacarada, cabello negro y denso, las piernas cruzadas y ligeramente ladeadas. Portaba un insinuante vestido ampliamente escotado y contaría con no más de diecinueve o veinte años. Se fijó en sus manos, níveas, apenas influenciadas por el sol caribeño, señal de que siempre había llevado guantines para protegerse la piel. Aun así, en el dedo anular de la mano izquierda destacaba una marca blanquecina, huella delatora de haber portado durante mucho tiempo un anillo que ahora brillaba por su ausencia.

Don Felipe lo había puesto en antecedentes sobre el caso: doña Josefina había migrado a Cartagena junto con sus padres siendo aún una niña. Su progenitor era artesano y, como tantos, había hecho la Carrera de Indias con su familia en busca de una mejor vida de la que disfrutaba y confiando en que allí podría encontrar para su joven hija la mejor de las dotes y un futuro más prometedor. Lo que no previó el buen hombre es que la disentería se llevaría primero a su esposa y luego a él mismo cuando aún no habían tenido ni la oportunidad ni el tiempo de dejar para su hija el más mínimo caudal. Con el escaso haber de las herramientas de su difunto padre, solo la pudieron aceptar en una de las muchas órdenes religiosas que para mujeres operaban en Cartagena. Así, la niña fue creciendo hasta que, cumplidos los quince años, un joyero cordobés afincado en la ciudad, viejo y acaudalado, se enamoró perdidamente de la belleza de aquella muchacha y la sacó del convento convirtiéndola en su concubina. Aquel hacendado, que había amasado una enorme fortuna exportando oro y plata e importándolo nuevamente transformado en finas joyas al estilo europeo confeccionadas por los más exquisitos orfebres afincados en su tierra natal, colmó a su amada de cuantos bienes terrenales pudo, amén de un inmenso y profundo cariño. Evidentemente, aquel amoroso comportamiento para con su querida Josefina distó mucho de satisfacer a su todavía esposa y a los hijos del matrimonio, que emprendieron contra la infiel amante una encarnizada cruzada. El amor del viejo hacia su amada parecía sobreponerse contra todo viento y marea, pero la muerte, en forma de unas fiebres galopantes, se interpuso nuevamente ante la felicidad de la bella Josefina llevándose al joyero. Tan fulminante fue la enfermedad que apenas le dio tiempo al finado de redactar testamento válido con el que pudiera favorecer mínimamente a su amada. Agonizante, mandó llamar a su abogado, que no era otro que don Fernando, quien le prometió en su lecho de muerte que cuidaría de la joven y que conseguiría que al menos conservara la hermosa hacienda en la que vivía, servida y atendida por sus esclavos, y las joyas y demás pertenencias que en vida le había regalado.

Pero, como quiera que la justicia, aunque lenta, es inexorable, la demanda entablada por don Fernando contra los legítimos herederos para intentar retener las propiedades del difunto sería fulminada en los tribunales. El caso es que la sentencia se había ejecutado, y curiosamente el mismo día de la llegada de Alonso y de la flota a Cartagena, los alguaciles judiciales habían procedido al desahucio de la desdichada amante, arrebatándole todas sus posesiones y arrancando, con escarnio y mofa de los legítimos herederos allí presentes, hasta la última joya que en su persona portaba, incluyendo aquel anillo de enorme gema que ahora brillaba por su ausencia. No la despojaron de los ropajes con que vestía por pía vergüenza. Con una mano delante y la otra detrás salió doña Josefina del que había constituido su único hogar, buscando consuelo, refugio y una explicación en el despacho de su letrado, pues Fernando hasta el mismo día de dictarse la sentencia le había garantizado el éxito seguro de la acción judicial por él interpuesta.

—Si me hubiera usted dicho, don Fernando, que había posibilidades de perder el pleito, habría vendido algunos esclavos o incluso joyas y puesto a buen recaudo esos dineros. Habría guardado algún ahorro con el que poder subsistir; pero es que usted me daba tanta seguridad de que ganaríamos el pleito —argumentaba suplicante la desconsolada joven—, que ahora… ¡ahora no tengo nada! Me lo han quitado todo, ¡absolutamente todo! No sé ni dónde puedo dormir esta noche. ¡No tengo ni donde caerme muerta! ¡Apiádese de mí, se lo imploro! ¡Apiádese de mi alma, don Fernando! —le suplicaba, bien avanzada ya la noche, en el mismo salón de juegos del palacio donde tantas veces la había *atendido*.

Don Fernando, que si bien no había percibido haberes económicos de la llevanza de aquel engorroso asunto, sí se había cobrado jugosos honorarios y prebendas en forma de favores de la malograda joven, se compadeció momentáneamente de ella. Tras dar una profunda calada al puro habano que estaba fumando y sin apartar de aquel cuerpo una lasciva mirada, le hizo entrega de unas cuantas monedas que depósito sobre la mesa. Luego la citó para el día siguiente a las doce de la mañana en el despacho contiguo, donde su propio hijo, doctor en Leyes, recién llegado de la mismísima Universidad de Sevilla, interpondría un seguro y efectivo recurso de apelación contra la injustísima sentencia que había recaído y de la que él no era en absoluto culpable. La culpa era de la falta de preparación y de la negligencia de las que en esos nuevos reinos hacían gala los jueces, oidores y demás representantes de la justicia. Además, debía estar tranquila, pues ese recurso recaería ante la Real Audiencia de Santa Fe, de la que su nuevo presidente era íntimo amigo y cliente de su hijo. Sin duda aquello la haría recuperar hasta el último de los bienes de los que le habían despojado. Y así, confiriéndole nuevamente vanas y falsas esperanzas, despidió don Fernando a la bellísima joven, sin cobrarse, eso sí, en aquella ocasión, prebenda ni favor alguno.

Una vez sentado frente a la joven con la única separación de la lujosa mesa de su despacho, Alonso se las prometía muy felices al pensar que ventilaría rápidamente aquel primer asunto que la mañana le había deparado. Con total franqueza le expuso a doña Josefina que había estudiado bien la sentencia cuya copia le había proporcionado don Felipe Romero, y que la misma era fundada y ajustada a derecho.

Es más, le confesó, que interponer contra la misma un recurso era no solo arriesgado sino posiblemente temerario, ya que la condena que se le impondría por las costas judiciales la dejaría tan mal parada que la conduciría directamente a prisión en caso de no poder abonarla.

Pero lejos de darse allí por terminado aquel asunto tan delicado, lo que no previó el letrado fue la reacción de aquella, su bella clienta. Tras unos segundos de un confuso silencio, y sin apartar en ningún momento la mirada del suelo, doña Josefina deslizó lentamente, con un leve y parsimonioso gesto, los tirantes en los que acababa el pronunciado escote de su vestido, de suerte que, al caer de sus hombros, el tejido dejó paso al par de pechos más finos, firmes y delicados que Alonso jamás hubiera visto. Y no es que tuviera corta experiencia, pues en los burdeles y casas de mancebía que bien con sus amigos o bien en compañía de su tío Diego había frecuentado en Sevilla, había visto buenos ejemplares. Pero es que aquello con que la naturaleza había dotado a la doña Josefina era, sencillamente, la perfección. Aquella piel, blanca como la leche, sin mácula de haber rozado el sol ni tan siquiera un instante, rodeaba dos rosáceos pezones que se erguían pareciendo apuntar directamente hacia la mirada de un atónito Alonso. Y como quiera que la joven hacía ademán de continuar desnudándose, el letrado no pudo más que reaccionar y salir de su estupor levantándose como un resorte para rodear la mesa y dirigirse a toda prisa hacia la joven mientras balbuceaba incoherencias de las que no podía desprenderse algo inteligible, y sin saber muy bien qué iría a hacer cuando se encontrara a la altura de aquella belleza semidesnuda.

Cuando ya no tenía más remedio que entrar en contacto con el cuerpo de la joven lo hizo intentando asir el vestido que pendía ya de su cintura, forzándolo a recorrer el camino de vuelta que su dueña había iniciado, al tiempo que, armándose de algo de coherencia, trataba de convencerla de que cejara en su empeño de desnudarse. El forcejeo apenas duró unos instantes, aquellos en los que, con las únicas frases que pudo componer, esgrimiendo una sarta de invocaciones a nuestro Dios, el Altísimo y Todopoderoso, Alonso consiguió finalmente detener la voluntad férrea de su clienta. Pero lo que no pudo evitar fue que el anverso de sus dedos, sus muñecas y sus manos rozaran aquel prodigio de la naturaleza en forma de nutridos y sedosos pechos.

Tras la embarazosa escena, y una vez restituido el vestido en su lugar, se volvió hacia la silla aún azorado, visiblemente incómodo y tratando de disimular la turbación que le había producido verse sumido tan inopinadamente en aquella escabrosa situación.

—Mire usted, doña Josefina, he de hablarle muy claramente —empezó a decir Alonso sin saber bien cómo iba a continuar—. Es verdad… muy verdad… que su asunto es extremadamente complicado. El derecho de los herederos legítimos a recibir el caudal relicto del difunto es incontestable —decía haciendo continuadas pausas para recabar ideas y aire—. La posibilidad de que, mediante un recurso contra la sentencia, recuperemos lo perdido es vaga, por no decir remota…

Y ahí Alonso estuvo a punto de seguir soltando una retahíla de disquisiciones y alegaciones jurídicas para fundamentar su argumento, de las que a buen seguro su interlocutora no se iba a enterar de nada. Pero al ver cómo la blanca piel y el rostro angelical de doña Josefina iban adquiriendo un carmesí tan intenso que parecía que estallaría de un momento a otro, y que aquellos imponentes ojos verdes comenzaban a nublarse y a colmarse de un fluido acuoso, no pudo más que variar diametralmente su discurso.

—Sin embargo, doña Josefina… Sin embargo —repitió atolondrado y sin saber en qué nuevo lío se iba a meter—. Sin embargo, también es verdad… muy verdad, sí que lo es… que conozco personalmente al nuevo presidente de la Real Audiencia de Santa Fe, con competencia específica en este asunto y responsable único del órgano judicial que entraría a conocer el posible recurso —soltó de corrido, intentando morderse la lengua al tiempo que él mismo iba escuchando lo que de su boca salía, pero sin conseguir detenerse. —Bien es verdad… —volvió a dudar, pero al ver cómo los ojos de la joven se llenaban súbitamente del color de la esperanza no pudo más que continuar—. Bien es verdad que don Juan de Borja es una de las personas más rectas y virtuosas con las que he podido tratar. Pero como he de verlo próximamente para ventilar un asunto sobre el que me ha pedido un favor personal, podría comentarle su caso, y pedirle que me dé su opinión sobre la forma más adecuada de enfocarlo. Sin poder prometerle nada… podría estudiar con él la mejor manera de plantearlo —concluyó mientras su cabeza se inundaba de mil interrogantes sobre la forma de afrontar con don Juan (al que en realidad apenas conocía), nieto de un santo y famoso precisamente por hacer gala de un rigor y una honestidad incontestables, la manera de abordar aquel enrevesado entuerto de infidelidades y herencias.

—Nada tengo ya. Nada, don Alonso. Ayer me quitaron no solamente mis posesiones sino también el honor y la honra. No es consciente del escarnio y la inquina que la viuda y los hijos de mi bien amado descargaron sobre mí. No sabe el asco y la vergüenza que he pasado cada vez que su señor padre me citaba aquí para…, «ponerme al día del asunto». Todavía tengo marcado en mi piel el asqueroso sabor de su saliva y el tacto de sus manos sobándome todo el cuerpo, apretándome tan fuerte los pechos que cada noche que pasaba con él me valía por varios días dolorida y sin apenas poder moverme. Desde que mis padres murieron, únicamente he sabido del amor a través de mi venerado protector. Yo sé que tal vez no estuvo bien lo que hice, pues él estaba casado, y que la Ley y la Iglesia condenan mi actitud y mis actos…, pero apenas tenía quince años cuando se enamoró de mí. A pesar de su mayor edad, a fuerza del cariño que me daba, de lo atento que para conmigo siempre era y lo delicado y dulce de su comportamiento, también yo me enamoré de él. Era al mismo tiempo esposo y padre, ese que la muerte me robó tan prematuramente. Y ahora, míreme. ¡No sé cómo puedo ganarme la vida! Su señor padre me ha dado unas cuantas monedas con las que he podido encontrar una casa de huéspedes, pero no sé cuánto me durarán. No tengo nada, don Alonso —repitió—. Haga todo lo que esté en su mano, se lo suplico. Yo le pagaré como pueda —pronunció, ya casi sin fuerza y otra vez mirando hacia el suelo.

# 17

La inesperada visita que don Juan de Borja hizo al gabinete de don Fernando Ortiz de Zárate antes de tener que abandonar precipitadamente su estancia en Cartagena de Indias fue tan intempestiva como agitada. Ingresó en el palacio por la entrada principal. La atronadora voz de su lacayo anunciando la presencia del nuevo gobernador del virreinato cogió en ese momento a ambos letrados discutiendo cómo abordar una demanda hipotecaria. Don Juan se adentró enérgicamente en el despacho donde ambos se encontraban, y sin saludar ni esperar a ser presentado espetó:

—¿Cómo llevas el asunto que te encomendé, muchacho? —preguntó acelerado sin mirar tan siquiera hacia don Fernando, que le regalaba en esos momentos las más seductora de sus sonrisas—. Imagino que ya habrás oído las noticias que llegan desde el sur. Los cimarrones se han sublevado. No han podido esperar siquiera a que llegara a tomar posesión efectiva de mi cargo —pronunció con cierta sorna—. ¡He de partir mañana mismo a aplastar cuanto antes la insolencia de esos esclavos fugitivos! Están fundando palenques a toda prisa y ciudades empalizadas por doquier para mejorar la defensa. Hay que atajar la rebelión antes de que pueda propagarse. Sin embargo, el asunto que te encomendé me es de extrema importancia y quiero dejarlo atado antes de enfundarme las botas de guerra —y cuando terminó de decir estas palabras, entonces sí, dirigió por primera vez la mirada hacia don Fernando, como percatándose en ese momento de que ese bulto oscuro era una presencia humana.

—Es mi padre, don Fernando Ortiz de Zárate, abogado asentado en esta población desde hace años. En realidad, yo he venido a incorporarme a su despacho.

—Es para mí un extraordinario y elevadísimo placer el contar con la presencia de su ilustrísima en esta, mi humilde morada, don Juan —dijo don Fernando con una relamida reverencia y haciendo ademán de buscar la mano del nieto del santo con intención de besarla.

Rechazando el saludo con un gesto seco pero cortés, el nuevo presidente de la Real Audiencia volvió a dirigirse a su letrado para solicitar que la entrevista se desarrollara privadamente, a lo que el joven accedió con la artificiosa anuencia de su progenitor. Su padre abandonó la sala con una sonrisa más falsa que el beso del Iscariote y sin evitar frotarse nerviosa y repetidamente el anverso de una mano con la otra. Se despidió hasta tres veces haciendo idéntico número de reverencias.

Una vez solos, fue Alonso el que abordó la cuestión.

—Don Juan, he estudiado todas las pragmáticas y ordenanzas de navegación procedentes de la Real Casa de la Contratación de Indias que he encontrado en la biblioteca de este despacho, incluyendo un ejemplar de la edición del sevillano Martín de Montesdeoca y debo decirle que, efectivamente, llevaba usted razón; se han vulnerado una buena parte de ellas.

—¡Lo sabía! Estaba seguro de que la dilación en la partida de la flota no tenía otro objetivo que el de esperar a que las naves se preñaran de mercancías prohibidas con las que ese bastardo de Fernández de Córdoba y sus ruines secuaces pretenden hacer negocio en detrimento del rey y de su patria. Y dime, hijo —dijo en tono casi paternal —¿Has tenido tiempo de plasmar el contenido de tus averiguaciones en algún documento o texto que yo pueda hacer llegar a mi primo el duque de Lerma, valido de nuestra majestad?

Alonso se dio la vuelta y se dirigió en silencio a un anaquel de su escritorio que mantenía cerrado con llave y del que extrajo un enorme pliego de no menos de cien folios manuscritos por él. Cuando lo extendió hacia don Luis, este, con gesto de sorpresa, lo tomó con sumo cuidado y sentándose lentamente en uno de los confidentes de la mesa principal. Comenzó a leer:

«Siendo el mes de octubre del año del nacimiento de Nuestro Señor Jesucristo de mil y seiscientos dos, yo, Alonso Ortiz de Zárate y Llerena, licenciado en Leyes y doctor en derecho por la ilustre Universidad de Santa María de Sevilla, letrado en ejercicio de dicha villa y de la de Cartagena de Indias, emito el informe que suscribo, según mi leal saber y entender, con observación de las normas de aplicación del derecho y leyes en materia de comercio y navegación que someto y sujeto a cualquier otro juicio basado en la sana crítica que…»

Don Juan de Borja saltó unas cuantas páginas de aquel abultado informe para continuar leyendo:

«Ordenanzas infringidas de la Real Casa de Contratación referentes a las aprobadas en los reglamentos de 1557 y 1583, materia infringida: Libros de llevanza y registro obligatorios en cada embarcación que surque la Carrera de Indias. Inspección de la expedición. La partida se demora por ocho días más tarde de que esta y la carga que portaban las naves fuera inspeccionada, contada y revisada por los visitadores, jueces y secretarios de la Real Casa de Contratación. Es de obligado cumplimiento que la fecha de certificación y comprobación de la carga portada en cada barco coincida con la de la salida de la expedición, retrasándose esta, según consta en el cuaderno de bitácora, por expresa orden del capitán general don Francisco Fernández de Córdoba, so pretexto, según se argumenta, de haberse perdido el aparejo del galeón San Roque en una maniobra de la marinería, debiendo aguardarse a que este pudiera reponerse en el tiempo mínimo necesario. Este precepto de obligado cumplimiento…»

El nieto del santo hizo una pausa para mirar con gesto sagaz al letrado, escrutándolo con la mirada.

—Entonces… —comenzó a hablar con aire triunfal—, la flota parte con más de una semana de retraso desde que fuera revisada por los contadores oficiales de la Real Casa de la Contratación, tiempo con el que contó ese tunante y sus subordinados para llenar sus anaqueles y las bodegas con mercancía de contrabando. Y con ello burlar a su patria y estafar el quinto de su rey…

—No solamente eso. Si vuestra merced hace el favor de continuar leyendo comprobará que se superaron todas las proporciones de mercancías estipuladas para hacer la travesía. Vino, aceite y otras materias que en estas tierras adquieren un valor incalculable, pero que son especialmente pesadas y lastran la navegación, se sobrecargaron en mucho más allá de las necesarias para la travesía, llegándose a portar, como en el caso del vino, mucho más de lo aconsejado según las ordenanzas. Fíjese que al no producirse en estas tierras, el vino es un producto que aquí puede costar hasta mil veces su precio en bodega.

—No tienes que seguir, hijo. Fui testigo de cómo los cañones de la nave capitana estaban bloqueados por las mercaderías. Toneles y tinajas de vino y aceite se amontonaban en las bodegas artilladas hasta el punto de que, con gran dificultad, podía maniobrarse y cargar. Las urcas no eran más que unos navichuelos, pero si llega a durar más la porfía algún otro galeón se hubiera ido a pique. Si se llega a luchar con una armada más preparada y pertrechada no hubiera habido opción. Muchos de los galeones estaban más para desguazarse en la Habana que para otro menester. Buques vejestorios y mal mantenidos, impropios de nuestra Real Armada. No sé a qué dedica ese inútil su tiempo cuando la flota está amarrada a puerto… Y además, tengo que soportar que ese infecto gusano cobre el mejor sueldo que se paga en toda España, ¡incluso mayor que el mío! ¡Es de todo punto inaceptable!

—Si hace la merced de seguir leyendo —prosiguió Alonso tras una contenida pausa— comprobará que, gracias a los libros de inventario y cuentas que usted me facilitó, y de la copia del cuaderno de bitácora, he podido cotejar las cantidades máximas que las reales ordenanzas admiten puedan ser cargadas en cada travesía en proporción a la tripulación y las que realmente se embarcaron, una por una. Todas se excedieron. Como verá —dijo acercándose al legajo para avanzar en él, señalando con el dedo: —aquí, aquí puede usted comparar, mercancía por mercancía, lo que las ordenanzas admiten como carga necesaria para la travesía y las finalmente almacenadas. Se ha llegado a superar hasta veinte o treinta veces el límite máximo permitido. Y ello ha sido, desgraciadamente, una práctica habitual en cada nave, no solo en la almiranta.

—¡Eso, si no más! ¡Estoy seguro que durante el tiempo en el que se demoró la partida de la expedición se añadido aún más contrabando al ya cargado! —bramó don Juan, sin querer disimular que un gesto triunfal le inundara el rostro.

El letrado se encogió de hombros. Estaba tan cerca del nuevo presidente de la Audiencia de Santa Fe que podía oler cómo su piel rezumaba un aroma almizclado, entre agrio y acre, manándole a su vez del cuerpo y del ropaje. Tal vez forzado por tanta ceremonia y pompa oficial, o tal vez por hacer honor y gala de su acreditada y reconocida austeridad, el recién nombrado representante plenipotenciario del rey no había tenido aún oportunidad de mudar su ropa ni de asearse. Don Juan de Borja apestaba.

Volviendo la mirada al legajo, el presidente de la Audiencia lo acarició disponiéndolo verticalmente para ordenar y emparejar los folios.

—¿Está terminado, muchacho?

—Aún no, mi señor. He de ultimar el índice y relacionar algunas cédulas. En un par de días estará listo.

—¡Imposible, no puedo esperar tanto tiempo! Los cimarrones en su sublevación han atacado circunscripciones y encomiendas. Y lo peor es que se han unido a varios palenques de criollos y esta vez cuentan con armas de fuego. No sé quién se las habrá provisto, pero es posible que el viaje de las urcas holandesas tenga que ver con todo esto. Esos infieles flamencos están dispuestos a cualquier cosa para debilitar a nuestro amado rey y estoy seguro de que fueron ellos los que vendieron las armas a los sublevados. El ejército está preparado. Debo partir mañana a primerísima hora a enseñarles que la justicia real tiene ahora un brazo fuerte y ejecutor. Cada minuto que se demore mi expedición puede pagarse con la vida de alguno de nuestros indefensos colonos.

Alonso enmudeció. Por su cabeza pasaron los comentarios que durante el desayuno había hecho su padre acerca de la rebelión, producida relativamente cerca de Cartagena. La última revuelta de cimarrones en Pacífica y en Santa Marta fue aplacada de manera terrible: a los fugitivos que no fueron muertos les cortaron un pie para que no pudieran volver a escaparse, a las mujeres un pecho y a los cabecillas, además del pie cercenado, los sometieron a castración, con exposición pública de todos aquellos órganos mutilados para surtir su ejemplarizante efecto. No podía imaginarse qué nuevo castigo esperaría a los sublevados cuando la ira del de Borja cayera sobre ellos. Tras meditar su respuesta continuó:

—Si apuro al máximo y dejo de lado todo el resto de mis tareas es posible que para mañana a primera hora pueda tenerlo ultimado y a su disposición, señoría.

—Así lo espero, muchacho. Mandaré a alguien de mi total confianza con un salvoconducto para que lo recoja. Debo enviar una requisitoria dirigida a mi primo con copia a su majestad, adjuntar tus pliegos y embarcarlos con uno de mis hombres en el primer barco correo que salga con destino a la Madre Patria. Desde hoy podrás afirmar, estimado mío, que has prestado un gran servicio a tu rey y a tu patria —afirmó con gran afectación antes de levantarse y dirigirse hacia la puerta del despacho. No pronunció palabra alguna acerca de cuáles iban a ser los honorarios del letrado.

Pero antes de que aquel ilustre personaje tocase el picaporte, hubo de detenerse por la voz resuelta, casi autoritaria del abogado. Había llegado el momento de solicitar que le brindara un trato de favor sobre el asunto de doña Josefina: la clienta adúltera que había intentado retener contra las leyes de su majestad el rey y de la Santa Madre Iglesia, la fortuna y el patrimonio de su difunto e infiel amante.

—Perdóneme su ilustrísima, pero he de robarle tan solo unos minutos de su valioso tiempo para exponerle un asunto sumamente delicado, y de gran importancia para mí...

# 18

Los apremiantes golpes en el portalón del patio restallaron en el silencio de la noche. Alonso apenas hacía un minuto que había estampado su firma y sellado con lacre el documento que podía acabar con la carrera de uno de los próceres más eminentes y mejor pagados del nuevo y del viejo mundo. Al escuchar de nuevo el insistente sonido de la aldaba profirió un profundo suspiro. Recapacitó por un instante, tratando de convencerse a sí mismo. No, se dijo, tal vez no fuera él ni aquel informe el que cortara la cabeza del de Córdoba, sino más bien la incipiente corrupción que se estaba instalado en la pesada burocracia en que se había convertido la administración española. Ello, amén de las envidias e inquinas enquistadas entre aquellos que debían ejercerla.

Sopesó su trabajo, más de cien folios y los introdujo en un carísimo portafolios de vitela que don Fernando le había proporcionado como regalo personal para aquel ilustrísimo cliente. Cuando llegó al patio del apeadero, ya se encontraba allí, asistido por un paje somnoliento, un caballero montado sobre un imponente caballo andaluz. Una briosa bestia de casi mil kilos que, con su atronador galopar, aterrorizaría en solo unas horas a los sublevados cimarrones. Ahora, ese prodigioso animal bufaba sobre el patio empedrado, rectificando el equilibrio a costa de estrepitosos chirridos de herradura. El jinete, un capitán de los tercios viejos de Castilla que ni tan siquiera descendió de la montura, se identificó ante el letrado como emisario del presidente de la Audiencia y le entregó una carta manuscrita y sellada por el propio don Juan en la que le solicitaba que le confiara la valiosa documentación. Alonso la leyó velozmente. Concluía con una frase elogiosa y de agradecimiento hacia el letrado. Ni tan siquiera la retuvo en la memoria. Entregó ambas cosas, salvoconducto y trabajo de varias semanas, a la mano enguantada que con gestos imperiosos de los dedos se lo estaba reclamando. La visión de la poderosa grupa y el tensar de músculos y tendones de aquel magnífico ejemplar de pura raza española fue la única recompensa que obtuvo a cambio de tantos días y sus correspondientes noches de denodado esfuerzo.

Observó difuminarse aquella figura, caballo y caballero, entre los primeros rayos del alba al tiempo que se diluía también el eco del herraje sobre el adoquinado de la calle. La luz se iba filtrando sobre el celaje. Desde la puerta del palacio respiraba el aire de la mañana, templado y húmedo. En torno a sí se entreabría la encrucijada de las principales calles que conformaban la ciudad. Al fondo, la catedral, en sempiternas obras. Sobre sus zapatos, el alma de un todavía joven letrado, cansada por el esfuerzo y desgastada por los recuerdos. Entonces cayó en la cuenta de que, desde que desembarcara, apenas si había abandonado el interior de la casa palacio en la que trabajaba y residía. Se había convertido en un esclavo. Un cautivo refugiado en su compromiso. Pero también era consciente de que, gracias a aquel antídoto, enfrascado entre un pleito y otro, había conseguido no añorar Sevilla y evadirse de su mundo anterior.

—Tiene que entrar, mi señor —le requirió el pajecillo, que ya había cerrado el portalón de caballerizas y se disponía a hacer lo propio con la puerta de peatones.

—No —contestó—, creo que antes voy a dar un paseo para refrescarme. Hace una mañana demasiado hermosa.

—Pero... mi señor —protestó el sirviente, un mestizo de no más de diez años—, tengo órdenes expresas del capataz Escobar de que usted... ¡ejem! —carraspeó—, de que nadie puede abandonar sin su permiso el palacio.

—Ah, ¿sí? —replicó—. Pues dile a Escobar que no me has visto salir.

El pajecillo renegó, maldiciendo su suerte y pensando en cuántos golpes de pijotoro le iban a costar a sus posaderas aquel paseo matutino del hijo del amo. Cerró la puerta imprecando y buscando una silla con la que hacer guardia hasta que regresara, implorando entre dientes a Nuestro Señor que Escobar no lo pillara antes.

A pesar de las muchas horas sin sueño se sintió vivo y liviano mientras se encaminaba hacia el ágora del puerto, desandando el camino que recorriera semanas atrás montado en el carruaje que le trajo desde el galeón. Era allí desde donde partían o a donde llegaban todas las vías y caminos que surcaban Nueva Granada. A buena mañana, los mercaderes que aún no habían vendido sus productos comenzaban a presentarlos como mejor sabían, a la espera de que colonos y encomenderos llegaran y se interesaran por ellas. Pieles, tejidos, joyas, especias y hasta piedras preciosas se iban exhibiendo en improvisados tenderetes. La noticia de la arribada de la flota era ahora conocida en todo el virreinato y, día tras día, nuevos clientes iban desfilando. Al fondo podía distinguirse, majestuosa, la poderosa flota de la guardia de Indias que era objeto de las oportunas reparaciones por parte de calafates y carpinteros. Algunos de los galeones deberían seguir hacia su siguiente destino en Portobelo, pero el grueso aguardaría en Cartagena, segura, mimada y a buen recaudo, hasta formarse de nuevo al año siguiente para emprender el camino de vuelta a la Madre Patria, cuando el viento y la marinería pirata lo consintiera.

De repente, el letrado sintió que alguien lo asía por el hombro y lo atraía fuertemente hacia sí. Enseguida pensó que había sido «cazado» por el capataz Escobar. ¿Pero cómo se atrevía a semejante insolencia ese palurdo? Sin embargo, al levantar la cabeza se topó con el rostro rudo, ojos desencajados y barba desaliñada de uno de los soldados del tercio que vinieron embarcados en los galeones y que en unas horas formarían con el ejército para aplastar a los cimarrones.

—¡Eh, tú! —Requirió la voz pastosa del militar que iba apoyado sobre la figura encorvada de otro infeliz compañero de fatigas nocturnas—. Tú tienes que saber dónde podemos *cogernos* a unas indias jovencitas —le espetó directamente a la cara, a tan escasa distancia, que el letrado no pudo evitar tragarse un fétido aliento, entre cárnico y aguardentoso—. Tenemos que ir a la guerra pero antes de aplastar a esos cimarrones queremos probar a una de esas perritas nativas. ¡A la batalla va uno descargado, por si es la última! —rio abiertamente mientras su boca desdentada salpicaba saliva sobre la cara de Alonso.

—¡No! —acertó a decir cuando por fin pudo salir de su atolondramiento, dando un respingo hacia atrás para zafarse de aquel fornido brazo—. La verdad es que estoy recién llegado a estas tierras y no puedo ayudarle, ¡lo siento! —y dando un fuerte golpe a la mano que aún le asía de la toga, se liberó del abrazo para retomar el camino por el que había venido.

—¡Pero hombre, no te asustes! ¿Es que eres maricón? ¡Únete a nosotros y vamos a seguir la fiesta, mira lo que tenemos! —le insistía el soldado mientras alzaba el brazo y le exhibía, con gesto triunfal, una botella que contenía algún alcohol de contrabando.

Las risotadas de aquellas dos figuras encorvadas que ahora giraban torpe y pesadamente para dirigir sus bandazos hacia los galeones devolvieron al letrado a la realidad: un cansancio extremo. Sus ojos se entornaron, pues por la línea que ahora rayaba el horizonte, entre los andamios de la embrionaria torre de la catedral, comenzaron a filtrarse unos rayos de sol que los atacaron, inmisericordes. Tras unos apresurados pasos se dio cuenta de que todavía tenía el vello de la nuca erizado a causa del fugaz encontronazo con los soldados. Decidió entonces dar por concluida su escaramuza mañanera para retornar a la seguridad de su nuevo hogar. Con un poco de suerte, si su padre no le imponía alguna tarea urgente, podría tomar uno de aquellos reconfortantes baños antes de recomenzar la jornada.

Enfiló la calle empedrada que desembocaba en el portalón del palacio. Ya podía distinguir la figura del pajecillo levantándose prestamente de su silla para abrirle la puerta. Se imaginaba ya sumergido en las tibias aguas de su bañera cuando, nueva y súbitamente, una figura humana surgió por su espalda y lo volvió a asir por el brazo. ¡Era imposible que los soldados, con el nivel de ingesta etílica que portaban entre pecho y espalda, le hubieran dado alcance!

—¡Mi señor Alonso, pero qué sorpresa tan inaudita y grata ver a vuecencia por estas latitudes a tan sorprendente hora de la mañana, honrando con su esbelta figura el escaparate de mi sastrería! —dijo una voz amable que no podía pertenecer sino a don

Mateo Alemán—. ¿Acaso le ha llamado la atención alguna de las prendas o de los complementos que tengo en exhibición? ¿Ha visto qué maravilla de sombrero hay expuesto? ¡Pero pase, pase, por favor! Le voy a preparar un cafetito mientras le enseño mis nuevas creaciones —continuó con el usted, aunque tomándose plena confianza—. ¡Ay Dios mío, un cafetito! —exclamó—. No sé si lo ha probado ya. Es lo más reconstituyente a estas horas de la mañana. Yo ya me he tomado tres, sin ir más lejos, ¿sabe? Parece como si le repusiera a uno el alma y lo llenara de vida. Hay muchas, muchas cosas buenas que tenían estos indios antes de que viniéramos a descubrirlos y a darles la gracia de la palabra de Nuestro Señor Jesucristo y las bendiciones de nuestra Santa Madre Iglesia. Pero, y usted, ¿ha desayunado ya? Apenas se le ve el pelo por la ciudad; pareciera que su padre le tiene muy bien acogido…Mucho tiempo sin verse, ¿verdad? Muchas cosas que contarse… ¿no es así?

Y diciendo todo aquel batiburrillo de frases inconexas que a Alonso no le daba ni tiempo a responder, aquel gracioso y gesticulante hombrecillo se había encargado de introducirlo dentro de la sastrería. Allí se vio rodeado de tejidos, paños, telas, golas, jubones, sombreros y capazos. El aroma de tintes y cueros se filtró de inmediato por su nariz mientras, delicadamente empujado por su anfitrión, atravesó todo el comercio hasta llegar al umbral de una pequeña estancia que hacía las veces de trastienda. Tras una cortina que deslizó hábilmente, además de una cama, una mesa y un par de sillas, el sastre contaba con un infernillo de ascuas aún vivas sobre el que colocó un pote que contenía un líquido extremadamente negro. El modisto le tendió, por fin, una taza de aquel fragante y humeante líquido que Alonso acercó lentamente hasta sus labios. Al aroma lo siguió un súbito amargor en su boca que se desplegó luego por su garganta. Bajó la taza y miro a un expectante don Mateo que, sonriéndole abiertamente, afirmó:

—Tiene un sabor un poco extraño al principio, ¿verdad? Pero ya verá el efecto inspirador y vivificante que le produce. A mí me viene fenomenal para la confección, sobre todo para la creación de nuevos modelos. Me encuentro en un momento de suma inspiración, mi buen amigo. Los últimos patrones que me han traído de la Madre Patria me han abierto mucho los ojos. Son fabulosos.

Ciertamente que es la corte española la que marca ahora la tendencia en el vestir, donde se fija toda la nobleza y realeza de Europa. Aquí, aunque tarda un poquito en llegar y a pesar de que el clima no nos acompañe a la hora de ataviarnos, ¡no podemos ser menos! ¿Verdad? Nuestra obligación no es otra que seguir los dictados que nos marca la corte, porque sería de locos ir contra corriente. Al fin y al cabo somos una misma España, ¿no cree usted? La vieja y la nueva, pero ambas Españas, ¿no?

Y el maestro costurero, cada vez que pronunciaba una frase, preguntaba otra para confirmar si su interlocutor lo seguía, enlazando con una nueva, sin dejar en ningún momento que Alonso tuviera tiempo para contestar.

—Es que, además, es del todo lógico, ¿no cree usted? Fíjese, por ejemplo, en estas gorgueras que me acaban de llegar, ¡sígame! —ordenó emocionado, saliendo de la trastienda y adentrándose nuevamente en la sastrería sumamente excitado—. ¿Lo ve? Son mucho más pequeñas que las que llevábamos hasta ahora, ¿por qué? Es verdad que las otras eran más adustas y elegantes, pero es que apenas se podía ver el plato de comida cuando las llevabas puestas. Estas no dejan de estilizar el porte, pero son más cómodas y sencillas de usar y además… ¡mire lo más increíble!, ¡toque, toque! —le ofreció—. ¡Ya no necesitan llevar armazón de alambre ni apuntalado! Este milagro se ha conseguido con el *almidón*, ¿sabe usted lo que es? Es un nuevo invento que se ha conseguido gracias a productos como la patata y el maíz que han llegado de estas prósperas y generosas tierras. ¡Mire, aprecie qué firmeza y qué consistencia da al tejido! ¡Se sostiene por sí solo! Y lo mismo pasa con el relleno. El armazón de ballena, la bragueta y las mangas que cada vez se ensanchan menos, se almidonan y ya no necesitan de los incómodos refuerzos metálicos. Observe por ejemplo este jubón… ¡no!, mejor no lo mire… ¡pruébeselo, quítese la toga y pruébeselo con la gorguera…! ¡Pero cuide del café, no vaya a mancharse!

Todo esto se lo vomitaba con el incesante canturreo de su aguda vocecilla. Alonso, extenuado por el cansancio acumulado, apenas alcanzaba a seguir aquella interminable sucesión de sentencias, aferrándose al líquido estimulante que el sastre le había proporcionado para no caerse al suelo. Pero para cuando la tenaz y convincente insistencia de don Mateo hubo conseguido empezar a despojarlo de la toga, sonó el postigo de la puerta al abrirse y, sin solicitar permiso, sastre y letrado contemplaron cómo las sucias botas de Escobar se adentraban en la tienda seguidas del pajecillo, guardián de la puerta del palacio, que se frotaba con ambas manos las posaderas y que con un ostensible gesto en su rostro, mezcla de inquina y escozor, miraba de reojo al hijo de su amo.

—¡Señor, va usted a acompañarme ahora mismo a palacio! —ordenó Escobar con voz rotunda—. Su padre ha preguntado por usted y me ha requerido que lo lleve inmediatamente de regreso. Sígame —dijo cogiendo con ambas manos el pijotoro que portaba y plantándose delante de los dos hombres.

Violentado en su propia casa, el sastre, con toda la discreción de la que fue capaz, tomó a Alonso por el brazo y lo llevó hasta el punto más alejado de la sastrería. Entonces se le acercó al oído para susurrarle, protegiéndose con su mano menuda:

—Pásese por aquí tan pronto como pueda, le tendré confeccionado algo espectacular y luego le enseñare algún rincón interesante de la ciudad. Me parece que todavía la conoce poco —y diciendo esto, le dio una palmadita sobre el hombro mientras le recomponía los pliegues de la toga.

Alonso dejó la taza de café en un estante y pronunció las tres únicas palabras desde que entrara en la sastrería:

—¡Volveremos a vernos!

# 19

Sevilla, España

Fue a buscarla a su casa de la calle Sierpes como hacía casi cada noche desde que Alonso los abandonara. Diego Ortiz de Zárate frecuentaba la tranquilidad y la paz que le proporcionaba su cuñada Beatriz de Llerena, encontrando en ella el bálsamo reparador a su agitada vida. Cierto era que sus correrías nocturnas se habían ido mitigando y que cada vez le cansaban más las interminables noches en las casas de mancebía, acompañado de amigos y conocidos cuando no de conveniencias ocasionales de cualquier calaña. Noches colmadas de juego, vino, vicio y todo tipo de excesos. Además, desde que su pupilo Alonso marchara al Nuevo Mundo, los ingresos de su despacho como abogado se habían reducido a la mínima expresión. Para colmo, últimamente la buena suerte no jugueteaba con él y una mala racha en los naipes lo tenía sumido en una acuciante situación económica. Visitar a su cuñada era el remanso de paz en el que se cobijaba, acudiendo a ella como barco desarbolado a refugio de puerto.

Beatriz por su parte había consagrado su vida a ayudar a los más necesitados, prestando servicios desinteresados a la sociedad. Ahora, tras superar la terrible pandemia que asolara Sevilla, ejercía de «administradora» por derecho propio del hospital de las Cinco Llagas, que también era conocido como el hospital de la Sangre. Beatriz comenzaba a ser célebre en toda la ciudad, hasta el punto de apodarla «la Mendocina» en honor a doña Catalina de Ribera y Mendoza, fundadora un siglo antes de la institución hospitalaria. Fue doña Catalina, viuda de Pedro Enríquez IV, adelantado mayor de Andalucía, quien erigió el primer hospital de la ciudad dedicado exclusivamente a mujeres, aunque una bula de Clemente VII lo hizo también extensible a hombres pobres, y en aquellos momentos era asimismo utilizado como hospicio.

El servicio que desempeñó durante el brote de peste fue tan abnegado como enérgico. Murieron en plena epidemia el administrador del hospital, el secretario, el barbero y, sobre todo, muchas monjas que allí ejercían su labor. Hasta los curas que daban los santos óleos a los fallecidos. Beatriz, al contrario que muchos, no se amilanó ante tanta adversidad, sino que se enfrentó a ella. Dotada de una determinación inquebrantable, lejos de ceder ante la falta de medios y el avance de la enfermedad, ordenó con firmeza la limpieza y pulcritud diaria de todas las instalaciones. Ella misma abría las ventanas y aireaba las habitaciones. Una vez realizadas las tareas de higiene y salubridad, visitaba a enfermos para reconfortarlos y a médicos, religiosos y funcionarios para coordinarlos e infundirles ánimo.

Pero su labor más significativa se desarrolló en el ámbito de la intendencia. Todo el mundo se preguntaba cómo en plena epidemia de peste bubónica era capaz de conseguir, día tras día, que el mayor hospital de Sevilla, desbordado de enfermos y familias enteras de menesterosos, se encontrara suficientemente avituallado de alimentos, medicinas y útiles necesarios para continuar dispensando salud. Al ubicarse extramuros de la ciudad, Beatriz podía desplazarse hasta los monasterios y prioratos cercanos a la gran urbe hispalense, labor que realizaba cada vez que intuía que los suministros escaseaban. Con esa perseverante labor recorría los polvorientos caminos que la llevaban hasta los campos de cultivo, y con un poder de convicción apabullante doblegaba la voluntad de monjes, abades, prefectos y priores para destinar una buena parte del diezmo a la curación no espiritual de las almas. Tanto fue así que, durante el brote pandémico, en el hospital de las Cinco Llagas, no faltó suministro de comida, enseres e incluso de vino, que se proporcionaba con cautela y piedad a los más desesperados.

Su protagonismo llegó hasta el punto de que, aún cuando debido a su condición de mujer, la ley prohibía que pudiera acceder al puesto de directora de la institución, una vez que se hubo nombrado nuevo administrador, doña Beatriz, *la Mendocina*, siguió encargándose *de facto* de todas las tareas de abastecimiento y salubridad de las instalaciones. Nadie se atrevía a replicar ni una sola de sus instrucciones. Se hacía raro ver a una mujer dar órdenes a patronos y religiosos, que tras la epidemia se atrevían a volver a visitar la institución, pero es que la firmeza de aquella mujer, dulce pero categórica, parecía poder doblegar cualquier voluntad.

Beatriz era muy rigurosa en cuanto al cumplimiento del horario, y por eso a Diego le extrañó mucho no encontrarla en su casa siendo ya anochecida. Ni la luz del candil centelleaba en el hogar cuando se asomó por la ventana, ni la chimenea estaba encendida. Permaneció esperándola en el zaguán, pero, tras un tiempo, intuyó que algo no debía ir bien por lo que, con paso firme, deshizo el camino que su cuñada debería haber tomado desde el hospital hasta su casa, eso sí, echándose convenientemente la capa hacia atrás para liberar la empuñadura de su espada.

El hospital se encontraba fuera de la ciudad medieval, en el barrio de la Macarena. La noche era cerrada y apenas alguna antorcha iluminaba las estrechas y angostas calles del barrio arrabalero por lo que, en cada esquina, Diego apretaba con firmeza las cachas del estilete mientras tensionaba el brazo y arqueaba felinamente su cuerpo. A esa forma de andar se tenía que acostumbrar cualquiera que quisiera frecuentar las calles de la Sevilla nocturna. Por fin pudo llegar hasta la explanada que daba acceso al hospital donde apenas pululaban almas y aligeró el paso. Albergaba la esperanza de que Beatriz hubiera decidido pernoctar aquella noche en la institución como había hecho alguna vez, consumida por el cansancio, durante la epidemia. Con aquel halo de esperanza, y una vez en la entrada, golpeó la puerta con el puño enguantado.

—Doña Beatriz no está —respondió la voz de un rostro adormecido que se asomó al ventanuco enrejado del portón—. Se ausentó hace un buen rato. Mañana ha de acudir al mercado para aprovisionar la despensa que está casi vacía.

Si iba a aprovisionar el hospital al día siguiente, Beatriz debía de portar una respetable cantidad de dinero, pensó para sí Diego. El hospital de las Cinco Llagas, como inmensa institución, se nutría de una horda de funcionarios a cada cual más corrupto, y un chivatazo de este tipo era más o menos predecible. «Algún día tenía que ocurrir», se dijo, mientras volvía sobre sus pasos y atravesaba la explanada tan rápido como le permitían sus botas de caña alta. Trató de imaginar el lugar perfecto para tender una celada a una mujer sola e indefensa. No tuvo que pensar demasiado. Traspasó el arco de la puerta de la Macarena y se dirigió a la calle de Escoberos, justo donde hacía intersección con una antigua mezquita árabe que se encontraba, como tantas, prácticamente en ruinas y habitada por más rufianes que ratas, ya casi extinguidas pues suponían el alimento diario de estos.

Para cuando se adentró en aquella oscura calle, todos los oficios estaban cerrados a cal y canto. Durante el día era una de las más prósperas y transitadas de la ciudad pues todo el mundo precisaba de cepillos, deshollinadores y escobajos. Pero al llegar la noche, con los negocios herméticos y protegidos por gruesas puertas y ventanales de madera que celaban el caudal fruto del trabajo de los prósperos comerciantes, la calle daba miedo. Nadie circulaba a esas horas por Escoberos y Diego comenzó, una tras otra, a zigzaguear por las callejas adyacentes. Lo más probable era que si querían emboscarla la hubiesen asaltado en la intersección de alguno de aquellos estrechos viales por los que apenas si podía circular un carro. Tuvo que tantear y escrutar con sus manos algunos sacos de escombro y podredumbre que se apilaban contra las paredes de los edificios aledaños para cerciorarse de que ninguno de ellos era el cuerpo de su cuñada.

Dado lo infructuoso de la búsqueda decidió volver sobre sus pasos hasta la vía principal y hacerse con una antorcha. La luz del alba tardaría demasiado en llegar, y entonces… sería quizá demasiado tarde. Escalando por una ventana enrejada se hizo con una a la que aún le quedaba algo de mecha y reanudó la búsqueda. Al portar una luz, era ahora él el que se convertía en un blanco fácil, por lo que decidió desenfundar la espada, que portaría con la diestra, mientras que con la zurda oscilaba la antorcha de un lado al otro, despertando a algunos mendigos que no habían podido hacerse con mejor refugio aquella noche.

Su desesperación iba en aumento. Llegó a dudar incluso que la hubiesen emboscado allí. Los asaltantes podían haberla dejado caminar más tiempo y elegir otro escenario para atracarla. Beatriz, movida por aquella inquebrantable confianza en sí misma, negaba cualquier tipo de compañía o escolta y hacía y deshacía el camino hasta el hospital en solitario. Pero, si no era allí, a las puertas del barrio de Carmona... ¿dónde la podrían haber acechado? De haberse adentrado en el centro de la ciudad, la presencia de alguaciles, soldados o incluso de caballeros siempre dispuestos a ayudar a una dama desvalida hubieran dado al traste con su rapiña. No, no habrían dejado que se adentrara en la ciudad, si la habían asaltado debía estar por allí cerca. Su desesperanza iba en aumento. La mecha de la antorcha se consumía debido a los bruscos movimientos y cada vez iluminaba menos. El pecho le hervía, la respiración se le agitó hasta el extremo de hacérsele dificultosa. ¡No!, se decía a sí mismo. ¡A Beatriz no podía perderla! Si la perdía a ella no podría seguir viviendo. Nada le ligaría ya a este miserable mundo. Después del abandono de Alonso... ¡No!, negó con rotundidad reafirmándose, ¡mi Beatriz, no!

Fue al pisar un charco de líquido denso y pegajoso cuando cayó en la cuenta de que aquella sangre provenía de un cuerpo semidesnudo, el de su cuñada, inerte y postrado bajo las ruedas de un viejo carruaje abandonado.

# 20

Trabajaba arduo y sin descanso. Era tal la cantidad de asuntos que su padre le encomendaba a diario, que apenas si podía salir del despacho más allá del tiempo estrictamente necesario para acudir a los tribunales a presentar demandas, plantear pruebas o sustanciar autos y Providencias. También acudía a los registros públicos, pero su recorrido se limitaba a las calles adyacentes de los juzgados, sin apenas conocer mucho más de la ciudad. Y cuando salía, lo hacía casi siempre acompañado por su padre o por el implacable de Tello Escobar, con el que no intercambiaba ni una sola palabra, limitándose este a perseguirlo a escasa distancia como un lobo a su presa.

En algunas ocasiones, las menos, cuando ni el capataz ni el titular del despacho se encontraban disponibles, lo acompañaba Felipe Romero. Entonces sí, Alonso conversaba fluidamente con él, preguntándole a donde llevaba esta o aquella calle, interesándose por la arquitectura de uno u otro edificio, las obras de la catedral o la vida socio económica de aquella trepidante urbe.

También comenzó a celebrar algunos juicios orales. Entonces siempre era acompañado por don Fernando, que se repanchigaba en la bancada del público para disfrutar de cómo su pupilo destrozaba a sus rivales, los abogados indianos, sin demasiada preparación ni oficio. Alonso destacaba por el uso de un verbo siempre certero y afilado. Respetuoso pero implacable. Nunca perdía ningún juicio y su fama iba in crescendo.

Para su desesperación, la acumulación incesante de trabajo no le permitía encontrar el momento oportuno para pedirle a su padre que lo dejara acudir a su cita con el sastre. Y así iba transcurriendo una semana tras otra, mes tras mes. Ansiaba conocer aquella enigmática Cartagena, más allá del estricto ámbito de los asuntos judiciales y de los muros del palacio que comenzaron a antojársele asfixiantes. Empezaba a echar de menos el roce con sus amistades, las rondas nocturnas en Sevilla, la vida más allá de su reducido mundo jurídico. Se sentía prisionero dentro de una lujosa celda. En definitiva, no trabajaba para vivir, sino que vivía para trabajar. Como único evento social, y siempre en compañía de su progenitor, acudía a los oficios religiosos los domingos por la mañana o a alguna reunión que su padre organizaba para que Alonso fuera, poco a poco, conociendo al amplio elenco de sus clientes.

Con el tiempo, se dio cuenta de que don Fernando no tenía amigos, sino intereses. Personajes de los que se quería valer o que, igualmente, pretendían beneficiarse de la nutrida red de relaciones que el orondo letrado había cultivado. Los asuntos que recibía eran casi todos pleitos de ricos. Don Fernando se negaba a atender a mestizos, mulatos o zambos y, por supuesto, a ningún indio o negro. Recibía, eso sí, a encomenderos y colonos con grandes explotaciones agrícolas y también a industriales.

Así, jornada tras jornada, Alonso iba atendiendo a individuos tan dispares como ricos. Una mañana tuvo que tratar con un hacendado que era acusado ante los tribunales por un fraile de tener más de veinticinco hijos con diferentes esclavas, habiendo violado o incluso matado a aquella que se negaba a yacer con él. Una tarde, a un colono que había montado una fábrica para tratar y tintar el cuero y que había topado con un funcionario remilgado que pretendía más soborno o le cerraba la industria. Otra, a un encomendero cuyo plazo para explotar su producción minera había expirado, y de ello quería aprovecharse otro colono que era su principal competencia. Y así sucesivamente…

Pocos clientes tenía don Fernando de los que se ganaran el pan con el esfuerzo de sus manos, cuestión altamente denigrante y mal vista en la sociedad española, y por supuesto, también en la indiana. Aunque en algunas ocasiones también tuvo que asistir Alonso a algún cirujano acusado de negligencia o impericia con resultado fatal para su paciente, o a un escribano o notario acusado de falsear sus registros o escrituras. Todos ellos, claro está, disponían de una jugosa faltriquera dispuesta para que el más eminente de los letrados de Nueva Granada pudiera estrujársela.

Pasó así el invierno en Cartagena y transcurrió una tormentosa primavera sumido en un ambiente de frialdad. Una tarde, durante el desfile del Corpus Christi se vio atrapado entre la multitud y, por unas horas, pudo deshacerse de la estrecha vigilancia a la que era sometido. Toda la ciudad rezumaba alegría. Tras la procesión religiosa, por unas calles inundadas de incienso, corrió, perdiéndose por la ciudad como un cartagenero más. Desembocó en el ágora del puerto donde el bullicio y la actividad empezaban a acumularse.

Pudo comprobar que en sus muelles se estaba concentrando de nuevo el grueso de la flota de la Carrera de Indias que pronto partiría de regreso. Los soldados que habían participado en sofocar los últimos coletazos de la revuelta de los Cimarrones regresaban victoriosos y se abrazaban a aquellos compañeros de armas que habían servido de escolta a las mercancías con destino a Portobelo.

En una confluencia de dos calles vio un mentidero tan lleno de gente que a su puerta se había formado una nutrida cola. De su interior provenía un tufillo a carne asada. Las gentes, animadas por el vino, reían, jugaban a naipes y disfrutaban de aquella tarde fresca y húmeda de junio. Estuvo tentado de entrar y contagiarse de aquella algarabía. Cuán distinta era su vida a la de toda aquella gente. Oprimido por su progenitor y apocado por la responsabilidad a la que se enfrentaba a diario por los pleitos que le encomendaban. Pleitos tan enrevesados y complicados que ni tan siquiera los insignes personajes que se los encargaban los habían podido resolver, descargando sobre el joven letrado sus problemas como un carro de estiércol sobre el campo. Abrumado, se sintió de repente muy miserable. «Estoy muerto en vida», pensó para sí.

Decidió regresar a palacio. Podía excusarse ante su padre diciendo que se había perdido y desorientado durante la procesión. Pero si tardaba más de la cuenta en regresar, seguramente saldrían a buscarlo y las consecuencias no serían buenas. Ni para él, ni para nadie.

Durante el camino de regreso, zarandeado por un exaltado gentío, reflexionó sobre la relación con su progenitor. Ciertamente que esta se había suavizado después de la tensión de los primeros encuentros, pues ya don Fernando se había dado cuenta del enorme potencial del letrado que tenía a su servicio. También influyó el hecho de que Alonso hubiera conseguido, casi sin proponérselo, tener como cliente al hombre más poderoso de toda Nueva Granada. Mantenían pues una relación fría, profesional y distante, que en ningún caso podía describirse como una relación paterno filial pero que a ambos, a su modo, les servía. A don Fernando, para tener mano de obra cualificada a bajo coste. A Alonso, para tener tantas cosas en las que ocuparse que le impidieran pensar en su pasado y añorar el amor de Constanza, que a esas alturas, daba ya completamente por perdido.

Enfiló la calle del palacio y comprobó que su puerta se encontraba cerrada y todo parecía tranquilo. Al pasar a la altura de la sastrería de don Mateo Alemán vio como en esta, a pesar de ser festivo, había luz. Se asomó al escaparate lo justo para contemplar como el sastre estaba tocando a dos bellas damas con sendos y vistosos sombreros. A través del espejo, el modisto se percató de la presencia del letrado y de inmediato salió para saludar a su amigo y cliente.

—Por favor, don Alonso, ¡pase! ¿A qué debemos el inusitado e imprevisto placer de su presencia en esta mi humilde sastrería? Mire que ha pasado mucho tiempo desde la última vez que nos vimos. ¡Solo se deja usted ver en misa los domingos y las fiestas de guardar! Por cierto, que estaba usted muy guapo en la pasada misa del Gallo. Ese traje se lo confeccioné yo, ¿verdad? ¡Usted lo luce con un porte exquisito! ¿Y por qué no ha venido antes a visitarme? ¿Es que no se acuerda de la invitación que le hice para enseñarle los rincones más interesantes de esta entrañable ciudad? ¡Pero pase, pase y deje que le presente a estas bellas damas, mis cariñosas amigas doña…!

Pero antes conseguir introducirlo en su sastrería, el sastre percibió como su amigo mudaba el rostro. Alonso había dirigido una mirada frugal hacia la fachada del palacio. Y al hacerlo, comprobó que la puerta se había abierto y que de ella habían surgido las figuras de Tello Escobar, látigo en mano y la del pajecillo encargado de la puerta, que lo señalaba acuciante. Una gran tristeza lo afligió.

—Lo siento —manifestó resignado, mirando al suelo— pero tengo que irme, no puedo entrar, discúlpeme.

Don Mateo, que con un mero ademán entendió lo que estaba sucediendo, asintió como si estuviera viendo a un pajarillo que no termina de atreverse a saltar del nido. Entonces, en un último gesto, reclamó su atención agarrándolo de la pechera y lo acució:

—¡Solo se vive hoy, no mañana! Venga sin falta a mi sastrería el sábado por la tarde. ¡No me falle! Lo pasaremos bien, se lo aseguro.

# 21

Se propuso llegar a la cita con don Mateo libre de cargas, gravámenes y con los deberes bien hechos. Así, su progenitor no podría negarle la que supondría su primera ronda por la ciudad después de varios agotadores meses. Trabajó con denuedo, dejó de tomarse sus placenteros baños, y cada noche tras cenar se llevaba el trabajo a su dormitorio, donde lo velaba hasta altas horas de la madrugada.

Finalmente, la mañana de aquel sábado en que había sido emplazado por el sastre entró, resuelto y sin llamar, en el despacho de su padre. Lo encontró de un humor aceptable. Últimamente no dormía en casa y apenas si aparecía por el despacho, confiado en que cualquier urgencia sería resuelta por Alonso. Presentaba el aspecto de un seductor satisfecho de su encanto, seguro además de que los engranajes de su vida giraban correctamente. Una pesada cantidad de perfume rezumaba de su levita, cargando la estancia de un olor impenetrable a almizcle y agua de rosas.

Sin mediar palabra, Alonso dejo caer pesadamente los legajos que portaba sobre la mesa de su padre. Este lo miró un tanto sorprendido, pues no era normal que su hijo trajera tantos asuntos para revisar al mismo tiempo. Pero antes de que pudiera inquirirle por tal cuestión, Alonso se anticipó:

—He puesto al día todos y cada uno de los asuntos pendientes. Ahora mismo no tengo nada que hacer. He redactado demandas y contestado los autos y Providencias que requerían plazo. Aquí traigo las más importantes para tu revisión por si lo consideras oportuno. Dado que hoy es sábado y apenas he salido del despacho desde que llegué, solicito permiso para ir esta tarde a la sastrería de don Mateo Alemán. Tiene interés en mostrarme su trabajo y la ciudad. Lo merezco y es justo —le soltó de sopetón, señalando la pila de pliegos perfectamente ordenada que descansaba ahora a escasa distancia de la nariz de su padre.

Don Fernando miró a su hijo y luego al montón de papeles que, tomándose su tiempo, acercó con ambas manos hasta llegar a aspirar el aroma de la tinta aún fresca. Se colocó unas gafas de aumento, pues hacía tiempo que el letrado tenía dificultad para alcanzar a ver lo que él mismo escribía. Había encargado unas lentes esmeriladas convexas que le habían fabricado expresamente en Venecia con cristal de Murano, un artículo al alcance de muy pocos bolsillos. Lentamente fue comprobando que todo lo que Alonso le había entregado eran documentos manuscritos de su propio puño, lo que significaba que apenas había delegado trabajo en oficiales o escribanos. Se trataba en su mayor parte de demandas completas, contestaciones, querellas, escritos para evacuar trámites, recursos contra autos y diligencias de tan alto nivel jurídico que no pudo menos que admirarse al contemplar la pulcritud y la precisión en todos y cada uno de ellos. Perfectos en su forma y su fondo, argumentados con rigor, exactitud, minuciosidad y de una exquisita caligrafía. Nuevamente confirmó lo que ya sabía: que estaba ante el letrado mejor preparado de toda Nueva Granada. Al menos en cuanto al fondo. Otra cosa era en cuanto a las formas, en las que aún le quedaba al polluelo mucho alpiste por comer, caviló.

Tuvo que hacer un esfuerzo para reprimir un gesto de regusto ante lo que estaba leyendo. En su lugar, dibujó como pudo otro de desdén y comenzó a hablar:

—Humm… —lanzó un sonido nasalizado—. Parece que redactar no se te da mal del todo. Otra cosa es cómo cobras los asuntos… Hace tiempo ya que concluiste el trabajito aquel para tu amigo, el presidente de la Audiencia… ¿te lo ha abonado? —preguntó con marcado retintín.

Alonso no esperaba en modo alguno felicitación por su trabajo, pero tampoco un ataque tan gratuito, y menos por un asunto tan lejano, del que padre bien sabía don Juan no le había dado ni la propina. Aun así, se recompuso.

—Bien es sabido que el premio a un trabajo no tiene por qué ser siempre económico. En ocasiones el pago en especie puede ser tanto o más valioso que el dinero. En este caso, como nos enseñó Nuestro Señor Jesús, he aplicado la máxima de: «Sembrad y recogeréis».

—Ya veo —le contestó con un toque casi de desprecio—. Entonces ni un maravedí.

—Las gracias y poco más.

—En ese caso supongo que le hablarías del asunto de doña Josefina, ¿no es así?

Su padre sacaba a colación nuevamente otro asunto del que ya conocía la consecuencia. Comenzó a sospechar que aquella sucesión de andanadas no iba a significar otra cosa que su negativa a dejarle salir aquella tarde del despacho. Sin embargo, no se desesperó y prefirió no replicar. Don Fernando prosiguió:

—La sombra de esa bella señorita me produce la misma sensación que una piedra en el zapato: no me mata, pero me molesta. La estoy manteniendo en una casa de acogida y de momento corro con todos sus gastos, aunque bien es verdad que ya no me deja cuidarla como yo quisiera. ¿Has probado de su ambrosía? Es ciertamente deliciosa en la cama. Una verdadera diosa —se relamió con un gesto que a Alonso le pareció repugnante. Solo pensar en las carnes fofas de su padre volcadas sobre la belleza impoluta de la joven le causó náuseas.

—No padre, no mezclo el placer con la profesión. No creo que sea una buena estrategia.

Su padre bufó una risa desinflada.

—Y entonces, ¿qué piensas hacer con ese asunto? —replicó sin querer bajar la guardia ni perder la iniciativa.

—El recurso extraordinario de revisión fue anunciado en su momento. La audiencia de Santa Fe nos ha dado trámite y plazo para su interposición aunque tan solo he redactado los hechos. Quedan por ultimar los fundamentos de derecho pues no encuentro en qué poder apoyarlo. Es el último que tienes en el montón.

Su padre lo tomó y comenzó a examinarlo. Alonso prosiguió:

—Como sabes, antes de que don Juan se marchara me atreví a pedirle ayuda. Ciertamente que no le gustó tener que ponerse en el bando de la mujer adúltera, pero obligado por el compromiso me propuso que, una vez hubiera interpuesto el recuso acudiera a Santa Fe y lo buscara para... ver lo que se podía hacer.

—¿Qué que puede hacer? ¡Pues todo! ¡Nadie puede torcer el parecer del presidente de la Real Audiencia, el máximo órgano jurídico de Nueva Granada! ¡Es el amo de todo! ¿Acaso no lo sabe?

—Te advierto que aún no he encontrado ninguna ley o pragmática en la que poder fundamentar el recurso. La mujer sola, y más si es adúltera, no tiene ningún valor en nuestras leyes. Ninguna posibilidad con nuestro ordenamiento jurídico en la mano. Doña Josefina está condenada de antemano. Lo único que sufrirá será una condena y pagar las costas del litigio, lo que la hundirá aún más económicamente, o incluso si los herederos la denuncian por no pagar la deuda, a dar con sus huesos en la cárcel, donde será pasto de qué sé yo qué tipo de alimaña. No veo buen porvenir en esta empresa. Además, don Juan no es persona versada en leyes sino en armas.

—Precisamente por eso sabrá cómo doblegar el parecer de los otros jueces y oidores de la Audiencia. Para cuando haya que estudiar y dictar la sentencia, nuestro nuevo presidente ya se habrá dado cuenta de cómo funcionan las cosas a esta orilla del universo y de la manera especial que tenemos aquí de interpretar las leyes que nos dicta la Madre Patria. Las muchas millas y el mar hacen que las leyes se mareen y sus renglones se tuerzan con el oleaje —rio con su ocurrencia dibujando en el aire una línea llena de curvas.

—Se trata de un hombre íntegro. De los más honrados que conozco. Es nieto de un santo y hace buena gala de ello.

—Pues ha venido al cesto equivocado. La manzana no tardará en podrirse.

—De cualquier manera, si finalmente decides que interpongamos el recurso tendré que desplazarme hasta Santa Fe para pedirle audiencia. Es lo que me indicó que hiciera.

—Serán como poco dos semanas de viaje y no precisamente agradable... —caviló dubitativo, como reflexionando si podía permitirse el lujo de que su hijo descuidara tanto tiempo el despacho y se alejara de Cartagena—. En fin, ya lo veremos llegado el momento. De verdad que me resulta incómodo esta mezquindad de asunto.

—Y a mí —replicó Alonso, imaginando que a su padre no le habría resultado tan molesto cuando doña Josefina le pagaba con otras jugosas prebendas.

—No veo aquí… —continuó don Fernando cambiando súbitamente de asunto— la demanda hipotecaria que los banqueros don Miguel de la Rubia y don Emilio Torres quieren interponer contra el encomendero que explota la mina de la Sierra de Santa Marta. Es un asunto especialmente delicado para mí. Lo firmarás tú. No quiero de ninguna de las maneras aparecer o figurar en escrito alguno que tenga que ver con este pleito. ¿Está claro? ¡En ninguno! El contrario, Antonio Vargas, un mequetrefe engreído del tres al cuarto, fue cliente mío hace muchos años por un asunto de poca monta, un esclavo tullido que le vendieron a millón. Y no salió muy satisfecho. Preferiría no tener que volver a verlo nunca más en mi vida. Es un tipo extremadamente agrio y desagradable.

—Los banqueros nos visitaron ayer mismo cuando usted se encontraba… ausente del despacho —carraspeó—. Me dijeron que querían darle una última oportunidad al encomendero por si este podía devolverles el dinero prestado, o al menos los intereses devengados antes de interponer la demanda. No la he redactado aún, precisamente por eso.

—¡Esa explotación minera está agotada! Lo he visto ya muchas veces. Cuando se seca la veta, se seca. ¡Y ya está! No hay manera de sacarle rendimiento, ni metiendo más esclavos ni invirtiendo en nuevos ingenios o máquinas. La única manera que tienen don Miguel y don Emilio de recuperar algo de su dinero es embargar lo que puedan de ese desdichado: su casa, los esclavos, las tierras y la maquinaria, que al fin y al cabo adquirió con el dinero que ellos le habían prestado.

Don Fernando se interrumpió, como valorando si hacerle o no a su hijo la propuesta que tenía en mente. Al final prosiguió decidido:

—Por cierto… Voy a enviarles un paje para invitarlos mañana después de misa a una timba de naipes. Quiero que asistas y entables buena relación con ellos. La amistad con banqueros es muy recomendable en estas tierras, y desde luego que como clientes ninguno tiene mayor bolsa que explotar. Además, nunca has venido a ninguna de mis reputadas *partidas* y creo que ya va siendo hora.

—Entonces, ¿me da su permiso para ir esta tarde con don Mateo a conocer la ciudad? —preguntó resuelto.

Don Fernando valoró la situación y resolvió que si con alguien podía confiar a su hijo para una escapada nocturna era con aquel amanerado e inofensivo sastre. No viendo ningún problema le impuso, no obstante, una condición:

—Conforme, pero no regreses tarde, mañana debemos estar finos en la partida. E invita a tu amigo el sastre a que se una a nosotros. Como tahúr es de los más fáciles de desplumar. Así podré recuperarme de las últimas cuentas que me ha pasado. ¿Y tú? —le preguntó—, ¿eres bueno en la *baceta* y el *cacho*?

—Digamos que tu hermano Diego me enseñó lo que tenía que saber...

# 22

Alonso abandonó el palacio por la puerta principal sin que nadie le pusiera impedimento alguno. Recorrió la escasa distancia que le separaba de la sastrería a un paso vivo, casi impaciente. La sensación de rehén liberado recorría su cuerpo, y el apetito por conocer la ciudad sobre la que tantas historias y fantasías había escuchado se le antojaba insaciable. En su cabeza bullían una y mil leyendas acerca de sus infranqueables murallas, el asedio de los piratas, la mezcolanza entre blancos, negros e indios que hacían de ella un lugar único y diferente a tantas otras colonias que proliferaban por el mundo... Sugestionado, se introdujo en la sastrería para toparse con la más sincera y amplia sonrisa dibujada en el rostro de Mateo Alemán.

—¡Ha llegado usted por fin don Alonso! Ya empezaba yo a dudar que su señor padre permitiera al mirlo desplegar las plumas. Pero ¿qué hace? ¿Cómo es que viene vestido de letrado, togado y con esas toscas botas de embudo? ¡Pero si vamos a dar un paseo por los lugares más refinados y exquisitos de Cartagena! Bueno... tal vez no tanto... —concluyó dándole la bienvenida con una pícara mirada de complicidad.

—En Sevilla, de donde yo procedo, la tradición es vestir tu hábito cada día. Esa es la manera de ganarte el pan: distinguirte por tu oficio de tal forma que el que precise de tus servicios pueda identificarte. Únicamente los domingos nos permitimos alguna licencia con la indumentaria para asistir a los oficios religiosos.

—Pues no voy a entrar yo a discutir las sanas costumbres de la Madre Patria —sentenció llevándose la mano al mentón con el índice señalando el techo—, pero aquí, en Cartagena, las normas y tradiciones se suavizan un poquito… En cualquier caso me va al pelo que venga así porque ya no tiene excusa para probarse unas prendas que le he confeccionado utilizando mis últimos patrones. Estoy plenamente convencido de que cuando lo vean a usted, con ese porte que tiene, ataviado con mis nuevas creaciones, me van a llover los pedidos —y diciendo esto concluyó taxativo—: Desnúdese mientras yo voy preparando un par de cafetitos.

Muy a regañadientes, pues lo que Alonso en realidad ansiaba era conocer Cartagena, se fue probando entre café y café las prendas que el modisto le iba proporcionando. Así, tuvo que combinar unos calzones de color verde esmeralda con un jubón de seda amarillo limón. Cuando el letrado se ubicó frente al espejo, con un sombrero de ala ancha color burdeos adornado con una exótica pluma de quetzal y unos chapines embellecidos con rosetones hechos a base de lazos, encajes y lentejuelas, sintió un enorme rubor. Tuvo que disimular como pudo el incendio en su cara y la vergüenza de pensar que tendría que salir vestido de esa guisa a la calle. Acostumbrado como estaba al negro riguroso del traje togado, verse así le produjo un profundo apocamiento. En Sevilla sería el hazmerreír si le vieran ataviado con semejante extravagancia.

Fueron vanos los intentos del sastre por combinar piezas, más o menos entalladas, aderezadas de capazos cortos de los más diversos colores. Rechazó cortésmente cada conjunto alegando que tal vez no fuera el más indicado para llevar por la noche o que quizá debería guardarse tan valiosa pieza para una mejor ocasión: un baile, una presentación social o algún evento que estuviera a la altura de tan distinguida vestimenta. Alonso se zafaba como podía del asedio del sastre al que notaba cada vez más encendido. También comenzaba a sentir él un extraño rumor que le subía desde el bajo vientre y una excitación que no conocía, debida sin duda a la alta ingesta de aquel café. Los sentidos se le alteraron y sus entrañas comenzaron a removerse pronunciándose en sonoros mugidos.

Dando por perdida la batalla, el sastre sirvió un par de tragos de un licor que Alonso desconocía. Se trataba de un brebaje que habían comenzado a hacer los esclavos negros a base de un fermentado de caña de azúcar y que ahora producía un encomendero en Tubarco, por supuesto sin licencia y sin pagar el quinto real. Aquel licor había sido confeccionado utilizando alambiques holandeses, adquiridos de contrabando. Todo ello se fabricaba sobre la base de una bebida que los esclavos habían obtenido casi por casualidad, y aunque el nombre original de aquel bebedizo era el de *rumbillion,* se le comenzaba a conocer popularmente con el nombre de *ron.* Al letrado le alegró tanto el alma aquel líquido viscoso que, después de la mezcla de café y ron, a punto estuvo de salir a la calle combinando el verde estridente con el amarillo chillón. Pero en un último arrebato de cordura se despojó de todas aquellas prendas disculpándose ante el sastre y volviéndose a colocar su toga con la excusa de así poder camuflar bajo esta su espada.

Cuando por fin salieron de la sastrería, tras probarse tanta calza, jubón y chapines, era ya bien avanzada la tarde. A esas alturas el letrado podía considerarse un perfecto conocedor de las últimas tendencias en la moda y el vestir, y aunque hubiera preferido haber conocido la ciudad con la luz de día, de lo resuelto que iba, no le importó en absoluto la incipiente oscuridad. Antes de cerrar la puerta vio cómo el sastre introdujo la botella de ron en una bolsa de cuero que portaba cruzada al hombro, y tras cruzar un guiño de complicidad, las dos figuras se aprestaron, sonrisa en ristre, a sumergirse en la noche cartagenera.

Rezumaba felicidad a los cuatro vientos. Aspirar el aroma fresco y húmedo en el ambiente, ese olor único de la libertad, lo hizo sentirse muy vivo. Tomó al sastre por el hombro, cuan lazarillo, y se dejó guiar exultante.

El primer recorrido lo efectuaron por los alrededores de la catedral, a la que se adherían como hijuelas los conventos de las órdenes religiosas más importantes de la ciudad: dominicos, franciscanos, mercedarios, agustinos y jesuitas que constituían la punta de lanza de la conquista espiritual de América. Todos debían tener presencia en la ciudad fortificada lo más cerca posible de la *Casa de Dios.* Mateo se los iba nombrando uno a uno y Alonso, como única respuesta le mostraba una sonrisa densa y bobalicona.

Aquellas adustas fachadas de los edificios religiosos daban pie a calles aceradas y adoquinadas de una riqueza exquisita. Algunas de aquellas calles, las de los ciudadanos principales, el obispo o la del gobernador, estaban pavimentadas no con piedra sino a base de madera de balsa, un material muy dúctil que minimizaba el ruido y el eco del paso de carruajes y caballos para que, de esa forma, no se perturbara el sueño de las familias de alta alcurnia.

—Pruebe, ¡pruebe don Alonso! Dé usted un saltito y verá como apenas se escucha el ruido de sus tacones.

Y Alonso saltaba, no una sino varias veces. Y sus risas sin eco atraían la atención de los escasos transeúntes que a esas horas discurrían aun por las calles más importantes de Cartagena.

Calentado por un sorbito más de ron, don Mateo cayó en la cuenta de que la actividad de la zona regia de la ciudad se estaba apagando y comenzaba a tener ya otro tipo de apetito. Los oficios y negocios cerraban sus puertas. De las aproximadamente diez mil almas que poblaban la perla del Caribe español, incluyendo esclavos y la minoría de comerciantes portugueses, muy pocas serían las que medrarían por más tiempo entre las cuarenta manzanas que componían su centro. En no más de una hora, la ciudad quedaría completamente desierta. Era el momento perfecto para trasladarse al barrio más pujante de la ciudad, donde se mezclaba lo mejor y lo peor de cada casa. Allí tendrían posibilidad de encontrar alguna taberna para cenar decentemente, y si terciaba, algo más...

Así, cuando concluyó de dar otro trago y le pasó la botella a su acompañante, don Mateo agarrando el cogote de Alonso y atrayéndolo hacia sí, como si fuera a confiarle una importante información, le comunicó con voz balbuceante,:

—Creo que ha llegado el momento de buscar algo de diversión. Debemos irnos al barrio de Getsemaní —le dijo tan cerca de la cara que Alonso aspiró una gran dosis de etanol en aquel aliento aguardentoso.

# 23

«Barrio de bravos leones, sinceros de corazones y amables en el tratar» era el lema de los ciudadanos que, cada día en mayor número, venían a poblar el barrio arrabalero por excelencia de Cartagena, el cual había multiplicado su población por diez durante el último lustro. Tanto que la Corona terminó por ordenar que también fuera protegido por una fuerte muralla y un baluarte con una dotación militar permanente, pues la cantidad de inmigrantes era ya tal que casi igualaba en gentes a la de la ciudad antigua, donde ya apenas si quedaba espacio. Así, las obras, que se encontraban en su fase final, otorgaban una sensación de protección a sus pobladores que se mezclaba con la de un control menos estricto por parte de las autoridades, las cuales no aplicaban con la misma rigidez las normas de ciudadanía en el centro histórico que en su indómito arrabal.

Con mayor protección y menor control, Getsemaní, o *Gimaní* como era conocido popularmente, podía considerarse como una pequeña ciudad «sin ley» en la que la plaza de la Trinidad se erigía como Plaza Mayor. Allí se concentraban los negocios que cerraban sus puertas a última hora de la noche, en ocasiones coincidiendo con los primeros feligreses que acudían a maitines a la vecina iglesia que le daba nombre. En el suburbio confluían los más ricos con los más pobres y nada más importaba. Inmigrantes, lugareños, foráneos, extranjeros afincados, mercaderes y maleantes, militares y marinos, todos ellos e incluso algún que otro cura frecuentaban sus tres principales casas de mentidero, entre la que destacaba sobre todas la de *Las Dos Rosas*. Justo hacia ella encaminaron sus pasos los compañeros de cita.

Nada más entrar en aquel tugurio, Alonso se dio cuenta de que no tenía nada que envidiar a las más enraizadas tabernas de su Sevilla natal, aquellas que tanto frecuentara durante sus correrías de amigos y, cómo no, en compañía de su tío Diego. El nombre de *Las Dos Rosas* le venía a aquel antro por la regencia de sus dos dueñas, Rosa Belmonte y Rosa Vargas, dos de las pocas meretrices españolas que ejercieran el oficio en estas tierras. Y es que en el Nuevo Mundo era tan fácil yacer con esclavas o indias que apenas si hacían falta prostíbulos, empezando a conocerse como el *paraíso de Mahoma*, pues cada español tenía para sí el derecho de yacer con cuantas mujeres quisiera… o pudiera. Pero españolas, putas españolas, pocas había.

El caso de *las dos rosas* había sido muy peculiar desde el principio: ambas mujeres desembarcaron en Cartagena muchos años atrás, acompañando a sus respectivos maridos en busca de fortuna. Sin embargo, después de un feliz asentamiento y de una época de bonanza, una noche sus esposos se enzarzaron en una reyerta en el puerto con resultado fatal para ambos pues murieron prácticamente al mismo momento. De aquel insólito acto surgió un destino fuertemente unido: el de dos mujeres forjadas al fuego de la soledad, el dolor y la pena. La gente murmuraba que había sido el marido de una Rosa el que había asestado la puñalada mortal al otro arremetiéndole en su bajo vientre mientras que su contrincante le abría la yugular con su navaja al primero.

El caso es que, a la postre, ambas mujeres tuvieron por fuerza que encontrarse y conocerse en el mismo velatorio que por los difuntos se celebró. Y así, lejos de enfrentarse, haciendo gala de una pasmosa conciencia, unidas ya por una desgracia irreparable y por la misma fatalidad, decidieron aunar sus esfuerzos para sacar adelante a sus respectivas y numerosas proles.

Las posibilidades que tenían dos viudas solas de sobrevivir en este Nuevo Mundo se reducían únicamente a la mendicidad o la entrega en adopción de sus hijos y el ingreso de ellas mismas en alguna orden religiosa a la espera de que algún posible nuevo marido, usualmente también viudo, se fijara en ellas. Pero en contra de aquel mal viento y sobreponiéndose al odio que el propio vecindario quería infundirles, aquella misma noche de sepelio, entre velas, incienso y plañideras, se unieron, hermanándose para siempre. Urdieron un plan para destinar la vivienda de una de ellas como techo y cobijo de las dos camadas y utilizar la segunda para iniciar un negocio de hospedería que les permitiera alimentarlos. Como quiera que, una vez iniciado, el negocio era insuficiente para sostenerlos a todos y que, a pesar de la edad, ambas mujeres no andaban escasas de hermosura o lozanía; y percatándose asimismo de la casi inexistencia de prostitutas españolas en toda la ciudad de Cartagena, decidieron, en detrimento de su decencia, sacar con provecho a sus hijos y alquilar sus cuerpos a aquellos que estaban cansados de vejar a indias, negras y mulatas. Esto es: los que buscaban la *pura raza española*.

*Las Dos Rosas* comenzó pues a contar con una creciente aceptación entre la población lugareña y foránea que visitaba la ciudad pues, además de sexo o incluso más allá de él, los colonos encontraban en las *Dos Rosas* conversación, consuelo y respeto frente a la soledad y la añoranza que los envolvía. El negocio prosperó tanto que ahora ya no tenían que dedicarse al oficio más antiguo y podían contratar incluso los servicios de una alcahueta, una tal María de Villalpando, zamorana de fuerte carácter y de su marido, Emilio Osorio, ex militar de los tercios viejos de Castilla, hombre rudo y fornido, curtido en mil batallas que hacía las veces de proxeneta y protector de la casa de lenocinio.

En ese ambiente se adentraron sastre y letrado avanzada ya la noche y con una buena dosis de ron recorriendo sus alegres almas. Una de las dos rosas, la Belmonte, en cuanto vio entrar en su casa al modisto se abalanzó sobre él y, tomándolo de su menuda cabeza, lo agitó como si fuera un pelele, pues bien le podía sacar medio cuerpo al pobre de don Mateo. Sin querer contenerse más lo cosió a besos.

—¡Mateo, niño guapo de mi vida! ¡Alma mía! ¡Mira que hace un siglo que no vienes a vernos! ¿Es que te hemos hecho nosotras algún mal, criatura? Ni vienes ni nos mandas ninguno de tus preciosos sombreros para que nos los probemos. *¡Descastao*, más que descastao! Anda que si no fuera porque sabes que nos tienes *pren-*

*daícas* te íbamos a dejar que entrases en esta casa —dijo mientras lo asía por detrás del cuello y se dirigía a voz en grito hacia la barra donde la otra Rosa, la Vargas, se encontraba, escote generoso en ristre, despachando a unos clientes. —¡*Rosica*, mira quién se ha dignado por fin a visitarnos!

Rosa Vargas, al alzar la cabeza, dibujó un gesto de fingido despecho y dejando de inmediato lo que se traía entre manos cruzó todo el local para acudir al encuentro del sastrecillo. Una vez que se encontró en medio de aquellas dos mujeronas se vio tan aprisionado que Alonso temió que, si duraba un poquito más aquel apretado abrazo, su amigo se ahogaría en medio de aquellos voluptuosos cuerpos. En cuanto pudo zafarse, el sastre tomó por las manos a sus anfitrionas para presentárselas al abogado que, vestido sin el riguroso negro togado y con la cara achispada por el alcohol, los observaba flemático junto al zaguán de entrada.

—Amigas mías, quiero presentaros a don Alonso Ortiz de Zárate, letrado de Sevilla, llegado a Cartagena hace unos meses con la flota y afincado en la ciudad.

—¿Pero qué capullito de alhelí nos traes, Mateo? ¡Vaya buen pimpollo, sí, señor!— dijo la Vargas.

—¡Arrea que sí! —confirmó la Belmonte—. ¡Bonito pollo pera! Pero… ¿Ortiz de Zárate? ¿Tú no tendrás nada que ver con el abogado seboso que tiene amedrentada a media ciudad de Cartagena y a la otra media comiéndole de la mano, verdad?

—Me temo que ese letrado seboso es mi señor padre, señora doña Rosa —respondió sin arrobamiento pero con la lengua pastosa por el efecto que le estaba provocando el licor, cuyas últimas gotas había apurado antes de cruzar el umbral del prostíbulo.

—¡Mira! ¡Escúchame lo que te digo, muchacho! Que no te conozco bien, pero, si por mí fuera, nada que tuviera que ver con ese grasiento cabronazo entraría en esta casa; que aquí somos pobres pero honradas, y ese cerdo no hace más que buscarnos problemas cada vez que se acerca por el barrio. Porque mucho dice pero predicar con el ejemplo no predica. Y que es un putero empedernido lo sabe Cartagena entera, aunque todos lo callen. Y perdona, que no te quiero faltar, que yo a tu madre no la conozco, pero luego se junta con cuatro beatos meapilas y nos quiere clausurar el negocio. ¡Él, que ha sido el mejor de los clientes! Y todo porque se cree con el derecho a que las pajas le salgan gratis. ¡Pues aquí eso no lo va a tener! ¡Putas pero decentes! Porque si no se le empalma con las negras, aquí, si quiere cacho, o lo paga o que no entretenga y…

Pero no pudo continuar con su retahíla porque don Mateo, al ver cómo se iba encendiendo la Belmonte le dio varios tirones del blusón al tiempo que le desplegaba su más tierna expresión de cordero degollado.

—¡Tienes razón Mateico, que el chiquillo no tiene culpa de ser hijo de quién es, pero es que sabes que ese trozo de carne con ojos me pone a mí muy de los nervios! Que tiesa lo que se dice tiesa no se le pone, pero mira que le gusta dejarte los pezones retorcíos y el culo hecho jirones el muy «hidepu». Desde luego te digo que aquí no entra más ese cerdo, pague o no pague, ¡que es que es muy puerco el jodío cabrón!

—Venga Rosica —intervino esta vez la Vargas al ver que su íntima volvía a encenderse, —dale una oportunidad al muchachico, ¿No ves la cara que tiene de no haber roto en su vida un plato? ¿Y lo guapete que es? Seguro que es más bueno que el pan de untar. Además… ¡que viene con Mateíco!, que este no se equivoca cuando nos trae un cliente nuevo. Seguro que el polluelo es buena pieza.

Y diciendo esto, tiró de su socia y de sus recién llegados clientes hacia una mesa de la que dos comerciantes comenzaban a levantarse, tambaleantes, fuertemente asidos a una tremenda mulata que los llevaba a los dos en volandas al tiempo que, al cruzarse con ella, le lanzaba a la Vargas, además de un guiño de complicidad, una bolsa repleta de monedas con la que los mercaderes iban a pagar por disfrutar de los atributos de aquella mujer de exageradas proporciones. Alonso tuvo tiempo de fijarse en las caras de aquellos dos hombres que apenas conseguían entreabrir los ojos, pero cuya expresión de felicidad no cabía en su inconsciencia. Se percató como pellizcaban y amasaban como podían el trasero de aquella hembraza mientras ella enfilaba con los dos la escalera en dirección a un dormitorio.

Sentarse sobre sus taburetes y ser agasajados por sus anfitrionas fue todo uno. Primero les sirvieron un estofado de carne un tanto dura pero bien regada por un caldo de patatas caliente, que después de la cantidad de ron que habían ingerido les supo a gloria. El vino, como era de esperar, estaba aguado. Después les surtieron con un potaje que el sastre le dijo a Alonso que era de *frijoles*.

Al poco, Rosa Vargas llegó con una botella de ron que dejó sobre la mesa y, al hacerlo, los dos comensales se miraron y, sin poder evitarlo, soltaron al unísono una sonora carcajada.

Fue al segundo o tercer cuartillo de aquel ron cuando Alonso comenzó a sentirse verdaderamente a gusto con su compañero y lo suficientemente resuelto como para comenzar a abrirle su corazón. Por primera vez encontró la confianza necesaria con alguien para descargar el secreto que mejor guardaba dentro de su alma y que tanto le ardía en las entrañas.

—Señor Mateo, yo en verdad estoy aquí... porque si sigo en Sevilla me muero. Me muero de amor —le soltó de sopetón.

# 24

A cada trago de aquel denso y fragante brebaje, el tiempo parecía fluir más pesado y lento. La magia de la noche fue envolviendo a los contertulios y al fuego del crepitante hogar, las confidencias se sucedían una tras otra. Alonso fue volcando las suyas desde lo más hondo de su corazón: el amor puro de Constanza, cómo todos sus planes de aspirar a pedir su mano se truncaron en cuanto Andrea Pinelo, su mejor amigo, le anunció las inminentes nupcias con su prima... Entonces tomó la decisión de huir de Sevilla, abandonando a su tío Diego, su maestro y mentor justo, cuando acababa de perder la condición de abogado, dejándolo en la estacada y sin la manera de poder ganarse la vida. Por último, le contó cómo también dejó desamparada a su madre, doña Beatriz.

—Todo por no morir de amor, don Mateo —trataba de excusarse—. Desde que mi amigo y hermano del alma, Andrea, la persona con la que había aprendido a vivir más allá de los libros, me anunció que se casaría con su prima sin saber él nada del amor que a ambos nos unía, mi alma se partió en mil pedazos. Le juro, don Mateo, que ni podía llenar los pulmones de aire. Llegaba a mi casa y me encerraba en mi cuarto, pero la sangre me hervía de tal manera que ni podía razonar. Era como si una zarpa me arañara por dentro desde las entrañas hasta la garganta. En cada instante de mi miserable vida, esa afilada garra me corroía sin poder encontrar consuelo en ninguna parte. Y cada amanecer, al despertar, seguía ahí, desgarrándome por dentro. Un día tras otro. Es verdad que intentaba proseguir con mi rutina, mejor dicho, subsistir. Hablaba con los clientes, con mi madre y mi tío, pero yo ni llegaba a escuchar lo que me decían. Únicamente oía el persistente latido de mi corazón rebotando dentro de mis sienes, saliéndose de mi pecho, cada vez más acelerado, más ansiado, con más picazón, sin saber cómo aplacarlo, sin encontrar un lugar donde esconderme de él.

Una tarde escuché por casualidad que una barcaza saldría de Sevilla al día siguiente para surcar el Guadalquivir y enlazar con la flota que se estaba preparando para partir hacia el Nuevo Mundo. Lo interpreté como una señal. Me despedí tan rápidamente de mi familia que los dejé literalmente tirados y con la palabra en la boca. Finalmente, aquí estoy, don Mateo. Intentando cada día no arrepentirme de aquella maldita decisión. Intentando... —y cerró el puño derecho con fuerza pegándolo contra el pecho con un gesto de rabia contenida— intentando no morir.

El sastre escuchaba la historia, cuartillo de ron en mano, con una atención tan intensa que parecía que la vida se le fuera en ello y asintiendo una y otra vez con la cabeza, los ojos muy fijos en los del letrado en una clara muestra de comprensión y apoyo. Al verlo tan compungido y sin saber muy bien cómo afrontar un dolor tan profundo, dejó el vaso sobre la mesa y tomándolo por ambas manos comenzó a consolarlo de la mejor forma que podía: contándole su propia historia.

—Lo entiendo y comprendo desde lo más profundo de mi corazón, don Alonso —le dijo con una grave intensidad—, pues pareciera que ambos tuviéramos almas gemelas; yo también tomé rumbo a estos derroteros por mal de amores. Y le puedo asegurar que esa picazón del alma de la que usted habla la conozco al dedillo, mal que me pese...

Y así, el sastre fue también sincerándose y desgranando sus cuitas de soledad allá en el Nuevo Mundo. Poco a poco, al tiempo que un sosegado y fraternal afecto iba envolviendo a aquellas dos tristes criaturas, le fue narrando cómo, a pesar de encontrarse a diario acompañado y hasta asediado por clientes de la alta alcurnia cartagenera, cada noche, al cerrar la cancela de su sastrería y borrar de su rostro su sempiterna y forzada sonrisa, al adentrarse en la trastienda para malcomer algo de cena, el yugo de la soledad y la melancolía del desamor lo volvían a invadir, fieles a su cita.

La vida de don Mateo había sido, cuando menos, azarosa. Desde pequeño sintió fascinación por todo lo que tuviera que ver con la costura. Se crió con todo el cariño de su madre en un telar de su Valencia natal donde ella era tintorera. Allí pasaba horas respirando el olor que desprendían el algodón, el lino, la seda y, en definitiva, las materias primas que se usaban para convertirse después en telas, muselinas y arpilleras con las que los grandes maestros confeccionarían los mejores atuendos. Le hechizaba aquel aroma y la mágica alquimia que se producía al introducirse en los toneles de tintado para salir de allí con aquellos colores tan vivos e intensos que parecían poder hechizar toda mirada que se encontrara en derredor. Hasta allí se acercaba Mateo con la timidez y la inocencia de un niño para olfatearlos, acariciarlos, sentirlos... Pronto su familia se dio cuenta de que el oficio para el que el niño estaba destinado era el de costurero, y lo pusieron a la temprana edad de siete años a servir de aprendiz en una sastrería haciendo los trabajos más duros: portando pedidos, haciendo recados... un trabajo que para él no constituía ningún esfuerzo, pues suplía la falta de fuerzas de su menudo cuerpo con ilusión. Se podía decir que el aprendiz de sastre era feliz no porque hiciera lo que quería, sino porque quería lo que hacía.

Así fue poco a poco haciéndose con el oficio y cosiendo con tal esmero y pericia que, ya cumplidos los veinte años y erigido en oficial mayor de la sastrería, su maestro le confesó la intención de traspasarle el negocio y los derechos sobre la clientela. Y cuando todo parecía ir sobre ruedas y estaba punto de rozar la sublimación de su vida, comenzaron, de buena mañana, los problemas. Entró en la sastrería el nuevo aprendiz que se suponía tendría él que formar para sustituirlo en el futuro. Pero la fatalidad quiso que el oficial se enamorara perdidamente de aquel mozo nada más este hizo su aparición en el comercio. Nunca había sentido nada parecido recorriendo por su cuerpo. Mateo era virgen. La única pasión que había manado de su vida era la costura y, sin embargo, cuando aquel adolescente lampiño, de tez clara como la espuma, pómulos prominentes y labios rojos, mullidos y sensuales traspasó la puerta de la sastrería, sintió como si un remolino de estremecimiento le recorriera el cuerpo. Se desató una tormenta en las venas tal que pareciera que su sistema sanguíneo se hubiera conectado de repente a un alambique. Aquella misma noche aquel maldito aprendiz lo poseyó, robándole su virginidad física y moral en el mismo jergón de la trastienda que los dos se verían obligados a compartir hasta que Mateo adquiriera la categoría de maestro. Y desde aquel momento se obsesionó tan perdidamente con él que su rendimiento en la prendería jamás volvería a ser el mismo. No hilvanaba con la misma precisión, dejaba sueltos los pespuntes, cometía errores en la medición de los patrones en los que nunca había incurrido, obligando a su maestro a tirar muchos rollos de telar y rehacer una y otra vez jubones ya terminados.

—Y es que desde que lo conocí no podía concentrarme en nada, don Alonso, de ninguna de las maneras. Me temblaba el pulso cada vez que lo veía, cuando me miraba me agitaba por dentro, y cuando no, se me hundía el alma. Además, como era tan insultantemente bello, tenía que soportar que delante de mí los clientes, sobre todo los más ricos, coquetearan con él. También las mujeres, pero esas me importaban menos porque yo era sabedor del ímpetu con el que me acometía cada noche, su vigor, su pasión para conmigo… Y aquel miembro delicioso y enorme con el que me regalaba su néctar —y decía todo aquello desenfocando la mirada como si en realidad estuviera reviviendo aquella pasión en esos precisos instantes—. El problema —continuó—, al margen de la bajada en mi rendimiento, que comenzó a preocupar a mi patrón, fue que empezó a ausentarse por las noches de la sastrería sin decir a dónde iba ni con quién, sin darme explicación alguna de por qué me abandonaba en mi soledad. Sus ausencias se me hacían insoportables, llenas de dolor y llanto. No acababan nunca, y durante ninguna de aquellas interminables noches pude conciliar un minuto de sueño. Velaba esperando que su presencia colmara otra vez mi vida y apareciera en la alcoba en cualquier momento. Y cuando lo hacía por la mañana ni tan siquiera me dirigía una mirada. Una vez intenté pedirle explicaciones y como única respuesta me abonó un menosprecio absoluto, dejándome una semana entera sin consentirme probar ni una triste ración de su ambrosía. Aunque es verdad que las noches que pernoctábamos juntos era extremadamente amoroso para conmigo.

En definitiva, mi señor Alonso, de tan poco sueño que conciliaba empecé a malcomer y apenas tenía fuerzas ni ilusión por nada. Hasta que un día, creo que consciente de que mi rendimiento había disminuido desde que él ingresara en el negocio, mi maestro lo despidió. Ni tan siquiera me avisó. Cuando pasaron tres o cuatro días sin verlo aparecer por allí me atreví a preguntarle qué había ocurrido, y en cuanto me comunicó de sopetón que ya no lo vería más por la sastrería, no pude soportarlo. Me desmayé. Fue como si un rayo fulminara mi alma.

—Y si era el amor verdadero, ¿cómo no se te ocurrió seguirlo? —preguntó curioso Alonso, tratando de comparar su amor por Constanza con el de Mateo por su aprendiz.

—En realidad yo no conocía nada. Mi mundo desde niño fue el telar donde trabajaba mi madre. De ahí pasé a la sastrería, y lo único que conocía eran las cuatro direcciones de proveedores y clientes. Mi universo era la costura hasta que apareció ese furtivo de Heleno de Céspedes en mi vida…

—¿Heleno de Céspedes? —preguntó atónito Alonso atragantándose con el cuartillo de ron que se estaba llevando al gaznate en ese mismo momento.

La cara del sastrecillo mutó de brusquedad.

—¡Cómo! ¿Lo conoce?

Alonso no sabía qué hacer para ganar tiempo y meditar bien la respuesta. Contarle la historia más pesarosa de cuantos asuntos jurídicos había llevado en su vida no sería una buena forma de continuar la velada, pero la mentira tampoco era una de sus cualidades. En su cabeza retumbó el proceso inquisitorial abierto contra un «hermafrodita» acusado de ser hombre y mujer al mismo tiempo, un individuo extraordinariamente bello y dotado de un sexo desmesurado que llegó a enamorar hasta enloquecer al mismísimo secretario de la Inquisición de Sevilla, con un final para ambos tan infausto que solo recordarlo provocó en Alonso que la ingesta de alcohol que había acumulado durante toda la noche se le colara por el alma hasta los pies.

—Bueno… —carraspeó— llevé en una ocasión un litigio en Sevilla por filiación de un tal Heleno… ¡No, espere…! Helena, sí, creo recordar que se trataba de una tal Helena de Céspedes y una licencia matrimonial. Fue hace ya mucho tiempo y apenas recuerdo los detalles —dijo sin ningún tipo de convicción.

—Pues tiene que ser mi Heleno —replicó emocionado—. Dígame, don Alonso, era guapo, ¿verdad?

—Pues sí, creo recordar que era un individuo de buen porte —dijo mirando a su alrededor sin saber cómo iba a escapar del interrogatorio que a buen seguro estaba a punto de someterlo el sagaz sastre.

—Y no me diga que se dedicaba también a la sastrería, don Alonso. Dígame, ¿era costurero al menos? ¿Eh? Dígame, don Alonso ¿Era costurero o aprendiz de sastre ese Heleno al que usted conoció?

Pero Alonso no pudo continuar prestando atención a la creciente ansiedad de don Mateo pues desde la puerta, que se acababa de abrir bruscamente, un movimiento extraño acaparaba la atención de los clientes que en esos momentos atestaban *Las Dos Rosas*. Sobre un remolino de cabezas destacaban los rostros de dos hombres que acababan de irrumpir en el tugurio y que a Alonso le resultaron extrañamente familiares. Dos militares, de complexión fuerte, que recordaba haber visto pero sin poder precisar bien ni dónde ni cuándo.

—Respóndame don Alonso, se lo ruego, ¿era costurero ese Heleno que usted conoció? ¿Y dice que le llevó un asunto para una licencia matrimonial? ¿Es que se ha casado mi Heleno? ¡Dígame que no, que no se ha casado! Contésteme, por favor —suplicó tirándole de la manga del jubón para intentar captar su atención.

Hasta el sastre tuvo en esos momento que darse la vuelta mordido por la curiosidad para averiguar de dónde provenía el tumulto que estaba ocurriendo a la entrada de la taberna. Súbitamente Alonso cayó en la cuenta. ¡Claro!, se dijo, ¡los dos soldados de los tercios que le abordaron en el puerto la mañana que entregó el trabajo a don Juan de Borja! Querían que les dijera dónde podían *cogerse* un par de indias, recordaba perfectamente. Aquel día partían hacia la guerra contra los cimarrones y ahora deberían estar de regreso junto a alguno de los reemplazos porque sus uniformes estaban sucios y manchados de sangre. Pero algo arrastraban en sus manos, ¿qué podía ser? Se levantó para comprobarlo.

Los clientes se apartaban apresurados al paso de aquellos dos individuos pues, agarradas por los pelos, traían a un par de indias completamente desnudas, cubiertas por un reguero de sangre que se les derramaba desde la cara, por el vientre, hasta los muslos. Al acercarse más, se dio cuenta de que los soldados presentaban numerosos arañazos en rostro y cuello. A uno de ellos, el primero, le faltaba una parte del labio por lo que presentaba una hemorragia que le llegaba hasta la pechera. Cuando se encontraban ya a la distancia de un cuerpo, el primer soldado se detuvo bruscamente delante de Alonso con gesto de sorpresa, señalándolo con el índice.

—¡Yo a ti te conozco! —le gritó en tono despechado—. Tú eres el listillo que no nos quiso decir dónde podíamos encontrar un par de indias para cogernos. ¡Pues mira qué buenos ejemplares hemos pillado nosotros por nuestra cuenta! Tú pones la cama y nosotros a este par de perras, ¿eh, chaval? ¡Verás qué bien nos lo vamos a pasar! La flota parte mañana de regreso y no me queda ni un maravedí de la soldada, pero a ti y a tu amigo el mariquita se ve de largo que dinero no os falta. Tú me la sujetas primero y después nos la turnamos. ¡Mira qué cosa más rica, compadre!¡No tiene ni un pelito en todo el cuerpo! —dijo levantando en peso a la india para mostrarle su desnudez—. ¡No cómo esas negras y mulatas sebosas! ¡Las vamos a disfrutar a base de bien! ¿Eh? ¿Qué dices muchacho, hay trato?

# 25

La revuelta de los cimarrones y su entrada en poblados indígenas y encomiendas armados hasta los dientes, había sido de las
más cruentas que se recordaban y las consecuencias, pavorosas.
La respuesta del ejército comandado por don Juan de Borja no
fue menor. Usó el grueso de los soldados que habían llegado con
la flota para aplastarlos con una rudeza atroz. Los indios nativos
fueron masacrados por apoyar o, mejor dicho, acoger, pues no les
quedaba otra alternativa, a un bando o a otro. En ocasiones solo
les quedaba la huida de sus propios poblados como única forma de
mantenerse con vida y aguardar, refugiados en las ciénagas o en la
espesura del bosque, el final de aquel infierno. De esta manera, en
plena revuelta, con las hermandades religiosas desbordadas atendiendo heridos por doquier y a pesar de estar protegidos por las
leyes españolas, los indios, pero sobre todo las indias, fueron pasto
de todo tipo de abusos.

Huyendo para encontrar refugio fue como habían cazado
aquellos dos soldados a las nativas que ahora blandían como tro-
feos delante de un Mateo muerto de miedo y de un Alonso que
tenía tanto susto en el cuerpo que apenas si conseguía balbucear.
Respiraba acelerado. El tiempo pasaba muy despacio y el militar
le exigía con la mirada una inmediata respuesta a su propuesta.
La taberna murmullaba expectante, aguardando con curiosidad
cómo iba a degenerar el inesperado espectáculo que la noche les
brindaba. Alonso, como actor principal e inopinado de aquella
violenta escena era consciente de que, si no respondía con rapidez,

la reacción de su compañero de reparto iba a venir acompañada de una considerable dosis, no sabía cuánta, de violencia.

—¡En esta casa las únicas mujeres con las que se comercia son mis muchachas, cerdo asqueroso! —intervino de súbito Rosa Belmonte como aparecida de la nada, encarándose abiertamente con el soldado—. Así que ya estáis soltando a esas criaturas y si queréis chicha, ¡la pagáis! Y si no, ¡a tomar viento fresco! ¡Aquí no se comercia con indias! ¡Osorio! —gritó esta vez dirigiendo una mirada acuciante a su socia—. ¡Rosa, vete en busca de ese maldito bastardo! ¡Joder, que nunca está cuando se le necesita!

El tirón de pelos que le dio el soldado a Rosa Belmonte fue tan fuerte que la mujer se vino al suelo cuan larga era, el cuello ardiéndole. Cayó justo a los pies de Mateo que, al ver a su amiga con la cara amarga de dolor, se abalanzó sobre el brazo del agresor colgándose de él e intentando morderlo con todas sus fuerzas. Alonso apenas se percató del movimiento de su amigo pues en ese momento su atención se había concentrado en la mirada de una india bellísima que jadeaba como un animalillo, el rostro sangrante y los ojos muy abiertos, con expresión implorante pero firme. Parecía querer transmitirle un mensaje que a Alonso le traspasó la mente: «No sé si puedes hacer algo, pero si puedes, hazlo ahora… ¡Tienes que hacerlo ahora!».

Se sorprendió a sí mismo levantándose de la silla, como empujado por una energía invisible. Él mismo tuvo que asegurarse, mirando el sello del perrillo grabado en su espada eibarresa, de que en realidad había desenfundado su arma y que con el filo de la daga apretaba tanto el cuello del militar que por un momento dudó de no haberle segado ya la yugular. Un silencio sepulcral se adueñó entonces de una taberna acostumbrada a no pocos duelos y a más de un quebranto. Los clientes trataban ahora de retirarse con premura para no salir trasquilados. Únicamente el sonido de la respiración agitada de las dos indias se intercalaba con el de algunas mesas arrastradas y comentarios entrecortados por el miedo. Fue la voz de Rosa Belmonte la que irrumpió en el seco silencio, profería gritos entrecortados por el dolor y el esfuerzo de arrastrar por el suelo el cuerpo del sastre que había caído sin sentido después de un tremendo puñetazo en la cabeza propinado por el soldado.

—¡Osorioooo! —jadeaba tirando del brazo de Mateo, alejándolo como podía del barullo—, ¿dónde coño estás…? ¡Joder! ¡Saca de mi casa a esta escoria humana! ¡Sácala ya!

Por rigurosa orden de afrenta le tocaba el turno a Alonso para fijar los términos del duelo, pero ni una sola palabra consiguió que saliera de su boca. Durante su juventud sorteó peleas ocasionales, pero siempre gracias a la sagacidad de su amigo Andrea o por la experiencia de su tío Diego. Hasta esa noche en *Las Dos Rosas* nunca se había erigido en el protagonista de un desafío. Lo inesperado de aquel escenario lo había dejado atolondrado y sin capacidad de respuesta y, lo que era peor, la determinación que la mirada de aquella india le había infundido haciéndole desenvainar la espada se había esfumado y todo aquel valor, camuflado en alguna parte de su ser.

—Puedes hacer dos cosas, chiquillo —fue el militar el que habló al percibir la confusión en el rostro de Alonso. Lo hizo con la voz ronca pues el abogado habría perdido confianza, pero no la presión que su arma le provocaba en la garganta—. Puedes bajar esa mierda de espada muy lentamente y así evitarás que mi amigo acabe con tu vida, o puedes jugártela por salvar a este par de indias miserables que no valen ni dos mierdas, tú decides…

No tenía más remedio que reaccionar o aquellos dos fulanos, curtidos en mil batallas, lo despedazarían. Aún tenía la sartén por el mango y la vida del soldado a merced de su espada. Pero Alonso no sabía matar.

Fue entonces cuando decidió usar su mejor arma. Aquella en la que apenas conocía rival: la palabra. Miró fugazmente hacia la india, que lo seguía mirando con aquellos ojos verde esmeralda tan abiertos que parecían exigirle actuar y entonces, como recorrido otra vez por una súbita confianza, comenzó a dictar:

—¡No! Vais a ser vosotros los que dejaréis con sumo cuidado a esas niñas asustadas en el suelo —ordenó dirigiendo la mirada hacia el poblado entrecejo de su rival—. Después quiero ver cómo vuestras manos se levantan muy despacio para que mi perrillo no se ponga nervioso y su hoja sea lo último que vean tus ojos en tu desgraciada vida. No intentes desenvainar, ni tu espada ni la de tu amigo son rivales entre estas cuatro paredes para mi espadín, y lo sabes. Antes de haberla sacado la tendrías ensartada en la tráquea y ahogándote en tu propia sangre —sentenció—. Si no queréis que vuestras tripas sean el desayuno de los perros de Cartagena, obrad con sabiduría —prosiguió utilizando palabras amenazadoras para buscar luego una salida por la vía del pacto—. Por mi traje togado ya habréis deducido que soy un servidor de la justicia —afirmó seguro de que aquellos ignorantes no sabrían distinguir entre un oidor, un juez o un letrado—; atentar contra mi os llevaría a pasaros toda la vida remando en una galera, cuando no a ir directos al patíbulo. Y dudo que un triste rato con unas indias sea motivo suficiente para una cosa o la otra… Sabéis perfectamente que si algo me ocurriera, mañana los galeones se llenarían de alguaciles y la flota no partiría hasta dar con vuestro pellejo. Ya conocéis como se las gastan en la mar… ¡tal vez hasta os pasen por la quilla! He oído que el caramujo pegado al barco es tan afilado que con un poco de suerte vuestra piel se hará jirones y os desangréis antes de que los tiburones devoren vuestros cuerpos… —hizo entonces una breve pausa para que sus rivales digirieran la plausible escena—. Deduzco que no trato con ningunos imbéciles —esta vez sí mintió, pues observó que en aquellos rudos hombres se había instalado ya la sombra de la duda y quiso forzar el desenlace lo antes posible—. Si tratáis a esas niñas con la educación y el decoro que se os supone por el prestigio del cuerpo militar al que pertenecéis, el más glorioso de los ejércitos del mundo, estoy convencido de que la casa apreciará ese detalle y a buen seguro que os gratificará con una buena ración de ron para que os acompañe en las largas noches de travesía que os aguardan —finalizó su alegato al tiempo que suavizaba un poco la presión de la espada para que su contrincante empezara a reconocer las bondades del acuerdo que le estaban proponiendo—. ¿Eh, qué me decís? El ron de esta taberna es dulce como la miel…

# 26

El soldado dudó. Bien era verdad que aceptar el trato supondría irse sin poder gozar de aquella india, la más bella de cuantas había visto desde que pisaran tierra varios meses atrás. Pero por otra parte ya había violado a muchas mientras aplastaban a los cimarrones, y volver al barco con la faltriquera vacía tampoco se le antojaba gran estímulo. En cambio, hacerlo con un par de buenas botellas de ron y sin la presión de ese dichoso espadín que empezaba a escocerle la garganta iba pareciéndole una opción no tan desdeñable...

No tuvo ni tan siquiera tiempo para contestar a tan juiciosa oferta. Justo cuando ladeaba el ala de su sombrero para consultar con su secuaz, barruntando la forma de hacerle la pregunta para salir del trance con la justa dignidad vio, por el rabillo del ojo, como una maza le venía directamente hacia la cabeza. El golpe impactó con tan tremenda fuerza que resonó, hueco, en toda la taberna. El garrotazo fue asestado por el proxeneta de la casa de mancebía, Emilio Osorio, quien acababa de despertarse en el piso superior sorprendido no por el ruido del local, al que estaba sobradamente acostumbrado, sino por el extraño e inhabitual silencio que había provocado en el prostíbulo la embestida de los dos rufianes y la espantada de los clientes.

Osorio dormía plácidamente en la planta superior después de haber disfrutado del placer sexual y las delicias amorosas de María de Villalpando, su esposa y principal meretriz de la institución. Una vez arrancado del placer *post coitum* y con la resignación del que sabe que la noche se va a desviar de la ruta prevista, se vistió para ir a lo más alto de la escalera desde donde observó, agazapado, la escena. Trató de hacerse una composición de lugar de lo que estaba sucediendo entre aquel muchacho togado y los dos soldados que sujetaban sendas indias malheridas. Fue entonces cuando evaluó las posibles vías de resolución del conflicto minimizando las inevitables pérdidas y daños colaterales que supondría una reyerta como la que iba a tener lugar en tan solo unos segundos. El riesgo de que la taberna fuese clausurada si un militar de los tercios era hallado muerto en *Las Dos Rosas* era muy alto. Por eso desdeñó usar la pistola de chispa, que siempre guardaba cargada en una alacena secreta, con pólvora y munición que renovaba cada día. Optó en cambio por acudir a aquella cita ineludible con la más adecuada de las compañías para ese tipo de baile: una porra de madera de cedro maciza, noblemente robustecida en su parte superior y de poco más de un brazo de largo, fácil de manejar en espacios limitados. Sabiamente administrada, semejante medicina podía aletargar momentáneamente a los asaltantes sin causarles un destrozo irreparable. A lo sumo se levantarían al ser de día con un buen dolor de cabeza y un mal recuerdo de su paso por Cartagena con la forma de un chichón. La resolución del problema podría ser rápida e inocua para el establecimiento. Todo dependería de la destreza con que el doctor aplicara la dosis justa del anestésico. Y en esas lides, Osorio, era sumamente docto. Portó también una faca larga que se colgó al cinto, sólo por las dudas…

La estrategia era noquear al segundo de los secuaces que, aunque le pillaba un poco más alejado de la acción directa, era el que le podía atacar por el flanco desguarnecido si se empleaba con el otro en primer lugar. En cualquier caso, este último parecía encontrarse momentáneamente aletargado por la espada en el cuello del muchacho togado. Bajó las escaleras prestando suma atención a cada escalón para no hacer ruido, blandiendo el garrote y masajeándolo como para comprobar su enorme poder coercitivo. Bordeó a los escasos clientes que aguardaban el desenlace de la escena con morbosa curiosidad, pero cuando ya se encontraba a escasos dos cuerpos de descargar su primera pócima justo sobre la coronilla del segundo de los soldados, el muchacho de la espada interrumpió su perorata y ese discurso que parecía tenerlos a todos abducidos cesó. Y aquel bastardo tuvo que girar la cabeza justo en aquel preciso y maldito instante para consultar con su compinche. Ese ínfimo ladeo desmoronó de un plumazo toda la estrategia del guardián. La expresión de desconcierto alumbró ambos rostros, el del agresor y el del inminente agredido. Y como el primero no quería perder el factor sorpresa decidió en el último instante desviar el golpe y hacerlo sobre la sesera del primer soldado. Con un poco de suerte, pensó para sí el proxeneta, si el golpe era certero aún tendría un mínimo de ventaja para golpear al otro antes de que desenvainara. Si no, la cosa tornaría espesa.

Y, desafortunadamente, el golpe que descargó sobre el militar lo golpeó en la cabeza, sí, pero solo rozándolo, resbalando luego por el lateral de su sombrero de cuero para impactar finalmente de arriba a abajo sobre el hombro, de tal manera que el chasquido de hueso tronchado que pudo escucharse en toda la taberna no fue el del cráneo, sino el de la clavícula. Y el aullido, mitad ira, mitad dolor, emitido por el damnificado, dejó claro que a aquella jugada le restaban aún varias manos por jugarse.

Muchos comenzaron a escapar de aquella ratonera por si saltaban las chispas. Abandonaban el local tropezando con aquellos que aguardaban en la puerta de la taberna, portando con ellos las jícaras de caldos, panes y platos de viandas que estaban ingiriendo. El tumulto obstaculizaba cualquier vía rápida de escape. Osorio dejó de ocuparse del primer soldado y lo rindió a su suerte con Alonso, al que al fin y al cabo estaba retando, para concentrarse en el otro polluelo, que incendiado de sorpresa se afanaba en desenvainar su espada *ropera*, un arma fina y alargada que se llamaba así precisamente por cargarse como un aditamento más de la ropa pero que estaba pensada para la lucha a campo abierto donde valía más por su punta que por su filo. Pero para espacios reducidos perdía mucha eficacia… De ello pudo beneficiarse Osorio en el buen primer golpe de cachiporra que le regaló a la mano empuñada de su contrincante. El garrotazo le tronchó varios dedos a la vez. Por ello, la respuesta que el soldado le propinó al rostro con el puño cerrado apenas la notó el proxeneta, pero sí la patada que el otro militar le endiñó por la espalda con lo más duro de su bota entre las costillas y el riñón y que le hizo dar de bruces contra el suelo. Milagrosamente no llegó a caerse del todo, y sobre las rodillas se volvió para mirar a su agresor. ¿Dónde demonios estaba ese chiquillo togado?, ¿por qué no usaba su espada?, ¿cómo lo dejaba solo a merced de esas dos hienas? —intentó razonar—. Con toda la fuerza y la rabia de la que fue capaz y a pesar del dolor en la espalda se levantó contra el soldado y consiguió estallarle la garrota sobre la misma clavícula dañada. No buscaba el golpe definitivo sino uno ultrajante y terriblemente doloroso que minara la moral del contrincante. Y a fe que el aullido que emitió este al verse otra vez golpeado sobre los mismos huesos rotos pareció demostrar que lo había conseguido. Entonces el otro soldado se le lanzó por la espalda haciendo que el proxeneta se doblara como una alcayata emitiendo un quejido ahogado dolor. Lo golpeó con su hombro en la zona maltrecha de la espalda, rodeándolo con ambos brazos en tan amoroso abrazo, que ambos volaron precipitándose sobre la mesa en la que, apenas hacía unos instantes, abogado y sastre se confesaran sus tristes existencias. El estruendo del mueble al reventar cediendo ante el peso de ambos hombres hizo por fin reaccionar a Alonso, al que por un momento parecía que la escena le viniera grande. Allí estaba, con una espada desenvainada en la mano y siendo testigo de cómo iban a apalizar a un hombre. El siguiente sería él, a buen seguro. Después aquellos rufianes se harían los amos absolutos de la taberna y luego vendría todo lo demás… Al día siguiente abandonarían Cartagena con la flota y aquellos crímenes quedarían impunes. Sintió entonces una rabia espantosa y la convicción de que su vida y la suerte de todos dependía de una única cosa: su determinación.

# 27

El segundo de los soldados seguía forcejeando con Osorio a apenas un cuerpo de distancia, y entonces lo tuvo claro. Levantó la empuñadura de su espada y se la reventó en la nuca con ambas manos, con tanta furia que el cuerpo del militar quedó inerte sobre el guardián del prostíbulo y un hilillo de sangre comenzó a manarle desde la base del cráneo hasta el suelo. Osorio, obstaculizado por el cuerpo de su rival y con varias vértebras maltrechas, no podía zafarse. Desde el suelo vio cómo Alonso ya estaba arremetiendo contra el otro soldado. Con toda su alma deseó que el chico tuviera suerte.

Y que no dudara, sobre todo, que no dudara.

La muchacha india, asida a Rosa Belmonte, seguía la contienda a través de unos ojos hinchados por los fuertes golpes recibidos. Lo que le reclamaba a ese muchacho vestido de negro fue que aplicara dolor. Dolor y venganza.

El militar que quedaba en pie intentaba apartarse el capazo para poder desenvainar la espada a trasmano con el brazo que le quedaba sano después de los dos golpes de cachiporra dispensados mientras vociferaba profiriendo todo tipo de amenazas. Su silueta había perdido claramente la simetría, y por una décima de segundo se palpó el hombro maltrecho, como tratando de enmendar aquel bloqueo óseo que le impedía moverlo un ápice. Y fue ese gesto el que le salvó la vida, al menos en primera instancia. Porque fue entonces cuando sintió una intensa punzada que le atravesó el carpo de lado a lado. Levantó la mirada para encontrarse con la de un Alonso que lo estaba ensartando con su espadín. De no haber encontrado aquella mano, probablemente la cuchillada de acero eibarrés hubiera atravesado sus costillas y tal vez, quién sabe, llegado hasta el corazón.

La saña que desprendía el muchacho ahondando en la herida era tal que al militar le pareció imposible que fuera aquel el rostro del niño asustadizo con el que se tropezó meses atrás en las atarazanas del puerto. Ahora parecía una alimaña, una bestia insensible en pleno ensañamiento. Y el soldado sintió miedo. Un miedo atroz. Un miedo que se reflejó en su cara y que alimentó aún más al animal en que se había convertido Alonso, quien se cebaba en remover el acero contra su carne. Fuera de sí, presionó aun más la espada, apretando los dientes, sin apartar un ápice los ojos de los de su contrincante, ojos encendidos de una rabia mucho tiempo contenida. Una rabia que empezara a forjarse en Sevilla, cuando su mejor amigo le comunicó sus intenciones de casarse…

Notó como el estilete se detuvo al chocar con la estructura ósea de las costillas. Por unas décimas de segundo, salió de aquel trance de locura y tuvo la frialdad de valorar la situación. Tenía a uno de los rivales noqueado y ante sí al otro, manco de un brazo y ensartada la otra mano contra el pecho. El siguiente paso debía ser igual de contundente si no quería perder la ventaja. Por su cabeza pasaron las innumerables clases de esgrima ensayadas junto a su tío Diego.

Pensó en una rápida extracción del acero y un segundo estoque, pero, ¿dónde? ¿En el cuello, la parte más vulnerable pero la más fácil de marrar si el rival se movía? De acertar, en tan solo unos segundos habría matado por primera vez a un ser humano. La otra opción era dirigir ese segundo estoque hacia el estómago, un blanco asequible y difícil de errar. Eso haría que el golpe pudiera resultar mortal o no, pues ello solo dependería de la divina Providencia y del último e instintivo movimiento de la víctima en su legítimo derecho a la supervivencia. También podía aprovecharse de su situación preponderante y persuadir a los dos soldados de que salieran de la taberna y borraran la memoria de aquella noche aciaga para todos. Sin embargo, algo dentro de sí descartó esa última opción. Algo visceral, no racional.

—Por encima de la palabra solo está la acción —se dijo.

Entonces tiró con todas las fuerzas el estoque para extraerlo de la mano del de infantería, con la intención de asestar el golpe de gracia definitivo que pusiera fin a aquel infierno que estaban viviendo y que en ningún caso figuraba en el menú de aquella noche. Pero antes de que Alonso pudiera formular su «jaque mate» final sonó un golpe metálico brutal, como el de un *gong* en forma de sartenazo. Y el soldado cayó ante sí de bruces, desplomado sobre los pies de Alonso, quien apenas si tuvo tiempo de saltar hacia atrás para no verse arrollado por aquel pesado bulto al caer.

Un intenso olor a guiso hervido y humo lo envolvía todo. Rosa Vargas había volcado los restos de comida de un enorme sartenón que estaba en la chimenea para liberarlo de peso y poder así, con él aún hirviendo, abrirle la cabeza a aquella mala bestia.

Envuelta en hollín y ceniza, con el sonido de la carne todavía crepitando al contacto con las brasas y con un gesto triunfal dibujado en su cara, la Vargas miró primero la sartén abollada, luego al soldado tumbado sobre el suelo y por último, a su socia, Rosa Belmonte, que arropaba al mismo tiempo al sastre y a las indias en una esquina de la taberna, y entonces gritó victoriosa:

—¡Hala! Que este ya no va a dar más por el saco en *toa* la noche. ¡Mira como duerme el angelico! Rosa, haz el favor de llevar mañana al herrero esta sartencica pa que arregle el bollo de la cabeza de este tonto.

# 28

Unos finos trazos de claridad pretendían filtrarse entre los densos nubarrones que se iban formando y que, al atardecer, atraerían un intenso aguacero tropical. La mañana se presentaba densa y gris. Frente a la puerta de la sastrería, Mateo y Alonso, con más miedo que vergüenza, se despedían. Manchas de polvo y mugre en uno, oscuras de sangre seca en el otro. Un abrazo sincero y prolongado ponía fin a aquella noche aciaga de correrías que se había truncado sórdidamente.

Después de que el último de los clientes abandonara la taberna, arrastraron los cuerpos inconscientes de los dos militares hasta la puerta del tugurio y los alejaron lo más posible de su entrada. Aún así, al despertar del profundo somnífero que les habían suministrado tanto Alonso con el mango de su espada como Rosa Vargas con su tremendo sartenazo, los soldados intentaron forzar la puerta del prostíbulo para cobrar venganza. Prometían una celada sobre el letrado cuando el joven regresara a su domicilio. —¡Sabemos dónde vives! ¡No verás la luz del día, desgraciado! —Le espetaron ambos antes de irse, uno con un hombro deformado de por vida, con la cabeza abierta el otro.

Alonso tenía un confuso recuerdo de lo acontecido durante la pelea. Por más que le contaran una y otra vez lo que había hecho, no conseguía reconocerse en el bárbaro fuera de sí que había estado a punto de arrebatarle la vida a un ser humano. Nada más terminar la pelea, aquel estado de rabia se esfumó y lo único que sintió después fue un incesante temblor que le recorría todo el cuerpo. Temblor, escalofríos y miedo.

Miedo a sí mismo y a su atroz comportamiento.

Evaluaron la situación antes de partir de regreso, interesándose por el estado de las indias y de un Emilio Osorio que, postrado sobre el suelo, a duras penas podía erguir el cuerpo. Su esposa, María de Villalpando, lo asistía con todo el amor y el cariño de una mujer consciente de que aquella noche había estado a punto de perder a su compañero de fatigas. Las Rosas limpiaban el local, apartando enseres y muebles destrozados tras curar como pudieron las heridas de las dos nativas y recostarlas en unos improvisados jergones. Alonso contemplaba absorto a aquella india cuya profunda mirada lo había iniciado todo exhortándole a defenderlas. Ahora dormía profundamente, y pudo observar los arañazos que surcaban su rostro, las marcas de los manotazos y puñetazos en el pecho y en el cuello. Se preguntaba cómo un ser tan frágil había podido sobrevivir a una agresión semejante. El soldado al menos la doblaría en peso. Movido por un impulso repentino, apoyó el anverso de su mano para acariciarle el mentón y ella, al percibirlo, abrió de súbito los ojos. Iba a retirarla cuando la india, con una expresión dulce, la asió acurrucándola sobre su pecho. En unos segundos, la joven volvió a sumirse en un profundo sueño. Apretaba la mano de Alonso con tanta fruición que este no pudo soltarse hasta pasado un buen rato cuando la tensión de los músculos de la muchacha fue disminuyendo.

—No podremos hacernos cargo de estas niñas— le susurró Rosa Belmonte sacándolo de su ensimismamiento—. No es este el lugar idóneo para unas indias. Además de que la norma es que aquí solo tenemos españolas o mulatas, que es lo que los indianos nos demandan. A estas infelices las pueden coger cada día. No pagan por ellas.

—Yo podría encargarme de su manutención por un tiempo —replicó Alonso, movido nuevamente por un razonamiento que no sentía como suyo—. Lo importante es que se recuperen lo antes posible. Después ya veremos si damos cuenta a las autoridades de su presencia aquí o las encomendamos a una orden religiosa —sentenció al tiempo que sacaba de su faltriquera monedas suficientes como para mantener a aquellas criaturas durante al menos un mes.

Tañeron las cuatro de la mañana en las campanas de la vecina iglesia de la Trinidad. Hacía rato ya desde que cesaran las últimas imprecaciones de los soldados e intentaron elaborar un plan de fuga que les diera una mínima tranquilidad a la hora de regresar a sus casas, pues el anatema mortal proferido por los militares aún resonaba entre sus sienes. Fue el proxeneta de la taberna quien, desde la silla en la que se encontraba postrado y mientras su esposa frotaba con árnica su espalda, tomó la voz cantante:

—Es peligroso que salgáis, pero si tenéis que hacerlo, procurad no toparos con ese par de perros rabiosos. Su mordedura en el estado de ira en el que se encuentran podría ser letal. Aún así no pueden tardar demasiado en relajar la guardia. La flota parte en unas horas y deben hacer acto de presencia para el recuento o incurrirían en un grave delito de deserción. Eso es algo que en los tercios nos cincelan a fuego. Desafortunadamente, en el estado en el que me encuentro no os puedo escoltar, pero os voy a dejar bajo el amparo de *mi chispilla* —dijo aludiendo a su pistola—. Es tremendamente eficaz en las distancias cortas pero, eso sí, debéis utilizarla con decisión. Aquí no valen dudas ni advertencias. Si sacas una pistola es para usarla. En cuanto detectéis la presencia de esa escoria y los tengáis a menos de dos o tres cuerpos de distancia, disparad al bulto. Nada de cabeza o extremidades. ¡Al bulto! —sentenció—. Luego salid corriendo tan rápido como os lleven las piernas. En la hermandad de los tercios no cabe abandonar a su suerte a un compañero caído y el otro tendrá que quedarse a asistirlo. El ruido del disparo, el olor de la pólvora, la confusión y el factor sorpresa harán el resto. Lo demás encomendadlo a la Providencia…

Sastre y letrado se miraron con una expresión acongojada. Tragaron saliva de tan solo imaginarse la escena. Al final convinieron en que sería el sastre quien portara la pistola. Tendría que apuntar bien, soportar su peso con ambas manos y accionar el gatillo que en menos de un segundo haría que se produjera la deflagración. Alonso haría el trayecto con su perrillo desenvainado, aunque en campo abierto poco tendría que hacer frente al largo de las espadas *roperas* si es que el sastre erraba el disparo.

Se despidieron antes de que la claridad del alba pudiera hacer de ellos una presa fácil. Cada esquina, cada calle, el paso del puente sobre el río, cada entresijo del camino se les antojó de una agonía extrema. Cuando por fin arribaron al barrio central de Cartagena, la ciudad se desperezaba. Llegaron hasta la puerta de la sastrería desde donde el letrado ya podía vislumbrar la entrada del palacio con el pajecillo de guardia sentado ante el portalón. Decidió entonces recorrer la escasa distancia hasta su casa en solitario, pero con la *chispilla* camuflada bajo la toga, sólo por las dudas. Al día siguiente se la entregaría al sastre para que la devolviera a su legítimo propietario después de la partida de naipes. ¡La partida de naipes…! Pensó para sí Alonso. Mal momento había elegido su progenitor para que empezara a codearse con la sociedad cartagenera. ¡Y eso que le había pedido que no trasnochara!

El efecto del ron en su cabeza parecía surtir un efecto diametralmente opuesto al de la noche anterior, y ya desaparecida la tensión de la *tocata y fuga* del prostíbulo, en su cabeza pareciera haberse instalado una pesada losa.

Después del sentido abrazo de despedida, tras dedicarse la última mirada de complicidad de quienes saben que el rayo les ha caído esta vez bien cerca y cuando ya el sastre había insertado su llave en la cerradura, se volvió hacia su amigo y le espetó:

—Pero, señor don Alonso, mi Heleno Céspedes, ¿llegó a casarse mi Heleno?

# 29

El primero de los cañonazos lo sobresaltó de tal manera que lo levantó una cuarta de la cama. El galope de su corazón desbocado recibió el segundo, el tercero y así, hasta completar la salva de veintiún cañonazos con el que los bastiones de Bocagrande y Bocachica despedían a su flota de guardia de la Carrera de Indias que iniciaba el peligroso viaje de regreso. Hinchando sus primeros foques, los flamantes galeones se dejaban arrastrar, remolcados amorosamente por embarcaciones menores. En el interior de aquellas inmensas moles de madera y lona viajaban ricas mercancías, el oro y la plata del rey de España y dos soldados de los tercios que acababan de despertarse de un mal sueño.

El baño reparador de agua tibia lo resucitó. Mientras se enjabonaba no podía dejar de reflexionar acerca de los sucesos de la noche anterior. ¿Qué hubiera sido de aquellas dos indias si él no hubiera estado en la taberna? ¿Cómo la sociedad del Nuevo Mundo había llegado a asimilar como normal el disponer a su antojo de unas almas que únicamente pertenecían a Dios? La violencia para con las mujeres era tan brutal que, si bien el nativo era tratado prácticamente como un esclavo, a las indias se las usaba como a una posesión, con todas sus connotaciones, la sexual incluida. Buena prueba de ello eran la infinidad de mestizos, mulatos, zambos y castizos que poblaban, junto a los criollos, aquellas tierras.

Aun habiendo sido testigo de la atroz paliza que le habían propinado a las dos indígenas, dudaba mucho de que una querella contra aquellos rufianes pudiera culminar en condena punitiva alguna. Con razón las hermandades religiosas clamaban en denuncias contra aquellos abusos y atropellos hasta dejarse la piel en ello.

Los golpes en la puerta del paje reclamando su presencia en el salón de juegos lo sacaron de su ensimismamiento. Todos los jugadores habían llegado ya al palacio donde iba a tener lugar una de las célebres partidas de naipes organizadas por el letrado más notorio de Cartagena. En ellas, amén de moverse auténticas fortunas, siempre se sabía cómo empezaba cada uno pero nunca cómo iba a terminar.

Cuando llegó, limpio, perfumado y engalanado con uno de aquellos vistosos trajes de seda verde botella que Mateo había confeccionado para él, Alonso en nada se parecía al personaje acongojado que había entrado con sigilo al palacio hacía apenas unas horas, sucio y demudado. Los que iban a ser sus compañeros de cartas lo escrutaron entre el humo del tabaco que cargaba el ambiente. Con la barba magníficamente cuidada y la melena suelta sobre los hombros, el hijo del anfitrión respondía perfectamente a la imagen que de él se proyectaba por toda Cartagena, la de ser el abogado más sagaz y mejor preparado de la ciudad. Don Mateo, al verlo atuendado con una de sus creaciones, no pudo reprimir un marcado regusto.

Además del sastre, de don Miguel de la Rubia y don Emilio Torres, los banqueros más importantes de la ciudad, se habían unido a la partida dos jugadores más. Uno era don Pedro de Heredia, visitador y juez de comisión que había desembarcado hacía justo un año desde España para vigilar el contrabando y el tráfico ilegal pero, sobre todo, la corrupción de los altos funcionarios de la Corona. Ya a nadie le extrañaba que ostentar un alto cargo en la Nueva España supusiera el trampolín más directo e inmediato hacia la riqueza. De hecho, entre los diez personajes más ricos e influyentes de Cartagena no se encontraba ningún comerciante, sino más bien antiguos cargos públicos, depositarios, tesoreros y contadores que se hallaban en lo más alto del escalafón socioeconómico. El nuevo visitador andaba merodeando en investigaciones contra el despilfarro, cuando no el hurto directo de la administración cartagenera.

Completaba el septeto de jugadores don Luis Gómez Barreto, de origen portugués pero casado con una cartagenera autóctona. Era regidor y depositario general de los fondos del rey, es decir, con muchas posibilidades de *negocio*... Había sido dos veces procesado por malversación de caudales públicos y absuelto gracias a la inestimable intervención de su íntimo amigo y letrado don Fernando Ortiz, el cual se había enterado a través de un funcionario corrupto que tenía en nómina de que el regidor estaba en el punto de mira del nuevo visitador. Por ello había propiciado ese encuentro, con la excusa de la partida de naipes, para que se conocieran y trabaran amistad antes de que la sangre llegase al río.

Cuando Alonso hizo acto de presencia en el salón de juegos, la conversación giraba en torno al tabaco, una costumbre indígena que había calado profundamente en la sociedad española y europea. Una vez concluidas las presentaciones, la retomaron:

—Pues en España han empezado a cultivarlo en los alrededores de Toledo en zonas que antes eran pasto de las plagas de cigarras. Como es una planta muy resistente se está dando tan bien que su producción se multiplica. Precisamente por eso empiezan a conocerlos allí como *cigarros* —ilustró Emilio Torres, buen amante de la embriaguez y el dulce sopor que provocaba la inhalación del humo del tabaco.

—Pues el que se produce en La Habana es tan fresco y aromático que no tiene parangón con los que llegan de la Madre Patria. Para mí son y seguirán siendo habanos y no cigarros —replicó el otro banquero, Miguel de la Rubia.

—El bueno de Rodrigo de Jerez, compañero de los primeros viajes de Cristóbal Colón, a su vuelta a España fue encarcelado por la Inquisición acusado de brujería, ya que según el Santo Tribunal *solo el diablo podía dar a un hombre el poder de sacar humo por la boca*. ¡Debían creer que era sobrino nieto de Belcebú! Así es que puedes llamar al tabaco como tú quieras, mi querido colega, pero fuma sin que te vea el tribunal de *la Santa* —sentenció Torres, soltando una bocanada de humo y provocando las risas de todos con aquella conocida anécdota.

—Como quiera que se llame —concluyó de la Rubia— lo que está claro es que este medicamento es altamente reconfortante. Se usa para combatir el cansancio y ya empieza a emplearse en medicina para tratar abscesos ulcerados, fístulas, llagas y pólipos, entre otras dolencias. He oído que un francés, un tal Nicot, ha curado con tabaco, de diferentes dolencias, tanto al rey de Portugal como al de Francia. Así es que, con el permiso de todos, ofrezcamos uno de estos extraordinarios ejemplares de puro habano al joven letrado que acaba de incorporarse y demos comienzo a la partida, ¿les parece caballeros?

Acordaron que primero jugarían al *truco* y después al *tute*. Para ambas manos debían formarse parejas y las apuestas serían limitadas. Dejarían la *brisca* para el final, donde ya cada uno defendería su propio pellejo y podrían apostar cualquier cantidad, sin más límite que el que marcara el ego de cada uno. Al resultar impares, don Fernando, excusándose como anfitrión, hizo de banca durante el primer turno. Así evitaba ocuparse de ese cometido en el momento álgido de la partida, en la *brisca*, donde tenía a gala desplumar lo que quedaba de sus rivales. Los primeros equipos se formaron pues, por decisión suya: Alonso jugaría con el sastre, otra pareja sería la de los dos banqueros, y el último tándem se lo endosó al visitador don Pedro Heredia y a su presunto investigado, el regidor y depositario de bienes reales don Luis Gómez Barreto.

La baraja estaba fabricada con hojas del árbol de copey pues permitían ser trabajadas por los artesanos con punzones y alfileres al disponer de suficiente grosor. Aquella que empezó a barajar don Fernando estaba confeccionada por el naipero Francisco de Cisneros, ilustrada en varios colores y era, por supuesto, carísima.

Tras el primer envite al *truco*, la suerte estaba equiparada y ningún equipo destacaba en ganancias o pérdidas. A Alonso le tocó el banquero Torres como segundo compañero de partida en el *tute* y allí tomó cierta ventaja en dineros que terminó conservando pues se decidió que, al ser primerizo, hiciera la función de banca en la última de las partidas, la de la *brisca*, donde podía ganarse o perderse demasiado. Antes de este último juego, que podría demorarse hasta altas horas de la noche, el servicio dispuso un jugoso menú al gusto de los paladares más exquisitos, compuesto de faisanes, capones, carne de res e incluso un cochinillo asado al horno, muy tostado, que hizo las delicias de todos. Todo ello regado con el mejor vino que era posible encontrar y acompañado de hortalizas autóctonas como frijoles, batatas y, por supuesto, los sabrosos tomates.

Antes de los postres, ya envueltos en un ambiente distendido y relajado como consecuencia de los efluvios de los habanos y del alcohol ingerido, Emilio Torres, que como buen banquero siempre estaba ávido de información, trató de sonsacar al visitador sobre su presencia en Cartagena, el curso de sus investigaciones y sus posibles investigados. Así, previo guiño a don Fernando, le interrogó:

—Y usted, don Pedro, se comenta que desde su llegada hace menos de un año se han iniciado más procesos contra funcionarios públicos que en toda la última década, ¿es eso cierto?

—Hay mucha broza que segar, don Emilio. Si cada elegido de la Corona o cada representante del Cabildo se limitara a ejercer honestamente su función, España sería, por siempre, la nación más poderosa del planeta. Desafortunadamente, muchos de los chacales que persigo se dedican a morder la mano que les da de comer. Estamos aquí para combatir la úlcera de la corrupción —sentenció, mirando de soslayo hacia don Luis Gómez, el regidor y depositario, quien no apartaba en ningún momento la vista de sus naipes tratando de aparentar toda la calma de la que era capaz, pero sin conseguirlo.

—Don Pedro —intervino el anfitrión haciendo el quite—, no podemos negar que haya cargos que abusen de su posición dominante en beneficio propio, pero también los hay honestos que buscan el beneficio de la Corona por encima de su propio bienestar. Mire el caso de nuestro amigo Luis, casi veinte años lleva en el cargo de regidor y depositario, y en todo este tiempo no se ha podido demostrar nada contra él —dijo, obviando los dos procesos en los que había tenido que intervenir para salvarlo, *in extremis,* de severas acusaciones.

—En los juicios contra altos funcionarios no sólo hay que tener la razón sino también saber demostrarla… —dijo mirando a don Luis sin ningún empacho y provocando que el vello de la nuca del regidor se erizara—, porque dentro de la maraña de influencias que se teje entre los compañeros de corruptela, se protegen los unos a otros. Por eso no siempre es fácil que a uno se la den. Pero yo me voy a encargar de que eso cambie, se lo aseguro.

—Lo que sí está claro —intervino De la Rubia tratando de echar un capotazo a sus amigos ante la severidad del rostro de don Pedro—, es que en Cartagena el dinero fluye por las calles, las posibilidades de negocio son infinitas, no solo por el caudal que invierte la Corona y por la presencia permanente de ejército y armada, sino por el comercio, cada vez más importante. Las explotaciones mineras y el tráfico de esclavos pasan por su momento más boyante y eso se nota en la carestía de productos de consumo y de propiedades. Nosotros, sin ir más lejos, estamos dando más prestamos que nunca. Los intereses no son bajos, y sin embargo los emprestados los devuelven sin excesivos problemas. En los últimos años apenas hemos tenido que ejecutar embargos a veinte o treinta morosos, la mayoría portugueses. Bueno, también tenemos pendiente a algún encomendero español que no ha sabido dirigir bien su negocio, ¿no es así, Alonso? —Le exhortó al hilo de la demanda que aún se encontraba sin interponer contra Antonio Vargas.

—El hecho es… —carraspeó Alonso, que no esperaba la alusión directa del banquero— que la demanda se encuentra a expensas de si sus señorías desean interponerla o darle una última oportunidad de pago al encomendero —concluyó tragando saliva.

—¡Ese no va a pagar! —sentenció De la Rubia—. Lo que pasa es que con la edad a Torres se le ha reblandecido su corazoncito de banquero y se ha vuelto muy magnánimo. Pretende darle chance a ese bribón. Pero que sepas, querido colega, que esa inversión está perdida y que si sacamos algo de esa encomienda no será más que un puñado de esclavos resabiados. Ese Vargas los explota y maltrata como ninguno. No tiene miramientos.

—Lo que hace falta ya, como el comer —continuó el visitador don Pedro— es que el Tribunal de la Inquisición se establezca de una vez por todas en estas tierras. Para acabar con abusos y tropelías es mano de santo.

A Alonso se le heló la sangre al oír aquellas palabras. Don Luis ya de por sí no le agradaba en demasía, su aspecto cetrino, el rictus severo, y el modo de hablar seco, cortante y autoritario se le antojaba como una persona carente de toda humildad. Pero la mención del Alto Tribunal le trajo el recuerdo del caso de Heleno de Céspedes ante la inquisición sevillana y su nefasto final le infundió un inmediato temor hacia la figura del inspector. Sin poder evitarlo miró al sastre, del que el procesado fue amante y único amor, y sintió una profunda pena por él. A don Mateo, por la expresión que tenía, tampoco pareció agradarle en demasía el comentario del visitador. Sus gustos sexuales, aunque él los ocultaba lo mejor que podía, no estaban del todo bien vistos por «la Santa».

La partida devenía cada vez más rápida y trepidante. El vuelo de los naipes y su peculiar sonido al caer sobre la mesa se iba sucediendo cada vez con mayor celeridad, dejando menos tiempo a los jugadores para meditar sus respectivos faroles. Los participantes contaban con fruición los puntos de cada mano y Alonso, como banca, tuvo que intervenir en alguna ocasión en el recuento final y evitar alguna que otra trifulquilla. Al liberarse las apuestas cada uno se lanzó a alardear de su propia fortuna, desafiando cantidades inverosímiles. Tanto el visitador como el sastre dejaron pasar varias manos, pues los importes excedían sus posibilidades. Aún así, cuando ya estaba avanzada la tarde, don Mateo había perdido una considerable cantidad de dinero, aunque a lo largo de la partida había concertado citas con todos los jugadores en su sastrería en un intento de resarcirse de sus carencias en el juego con el buen hacer de su oficio. Don Luis Gómez dejó ganar algunas manos fáciles al visitador, con el que ya empezaba a confraternizar.

El vicio del juego había calado tan profundo en la sociedad que, desde tiempos de Alfonso X *el Sabio* se había tratado de regular, siendo conscientes de que el dinero que se perdía en cartas y dados no llegaba a las familias, arruinando literalmente al hombre y matando de hambre a su prole. Sucesivamente, los juegos de azar habían sido prohibidos y regulados alternativamente por los diferentes monarcas, hasta el punto de que Felipe II en 1552 pretendió impedir la entrada de naipes en el Nuevo Mundo:

«Otrosí mandamos que ni por mar ni por tierra no entren en estos Reinos ni de fuera de ellos (…) naipes de todas suertes»

Prohibición que tuvo que levantar solo tres años más tarde ante las verdaderas fortunas que se estaban pagando por las barajas de contrabando.

La conversación fue derivando entre naipe y apuesta hacia un único tema: el dinero. Este o aquel negocio, una excelente propiedad que iba a salir a la venta, una oportunidad de inversión… Y los egos se iban hinchiendo como las velas de los galeones de la flota que los había abandonado aquella misma mañana. El que más alardeaba era don Fernando, que no perdía ocasión de pavonearse de su infalible olfato para los negocios y de sus recientes adquisiciones de propiedades, siempre advertido de cualquier buena oportunidad por su extensa red de confidentes. Alonso no pudo por menos que contrastar ese fervor por el vil metal con el recuerdo de su madre, doña Beatriz, que ya desde su más tierna infancia le había inculcado que el dinero no le daría la felicidad, que las cosas verdaderamente importantes de la vida no se veían, sino que se sentían. Debía ganar lo suficiente, eso sí, para que no tuviera que necesitarlo, pero si llegaba a disponer del preciso, entonces la felicidad dependería sólo de él.

—Serás mucho más rico cuanto más disfrutes de las cosas que no se pueden comprar con dinero —solía decirle—. La ambición es buena porque te hará prosperar, pero en exceso te aniquilará y vivirás siempre para satisfacerla, nada será bastante y te frustrarás.

Y le repetía una y otra vez las palabras del griego Epicuro: «Nada es suficiente para quien lo suficiente es poco».

La presencia de ron sobre la mesa y una nueva ronda de habanos fueron soltando las lenguas. La tarde avanzaba amena, trepidante, conducida por la emoción del juego, las ganancias y las pérdidas. Corazones que se desbocaban con el desenlace de cada mano, gargantas secas que se aliviaban con un nuevo trago de aquel brebaje dulce, euforia en las ganancias, desengaño en las pérdidas. Y así partida tras partida, comentario tras comentario.

—Por las calles de Cartagena hay dinero, mucho dinero sí, es verdad, pero también hay miedo. Y cuanta más riqueza, más miedo tienes a perderla. Es un círculo vicioso. Ni la presencia del ejército puede garantizar que no haya una nueva invasión pirata que arrase y expolie la ciudad —sentenció el banquero Torres tras rebañar de la mesa una buena suma.

—Déjale el miedo a los pobres —le replicó su socio—. Yo no paro de ver oportunidades por estas benditas tierras rebosantes de oro y plata.

—Los pobres no tienen miedo porque nada tienen que perder. Para ellos sí que la vida está llena de oportunidades, ¡no pueden ir a peor! —contestó soltando una carcajada mientras contaba, poniendo en montoncitos, los ducados de oro que acababa de ganar.

En ese punto don Fernando, para quien dinero y poder no tenían sino un único y exclusivo fin, el sexo, del que era un adicto, contemplando el gesto de regusto con el que el banquero contaba las ganancias de aquella mano, cambió súbitamente el tercio de la conversación:

—Hablando de una buena oportunidad de «negocio» a cambio de muy poca inversión, Emilio, tengo una cosita exquisita para ti —sonrió maliciosamente—, un auténtico caramelo. Se trata de una «viudita» que no llega a los veinte años. La tenía de querida un joyero cordobés, y al fallecer este la familia la ha dejado sin blanca. Se encuentra de alquiler en una casa de huéspedes, y seguro que un apuesto galán como tú sabrá cómo sacarle rendimiento. Ya sabes... una casita discreta en los arrabales, una pensión de manutención acorde a la valía del trofeo, alguna joyita o una bagatela de cuando en cuando. Lo que tú estimes... Te aseguro que sabrá ganárselas. Ese cuerpo lo merece. No tiene mácula alguna y está casi entera, no creo que el anciano que la adoptó tuviera grandes dotes para desgastarla —concluyó obviando que él mismo la había forzado en su despacho cada vez que lo visitaba para interesarse por la marcha de su asunto.

A Alonso se le revolvió el estómago solo de pensar en la bella Josefina tratada como una mercancía que tendría que entregarse al orondo banquero para no morir de inanición. Este permaneció dubitativo un instante, como evaluando la oferta, los pros y contras de la transacción, su coste y el alto riesgo que supondría debido a su situación familiar y como respetable hombre de negocios, casado y religioso. Rumiando algo para sus adentros contestó a su letrado con una mueca desafiante:

—¡Fernando, no me líes! Tú nos has traído aquí con el reclamo de una de tus bacanales y ahora lo que pretendes es emparentarme. ¡Como si no tuviera ya suficiente con mi mujer y mis nueve hijos para entretenerme! ¡Tener que echarme ahora una barragana... a mi edad! ¿Y darle además derecho de pensión y fonda? A ver... ¡ya estoy harto de ganar dinero en esta partida! ¿Dónde están esas tremendas mulatas que nos habías prometido?

# 30

Anunciar la presencia de mujeres en el salón y que Mateo Alemán abandonase la partida fue un todo. Se excusó alegando, y no mintió con ello, excesos mal llevados durante la noche anterior. De todos eran conocidos sus apetitos sexuales, por lo que a nadie le extrañó ni puso reparo alguno a su marcha, habiendo sido por lo demás convenientemente desplumado. Alonso vio entonces una oportunidad única para abandonar la mesa. No se veía compartiendo orgía en contemplación de las pródigas carnes de su progenitor. La resaca de la noche anterior se le multiplicó de sólo conjeturar con la escena. Por otra parte, se encontraba sumamente mareado por el exceso de tabaco y las escasas horas de sueño le pasaban ahora factura. Necesitaba descansar. Se ofreció a acompañar al sastre y todos asintieron de buen grado. Aunque se tratara del hijo del anfitrión, la *jugada* que se iba a disputar durante las próximas horas en aquel salón sería más fácil de llevar sin la presencia del muchacho. Por último, reflexionaba mientras se despedía, dado lo difícil que tenía salir de palacio, aquella era la ocasión única para encontrarse a solas con el sastre y entregarle la *chispilla* y que su amigo se la devolviera al proxeneta, a quien a buen seguro le haría más falta. La tenía escondida bajo el colchón de la cama donde en cualquier momento podía ser descubierta por alguien del servicio o, peor aún, dispararse.

Nada más cerrar la puerta, sastre y letrado escucharon la explosión de bullicio procedente de sus ya excompañeros de partida, jaleándose mutuamente para lo que parecía iba a ser una buena juerga. Ya en la puerta de su dormitorio, Alonso le hizo entrega de la pistola envuelta en un saquito de fieltro. Don Mateo la sopesó por unos segundos.

—Mejor voy ahora mismo y se la devuelvo a su legítimo propietario. Me provoca desazón y cierto cosquilleo estomacal su momentánea posesión —dijo con aprensión—. Así de paso me informaré convenientemente de la suerte que han corrido esas pobres indígenas de cuya evolución lo mantendré rigurosamente informado. Pásese mañana por mi sastrería a tomar un cafetito, mi señor don Alonso. Le comunicaré cualquier novedad que pueda haber acontecido, y usted a cambio podría contarme lo que sabe del infortunio de mi amado Heleno. Es algo que le imploro. ¿De verdad que llegó finalmente a desposarse con mujer? —le inquirió con gesto de marcada extrañeza.

Esquivó el interrogatorio del sastrecillo diciéndole que lo más importante era que lo que llevaba entre las manos llegara felizmente a su destinatario y que en su camino hacia el barrio de Getsemaní no le requisara la mercancía ningún alguacil, en cuyo caso se veía en la obligación de rendir muchas explicaciones. Con aún más dosis de miedo en el cuerpo, el sastre afirmó que sí, que lo más prudente era salir de allí dándose taconazos en el culo. Viendo el pavor reflejado en su rostro y cómo le temblaban las manos al guardar la bolsa de fieltro, Alonso se ofreció a acompañarlo al menos hasta la puerta del palacio.

Al descender por la escalera del patio vieron cómo hacía su entrada un carruaje negro cuyas ventanas se encontraban veladas por cortinas que impedían atisbar su interior. Tras el rechinar de las ruedas al frenarse contra el adoquinado y los golpes secos de las herraduras de los caballos se abrió su portezuela, y por ella salió un tratante de esclavos acompañado por cinco orondas mujeres, tres mulatas y dos altivas negrazas. Todas destacaban por sus hermosas ubres y sus prominentes caderas. Sastre y letrado, sorprendidos por el hallazgo, volvieron sobre sus pasos y se parapetaron resguardándose en el rellano. Desde allí observaron cómo Tello Escobar saludaba al tratante y tanteaba, examinando con la punta del pijotoro la *mercancía*. Alonso vio entonces una oportunidad única, pues el pajecillo de la puerta estaba tan ensimismado contemplando el contoneo de aquella redondez en forma de culos que no podía percatarse de nada más, por lo que asió al sastre por el hombro y escapó por la puerta del palacio sin que nadie lo advirtiera. Verse fuera y respirar el aroma fresco del atardecer le hizo recobrar la misma sensación de libertad y júbilo que experimentara la tarde anterior. Sus piernas aceleraron el paso de manera inconsciente y tomaron dirección al barrio de Getsemaní, mientras en un atisbo de consciencia escuchó como tras de sí los cerrojos de puertas y postigos crujían hasta volverse impenetrables. Ni siquiera se paró a razonar cómo conseguiría volver a entrar en él sin despertar su ira, pero no le importó. Sus pisadas se sucedían cada vez a mayor ritmo.

Percibió la confusión en el rostro de don Mateo, pero sin mediar palabra tiró de él con firmeza indicándole con un gesto que siguiera caminando. La temperatura era sumamente agradable. Los charcos del aguacero vespertino, asiduo visitante de la estación húmeda, no incomodaban el paseo por las empedradas calles de la ciudad señorial. La cosa cambió cuando ambos se adentraron en los caminos fangosos y embarrados de los arrabales cartageneros. Atravesaron las casas oficio de las agrupaciones gremiales neogranadinas: tejedores, curtidores, herreros y demás profesionales sacaban en esos momentos sillas y butacas a las puertas de sus hogares, disponiéndose a charlar animosamente unos con otros en su único día de descanso, a preguntarse cómo sería la vida ahora que la flota había partido nuevamente y a darse apoyo mutuo para afrontar una nueva y dura semana de trabajo.

Caminaban en absoluto silencio esquivando los charcos más profundos, dando por perdida la batalla de regresar a casa con los zapatos mínimamente limpios y decorosos. El sastre, apretando con una fuerza desproporcionada la bolsita de fieltro bajo su axila como si protegiera un precioso tesoro camuflado bajo el gabán. Alonso, rumiando un pensamiento tras otro. Si no hubiera sido por el certero sartenazo de Rosa Vargas, la noche anterior podría haber matado a un hombre. Sí, estuvo a punto de acabar con el único bien que no se puede devolver y, sin embargo, reflexionaba con una sonrisa de incomprensión, haber matado a aquel bastardo le habría parecido un hecho justo.

La proximidad del puente que unía el arrabal con el centro de Cartagena lo sacó de su abstracción. La ciénaga que este atravesaba lucía un frondoso verdor que contrastaba con el anaranjado de sus aguas al reflejo del sol de la atardecida. Por un instante se detuvo a observar a su compañero de fatigas, apenas un metro detrás de él, con el paso ágil de sus cortas piernas dando saltitos para salvar los más o menos densos barrizales. Al encarar la pasarela pudieron ver que, afortunadamente, a esas horas no había montada ninguna guardia. Notó cómo entonces Mateo relajaba la presión de su brazo sobre la pistola.

—Bueno, don Alonso, —lo llamó con la respiración agitada— ha cumplido usted sobradamente su cometido de escolta y ya es casi de noche. No hay soldados, puedo continuar el camino en solitario. Regrese antes de que den cuenta de su ausencia y de que sus botines de seda se echen definitivamente a perder. Los rematé con unas delicadas tachuelas y temo que estas puedan oxidarse tras su paso por este infame lodazal. ¡Por Dios que sería una verdadera pena que se estropeasen! ¡Tendría usted que haber traído otro calzado, alma de cántaro! En cuanto regrese, hágame el favor de ordenar que los sequen con un paño para no maltraer la suavidad de la seda. Luego que los envuelvan bien dentro de un saquito de fieltro introduciendo en ellos lana o paños secantes para que la humedad no los deforme y finalmente que los aproximen a un fuego, pero no demasiado cerca que los puedan quemar ni demasiado lejos que no les llegue la influencia del calor. Es necesario que se sequen lo antes posible para evitar...

—Voy a acompañarlo hasta *Las Dos Rosas*, quiero saber si los alguaciles han estado indagando sobre los sucesos de anoche —mintió—. Puede que alguno de los soldados fuera llevado al hospital y seguramente *el justicia* de turno quiera esclarecer lo sucedido. Es hasta posible que aquellos rufianes, en el estado en que se encontraban, no hayan podido embarcarse y permanezcan aún en Cartagena, lo que todavía podría conllevar una investigación y... por las dudas prefiero coger el toro por los cuernos —se justificó al tiempo de que encaminaba sus pasos en dirección a la taberna.

Un creciente ardor se iba adueñando de su cuerpo al ser consciente de que tenía una nueva oportunidad de encontrarse con
aquella enigmática indígena... Tal vez ella volvería a tomarlo de
la mano con aquella firmeza dulce con la que lo hizo la noche
anterior. Atravesaron juntos el puente. Mateo dándole consejos
para el cuidado de sus delicadísimos botines de seda mientras él,
a medida que se iba acercando a la taberna, notaba un extraño
hormigueo y una desazón bajo el vientre que llegó a pensar nunca
volvería a sentir.

# 31

Siendo domingo, tan solo unos cuantos parroquianos pululaban por el prostíbulo, por lo que las dos anfitrionas y el proxeneta se dedicaron en cuerpo y alma a agasajarlos con lo mejor de la casa. La sartén abollada con la forma de la cabeza del soldado figuraba ahora colgada en el tiro de la chimenea a modo de evocador trofeo de caza, y las risotadas de Rosa Vargas cada vez que rememoraba el momento en el que le reventó la sesera a aquel rufián, resonaban como agua cantarina entre las paredes de la bodega. Las putas, con menos trabajo que en las fiestas de guardar, se acercaban a Alonso y le acariciaban el mentón y la nuca, entrelazando sus dedos por la melena limpia y suelta, lo tomaban por los hombros y lo invitaban, zalameras, a que se quedara con ellas aquella noche. Querían probar y, en cierto modo, recompensar a aquel joven que, con tanta valentía como elocuencia, les había dado su merecido a aquellos cerdos.

La noche se fue colando por entre las rejas de las ventanas a golpe de tazones de vino, cuando no de algún que otro cuartillo de ron. Luego de cenar, y siempre acompañados de buenas escudillas del mejor licor de la casa, subieron a interesarse por las dos nativas. La que parecía más joven presentaba una pierna fracturada, como si su hueso se hubiera desplazado de la cadera, seguramente en uno de los momentos en los que forcejeaba para evitar que su agresor la penetrara. El caso era que toda la zona se encontraba amoratada y el color negruzco que estaba adquiriendo no invitaba a pronosticar nada bueno. La otra muchacha había recuperado el sentido durante algún periodo de tiempo, articulando palabras en lengua indígena que ninguno de los presentes comprendió y repitiendo alguna que otra en español. Ahora, sin embargo, dormía con una quietud dulce y Alonso pudo contemplar la armonía de aquellas facciones que, a pesar de las múltiples heridas y el tabique nasal hinchado, translucían una singular belleza.

—Tendríamos que avisar al cirujano —afirmó la voz de Rosa Belmonte—, pero cuando le digamos que es para atender a unas indias no querrá venir o nos va a pedir que le adelantemos dineros, y no pocos —concluyó mirando hacia Alonso.

—Esa pierna no tiene buen aspecto —confirmó Osorio—. He visto muchas que empiezan así y son luego pasto de la gangrena. Sería una pena que un cuerpo tan joven se viera con una amputación. A este ángel le queda aún mucho por volar. Una lástima, sí señor.

—Yo puedo correr con los gastos —se arrancó Alonso—. Aunque recurrir a mi padre para que nos recomiendo un galeno que pueda prestarnos sus servicios no lo veo muy conveniente...

—Si ese cerdo pisa la taberna descuelgo la sartén y aquí se arma la marimorena —sentenció la Vargas con contundencia.

—Conozco a un cirujano barbero que quizá nos haga el favor de hacernos una visita, tengo amistad con él —intervino Osorio—. No le contaré cual será el objeto de su pericia hasta que se encuentre aquí, entonces apelaré a su ética profesional y buen hacer. Se trata de un buen hombre. Aunque estas niñas donde deberían estar es en el hospital.

—Si las llevamos allí nos van a coser a preguntas, y no fueron pocos los testigos que presenciaron la pelea de anoche. Solamente faltaba que tuviéramos otra mancha en el haber de *Las Dos Rosas* para que ese hatajo de curas meapilas que nos persigue clausure el cubil de por vida. Con el *trabajico* que nos ha *costao* llegar hasta donde estamos —negó Rosa Belmonte.

—Don Emilio —rogó Alonso— por favor, acuda a primera hora de la mañana a hablar con su amigo el médico, —dijo desenrollando el cordelillo que cerraba su faltriquera.

Y mientras lo hacía, recordó los consejos que en su día le diera su tío Diego: que siempre llevara monedas pequeñas para el quehacer cotidiano, pero que al menos portara una importante para las necesidades urgentes. Con el dedo índice hurgó un poquito en la bolsa, ladeándola, hasta dar con él: un flamante doble ducado de oro que se deslizó por el cuello del saquito hasta rodar por su mano. Notó su peso y valoró por un instante lo frío que se encontraba el metal pese a la calidez que reinaba en la cantina. Lo portaba dentro de aquella bolsa desde hacía mucho tiempo, tal vez desde sus últimas correrías por Sevilla, antes incluso de conocer a Constanza, pero nunca hasta entonces había precisado de sus servicios... Cuando lo vio reluciendo sobre su mano no pudo evitar acordarse de ella y de cuánto amor había dejado en Sevilla. Ojalá pudiera perdonarlo algún día por haber huido, por no haber luchado —pensó—. Pero ahora esa moneda, además de evocar recuerdos, podía suponer la salvación de aquellas dos almas inocentes.

Todos se arremolinaron alrededor de la auténtica fortuna que, en forma de exquisita acuñación proveniente de la ceca sevillana, brillaba sobre la mano del letrado. Ninguno había visto otra con anterioridad. La efigie del difunto Felipe II parecía vigilarlos a todos. Alonso dio un último vistazo a la moneda y luego a las dos jóvenes postradas sobre el camastro. «¿Es que acaso hay mayor necesidad que esta?» se preguntó. Pero antes de hacer la entrega de aquel tesoro, se dirigió al que de toda aquella sala le merecía mayor confianza:

—Don Mateo, sé que sus obligaciones para con la sastrería empiezan de buena mañana —dijo estirando en su dirección la mano con el doble ducado y forzando con ello la respuesta de su amigo—, pero le imploro que acompañe al señor Osorio a buscar los servicios del galeno. Con su espalda maltrecha no debe hacer todo el recorrido en solitario. Es de extrema importancia que estas pobres criaturas sean reconocidas por un cirujano cuanto antes, y de paso, le echen una mirada a esas costillas —dijo señalando la espalda del proxeneta— ¿Me haría usted ese favor?

Antes de que el protector del prostíbulo pudiera sentirse ofendido por la repentina imposición de un *tesorero* para desempeñar su cometido, el sastrecillo reaccionó con gracia.

—Ni aunque tuviera yo que vender mañana un jubón de hilo de oro me perdería un paseo matutino con semejante hombretón. Y si necesita un buen apoyo para esa apolínea y escultural espalda, aquí tiene el fervor inusitado de su humilde servidor… ¡Como si tuviera que llevármelo en volandas, vive Dios! Eso sí, con alguna que otra paradita para hacer más afable el camino, que si no…

—¡O te callas ya o te suelto un galletón que te levanto dos palmos del suelo, sastre de los demonios! Te quiero aquí al ser de día, y como se te ocurra acercarte a eso que has dicho que tengo en la espalda te reviento la cabeza como si fuera un melón. Te queda claro, ¿verdad?

Mateo tiró de la manga del guardián de la casa en dirección a la escalera de bajada, momento que este aprovechó para soltarle con su manaza una buena colleja en la nuca que resonó como un latigazo. Mientras el sastre se resentía y rascaba con brío la zona afectada, las Rosas y un par de meretrices que también los habían acompañado a visitar a las convalecientes comenzaron a descender entre risas contenidas la escalera, dando tiempo a Alonso a presenciar, solamente por unos segundos más, el rostro sereno de la india que, por lo que le habían comentado, la única palabra inteligible en español que había repetido varias veces era muy imprecisa: *Valle,* parecía querer decir. *Valle…*

—Sí, Valle —musitó el letrado entre dientes— creo que eres una necesidad urgente y extremadamente hermosa.

# 32

Para cuando Alonso regresó de *Las Dos Rosas* aquel lunes de calima subtropical era ya bien entrada la madrugada. Realizó el trayecto en solitario pues el sastre decidió en el último momento dormir en la taberna, dado que al amanecer debería acompañar a Osorio a buscar al médico y no le merecía la pena hacer y deshacer dos veces el camino. Con ello evitaba además el dormir en la soledad de su trastienda.

Intentó en vano sortear el fangal en que se había convertido el camino, pero en su estado etílico los intentos fueron fútiles y el resultado cochambroso. Miró con cierta flema hacia aquellos delicados botines de seda de los que apenas podía distinguirse ya el color original y trató de recordar vagamente las instrucciones que el sastre le había dado para su limpieza, pero lo único que consiguió fue que se le escapara una incontenible carcajada. Se encontraba feliz. En cierto modo, aquel domingo había sido el mejor día desde que llegara a Cartagena, y una extraña sensación de euforia lo embargaba. La pelea con los soldados se le antojaba ahora una aventura memorable de la que había surgido la figura de un Alonso que ni él mismo creía que pudiera existir. Luego vino la partida de naipes, con personajes muy heterogéneos que bien podían constituir la punta de lanza de lo que le quedaba por conocer en la ciudad: personas más o menos interesantes pero cargadas de ilusiones, proyectos y sueños de los que, tarde o temprano, también él llegaría a contagiarse. Y además, como aderezo, el destino le había regalado la existencia de aquella india enigmática a la que con su espada había salvado. El corazón le latía de puro júbilo. Por fin había encontrado un motivo por el que levantarse, aunque solo fuera para ver cómo aquellas dos jóvenes se recuperaban. Seguro que aprenderían a hablar su lengua, a comunicarse con él y le harían partícipe de sueños y anhelos. Sumido en aquellas cuitas, Alonso se dejaba fluir por entre las oscuras calles de Cartagena apenas iluminadas por unas cuantas antorchas esquineras.

Detenido ya ante la puerta de servicio del palacio se dispuso a golpear con los nudillos mientras intentaba articular pesadamente una excusa lo suficientemente creíble por si se topaba con su padre. Pero no tuvo que llegar a hacerlo. La puerta se abrió de súbito cuando el eco de sus chapines apenas había dejado de resonar en el suelo adoquinado. Algo anómalo debía haber ocurrido, pues en lugar del pajecillo que solía hacer la guardia quien le abrió fue el padre de este.

—No nos vuelva usted a hacer esto, mi señor. Se lo imploro, no sabe cómo ha quedado mi hijo de la paliza que le han dado. ¡Está muy grave y no sabemos dónde lo tienen metido!

Aún conservaba algo del efecto del ron que había ingerido de manera desproporcionada en la taberna de *Las Dos Rosas*, pero ese efluvio se esfumó bruscamente ante lo compungido del rostro de aquel hombre. ¿Pero cuántas horas habrían transcurrido desde que se marchara al burdel?, se preguntó.

Aturdido, se zafó como pudo de la presencia del mestizo y subió tambaleante las escaleras que, una vez cruzado el patio principal, debían conducirlo hasta su dormitorio. ¿Qué querría decir aquel hombre con que no lo volviera a hacer? Tal vez se refería a que no pidió permiso expreso a su padre para salir del palacio, o quizá a que llegó más tarde de lo que se esperaba, habiendo burlado la vigilancia del paje...

Al cruzar la galería del patio principal a la altura del salón de juegos donde había pasado gran parte del día detectó de nuevo un potente aroma a puro habano. ¿Era posible que a esas horas de la madrugada continuaran jugando? Vio que la puerta se encontraba entreabierta, como si alguien acabara de salir de su interior. La luz de las velas y de la chimenea encendida titilaban en el interior y una densa y cargada atmósfera flotaba en el ambiente.

Empujó con suavidad la lama de la puerta, el espacio necesario para adentrar la cabeza, y el espectáculo que pudo distinguir en su interior, difuminado por la neblina del tabaco, lo dejó atónito: Lo primero que sobresalía en un sofá de piel carmesí eran los glúteos blancuzcos y mantecosos de uno de los banqueros, Emilio Torres, empotrándose entre las piernas de ébano de una de las mujeres que horas antes había visto descender del carruaje. A cada embestida de aquel corpachón, las piernas tremendamente abiertas de la mujer cedían varios centímetros y los dedos de sus pies se contraían rítmicamente. Frente con frente, contemplando la escena y completamente desnudos, su padre y el otro banquero, Miguel de la Rubia, eran atendidos puro en mano por otras dos hembras, una arrodillada y la otra en cuclillas, ambas succionando las vergas de los hombres con un movimiento acompasado de las cabezas. Sentado a la mesa que horas antes había sido testigo de la partida de naipes vio cómo el tratante de esclavas manipulaba con un mortero y un almirez una infusión de hierbas, mezclándola con polvo de tabaco al que añadía un líquido que parecía ser ron. Varios vasos de aquel brebaje se repartían sobre la mesa. Al otro lado de la estancia, junto a la chimenea, se encontraban Pedro Heredia, el juez visitador y Luis Gómez, el depositario de fondos y posible futura víctima de don Pedro. Este último sujetaba por las muñecas a una hermosa mulata, una mujer tremendamente altiva y de rostro orgulloso que lo miraba a los ojos mientras el visitador la golpeaba con una fusta en las nalgas. Alonso distinguió las líneas amoratadas de los golpes del látigo resaltando sobre el color vainilla de la piel. En un momento determinado, el juez soltó la fusta y agarró a la mujer por el pelo venciendo su cabeza hacia atrás, obligándola a abrir la boca sobre la que escupió. Después, y con una sonrisa depravada y los ojos fuera de sí, tomó parsimoniosamente un puro que se hallaba encendido y lo apagó contra uno de sus pezones. La mujer, que parecía encontrarse en un estado de trance, apenas se quejó, emitiendo un prolongado gemido hasta que el puro se hubo definitivamente apagado.

No pudo seguir contemplando aquella escena. Una tremenda convulsión le sobrevino al estómago. Sacó la cabeza de la puerta entreabierta intentando hacer el menor ruido posible, tapándose la boca con la mano derecha para evitar que la arcada se desparramara por la galería. Un segundo espasmo hizo que la repugnancia y la aversión se transformaran en regurgitación de todo el vino y el ron que había ingerido aquella noche. Buscó un plantón situado en una esquina, y sobre la tierra del macetero vació todo el asco y el vértigo que llevaba dentro. Intentaba expulsar las últimas bocanadas cuando sintió una presencia humana tras él. Tratando de fijar la vista observó cómo unas bastas botas de cuero se le situaban a apenas un cuerpo de distancia. Tomó el tiempo justo para escupir varias dosis de densa saliva antes de incorporarse y darse la vuelta. Frente a él se erguía el peor de sus pronósticos. Tello Escobar, con una mano en el pijotoro y la otra agarrando del pescuezo al pajecillo, que yacía inconsciente, desfallecido, desplomado a merced de su verdugo a modo de chivo expiatorio.

—Tú y yo no nos vamos a llevar bien, nada bien... Ya me he enterado de la que liaste anoche en *Las Dos Rosas*. Como se te ocurra volver a ese antro, tú serás el siguiente —le espetó mientras levantaba al crío y se lo acercaba a escasos centímetros de la cabeza—. A partir de ahora no te moverás, saldrás o entrarás de este puto palacio sin mi consentimiento. No voy a permitir que te saltes las reglas, por muy hijo del amo que seas. Si te tengo que crujir la cabeza, lo haré. Estás avisado. No te paso ni una más.

Una vez terminó de soltar su anatema, y arrastrando el cuerpo inerte del chiquillo, se marchó.

# 33

Sevilla

La encontró con la ropa hecha jirones y con un tremendo golpe en la cabeza que había provocado un denso charco de sangre a su alrededor. Después de emboscarla y dada la resistencia que opuso a sus agresores, estos la amordazaron y consiguieron arrastrarla hasta una de las callejuelas adyacentes a la de Escoberos, estrecha y oscura. Una vez allí sustrajeron todas sus pertenencias, la toca con la que vestía y el manto con el que combatía el frío, los zapatos, una finísima cadena de oro que portaba al cuello y, cómo no, la bolsa de monedas propiedad del hospital con las que al día siguiente debía haber aprovisionado la despensa del sanatorio.

Pero si los ladrones esperaban una cantidad elevada como resultado de su latrocinio, cuando contaran y repartieran el producto de su botín las caras de decepción serían la recompensa a su ruin conducta. En su diligente administración al frente del hospital, Beatriz había dispuesto un sistema que hacía que el pan, la leche, los huevos y otros productos de gran demanda diaria fueran suministrados, cuando no por los propios corrales y huertos que la institución tenía, por mercaderes habituales que eran pagados por el tesorero dentro de sus propias oficinas con la frecuencia acordada, normalmente cada semana. Así, ella únicamente tenía que ocuparse del producto fresco: hortalizas, carne de cerdo o res, pescado, percas, truchas o esturiones procedentes del Guadalquivir o sardinas, jureles, boquerones, corvinas u otros que eran transportados río arriba por los pescadores de Sanlúcar de Barrameda. Con estos gremios de hortelanos, carniceros y pescadores, lo que Beatriz había acordado era señalar el producto en la lonja o en las gradas de la catedral, el auténtico mercado de la ciudad. Para ello, normalmente era suficiente con unas monedas de bronce o plata, a lo sumo algunos escudos si el pedido era mayor, pues los comerciantes sabían, y su gobernadora se había encargado de grabarlo a hierro y fuego, que las Cinco Llagas siempre pagaba sus deudas. Ese sistema de señalar el producto y pagarlo más tarde cuando el otro hubiera cumplido su parte del trato impidió que el hospital sufriera un quebranto grave con el robo, pero no así que aquellos rufianes se ensañaran con inquina para conseguir hacerse con su ansiada faltriquera. La resistencia de la madre de Alonso fue tan encarnizada que los asaltantes tuvieron que recurrir a una estaca para golpearle sucesivamente la cabeza hasta dejarla inconsciente. No concluyeron su labor con una violación porque temieron haberla matado en aquel mismo instante y huyeron en cuanto sintieron el peso de las monedas en sus manos.

Cuando Diego la encontró haría ya varias horas que los ladrones habían abandonado aquel cuerpo a su suerte bajo un carro desvencijado, como si fuera un escombro. Al llevarse también la ropa de abrigo condenaban a la asaltada a una muerte casi segura. En esas estaba el valor de la vida humana en la esplendorosa Sevilla, Puerto de Indias. Si no hubiera sido por la minuciosa búsqueda de su cuñado y por la intuición que lo condujo, Beatriz no habría visto la luz del día. Sangraba abundantemente por cabeza y nariz, amén de presentar múltiples arañazos y contusiones por todo el cuerpo. Tras comprobar que aun respiraba, Diego la arropó con sumo cuidado envolviéndola con su capa, y tomándola en brazos la transportó hasta el hospital con toda la ternura de la que fue capaz.

—Vas a salir de esta Beatriz, no te preocupes. De eso me voy a encargar yo. No temas nada. Te recuperarás, te lo prometo —le musitaba mientras acomodaba la cabeza de ella sobre su hombro, sin poder evitar que la sangre, casi seca, se mezclara con las incesantes lágrimas que manaban de sus ojos.

Ingresó en las Cinco Llagas bajo la atención y el cuidado de sus compañeros de fatigas, los galenos, médicos y cirujanos que habían sobrevivido al brote de peste. Las monjitas de la institución se volcaron en recuperar a su administradora. Durante todo aquel tiempo, Diego estuvo allí. No llegó ni tan siquiera a cambiarse de ropa pues no quiso abandonar en ningún momento a su cuñada, haciendo guardia junto a su cama, comiendo y durmiendo en el mismo suelo.

Tras varios días totalmente inconsciente, una mañana al calor del astro rey lamiéndole la cara despertó. Desconociendo la magnitud de sus heridas intentó incorporarse balbuceando incoherencias. Diego, que dormitaba a los pies de la cama se levantó de inmediato y la tomó de los brazos impidiendo que se levantara.

—Beatriz, has sido víctima de una salvaje agresión de la que aún no has sanado. Unos ladrones te golpearon la cabeza dejándote sin sentido y desde entonces has estado postrada en esta cama —trató de explicarle para hacerla entrar en razón.

—Pero Diego, ¿qué dices? Me encuentro perfectamente y he de reanudar mi labor al frente del hospital. Hay muchos enfermos y necesitados a los que cuidar y mucha faena que atender.

—Si recaes ahora no le serás útil a nadie —afirmó reteniéndola por los brazos.

—Suéltame Diego, tengo que levantarme y trabajar.

—¡Escúchame! —le ordenó—. Desde que comenzara el brote de peste no has hecho otra cosa que cuidar a los enfermos. ¡No has tenido vida! —calló un momento para permitir que su cuñada tomara conciencia de aquella situación—. Ahora la epidemia está controlada —continuó enérgico— y tu presencia no es tan necesaria. Buena prueba de ello es que llevas muchos días postrada en esta cama y, que yo sepa, en el hospital no falta de nada. Lo que necesitas ahora es descansar y permitir que seamos los demás los que cuidemos de ti.

—Diego —lo contradijo con terquedad—, deja que sea tu cuñada quien decida por sí misma lo que quiere hacer. Me encuentro con fuerzas para enfrentarme a mis obligaciones y este hospital me necesita —dijo desplazando las sábanas con firmeza haciendo ademán de incorporarse.

Un chasquido en la cabeza se lo impidió nada más intentar despegarla de la almohada. Fue como si un chispazo de luz blanquecina la fulminara, atravesándole toda la espalda y provocando un dolor seco e instantáneo que la dejó traspuesta. La fractura de los múltiples estacazos que los raptores le produjeron en el cráneo aún no había sanado y la hizo desplomarse sobre la cama con un gesto de intenso sufrimiento.

—¡Auxilio Diego, mi cabeza va a estallar! —exclamó exangüe.

—Beatriz —ordenó su cuñado sujetándola contra la cama—, te quedarás aquí hasta que estés totalmente restablecida —concluyó tomándola tiernamente de los hombros y recostando con suavidad su maltrecha nuca entre varios almohadones para impedir que se moviera—. Es más, en cuanto puedas moverte ordenaré que te lleven a mi casa, donde te instalarás. Allí te seguirán atendiendo mis sirvientes, Esteban y Erundina. Entre todos te cuidaremos hasta que te repongas totalmente. Y esto no es negociable.

—Santa palabra entonces, santa palabra —fue lo único que alcanzó a decir, estremecida por aquella punzada que le había removido todo el cuerpo antes de caer profundamente dormida.

# 34

El padre Pedro Claver detuvo al famoso y opulento letrado don Fernando Ortiz de Zárate a plena luz del día, crucifijo en mano, cuando el letrado pretendía salir de su lujoso palacio. En un principio, Tello Escobar, que escoltaba a su amo, intentó evitarlo empujando al sacerdote e interponiéndose entre ambos, pero hasta para un hombre torvo y rudo como él le fue imposible ignorar el hábito del cura y la imagen del crucificado que este blandía y con la que le señalaba directamente el entrecejo. Detrás del religioso se encontraba la madre del pajecillo que se ocupaba hasta el día anterior de vigilar la puerta y cuyo cuerpo sin vida yacía entre los brazos de aquella compungida mujer. Completaba el séquito una media docena de clérigos jesuitas que miraban con gesto reprobador al obeso abogado y a su adlátere.

El padre Pedro Claver Corberó se había erigido junto al también jesuita Alonso de Sandoval como máximo bastión de amparo de esclavos, negros e indios, y al mismo tiempo, en azote de negreros y esclavistas. Dotado de un carácter curtido a fuego, había hecho que su orden religiosa diera los primeros pasos hacia la protección de los indios contratando los servicios de una nutrida red de traductores que les permitía comunicarse con todas las etnias esclavas que llegaban al nuevo mundo. Gracias a ellos, conseguían entenderse con los cautivos africanos cualquiera que fuera su región de origen, intentando conocer sus necesidades y mejorar en la medida de lo posible su triste condición. Así, Claver era siempre el primero en saltar a los barcos que arribaban a Cartagena, principal foco de tráfico de la esclavitud del nuevo mundo. Una vez allí, se adentraba en las bodegas y sentinas de las embarcaciones donde los negros lo recibían con los ojos desorbitados de miedo, pues la mayoría pensaba que los llevaban allí para que los blancos se los comieran. Tras abrazarlos y compadecerlos asistían a los enfermos, les daban de comer, curando y limpiando sus cuerpos y heridas. Un esclavo que era comprado por dos escudos en el puerto de origen valía doscientos en Cartagena, por lo que aunque muriera la mitad del pasaje el negocio seguía siendo muy *rentable*. Por ello los esclavistas no prodigaban excesivos cuidados para con su mercancía.

Desde que dejara su Lérida natal, abandonando a su familia y renunciando a todo bien terrenal, Claver había continuado en el Nuevo Mundo la obra del padre Bartolomé de las Casas. Con un esfuerzo ejemplarizante y con la ayuda del ideólogo Alonso de Sandoval dirigían la casa jesuita, consiguiendo que la orden religiosa constituyera la tabla de salvación para muchos de aquellos indios y negros.

Así pues, cuando la madre de aquel pajecillo muerto a palazos de pijotoro propinados por el capataz del petulante letrado cartagenero llevó ante el religioso el cuerpo sin vida de su hijo, Claver reunió a un grupo de sus más fieles y, crucifijo en mano, dejó todos sus quehaceres para dirigirse hasta la casa de don Fernando, donde lo sorprendió saliendo en aquel preciso instante.

—¡Habéis causado la muerte de un niño inocente! —le espetó a escasos centímetros de la cara al abogado—. ¿Acaso os creéis tan poderoso como para poder disponer de una vida humana y campar a vuestras anchas? ¡Habéis arrebatado el bien más sagrado, la vida de un niño, algo que únicamente Dios, nuestro altísimo Señor, puede disponer, ¡y lo habéis hecho sin ninguna vergüenza ni miramiento! ¿A dónde creéis que os dirigís ahora? ¿Acaso os pensáis libre de actuar sin rendirle cuentas al Altísimo? ¿Hacia dónde os llevan vuestros pasos, tan ligeros después de haber acabado con una vida? —Y dijo esto, arrancó de los brazos de su madre aquella figura inerte de cuerpo infantil y la acercó lo más posible al letrado, quien no tuvo más remedio que dar una zancada hacia atrás para esquivar aquel bulto sin vida envuelto en una mortaja. Al hacerlo no pudo evitar chocar con Tello, lo que hizo que su confusión aumentara. Ambos se asieron y no cayeron al suelo gracias a una ridícula acrobacia, pues un nutrido número de transeúntes de los que a esa hora de la mañana atestaban la arteria principal de la ciudad de Cartagena, ávido de curiosidad, se había agolpado en torno al grupo y no les dejaba apenas espacio para moverse. El pueblo se preparaba para participar activamente de uno de los escarnios más esperpénticos y furibundos de la ciudad colonial: el juicio público.

—Desconozco la causa del fallecimiento de esta pobre criatura —reaccionó aturdido don Fernando mientras intentaba despejar de su cabeza la fuerte resaca acumulada durante la noche anterior—. Es posible que haya contraído alguna de las enfermedades que tan frecuentes son en esta época del año y que arrastran consigo a las criaturas más indefensas. En esta ciudad las epidemias proliferan por doquier —sentenció, intentando ganar tiempo y poner de su parte a la improvisada audiencia de entrometidos fisgones que comenzaba a ser ciertamente molesta—. ¿Quién de nosotros, cartageneros, no ha sufrido en sus familias los efectos de alguna enfermedad mortal de las que...?

—¿Enfermedad? —vociferó el padre Claver interrumpiendo en seco al abogado y comenzando a despojar el manto que cubría el cuerpecillo desnudo del infante—. ¿Qué enfermedad se manifiesta en forma de estos latigazos, llagas y porrazos? —dijo al tiempo que exhibía al niño desnudo ante todos los presentes, describiendo con su cuerpecillo una trayectoria circular mientras que los murmullos de desaprobación de la cada vez más numerosa chusma iban en aumento.

—¡Es un asesinato! ¡Han matado a un niño! —se oyó decir.

—¡Sí, lo han matado! —Sentenció una de las mujeres allí presentes, apoyada por otra, que comenzaba ya a condenar el acto.

—¡Justicia! —exclamó otro—. ¡Hay que hacer justicia!

Don Fernando lanzó una fulminante mirada de reprobación hacia Tello Escobar. Si se hubiese encontrado en palacio habría azotado él mismo a aquel bastardo por habérsele ido la mano de aquella manera. Pero ahora la situación era crítica. Ante las leyes ordinarias y los tribunales de justicia no hubiera tenido ningún problema en salir airoso del asunto. Matar a un esclavo no constituía ningún delito grave. Pero un juicio popular en plena calle, con un acusador tan incisivo como Claver llevando la iniciativa y la voz cantante, podría tener un desenlace incierto y no vislumbraba ninguno favorable. Máxime si la cosa se alargaba. Debía acabar con aquella situación extrema por la vía más rápida. Tras comprobar que entre la puerta de su palacio y donde ellos se encontraban se había concentrado tal cantidad de gente que hacía imposible acudir al amparo de refugio, trató de rehacerse. Hubiese dado cualquier cosa por que aquella chusma se apartara un poco y le dejaran secarse el sudor y acomodarse la ropa que se le pegaba al cuerpo agobiándolo. Se sentía mareado y una nausea le recorrió el vientre. Si no conseguía controlar la situación, vomitaría sobre aquella gentuza todos los excesos de la noche anterior y su imagen y prestigio profesional quedarían mancillados para siempre. Por ello, reuniendo toda la energía y el aplomo del que fue capaz, tomó la abultada bolsa de monedas con la que siempre salía y blandiéndola sobre las cabezas de los allí presentes empezó a gritar con voz clara y contundente:

—¡Repararé! ¡Repararé cualquier daño o perjuicio que haya podido originarse en mi casa! ¡Repararé!

—¡No es suficiente! —replicó de inmediato el padre Claver, bajando el brazo del letrado y arrebatándole la pesada bolsa de monedas antes de que este la pudiera verter entre los allí presentes y crear la confusión propicia para su huida—. ¿Pero qué esperas, monstruo desalmado? —le gritó—, ¿que la familia del niño regrese a tu casa, donde te sirven como esclavos, para que una vez allí les depares un destino aún más cruel? ¡No! —volvió a gritar—. ¡Debes otorgarles la manumisión de inmediato! Y además los dotarás de tierras agrícolas suficientes para que, como libertos, puedan ganarse la vida dignamente lejos de tus garras. ¡Tu crueldad les ha infligido un dolor de por vida! Debes liberarlos. ¡Libéralos!

—¡Libéralos, libéralos! Comenzó a gritar la multitud cada vez más exaltada. ¡Que los libere!

—¡A la casa del escribano! —ordenó el sacerdote, no queriendo dejar escapar la ventaja que suponía la tremenda fuerza de un juicio callejero y popular cuya sentencia acababa de ganar de manera fulminante. —¡Todos a la oficina del escribano! ¡Que el hombre haga justicia por lo que le ha arrebatado a Dios! —dijo tirando de la manga de don Fernando quien a su vez lo hizo del brazo de Tello Escobar, dirigiéndose todos ellos a trompicones hacia la oficina de un notario que se encontraba abierta en aquella misma calle.

# 35

Cuando los banqueros Emilio Torres y Miguel de la Rubia montaron en el carruaje que debía transportarlos hasta la explotación minera del encomendero Antonio Vargas, ambos experimentaron la misma incómoda sensación. Aquel viaje se les antojaba como visitar al barbero que te va a extraer una muela: doloroso, pero necesario. Vargas no les infundía ninguna confianza. Era ladino, grosero e incluso retorcido. En el trato personal, engreído y egocéntrico, aunque trataba de disimularlo con un comportamiento lisonjero y adulador que llegaba a rozar lo grotesco y que, en definitiva, sacaba de quicio a ambos banqueros por extremadamente falso y embustero.

Desde que le concedieran el prestamo para la mina de plata que explotaba en régimen de encomienda, su comportamiento con ellos había sido muy marrullero. Confiaron en él más por el negocio en sí que por su propia persona. Era criollo, hijo de colonos de primera hornada y había vendido el próspero negocio que había heredado de sus padres, que se dedicaban a la fabricación y venta de borceguíes, para iniciar su aventura en el prometedor mundo de los metales preciosos. Tras liquidar su patrimonio se dirigió con un magro caudal hacia Santa Marta, una incipiente ciudad que comenzaba a brillar al fulgor de los metales que encerraba. Coser suelas y cueros para hacer zapatos no era una profesión lo suficientemente digna para él. Una vez allí, persiguió su sueño en forma del brillo del metal de plata, tan abundante en aquellas tierras y adquirió una encomienda que tenía la concesión de una explotación argentífera con numerosos esclavos. Sus intenciones, más allá del propio enriquecimiento económico, pronto se vieron que también eran carnales, pues durante los años siguientes a la compra proliferaron niños mulatos y mestizos que ahora pululaban, sucios y dejados, por los aledaños de la explotación. Vargas adquirió la mina al anterior propietario al ver que había amasado una auténtica fortuna en pocos años; pero sus conocimientos ni se aproximaban a los del experimentado minero, el cual, viendo ya próximo el agotamiento de la veta y deseando regresar rico y triunfante a la Madre Patria, se la endosó al incauto recién llegado que pensó que aquel florecimiento de riqueza y lujuria duraría eternamente.

Al poco de comenzar a explotarla, el nuevo colono se dio cuenta que la rentabilidad iba disminuyendo día tras día, por lo que intentó como primera medida adquirir más esclavos y esclavizar más indios para acrecentar la producción. Pero ni aún moviendo más volumen de mineral consiguió aumentar la obtención del preciado metal en medida suficiente como para rentabilizar la inversión. Completamente solo, alejado de su tierra natal y sin nadie que lo aconsejara sabiamente, cada noche comenzaba a maldecir y a culpar a los demás de su mala suerte: a sus capataces, a aquellos inútiles indios y esclavos, pero sobre todo a su abogado, aquel que contrató para que le defendiera de haberle endosado una remesa de negros inútiles.

Incapaz de reconocer que lo habían engañado y que había invertido todo su capital y su suerte en un negocio cuyo yacimiento estaba ya casi agotado, se iba consumiendo por el odio al igual que su mina lo hacía por agotamiento.

Un día escuchó hablar de unos nuevos ingenios con los que se conseguía extraer mucha más plata, pues podían desplazar mayor volumen de mineral y a través de medios mecánicos, romperlo y fragmentarlo, haciendo así más fácil la separación del detritus. Ante su falta de capital acudió a los banqueros con su proyecto. Estos eran conocedores de la buena marcha anterior de la mina y de los excelentes resultados que había dado hasta la fecha. Aunque desconfiaban del nuevo colono y no les gustaban sus maneras, decidieron finalmente confiar en él y concederle el prestamo que les pedía. A partir de entonces, el comportamiento de Vargas había sido huidizo, pasando de la astucia a la zascandilería y utilizando todo tipo de artimañas y argucias para mal pagar o no hacerlo. El caso es que, hartos del incumplimiento con su obligación de retorno crediticio, habían puesto el asunto en manos de su abogado de confianza, don Fernando Ortiz de Zárate. Lo que ellos desconocían es que aquel abogado había sido el mismo que había llevado los primeros pleitos de Antonio Vargas en Cartagena, cuando tuvo que reclamar a un esclavista defectos en una remesa de negros africanos.

El caso es que el colono no quedó en absoluto satisfecho con los servicios prestados por aquel obeso letrado y le guardaba una ojeriza insoslayable. Pero lo que enrarecía aún más aquel romance imposible era que don Fernando, al haber sido defensor del primero, no podía interponer ninguna acción judicial contra él. No sólo por conocer secretos profesionales que podría usar en su contra, sino además por estar expresamente prohibido en *Las Siete Partidas* desde tiempos de Alfonso X el Sabio. De hacerlo, podía dar lugar a que lo inhabilitaran en Nueva Granada para ejercer como letrado, y aquello supondría el final de su brillante carrera profesional en esas tierras. Don Fernando no contaba en su despacho con ningún otro letrado con titulación para firmar aquel incómodo pleito y había estado remoloneando con la interposición del mismo hasta que, como agua de mayo, Alonso se presentó en su despacho una buena mañana.

Ante la inmediatez de la interposición de la demanda, los banqueros decidieron hacer una última visita a su deudor por un doble motivo. Primero, comprobar personalmente si su suerte había cambiado y darle una última oportunidad de pago, y si ello no fuera finalmente posible, tal y como sospechaban, ver qué tipo de bienes o activos podían embargar, y con el producto de su subasta, recobrar si no todo al menos una parte de la deuda.

Habían elegido un carruaje cerrado para hacer el viaje, pues uno abierto, aunque les permitiría disfrutar de la brisa provocaría que el sol se convirtiera en el más incómodo compañero de viaje. Además, el polvo, el viento y la posible lluvia serían excesivamente molestos para un trayecto que cobraría varias jornadas. Asimismo, en caso de emboscada proporcionaba algo más de seguridad al no constituir sus ocupantes un blanco directo. Una celada no parecía demasiado probable pues la revuelta de los cimarrones había sido ya prácticamente aplacada por el nuevo presidente de la Real Audiencia, pero nunca podía descartarse. Por eso, además de dos cocheros los acompañaban cuatro guardas a caballo fuertemente armados.

Cuando el carro se detuvo para recogerlos en la puerta de su oficina de prestamos, ambos socios, amigos de toda la vida, se miraron con resignación. Les esperaba un incómodo viaje hasta Santa Marta por caminos maltratados por la lluvia y una vez allí proseguir la marcha a lomos de mula, pues la mina se encontraba en plena sierra y los caminos eran intransitables para carros de tiro. Y todo aquello para probablemente no conseguir nada, volver con las manos vacías y encima tener que tratar con aquel engorroso individuo.

—No sé cuántas veces te dije que no debíamos haber concedido aquel maldito prestamo —comenzó el diálogo Miguel de la Rubia.

—Pues si tú lo tenías tan claro, ¿para qué firmaste?, ¿para qué pusiste tu parte del caudal? —contestó Emilio Torres de mala gana.

—Porque te conozco lo suficiente como para saber que si no se lo dábamos te tirarías toda la vida recordándome que perdimos una bicoca. Además, el treinta por ciento de interés que pactaste ¡es bueno hasta para mí! —bufó de una risotada—. La pena es que ese mal nacido no llegara a pagar ni tan siquiera los réditos.

—Como quiera que fuere, vamos a ver si en este viaje conseguimos recuperar algo, al menos para sufragar los gastos. Trataré de sonsacarle de buenas maneras lo que le pueda quedar de patrimonio con excusa de evitar el litigio. Ya sabes, yo seré la rosa y tú la espina, presiónale todo lo que puedas con la amenaza del pleito. Pero no nos pasemos, que donde no hay nada que sacar, se está a punto de perder —citó—. No me fío para nada de este individuo. Debe estar tan desesperado que es capaz de cualquier cosa.

—Sí, creo que no hemos hecho mal en hacernos acompañar por guardia armada. Lo que no entiendo es por qué Fernando no ha puesto antes el pleito, normalmente es rápido en este tipo de asuntos, máxime cuando sabe que somos buenos pagadores y que no escatimamos en sus minutas —afirmó de la Rubia.

—La verdad es que es extraño. Pero cuando le trajimos la hipoteca no nos puso buena cara, y eso que es de cuantía elevada.

—Fíjate lo rápido que ha actuado en el caso de don Luis Gómez, el depositario general. ¡Qué pronto le arregló una orgía con el nuevo visitador que lo iba a enfilar! Ahora son uña y carne. ¡Compañeros de mulatas! Este Fernando sabe apañar buenos tratos, pero los pleitos le cuesta meterlos.

—El caso es que ha sido llegar su hijo y pareciera que ahora es a él al que le hubieran entrado las prisas. Ese muchacho me merece confianza en cuanto a lo jurídico, pero por lo demás parece un huevo sin sal, ¿no crees? —interrogó Torres.

—¡Un *pescao hervío*! —confirmó su amigo dándole un codazo de complicidad—. ¡Mira que no quedarse a la bacanal que nos regaló su señor padre la otra noche! Pero viene de una universidad española y yo creo que en lo que a leyes se refiere sí, podemos confiar.

—Ese no sabe la buena partida que se perdió…

—No.

El viaje se demoró dos días completos de zarandeos de carruaje, incomodidad y barro y al anochecer del tercero se encontraban ya en las inmediaciones de la explotación minera. Decidieron acampar lo suficientemente lejos de la casa del patrón como para que nadie pudiera detectar su presencia. A primeras horas de la mañana y con todo el sigilo del que fueron capaces, se dejaron caer por la encomienda con la intención de tomar ventaja y evitar que el colono pudiera preparar otra de sus escurridizas huidas. Llegaron ante la puerta de la enorme casa colonial al tiempo que una esclava adolescente, apenas una niña, salía de la vivienda con el gesto de gravedad de haber perdido la virginidad aquella misma noche, asustada y cabizbaja. En cuanto vio a los banqueros y la guardia armada que los secundaba echó a correr en dirección a las chozas que configuraban el precario poblado anexo a la explotación minera, temiendo sin duda una peor experiencia.

Aprovechando que la puerta había quedado abierta, Torres y de la Rubia, acompañados de dos de sus hombres armados, se adentraron en la casa dejando que los otros dos apostaran la puerta. Vargas los había visto llegar alertado por el ruido inusual de los cascos de sus mulas al aproximarse y había despedido a su forzada concubina para vestirse apresuradamente. Un mayordomo negro hizo inmediato acto de presencia para atender a los prestamistas.

—El amo Vargas les solicita que lo esperen en el recibidor, en cuanto se encuentre dispuesto bajará de sumo gusto para atenderlos.

# 36

Presenció desde el balcón principal el escarnio público al que el jesuita había sometido a su padre, pero no hizo nada por intervenir. La multitud que se aglomeraba alrededor de aquel improvisado escenario le hubiera impedido acercarse y tampoco sintió en su fuero interno deseo alguno de hacerlo. Nunca habría imaginado que la soberbia y petulancia de su padre pudieran morder el polvo de aquella humillante manera. Tratándose de su progenitor, dentro de sí se vertieron sentimientos contradictorios al verlo tan abochornado. Observar desde su privilegiado palco cómo toda su arrogancia y la de su asesino capataz eran arrasadas por un enclenque frailecillo provocó que, sin quererlo, en su rostro se dibujara una mueca de satisfacción. Sin embargo, puertas adentro y una vez cerrado el ventanal, Alonso era consciente de que la ira furibunda de su padre, que conocía sobradamente, volvería a derramarse intramuros de la lujosa cárcel en la que se había convertido para él aquella casa despacho.

Aprovechando la forzada ausencia de su progenitor decidió retomar el único asunto que podría, al menos durante un tiempo, alejarlo de aquel lugar y de la propia Cartagena: el caso de la bella Josefina Arnau y la desposesión de todos sus bienes. «Una vez tengas preparado el recurso, ven a Santa Fe y pídeme audiencia. Veremos entonces lo que podemos hacer…». Aquellas fueron las escuetas palabras que don Francisco de Borja le dedicó antes de marchar a la guerra contra los cimarrones tras pedirle ayuda. Sabía que se trataba de una cuestión importante para su padre, pues había notado que la mera presencia de doña Josefina lo incomodaba sobremanera. Tal vez la deuda carnal con la bellísima joven le abrigaba algún tipo de remordimiento. Pero el caso era que, si terminaba el recurso y encontraba alguna ley en que poder fundamentarlo, solicitaría permiso a su padre para ir a pedirle al nuevo presidente de la Audiencia un trato de favor en el asunto. Entonces no podría negárselo.

Así pasó el día, ultimando el recurso y pergeñando la excusa perfecta para poder huir, al menos temporalmente, de su impuesto encierro laboral y de la sensación de asfixia que cada día más le iba provocando su mera existencia. También así, a la ida o al retorno de su viaje, tendría una nueva oportunidad para visitar a aquella enigmática indígena en *Las Dos Rosas...*

Su padre se demoraba más de la cuenta. Inquieto, se asomó por la ventana de su despacho para comprobar que en la notaría donde ingresaron aquella mañana no obraban ahora más que cuatro o cinco curiosos que acompañaban a la media docena de jesuitas apostados frente a la puerta. Don Fernando continuaría pues *despachando* con el cura las condiciones de la manumisión de los esclavos. Aquello se le antojó una oportunidad única para concluir el recurso y ultimar su plan. Nervioso y excitado, abandonó su despacho para ir al de don Felipe Romero ubicado en la misma planta. Le preguntó cuanto se tardaría en llegar desde Cartagena a Santa Fe, también conocida entre los indios como Bogotá o *Bacatá*, nombre que la antigua civilización *muisca* había dado al lugar antes de que el colonizador español Gonzalo Jiménez de Quesada la fundara.

—Tardarás al menos seis o siete días en llegar a Bogotá —afirmó—. El viaje se hace en una especie de barquichuela plana que aquí conocen como *champan*, remontando el río Magdalena. Luego deberás continuar en un carro que comunica el puerto fluvial con la capital. Es más lento pero menos pesado que ir en mula, aunque no es una ruta agradable en ningún caso, te lo aseguro. La he tenido que hacer varias veces. Apenas hay postas ni puntos de avituallamiento y el camino está infectado de mosquitos que no te dejarán descansar ni de día ni de noche, cuando no de alguna serpiente u otro reptil que te avíe el viaje... —le contestó mirándolo durante un buen rato como para comprobar que había asimilado bien lo que le estaba diciendo.

Pero para Alonso aquella oportunidad de salir de Cartagena, a pesar de los inconvenientes que se encontrara en el camino, comenzaba a ser una cuestión vital, y por eso se afanó aún con mayor ahínco en ultimar el recurso. Únicamente dejó la firma en blanco para signarlo una vez su padre lo aprobara. Don Fernando no llegaría de buen humor, estaba seguro, después la humillación pública que había sufrido, pero ver ultimado un asunto que tanto le maltraía ayudaría a mejorar su estado de ánimo, barruntó amasando el montoncito de folios mientras les iba dando, uno a uno, el último toque con el secante.

Trató igualmente de imaginar cuál sería la reacción de don Juan de Borja al verlo llegar para pedirle el favor. Como hombre de armas que era, acostumbrado a que detrás de cada uno de sus espadazos le esperaba otro de respuesta, de que cada ataque de sus ejércitos fuese contestado por la encarnizada defensa de otro, aún tardaría un tiempo en asimilar que a sus decisiones jurídicas no seguiría ese principio de acción y reacción. Que ordenar que a doña Josefina le restituyeran todos sus bienes le iba a resultar tan fácil como a Alonso pelar una manzana. Únicamente tendría que interpretar la ley a su antojo y dictar una sentencia que luego sería tomada como «justa» o «injusta» según a quien favoreciera, pero que sería directamente ejecutable con todas sus consecuencias. Gustara o no. ¡Cuánto poder recaía sobre los administradores de justicia! El poder sobre sus vidas. Solo eso.

En esas se encontraba su mente cuando escuchó el súbito crujir de la puerta principal de palacio al abrirse impetuosamente. Aquélla que había sido muda testigo del juicio callejero sobre su padre daba entrada ahora al actor principal del reparto junto a su escudero, perro fiel y ejecutor. Una vez en la intimidad del patio, lejos de la mirada de frailes o curiosos, la discusión entre ambos, precedida del oportuno portazo se desató. Fue agria e intensa, como de ladridos, y concluyó con un rasgante chasquido. Luego oyó el eco sordo de los taconazos de ambos hombres al subir a trancos la escalera principal de la casa hasta dirigirse con ferocidad al despacho que él ocupaba. Alonso sintió un estremecimiento que le recorrió todo el cuerpo y comenzó a temblar.

—¿Dónde mierda estabas ayer, hijo de la gran puta? —lo interrogó su padre nada más desembarcar al otro lado de la mesa del despacho, convertida en improvisado parapeto defensivo frente a la ira de su progenitor. Alonso miró a su padre estupefacto. Ni en el peor de los escenarios había podido prever una situación así. Don Fernando se quedó mirándolo fijamente, blandiendo aun el pijotoro con el que acababa de cruzarle la cara a su capataz provocándole una herida profunda y sangrante que Escobar, con irrefrenable gesto de odio, trataba de cubrir con su mano. El sudor se le derramaba desde la frente hasta los carrillos, los ojos los traía desencajados y en su papada podía apreciarse cómo el pulso del corazón podría reventarle en cualquier momento. Don Fernando se vio obligado a recobrar el aliento, la respiración no le llegaba al cuerpo. Alonso creyó que su padre iba a desfallecer, sus ojos se cerraron brevemente para volverse abrir, inyectados en ira. Tragó saliva y después, sin mediar más palabra, levantó el brazo en el que tenía el pijotoro para descargarlo con tal furia sobre la mesa que si Alonso no hubiera dado un súbito respingo hacia atrás le hubiera marcado a él también la cara de por vida. El vergajo removió todos los pliegos del recurso de doña Josefina Arnau, los mismos que tan cuidadosamente había preparado durante toda aquella jornada de trabajo.

¿Qué contestar? ¿Cómo decirle a su padre que había estado toda la noche en un prostíbulo junto con Mateo Alemán y sus nuevas amistades de la casa de lenocinio, cuidando de un par de indias medio moribundas y gastándose una autentica fortuna para que fueran atendidas por un médico? ¿Cómo decirle que un soldado de los tercios había quedado malherido por la punta de su espada y que otro posiblemente también sufriera heridas graves? ¿Cómo contarle que sus nuevos amigos, aquellas personas con las que en realidad había llegado a intimar y sentirse a gusto, eran invertidos sexuales, putas o proxenetas?

—Estuvo en Las Dos Rosas mi señor, pasó allí toda la noche, burló la vigilancia de palacio y marchó sin decir razón al paje desobedeciendo todas las normas de la casa y provocando con su conducta que yo tuviera que restablecer el orden, con el inesperado y desafortunado desenlace que usted y yo hemos tenido que

soportar esta mañana. Él es el único responsable de toda la vergüenza que hemos sufrido hoy. Su reprobable conducta es una
mala influencia para esta casa. Pero yo le aseguro a usted, don
Fernando, que esto no volverá a suceder en modo alguno, si usted
me permite que en lo sucesivo…

—¡Habla cuando yo te lo permita, mono sarnoso! —gritó su
padre haciendo callar de inmediato a su esbirro sin tan siquiera
dignarse a mirarlo—. No te olvides de que este mierdecilla que tienes delante resulta que también es mi hijo…

# 37

La discusión fue tan abrupta como desigual. Parecida a aquella que un día se disputara nada más pisar Alonso tierras cartageneras pero con un desenlace muy distinto y desproporcionado. No sirvieron de mucho los argumentos de un Alonso que se sinceró con su padre admitiendo la verdad y contándole la pelea a espadazos con los soldados de los tercios, el intento de violación a las dos indias y la brutal agresión de la que fueron víctimas por parte de los militares, el porqué tuvo que regresar hasta la casa de prostitución para devolver el arma de fuego con la que se había protegido durante el viaje de regreso a casa... Lo que no le confesó fue que, de alguna manera, él se había hecho responsable del destino de aquellas pobres desgraciadas y que había gastado un caudal importante para que un galeno las atendiera. Los indígenas para su padre no valían mucho más que un cerdo o un perro de caza y ese comportamiento altruista únicamente le hubiera supuesto un mayor desprecio por su parte, si es que aún pudiera caberle un ápice dentro del rencor que rezumaba aquel adiposo cuerpo. Por ese motivo tampoco le reveló las sensaciones que había sentido al aproximarse a Valle, al sostener su mano, al percibir su calor.

—Está claro que esas nuevas amistades que te has echado te están obnubilando el cerebro —comenzó a sentenciar don Fernando, consumido en su propia hiel y dando la historia por terminada—. Jamás debí dejarte salir con ese miserable invertido. Tello, toma nota que desde este momento Mateo Alemán deja de ser proveedor de esta casa, y recuérdame que aconseje a nuestro círculo de amistades que en lo sucesivo desconfíen de él.

Alonso creyó desfallecer al escuchar de labios de su padre aquella su primera sentencia y lo que ello comportaba: en lo sucesivo le sería aun más complicado poder verse con el bueno de Mateo, aquél al que ya consideraba su fraternal amigo, la única persona en el mundo con la que había podido sincerarse sobre su angustioso desamor, su confidente. Además, y por su culpa, este iba a perder a uno de sus mejores clientes y probablemente a muchos más. Pobre Mateo, musitó entre labios, mientras su padre continuaba su retahíla de anatemas y la andanada de medidas que en lo sucesivo habrían de regir su vida.

—De ahora en adelante no volverás a cruzar la puerta de esta casa sin la compañía de Tello o la mía propia. ¿Lo has oído bien? ¡Nunca, jamás volverás a salir solo! Y lo harás exclusivamente para prestar servicios jurídicos o para ir a misa los domingos. ¡Se te acabaron las diversiones! ¿Has entendido? Y en cuanto a esas miserables indias…

—Pero padre —intentó intervenir para no verse arrollado—, no he fallado en ninguno de los asuntos que me habéis encomendado, lo que pasó en la taberna de *Las Dos Rosas* fue de causa mayor. Yo no provoqué a aquellos soldados, sino que fueron ellos los que me buscaron para enzarzarse en duelo conmigo. Me limité a defenderme. A mí y a aquellas pobres criaturas que eran víctimas de una brutal agresión.

—¿En una casa de putas? —porfió don Fernando— ¿En un burdel? ¿El hijo de Fernando Ortiz de Zárate entre zorras y rufianes? Pero, ¿qué quieres majadero? ¿Hundir mi reputación? —siguió clamando, ocultando en todo momento que él había sido uno de los clientes más habituales de aquella casa de mancebía, llegando a confinarse en su interior y a cerrar sus puertas hasta el amanecer en no pocas ocasiones. Y si no lo seguía frecuentando era porque las dueñas del establecimiento, hartas de sus malas maneras y vejaciones lo echaron de allí una buena mañana con cajas destempladas negándole la entrada de por vida. —Pero no te preocupes, que de ese antro también me voy a ocupar personalmente. He mantenido ya un feliz encuentro con monseñor Zúñiga, el nuevo obispo de Cartagena. Hace poco que ha tomado el poder efectivo de la espiritualidad de la ciudad. ¡Por fin se ha renovado la autoridad religiosa en esta capital del pecado! En contra del criterio de su predecesor, un cura manso y apocado, en sus planes se encuentran instaurar el alto Tribunal de la Santa Inquisición y cómo no, acabar con las casas de lenocinio que proliferan en la urbe hundiendo la moral cristiana, denigrando la palabra de nuestro señor Jesucristo y de la Santa Madre Iglesia. Yo mismo me daré el gustazo de acompañarlo para clausurar ese maldito establecimiento, fuente de fornicio e inmundicia. En verdad que no entiendo cómo pudiste adentrarte en semejante antro...

Cada medida de odio que su padre iba adoptando para castigarlo afectaba con extrema dureza al entorno de sus nuevas amistades. ¿Qué sería de Las Dos Rosas y de Emilio Osorio si la casa se cerraba? ¿Y de aquellas chicas que ejercían allí su oficio bajo la protección casi maternal de aquélla que constituía su única familia? Todas las mujeres que *trabajaban* en la casa tenían progenie, y si cerraban el oficio ¿a dónde irían? ¿Dónde podrían refugiarse junto a sus hijos y obtener recursos para poder llevarse el pan a la boca? Acabar con los prostíbulos generaría más sufrimiento y desgracia en Cartagena, pensó Alonso para sí, sintiéndose desfallecer.

Intentó desesperadamente derivar la conversación hacia aquello que, creía podía ser el acicate para que su padre cambiara su agresividad, el asunto de doña Josefina. Su única válvula de escape:

—Padre, —intervino con toda la determinación que pudo reunir al tiempo que apilaba y ordenaba los pliegos del recurso alterados por el golpe de pijotoro— por fin he terminado el recurso de súplica de doña Josefina Arnau. He conseguido esgrimir una serie de fundamentos de derecho que podrán al menos poner en duda al tribunal que presidirá don Juan de Borja acerca del derecho de los herederos. He argumentado como fundamento principal el derecho que asistía en vida del difunto a otorgarle donación. Bien es verdad que dicha donación debió haberse instrumentado en documento público y haber liquidado las correspondientes alcabalas y demás impuestos, pero también es cierto que la donación se consumó y que de facto doña Josefina disfrutó de ella pública y pacíficamente, sin alteración de terceros ni perturbación por parte de los herederos. Por ello entiendo que el tribunal, ante la duda, podría dictar una sentencia favorable a nuestra clienta. El mismo don Juan me pidió explícitamente que cuando el recurso estuviera preparado me desplazara hasta Santa Fe para tratarlo con él personalmente. ¿Recuerda que se lo comenté?

Don Fernando tardó un rato en situarse, ofuscado como venía de los acontecimientos del día, tras haberse desprendido de unos buenos trozos de tierra de labor y de manumitir a una familia entera de esclavos que ahora se vería obligado a reponer.

—¡Eres muy bellaco y muy ladino tú, eh! —le espetó de malas maneras comenzando a encenderse y sorprendiendo a Alonso sobremanera—. ¿Qué es lo que pretendes? ¿No te acabo de decir que no puedes abandonar el despacho si no es para prestarme estrictos servicios jurídicos?

—Pero es que esto es un recurso jurídico, altamente complicado y de gran importancia.

—¿Complicado? ¿De importancia? ¡El asunto ya lo he resuelto yo! Y sin necesidad de que tú hicieras ese inútil recurso y tuvieras que acudir a tus influyentes amistades —dijo en tono de desprecio, aumentando la estupefacción de Alonso—. ¿Es que pensabas que iba a dejar que te escaparas de Cartagena tanto tiempo, abandonando tus quehaceres diarios, simplemente para salvar los cuatro muebles de una putita? Me sirves mucho mejor —sentenció haciendo que Alonso se hundiera ultrajado de explotación—. Además, te recuerdo nuestro pacto: tú te encargas de demandas y juicios y yo de todo lo demás. Por último —prosiguió triunfal como dando ya por ganada la contienda—, desde que me dijiste que tendrías que ir a Santa Fe para mediar en el asunto ya me puse yo a mover mis piezas. Ni tan siquiera hace falta interponer el recurso, has perdido miserablemente tu tiempo. La bella Josefina ha sido mi regalo de bienvenida al nuevo obispo de Cartagena. Zúñiga ya ha probado su esencia y está encantado con su nueva golosina. A estas alturas la ha convertido en su barragana y la tiene de protegida. En breve le buscará una jaula de lujo para albergar a tan distinguida pájara. En cuanto instaure el Tribunal de la Inquisición a la Iglesia no le van a faltar buenas fincas y propiedades confiscadas a los transgresores de la fe católica. Sí, a la bellísima Josefina no le faltará ya de nada, y monseñor gozará de la más exquisita flor con la que adornar su nuevo jardín. ¿Ves, Alonso, como las buenas soluciones no siempre se encuentran en los pleitos?

Sintió náuseas. La pobre Josefina nuevamente víctima de su belleza y usada como moneda de cambio a merced de viejos y corruptos. Sin capacidad de elección. Estuvo a punto de derrumbarse al ver cómo toda la estrategia, su única posibilidad de salir de Cartagena, forjada a lo largo de toda aquella jornada, se esfumaba de un plumazo. Sin argumentos, cansado, agotado por el rodillo apisonador de su padre, cargó, sin medir muy bien las posibles consecuencias, un último ataque a la desesperada:

—Pues por lo que yo sé, padre, usted tampoco debería criticar a esas casas de lenocinio que pretende cerrar. Y tampoco es que le hiciera ascos a disfrutar de los servicios de las meretrices, pues que frecuentara en su día el mismo establecimiento de Las Dos Rosas es de todos conocido —replicó, harto de que su progenitor usara la doble moral según le conviniera y aquella particular tabla que tenía de medir.

—¿Pero que mierda estás diciendo? ¿Me estás acusando, a mí, a tu padre? —le interrumpió con expresión de fingida incredulidad, dirigiendo las puntas de los dedos de ambas manos para marcarse con ellas el esternón.

—Solo digo lo que sé. Que usted tampoco puede tirar la primera piedra, y que la bacanal en la que se había convertido la timba que organizó para sus amigos el pasado domingo y que pudieron contemplar mis ojos era más propia de Sodoma y Gomorra, que la de un buen samaritano.

La respuesta de don Fernando no fue verbal. Totalmente desencajado y fuera de sí, los continuos golpes de pijotoro que profirió contra su hijo al tiempo que lo insultaba, no remitieron hasta que su propio cansancio lo extenuó. Giraba en torno a un indefenso Alonso para adecuar mejor la trayectoria del golpe o que pudiera evitarlos parapetándose con el respaldo del asiento. Ni un músculo movió Escobar, labios empapados en venganza, para intervenir o pacificar la situación. Alonso se limitó como toda defensa a hacerse un ovillo con los brazos, que apenas pudieron evitar el grave mal que provocó aquel vergajo infame en la cabeza, la espalda y todo su cuerpo.

Esa misma noche, cuando se desnudó y observó las llagas y las heridas abiertas, tomó una firme decisión. Se metió a duras penas en la cama, le dolía todo el cuerpo. De fondo escuchó el estridente maullido de dos gatos en celo pugnando por los favores de una hembra y la súbita y enérgica respuesta de unos perros cercanos, con ladridos que poco a poco se fueron mitigando en la distancia. Valoró su situación por unos segundos antes de caer profundamente dormido. Ni en el peor de sus sueños podía haber imaginado que su vida en Cartagena, bajo el techo de su progenitor, iba a ser tan sumamente desgraciada.

No. No iba a continuar por más tiempo junto a aquel ser cruel y desalmado, por mucho que fuera su padre.

Por vez primera se arrepintió con todas sus fuerzas de haber tomado aquel barco con destino al nuevo mundo.

# 38

Comenzó a sufrir fiebre y se despertó tiritando, incapaz de volver a conciliar el sueño. Era avanzada la noche y los muros del palacio descansaban ajenos a las refriegas y las disquisiciones humanas vertidas durante aquel aciago día. Las heridas y magulladuras que presentaba en cabeza, brazos y espalda se le habían inflamando y ahora ardían de escozor, impidiéndole mantener por mucho tiempo una misma postura sobre la cama sin rabiar. Comenzó a sentir escalofríos que le convulsionaron el cuerpo. Su mente distorsionaba la realidad mezclando pensamientos confusos e irreales. Creyó verse a sí mismo encerrado en una caverna, como en el mito de Platón, víctima de una vida deformada por las sombras, sin capacidad plena para reconocer qué era lo real y qué no. La caverna, aquel palacio... No, se repitió en un atisbo de cordura. No puedo seguir así.

¡Haz algo y hazlo ya!, se ordenó a sí mismo.

Sacando fuerzas de donde no las tenía e intentando mantener una mínima consciencia, se levantó arrastrando la colcha con la que intentaba cubrirse y llegó hasta la mesa con intención de escribir dos misivas, aunque la esperanza de que estas cartas llegaran a sus destinatarios se le antojaba muy lejana. Tomó un pliego, pluma y tinta y comenzó a garabatear la primera:

Reverendo padre Pedro Claver;
Mi nombre es Alonso Ortiz de Zárate y Llerena. Soy hijo legítimo de Fernando Ortiz de Zárate, abogado de

Cartagena al que esta mañana obligó a manumitir a una familia de esclavos.

Ha llegado a mis oídos que usted, al frente de la casa jesuita, es la última esperanza de los desvalidos, esclavos negros e indígenas. Le escribo para poner en su conocimiento unos hechos de extrema gravedad para los que solicito su urgente intervención. Se trata de la vida de dos muchachas indias que el pasado sábado padecieron una brutal agresión por parte de dos soldados de los tercios. Temo por su salud pues sufrieron graves lesiones de las que a buen seguro aún no se han recuperado.

El caso es que se encuentran acogidas en la taberna de Las Dos Rosas, en el barrio arrabal del Getsemaní, al cuidado de sus dueñas, Rosa Belmonte y Rosa Vargas. Durante estos días deben recibir atención médica para asegurar su recuperación. Sin embargo, he oído de boca de mi padre que se va a proceder a la clausura de ese establecimiento, apoyado por la influencia de don Álvaro de Zúñiga, el nuevo obispo de Cartagena. Si llegan a precintar el negocio, muchas bocas quedarán sin sustento y amparo, pero temo especialmente por la vida de esas dos desvalidas ya que si caen en manos de los alguaciles seguramente las confinarán en una de las cárceles de mujeres donde, sin la atención necesaria y debido a la gravedad de sus lesiones, morirán.

Le ruego encarecidamente que se persone en la taberna de Las Dos Rosas e interceda por esas dos almas de Nuestro Señor. Por favor, haga lo que esté en su mano para salvarles la vida y lea esta carta a las titulares del negocio para prevenirlas de las infames intenciones de mi padre y del recién nombrado obispo. Dígales que ahora, más que nunca, deben ser cautelosos y extremar las debidas precauciones en cuanto al desarrollo de su actividad.

Por órdenes de mi señor padre me encuentro encerrado en esta su casa, y aún no sé cómo podré hacerle llegar esta misiva. Si consigo que finalmente llegue a sus manos le ruego proceda a la mayor celeridad. Sé que pedir a un religioso que proteja una casa de mancebía puede parecer contradictorio, pero confío en su amor para con el prójimo.

Vaya de antemano mi agradecimiento por esta acción y por su lucha en favor de negros e indios. Al verle actuar esta mañana he entendido por qué le conocen en la ciudad como «el esclavo de los esclavos».

Con agradecimiento anticipado y el deseo de que pueda usted actuar en favor de estas desvalidas almas, se despide;

Alonso Ortiz de Zárate y Llerena.

La noche era cerrada y su rumor solo interrumpido por un lejano ladrido que se diluía en el eco de las calles empedradas. El clamor del silencio reinaba en la atmósfera cartagenera, fresca y húmeda, aderezado por el musical canturreo de los grillos en la lontananza. En la habitación no entraba luz alguna y apenas le quedaba un dedo de mecha para escribir la segunda de las cartas, la que debía suponer su salvoconducto para escapar de aquella casa, sin saber muy bien hacia dónde pero plenamente convencido del porqué.

Enrolló el primer pliego y lo lacró con sumo cuidado para que la pasta, al fundir, no extinguiera la escasa vela que le quedaba. En su lomo muy apresuradamente escribió: «Entregar en mano al Padre Pedro Claver Corberó. Casa jesuita. Cartagena de Indias».

Las manos le temblaban de frío y fiebre. Su mente confusa le filtraba pensamientos incoherentes. Estuvo a punto de levantarse, salir de la habitación e ir él mismo, desnudo como estaba, a entregar la carta; pero la debilidad de sus piernas, hervidas de fiebre y un último destello de coherencia se lo impidió. Se encaminó entonces a duras penas hacia la cama, apoyándose en la silla y en cuantos muebles encontraba en su camino. El cuello, la cabeza, pero sobre todo, la espalda le hervían. No era consciente de cuánto había sangrado hasta que miró a la cama y contempló el charco de sangre que cubría las sabanas. Recordaba que aún debía escribir otra carta... ¿Pero, a quién? No conseguía aclarar su mente, que se iba tornando por momentos más densa y espesa. La habitación pareció moverse en torno a él y tuvo que asirse al dosel de la cama para no caer desmayado al suelo. Así permaneció durante un instante eterno… Sí, se trataba de una carta de vital importancia, Pero ¿cuál debía ser su contenido?, ¿quién su destinatario? Regresó hasta el escritorio, el sudor le manaba de la frente nublándole la visión. Al sentarse de nuevo creyó ver cómo la vela se deformaba y el resto de la cera se esparciría sobre la mesa de un momento a otro.

Apresuradamente tomó un pliego en blanco y mojó la pluma en el tintero, tanto que al apoyarla sobre el papel derramó un espeso borrón de tinta negruzca que se extendía como la lava de un volcán. Se quedó absorto y sin reacción observando aquella mancha. En un instante de lucidez su mano comenzó a garabatear rasgando el silencio. La oscuridad amenazaba cernirse tras el titileo exangüe de la mecha:

> Mi muy querido amigo Mateo;
> Tenga preparada a la hora prima una acémila con provisiones para iniciar un viaje. Se lo ruego por el cariño y la amistad que le profeso.
>
> Fdo. Alonso.

Sumido en el sopor y el aturdimiento que la fiebre y las heridas abiertas le provocaban, exhausto y una vez ya metido en la cama, intentó conciliar el sueño. Guardó celosamente las dos cartas debajo de la almohada y trató de hilvanar un plan coherente para poder hacerlas llegar a tiempo a sus destinatarios. Entregarlas en mano era del todo imposible. Durante los días siguientes, la vigilancia del palacio se vería reforzada para aplicar la primera de las sentencias de su padre: su confinamiento. Daba una vuelta y otra sobre la cama intentando buscar una postura que le permitiera, si no dormir, al menos descansar. Abatido, fue cayendo en una especie de ensoñación donde se imaginaba burlando la vigilancia del palacio: una voluptuosa mulata acariciaba el rostro de su padre, tapando con su cuerpo la visión de este para permitir su huida. Lo último que vio al salir a la calle fue la cara de complicidad de aquella mujer mientras empujaba la cabeza de don Fernando para colocarla entre sus enormes pechos. Flotó por la calle adoquinada hasta llegar a la casa del modisto, pero cuando entró en la sastrería de Mateo, este estaba siendo molido a palos por Escobar. Junto a ellos se encontraba el cuerpo amortajado del pajecillo.

Se incorporó azorado, la respiración entrecortada y la cara surcada por el espanto. El sudor le cubría todo el cuerpo empapando las sábanas de humedad sanguinolenta. No, salir del palacio en esas circunstancias era del todo imposible. Podría acudir en último extremo al oficial del despacho, don Felipe Romero, y jugárselo todo a una carta: la de su bondad. Era un hombre justo y no profesaba simpatía hacia su padre. Sin embargo, pedirle que se jugara su puesto de trabajo, con el que mantenía y alimentaba a hijos y nietos le suponía un exceso. Su agotada mente no vislumbraba ninguna otra alternativa. Alonso se consumía entre el dolor, la fiebre y la congoja.

El alba se filtraba por entre las cortinas sin que hubiera podido conciliar un minuto de sueño. Entonces la puerta del dormitorio se abrió bruscamente. Tras ella apareció una oronda figura que él creyó distinguir era la de su padre todavía en ropa de cama. Se le acercó, deteniéndose por unos instantes para observarlo. Tras él pudo ver la presencia de otro ser pero ni la vista ni la escasa luz le permitieron vislumbrar de quién se trataba.

—Ha estado gimiendo toda la noche como una mujerzuela —escuchó sentenciar a don Fernando—. Avisa al cirujano barbero para que venga a echarle un vistazo. No quiero otro cura sermoneándome mañana en la puerta del despacho. Y avisa al herrero para que dejen enrejado su balcón hoy mismo.

El barbero, pensó Alonso cuando su padre abandonó la estancia. ¡El barbero!, musitó entre labios, dirigiendo la mirada hacia la caja de fieltro que se encontraba junto a una bacinilla. Contenía la navaja de acero toledano y cachas de nácar que le regalara su madre el día que se graduó como doctor en Derecho. Y era enormemente valiosa en esa tierras. Se levantó entre gemidos de dolor, la tomó con sus manos temblorosas y volvió a meterse en la cama estrechándola contra el pecho, acurrucándose de costado y rompiendo a llorar desconsoladamente.

# 39

La primera vez que le hizo el amor fue en la sala templada de aquel antiguo bañuelo clandestino, ubicado en el sótano de su casa de la calle del Aire de Sevilla. Había llegado por fin el día en que Beatriz, procedente del hospital, se instaló en la vivienda de la calle Aire, propiedad de su cuñado Diego. Dedicó la mañana a pasear por los tres patios que configuraban aquella inmensa casa palacio, por su huerto plagado de árboles frutales, revisó la cocina, el salón, los dormitorios... Conversaba plácidamente con Erundina, y mientras regaban plantas y flores la sirvienta la iba poniendo al corriente de lo acontecido en Sevilla durante su convalecencia. Los pájaros ponían melodía a sus palabras y el jazmín endulzaba el ambiente.

En la confiada compañía de la guardesa de la casa, Diego dedicó ese tiempo a asearse, cambiarse de ropa y a despachar con Esteban los escasos asuntos que aún se llevaban en el despacho. Ya al atardecer, se entregaron a una deliciosa cena de bienvenida. Un capón bien cebado constituyó el plato principal. Beatriz no había querido pasar por su vivienda de la calle Sierpes para recoger ropa u otras pertenencias, pues después de tanto tiempo inhabitada, se encontraría sucia e inhóspita. Por eso Diego le había proporcionado una chilaba de seda natural de las que encontraron en la antigua casa árabe cuando su difunto padre la adquirió y ella la portaba con una altivez majestuosa. Contoneando su esbelto cuerpo llenaba de distinción cada rincón de la casa.

Tras la cena, Diego le anunció que había ordenado a Esteban que preparara el antiguo baño árabe que había aparecido en el sótano de la vivienda:

—Solíamos usarlo Alonso y yo para recomponernos después de las arduas jornadas de trabajo, para celebrar un pleito o alguna que otra minuta —le explicaba sin dejar de mirarla a los ojos con un gesto de extrema dulzura—. Verás como relaja tu cuerpo y tu mente.

Terminada la cena, cada uno portó su copa de vino dulce aderezado con canela y cáscaras de limón. Descendieron parsimoniosamente la escalera que conducía al baño y allí, bajo su techo abovedado testigo de mil años, comenzaron a desnudarse muy despacio, mirándose sin recato el uno al otro, envueltos únicamente por el rumor del agua al deslizarse entre las canalizaciones de cerámica y mármol. Beatriz dejó que aquella fina chilaba se deslizara por sus hombros hasta caer lenta y liviana sobre el líquido templado que la cubría hasta las caderas. Diego contempló ante sí un cuerpo firme y rotundo de mujer que desafiaba el paso del tiempo; caderas redondas y una piel blanca, tersa e inmaculada, cuya textura lechosa se intensificaba a la luz de los velones. Se adentraron poco a poco, sin dejar en ningún momento de cruzar la mirada y notaron cómo el efecto balsámico del líquido y su temperatura amable embriagaban sus sentidos. Se acercó a ella y tomó una de sus manos para besarla, después rodeó con la otra la cadera de la mujer.

—Te deseo, Beatriz. Estoy enamorado de ti y creo que lo he estado desde que te vi por vez primera. Y ahora sé que aunque yo no quería reconocerlo, tu siempre lo has sabido. Me he dado cuenta de todo lo que te necesito cuando he sentido que podría perderte. Quiero amarte todos y cada uno de los días que me restan de vida, protegerte y hacerte la mujer más afortunada de este mundo. Te quiero —confesó mientras sellaba la frase con un beso.

No fue la única vez que se entregaron durante aquellos días en los que Diego le fue volcando todo el amor que llevaba dentro, oculto, imposibilitado de salir durante años. Primero, obstaculizado por la influencia y el respeto que debía a su hermano mayor; después, por la existencia de Alonso y la rectitud incólume que debía presidir su educación y formación. Luego, cuando aquellas barreras se disiparon, llegó la epidemia de peste y la vocación de Beatriz para consagrarse en favor de los más necesitados. Pero, paradójicamente, la infame agresión que había sufrido dejaría abiertas de par en par las puertas de su pasión. Ya nada podía detener por más tiempo aquel amor furtivo. Una y otra vez jugaron con sus cuerpos al arte más divino, entregándose con una pasión y una fogosidad inusitadas. Diego, versado en mil batallas de alcoba, llegó incluso a sorprenderse del torbellino en el que Beatriz llegaba a convertirse. Su ardor, mezclado con una sensualidad infinita, no tenían límite. Sobre todo en el momento de alcanzar el clímax cuando, como un volcán, a horcajadas sobre su amante, lo tomaba por el pelo para reclamar su mirada y entregarle, en cada envite, toda la pasión que llevaba dentro. En esos momentos lo traspasaba con una expresión furiosa y una mirada con la que le reclamaba por qué había tardado tanto en hacerla suya.

Transcurría así la vida envuelta en una magia de ensueño, solo posible gracias a un encuentro tan largamente pospuesto. No salieron de la casa ni un solo instante y apenas lo hacían del dormitorio, salvo para bajar al patio al atardecer, dar un paseo por el huerto o para volver a disfrutar del placer del baño. Durante todo ese tiempo se entregaron en cuerpo y alma al amor más encendido. La felicidad se había instalado en aquel palacete del estrecho callejón del Aire de Sevilla.

Esteban y Erundina también bebían de su propio amor y compartían complicidad con sus señores. Eran después de tantos años, más amigos que sirvientes, y la casa se llenaba de animada conversación cada atardecer. Así hasta que una noche, tras la cena, no tuvieron más remedio que abordar cuestiones de trabajo. Esteban, el escribano, sirviente y hombre de confianza de don Diego, aunque carecía de titulación jurídica alguna, se había ido encargando, mientras él cuidaba en el hospital de doña Beatriz, de los escasos asuntos jurídicos que aún mantenía el ya ex letrado. Para ello habían contratado los servicios de un pasante, Martín Valls, antiguo compañero de estudios de Alonso, otro manteísta de origen humilde, de los pocos que habían alcanzado el grado de licenciado en la Universidad sevillana.

Un tanto incómodo por tener que suspender aquella velada idílica, el escribano carraspeó para abordar una cuestión de extrema urgencia.

—Mi señor… lamento enormemente tener que interrumpir la cena. Bien sé que los días que han pasado desde el asalto a nuestra señora doña Beatriz han sido muy complicados para todos, pero me siento en la obligación de recordarle que no puede demorar por más tiempo su partida hacia Valladolid o tal vez no llegue a tiempo…

—¿Valladolid? —preguntó Beatriz dirigiendo a Diego una mirada de asombro.

La corte española al completo hacía poco tiempo que se había instalado en Valladolid por consejo del valido de su majestad, el duque de Lerma. Y allí en sus tribunales se despachaban los recursos que por importancia y cuantía debían dirimirse directamente ante la justicia del rey. Ante esa instancia había recaído un recurso de elevada cuantía que Alonso interpuso antes de marcharse contra una sentencia que, incomprensiblemente, obligaba a varios comerciantes que habían asegurado una embarcación hundida frente a las costas de Cádiz a pagar la pérdida de la carga que transportaba y el valor nuevo de esta. Era público y notorio que la carga de la nave se había salvado y que había acabado circulando por las calles de la ciudad como producto de contrabando. Además, la embarcación al momento de zozobrar se encontraba ya obsoleta para el tráfico marítimo y había fundadas razones de que había sido el patrón quien, tras poner a salvo la mercancía, prendió fuego a su propia nave. Sin embargo, la sentencia, muy controvertida, condenaba a los aseguradores a indemnizar al dueño de la nave por el todo y el importe era tan alto que suponía la ruina absoluta de los tres mercaderes que habían afianzado el cargamento. Para Diego aquel recurso suponía, en caso de ganarlo, la única oportunidad de cobrar una buena minuta que por su cuantía podría permitirle vivir sin estrecheces durante varios años. Además, en Valladolid aún no debía conocerse todavía la prohibición que la Audiencia de Sevilla le había hecho a Diego de ejercer su oficio, por lo que aquella era su última oportunidad de practicar el oficio que tanto amaba: el de abogado.

—Sí, Beatriz, pensaba contártelo lo antes posible. Discúlpame si no lo he hecho pero tenía cosas más importantes que recuperar antes de volver al trabajo —le dijo con una sonrisa cómplice—. Este pleito de Valladolid es una de las escasas vías que tengo de resarcir mi hacienda, un tanto maltrecha desde que Alonso nos abandonó —dijo sin ningún empacho—. Pensaba partir mañana de amanecida. El camino hasta Valladolid puede llevarme varios días y no cuento con postas que reemplacen mi caballo. La vista pública la presidirá el mismo duque de Lerma y se celebrará el lunes. Si no estoy allí a tiempo, darán el recurso por perdido e impondrán las costas a mis clientes sin mayor formalismo. Será la ruina de estas familias y ahondará la mía.

—Pues si ha de ser así, así se hará —contestó con una amplia sonrisa Beatriz—. Estoy segura de que conseguirás que se imparta justicia. Confío en ti para salvar a esas familias que tanto tienen que perder y estoy segura de que sabrán valorarlo y recompensarte. Yo, entretanto, podré reanudar mi actividad en el hospital, aunque te puedo prometer que de las compras no me voy a encargar durante un tiempo...

—Hay una cosa más —volvió a interrumpir Esteban, visiblemente incómodo—. Al parecer hay una novicia del convento de San Clemente, una rica heredera presta a contraer nupcias con un Pinelo, cuya boda no pudo celebrarse como consecuencia del brote de peste, que ha mandado un emisario para solicitar los servicios del señor. Se trata de Constanza Gazzini, sobrina de don Jerónimo Pinelo. Quiere promover un proceso de emancipación, no sé muy bien por qué puesto que su boda será inminente y cuando por fin se case, su marido podrá ejercer de pleno derecho todos los actos de disposición sobre su patrimonio y herencia.

—Pues yo tampoco lo entiendo muy bien, pero sus motivos tendrá —replicó Diego—. ¿Ha dejado alguna razón?

—El emisario ha dicho expresamente que quiere que el proceso lo lleve personalmente don Diego Ortiz de Zárate. Claro que ella no debe saber, intramuros de un convento, que se encuentra usted inhabilitado —dijo sin poder evitar mirar al suelo al pronunciar aquellas palabras—. El caso es que al parecer le corre mucha urgencia.

—Pues me temo que me va a ser imposible asistirla. Además, mañana partiré antes del amanecer y no puedo comparecer en el convento a estas horas de la noche.

—Conozco a la abadesa de San Clemente —terció Beatriz—. Como responsable del convento que da cobijo a las monjas y novicias de la más alta alcurnia sevillana siempre dispone de buenos haberes. He tenido que pedirle ayuda en múltiples ocasiones para surtir al hospital y me la ha dado en muy contadas. Es una mujer muy vanidosa.

—Un pleito de emancipación apenas deja una minuta decorosa, y al tratarse de una mujer no va a ser fácil que prospere. Aunque no estamos para menospreciar trabajos... Lo mejor será llamar a Martín Valls para que vaya mañana a interesarse por el asunto. En el futuro no me cabe duda de que será un buen letrado, y aunque por el momento no tiene el conocimiento ni la determinación de Alonso, un pleito de emancipación puede interponerlo. Al no ostentar la representación tendrá problemas para entrevistarse con la novicia, las normas del convento son muy estrictas y únicamente permiten visitas de allegados y familiares. Además, si la abadesa tiene el carácter que comentas será aún más complicado. Te rogaría que lo acompañaras tú, Beatriz, y consigas que pueda entrevistarse con esa tal Constanza. Confío en que con tu presencia al menos le concedan esa oportunidad.

Y dicho esto se levantó acariciando el mentón de su amada para ofrecerle un dulce beso en los labios.

—Aún quedan buenas horas hasta mi partida y no pienso desperdiciarlas —dijo antes de tomarla por la mano y dirigirse ambos hacia sus aposentos.

# 40

El pacto con el barbero fue breve pero efectivo, o al menos Alonso así quiso creerlo.

—Por favor, le suplico que entregue estas dos cartas a sus destinatarios. Yo a cambio le daré esta navaja de afeitar —susurró al oído del galeno en cuanto lo tuvo suficientemente cerca, mientras él sacaba los pliegos y la cajita de debajo de la almohada—. Usted ya la conoce, la vio el mismo día que llegué a Cartagena; es muy cara y casi imposible de conseguir por estas tierras. Le durará toda la vida. Pero es muy importante que no desvele su contenido a ninguna otra persona que no sean los destinatarios. Sobre todo a mi padre, ni tampoco a nadie de esta casa. Puedo confiar en usted, ¿verdad señor?

Alonso ni tan siquiera conocía su nombre. Únicamente había hablado con él el primer día que llegó a Cartagena cuando, después de ser bañado por Zaida y su madre, el barbero lo afeitó, auscultó y reconoció médicamente. Más tarde se había cruzado con él en un par de ocasiones cuando había venido a la casa a prestar sus servicios a don Fernando, intercambiando con él tan solo saludos de cortesía. Sin embargo, por su ademán, educación y maneras elegantes dedujo que se trataba de una persona honorable y afamado de ser mejor cirujano que barbero. Por eso se atrevió a dar el paso que la Providencia le ponía en el camino e implorarle ayuda. Aquel ser humano que tenía delante, con el rostro reflexivo de quien duda en aceptar o no un pacto con el diablo, era su última y agónica esperanza. Durante unos segundos dudó de la respuesta de su interlocutor, pero la expresión de su cara al abrir la caja y pasar los dedos por la empuñadura nacarada de la navaja le dieron a entender que aceptaba el trato

—Discúlpeme, he de ausentarme un momento para adquirir en la botica árnica, tisana y otras medicinas necesarias para su tratamiento —y levantándose, tomó las dos cartas, las introdujo en su maletín y salió del dormitorio.

La espera se le antojó eterna, no solo por saber si el heraldo había podido cumplimentar su misión, sino porque las heridas abiertas por el látigo empezaban a rabiarle y las zonas afectadas habían aumentado tanto en hinchazón y calentura que creyó que el cuerpo empezaría a hervirle de un momento a otro. Si no le aplicaban pronto algún tipo de remedio desfallecería.

La puerta volvió a abrirse, pero para su decepción, la figura que asomó no era la del cirujano sino la de Escobar, el cual entró en su dormitorio sin tan siquiera llamar, acompañado de varios hombres. ¿Lo habría vendido el cirujano, traicionándolo y avisando a Tello de sus intenciones? Se sintió morir. Pero el capataz no dirigió hacia él sino una mirada de suficiencia, cuyo gesto, aumentado por el movimiento soez de su boca entreabierta al mascar tabaco, se le antojó hiriente. Tello abrió el balcón de par en par sin ningún miramiento y luego se puso a dar órdenes. Los individuos que lo acompañaban eran herreros y venían cargados con sólidas barras de hierro forjado que, sin empacho de la presencia de un enfermo en la habitación, comenzaron a colocar asiéndolas a la balconada con fuertes martillazos, fijándolas con bridas y cáncamos desde los balaustres a la visera hasta conseguir un sólido enrejado.

Débil como se encontraba, desde la cama de aquel inmenso dormitorio, hecho un ovillo y a tiritones, el pajarillo contemplaba cómo aquellos hombres iban cerrando su lujosa jaula.

Comenzó a impacientarse ante la tardanza del barbero. Quizá su padre lo había hecho escoltar por alguno de sus hombres, lo que le habría imposibilitado llevar a cabo el encargo. Su mente lo torturaba con todo tipo de pensamientos irreales.

Los herreros seguían centrados en su trabajo bajo la supervisión de Tello, el cual, sentado en un butacón, había colocado sus sucias botas de montar sobre la mesa de caoba del escritorio. De cuando en cuando miraba hacia el enfermo con una mueca de desprecio que se remarcaba a cada mascado del tabaco que iba sacando de una bolsita y que acumulaba alternativamente de un carrillo a otro.

A media mañana regresó por fin el cirujano. Por el gesto de confidencia que le dirigió nada más atravesar la puerta entendió que había logrado con éxito la encomienda, pero la tensión reflejada en su rictus daba a entender que había sufrido algún contratiempo. En cualquier caso, la proximidad del capataz no permitió darle explicación alguna. Tomó una silla y se sentó junto al enfermo comenzando a ejercitar su arte. Primero le tomó el pulso para comprobar que la fiebre lo mantenía sumamente acelerado; luego, limpió la sangre seca y la suciedad con infusión de manzanilla; después y con sumo cuidado le fue aplicando aceite de árnica sobre todas y cada una de las heridas abiertas. Por último, extendió sobre las llagas un gel viscoso cuyo beneficioso frescor enseguida percibió Alonso. Con sucesivos paños húmedos que le iba colocando en la frente consiguió bajar la calentura del paciente. Para terminar, hirvió con ayuda de un infernillo un recipiente de agua a la que añadió hojas para preparar una tisana con la que le fue dando de beber. Cuando ya estaba concluyendo su labor se le acercó al oído para decirle:

—Me he permitido hacerle cantidad suficiente de tisana como para dos días, asimismo le dejo árnica y este gel de aloe que yo mismo cultivo para que pueda aplicárselo cuando note calor en las heridas. Por si no pudiera visitarle nuevamente —dijo mirándolo fraternalmente— le dejo estos dos botes, en ellos debe haber cantidad suficiente hasta que cicatricen totalmente.

Alonso contempló la cara de bondad de su bienhechor. Ahora se arrepentía de que no haberle pedido que viniera a afeitarlo cada día. Miró de soslayo hacia el balcón para cerciorarse de que ni Tello ni ninguno de los herreros se encontrara vigilándolos en esos momentos e introdujo la mano por debajo de la almohada para extraer la caja de fieltro con la navaja y cumplir él también su parte del pacto. Al hacerlo no pudo contener la emoción que como un escozor le invadió las mejillas. Pero antes de que su mano hiciera la entrega, el galeno la detuvo y moviendo alternativamente la cabeza negó el regalo.

—Únicamente he hecho lo que mi juramento hipocrático me impone: ayudar a que mi paciente recupere su salud, tanto la física como la anímica. Espero haberle podido servir en ambas. Guarde ese recuerdo que creo que para usted es de gran valor, mucho más que el que a mí me pudiera reportar. Procure descansar y evite hacer esfuerzos —dijo alzando la voz con notoriedad mientras, poco a poco, iba recogiendo sus utensilios.

—Ni siquiera sé su nombre —le preguntó Alonso a aquel hombre por el que en esos momentos sentía un profundo amor.

—Reyes —le respondió el hombre—, me llamo Antonio Reyes, se presentó colocándose el sombrero.

Antes de marcharse, el galeno se acercó con aplomo hasta Escobar. Si bien este seguía repanchigado en el sillón y no había tenido ni la educación de levantarse, al menos había bajado las piernas del escritorio de Alonso.

—Este hombre está muy débil —le confió—, necesita descansar y con esos golpes no conseguirá hacerlo. ¿No pueden aplazar el trabajo y terminarlo cuando esté recuperado?

—Él es el único culpable de encontrarse en ese estado. Lo tiene bien merecido. Tenemos órdenes de enrejar el balcón hoy y hoy se quedará terminado. Métase en sus asuntos, matasanos, y así evitará mayores problemas —contestó Tello abruptamente, señalando con su sempiterno pijotoro hacia la puerta para indicarle al cirujano donde tenía la salida.

—Que tengan ustedes una buena tarde y que el señor los recompense según sus acciones —sentenció Antonio Reyes inclinando ligeramente la cabeza antes de marcharse hacia la puerta del dormitorio. Desde allí le dirigió una última mirada a su paciente y con ella trató de infundirle coraje a aquel muchacho al que su padre casi mata a palazos.

# 41

El repetitivo golpeteo de mazas y martillos afinando el trabajo de las grapas de hierro que clavaban la balconada no impidió que Alonso, aliviado por el tratamiento del cirujano y extenuado por el cansancio, consiguiera conciliar un liviano sueño. Cuando despertó era avanzada la tarde y en el dormitorio no había nadie. Sobre la mesilla halló un cuenco que contenía un denso caldo de gallina que a buen seguro le habría traído Zaida mientras él dormía. Alonso lo engulló ayudándose de los dedos, frío y gelatinoso como estaba. Después ingirió otro tazón, esta vez de la tisana que le había dejado preparada el médico.

Los herreros habían concluido su trabajo y el balcón se encontraba cerrado. Se levantó no sin esfuerzo, y con un intenso dolor a cada movimiento que hacía abrió los ventanales. En la calle la actividad comercial iba cesando y los tenderos cerraban los negocios y se dirigían hacia sus casas para encontrarse con los seres queridos. Repasó el enrejado recién instalado: doce barras de hierro forjado que se clavaban desde la balaustrada hasta la visera y cinco barras horizontales fuertemente remachadas entre sí para conferirle solidez. ¡Qué envenenada por la cólera y ciega de ira debía encontrarse la mente de su padre!, pensó con tristeza. El trabajo era, desde el punto de vista de la seguridad, impecable. Nadie podría entrar ni salir en lo sucesivo por aquel balcón. Sin embargo, el exquisito y primoroso tallado de la balaustrada había quedado dañado para siempre por el improvisado trabajo. Alonso sintió hasta cierta lástima por la mente enferma de su progenitor.

Caminó arrastrando las pisadas hasta la puerta del dormitorio y trató de abrirla, pero la llave estaba echada desde el exterior. Un sentimiento claustrofóbico comenzó a invadirlo, pero intentó no desesperarse. Necesitaba mantener la calma y, a pesar de la fiebre, la cabeza lo más fría posible. Las posibilidades de huida se complicaban, pero nervioso y asustado no iban a mejorar. Además, si el barbero había cumplido su misión, cosa que no dudaba, Mateo tendría la mula preparada aquella madrugada, por lo que necesitaba salir del palacio como fuera. No tendría una segunda oportunidad.

Volvió hacia la cama y tomó la colcha con ambas manos dándole fuertes tirones para comprobar su resistencia. Luego hizo lo mismo con las sábanas para cerciorarse de que, si unía unas con otras, resistirían su peso. Una vez hubo repuesto todo en su sitio, se vistió como pudo y se dirigió hacia la puerta, comenzando a golpearla y a vociferar con fuerza.

—¡Necesito salir! —pidió con toda la fuerza que sus pulmones eran capaces de suministrarle—. Preciso ir a mi despacho para continuar trabajando. Necesito libros y legajos de asuntos urgentes que no puedo abandonar. ¡Que alguien me abra esta puerta por favor! —gritaba al tiempo que la aporreaba con toda la insistencia de la que era capaz.

Al cabo de unos minutos escuchó los apresurados pasos de alguien. La cerradura crujió y la puerta entreabierta dejó paso al rostro de don Felipe Romero. Alonso suspiró. Al menos no tenía que lidiar con la rudeza de Escobar.

—Su padre ha dado expresas órdenes de que no puede usted salir de la vivienda, mi señor Alonso, no me lo ponga más difícil, se lo ruego.

—Pues entonces tendrá que explicarle usted que tenía previsto terminar hoy la demanda de los banqueros Torres y De la Rubia pero que no he podido hacerlo porque me ha impedido disponer de mis cosas. Sabe que es un asunto importante y de gran cuantía, una ejecución hipotecaria que no puede esperar por más tiempo. Usted conoce el caso perfectamente. Desde que los banqueros llegaron de su visita al encomendero son conocedores de que Vargas no va a pagar. Cada día que pasa, el valor de lo hipotecado se deprecia más. Tenemos que poner ese pleito cuanto antes, lo tengo casi terminado y para mañana podría estar listo. Me comprometo a entregárselo a usted personalmente para que lo pase a limpio y sea quien se lo haga llegar a mi padre... —hizo una pausa como para que don Felipe meditara la situación y luego concluyó afirmando— ya sabe usted que el trabajo bien hecho es de las pocas cosas que mejoran su humor....

—Don Fernando está ausente —dudaba don Felipe—, salió de buena mañana y no creo que regrese hasta la noche. Don Tello fue a acompañarle. Iban a visitar al nuevo obispo. ¿No podría usted esperar un poco, don Alonso? Me pone en una difícil tesitura. Además, no creo que se encuentre en condiciones de seguir trabajando —añadió señalando unos restos de sangre que se le filtraban por la manga del blusón.

—Me encuentro perfectamente, don Felipe —mintió, irguiéndose y mostrando de repente una fingida energía— puede usted mismo acompañarme al despacho, únicamente necesito mis libros de derecho, la demanda y pliegos en blanco para ultimarla. De pluma y tintero dispongo en mi escritorio ¡Ah!, y algunos velones también me harán falta —concluyó saliendo tan resuelto del dormitorio que el oficial no pudo detenerlo.

—En fin —sentenció don Felipe— no creo que el trabajo pueda comportar nada malo, —se dijo—. Pero abríguese buen hombre, que en su estado no le conviene enfriarse —lo reprendió mientras comenzaba a seguirlo.

Hicieron un primer viaje y repitieron la misma operación en tres ocasiones más. En cada una mentía de igual manera: que necesitaba más códigos o compilaciones legales. Se excusaba de haber olvidado en su despacho algún texto jurídico para volver a llamar al oficial y requerirle que lo acompañara del dormitorio al despacho. Así fue como, poco a poco, fue recopilando todos los códigos de derecho que portara desde Sevilla y que eran de su propiedad. Si tenía que iniciar una nueva vida lejos de Cartagena necesitaría de sus herramientas de trabajo, aquellas con las que cambiaba la realidad de los hombres. Por fin, a la última salida consiguió lo que más ansiaba: que don Felipe, ya bien entrada la noche y deseando como estaba irse a su casa lo antes posible, olvidara en aquella ocasión cerrarle la puerta.

Nervioso y expectante, dando una y mil vueltas sin sentido aguardó a que su padre regresara. Para matar el tiempo se sentó y se dedicó a ultimar la demanda de los banqueros aunque no la llegó a firmar. La ordenó y colocó sobre la mesa donde al día siguiente la vería don Felipe. Al menos así sabría que en eso no lo había engañado. Se sentía en una enorme deuda moral con aquel buen hombre y en lo más profundo de su ser deseó que su padre no tomara represalias contra él. Don Felipe era el único que, en su ausencia, podía aliviarle algo a don Fernando las tareas jurídicas, por lo que confió en que finalmente no perdería su puesto en el despacho si después de todo conseguía huir. Finalmente, y cansado de esperar la más leve señal de la presencia de su padre, se metió en la cama en un intento inútil de conciliar el sueño.

Comenzó a llover y la oscuridad se adueñó de todo. Se trataba de una de aquellas tormentas tropicales que, en unas horas, descargaría todo su aparato eléctrico y provocaría que al día siguiente las calles de Cartagena se encontraran enfangadas. Tenía tiempo solamente hasta las seis de la mañana para escapar de aquella prisión, hora en la que había solicitado a don Mateo que le pertrechara un animal con el que escapar de Cartagena. Pero, ¿y si su padre no regresaba, o lo hacía justo en el momento en que intentaba la huida? Las campanas de la catedral desgranaban las horas una tras otra, impasibles a su creciente nerviosismo. Las doce de la noche, la una, las dos, las tres… Apagó la luz de la vela y fingió estar dormido por si don Fernando entraba en el dormitorio. De ser así, la posibilidad de huir aquella noche se habría esfumado antes de empezar, pues a buen seguro que, después de la sorpresa y de una buena regañina, lo volvería a encerrar con llave.

Por fin escuchó unos golpes de autoridad en la puerta principal del edificio y el crujido de sus bornes al abrirse. Resonó el eco de las palabras de su padre al hablar con el vigilante. Los pasos se aproximaban. Sonaban pesados, tambaleantes y se arrastraban torpes sobre el suelo. Escuchó una respiración agitada detenerse ante su alcoba. Se acurrucó intentando hacer el menor ruido posible y contuvo el aire. Su padre se había detenido justo delante de su puerta, pues podía ver como, por entre las rendijas de esta, la luz titilante de la vela que portaba intentaba filtrarse. Por un instante eterno esperó lo peor y que su padre la abriera para cruzar el umbral... entonces la partida se habría acabado. «Hijo de la gran puta» escuchó en cambio que decía una voz pastosa al otro lado. Los pasos se arrastraron alejándose hacia la puerta del dormitorio de su padre que se abrió y cerró de un inmediato portazo. A los pocos segundos, el somier comenzó a rechinar bajo la presión de aquel cuerpo empapado en ron y casi inmediatamente don Fernando se puso a roncar. Aguardó unos instantes hasta que las campanas de la catedral tañeron las cuatro de la mañana y entonces, decidido, se levantó. Aún disponía de dos horas para ejecutar su plan.

Ingirió una nueva taza de la infusión de tisana que le había preparado el cirujano y tras ello introdujo en silencio y con sumo cuidado las medicinas y los libros de derecho en su viejo petate que encontró arrumbado en el armario. También metió la navaja de afeitar. No echó nada más. De un cajón del escritorio extrajo una faltriquera que contenía sus escasos ahorros, aquellos que había conseguido traer desde Sevilla. La abrió y comprobó que en su interior aún lucían algunos ducados y escudos de oro. También monedas de plata y bronce. La enrolló y la asió firmemente a su cinturón.

La planta inferior de la casa se encontraba fuertemente enrejada para evitar asaltos, y en cada una de sus tres puertas habría apostado un paje o un guarda, por lo que escapar por allí se le antojaba de todo punto imposible. No le quedaba otra opción que la de descolgarse desde alguno de los balcones de la planta superior de la casa, aquella dedicada a despacho.

Se colocó el petate al hombro que de inmediato le rabió de dolor. En el estado de debilidad en que se encontraba aquel peso se le antojó un mundo, pero si quería ganarse el pan ejerciendo como abogado lo necesitaba, volvió a reafirmarse. Se dirigió hacia la puerta con las sábanas y la colcha que previamente había anudado fuertemente unas con otras y comenzó a girar el picaporte hasta que esta se abrió y entonces soltó un suspiro. Caminaba con sumo cuidado, de puntillas sobre sus zapatos, pero aún así intuyó que hacía demasiado ruido. En el sonido amortiguado de la noche, con la lluvia derramándose sobre la techumbre, los crujidos de la madera del piso parecían amplificarse. Decidió descalzarse antes de pasar por delante de la puerta del dormitorio de su padre. Al hacerlo escuchó los sonoros ronquidos que provenían de la habitación. De repente un rayo surcó el firmamento y un enorme trueno lo sucedió. Los bufidos de don Fernando se confundieron con el rugido de la tormenta eléctrica. Sonrió satisfecho. El clima tropical se convertía momentáneamente en su inesperado aliado. Se dirigió con mayor soltura hacia la puerta que comunicaba las dos alas de la casa, era un sólido portón de cuarterones de roble y se encontraba cerrada aunque nunca lo estaba con llave pues de ella únicamente hacían uso su padre y él. Una vez allí solo tendría que recorrer la galería, abrir el balcón de su despacho, asir a él fuertemente la improvisada jarcia y descolgarse. Después iría en busca de Mateo, le contaría sus planes y se despediría de él para iniciar una nueva vida lejos de las garras de su padre.

Dejó las sabanas y los zapatos en el suelo y con sumo cuidado asió el picaporte con ambas manos, deslizándolo suavemente hacia abajo, pero cuando lo hizo la puerta no se abrió. Lo intentó una y otra vez, para con desesperación comprobar que alguien la había atrancado por el otro lado. ¡Cielo santo!, susurró, ¡Dios de mi vida, está cerrada! Pero ¿cómo podía ser? Entonces comprendió: don Felipe, dado lo avanzado de la hora, habría decidido irse a su casa, pero en lugar de encerrarlo en su dormitorio lo que hizo fue cerrar el acceso de unión al gabinete del palacio. Así cumplía para con su obligación de custodiarlo, pero al menos le dejaba transitar por la parte de la casa destinada a vivienda para poder así acceder a la cocina.

Alonso creyó desfallecer. Las fuerzas y el ánimo le faltaron y empezó a temblar apoyando el rostro contra aquella frontera insalvable para caer lenta y pesadamente sobre sus rodillas. Era imposible salir por la puerta principal de la vivienda, con el centinela apostado y ahora se encontraba con esa barrera cerrada a cal y canto. Maldijo a don Felipe y a su padre, pero sobre todo se maldijo a sí mismo y a su triste destino.

—¡No voy a poder escapar nunca de este infierno!

# 42

No consiguió vislumbrar otra salida, se la jugaría a todo o nada: saltaría desde el balcón del dormitorio de su padre. Tampoco es que tuviera mucho más que perder, en realidad. Tal vez otra paliza, tal vez la vida. Pero a esas alturas todo empezaba a importarle cada vez menos en su miserable existencia.

Sofocado por el contratiempo comenzó a sentir un repentino calor y se despojó de la toga. El pulso se le aceleró y empezó a sudar nuevamente. Se dirigió hacia la puerta del dormitorio de su padre con todo el sigilo del que fue capaz, cargando con el petate lleno de libros y el resto de los enseres. Fuera seguía tronando y el sonido impertérrito de la lluvia era su única compañía. Una vez frente al dormitorio, cabizbajo y resignado a su suerte, contuvo la respiración. Posó ambas manos sobre el picaporte y con suavidad lo fue girando hasta conseguir abrirlo sin que apenas hiciera ruido. Lentamente, se introdujo en la estancia, dejando la puerta ligeramente entornada para evitar el ruido que supondría volver a cerrarla. Tirado en el suelo creyó entrever un bulto, al acercarse comprobó que se trataba del capote de su padre con el que se habría protegido esa noche de la lluvia. Decidió «tomarlo prestado» y llevarlo durante el viaje. Aunque no sabía hacia dónde iba a dirigirse le sería de utilidad si la lluvia persistía. Lo recogió del suelo, se encontraba aun húmedo y olía fuerte a tabaco.

Su padre se había acostado vestido de lo borracho que venía. Lo miró con sumo desprecio y se juró a sí mismo que, si conseguía salir de allí, nunca acabaría como él. Su barriga se hinchaba y desinflaba con profundos ronquidos acompasados a los que perseguían agudos chiflidos. Aprovechaba sus previsibles sonidos gutu-rales para avanzar deslizando los pies, deteniéndose cuando su padre emitía los silbidos. Lo tenía tan cerca que al resoplar podía oler el alcohol que manaba de su aliento. Al llegar al ventanal se colocó los zapatos y se dispuso a abrir las rosetas de hierro que cerraban las contraventanas. Se trataba de la parte más delicada pues las barras de hierro al girar sobre sus goznes solían chirriar. Lo fue haciendo muy pausada y suavemente, con la presión justa de sus dedos y las manos, esperando que la sucesión de ronqui-dos y resoplidos amortiguara el sonido metálico. Los giró con toda la delicadeza de la que fue capaz pero lo que no pudo evitar fue que, al abrir la ventana, una corriente de aire penetrara súbita-mente a través de la apertura haciendo que la puerta del dormi-torio se cerrara de un sonoro portazo. El sonido coincidió con un relámpago que inundó por un segundo la habitación. Sorprendido y asustado se volvió hacia su padre que se acababa de incorporar con los ojos desorbitados mirando confuso a su alrededor. Por un instante eterno ambas miradas se cruzaron, las dos con un gesto de espanto durante el cual permanecieron inmóviles, como esta-tuas. El subsiguiente trueno hizo temblar la cristalera e inundó de un sonido ronco la estancia. La partida se había acabado. Su padre lo había descubierto. Maldito viento, se dijo. Pero para su enorme sorpresa don Fernando se dejó caer pesadamente sobre la cama emitiendo unos sorbidos de aire urgentes y agónicos, como si le faltara la respiración, y con varios movimientos de su cuerpo se acurrucó de costado, abrazándose a la almohada y dándole la espalda.

Soltó todo el aire de la respiración contenida. Volvió a abrir la ventana el espacio justo y necesario para sacar las sábanas, el capote y el petate. Después salió al balcón cerrando la ventana muy despacio tras de sí. En la calle no había un alma. Comprobó que frente a la puerta no había montada ninguna guardia. Bendita lluvia. Ató lo más fuerte que pudo el extremo de las sábanas anu-dadas al borde de la balaustrada y se asomó. ¡Maldición!, exclamó para sus adentros. Desde el extremo inferior del último tramo hasta el suelo aún quedaba una distancia lo suficientemente grande como para que el resonar de sus botas al impactar contra el suelo alertara al guarda que se encontraría al otro lado de la puerta principal. Pero no había otro camino. ¡Ahora o nunca!, se dijo. Tiró a la calle el capote que cayó al suelo mecido por el viento y luego sacó su cuerpo por el otro lado apoyando sus botas entre el hueco de las columnas que formaban la balaustrada. Una vez con el cuerpo fuera intentó acomodar el petate de libros para que le molestara lo menos posible durante el descenso. Asió la sábana con fuerza y soltó los pies. Pero cuando su cuerpo pendió ya únicamente de los brazos sintió un estallido de dolor. Las heridas que apenas habían comenzado a cicatrizar se le abrieron al estirarse la piel de todo el cuerpo y no pudo evitar emitir un gemido. La sangre comenzó a brotar, densa y abundante. Inició el descenso ejerciendo sobre las sábanas toda la presión de la que sus manos eran capaces. Así llegó hasta el primero de los tres nudos y lo tanteó con los pies intentando descansar por unos segundos, pero la improvisada cuerda comenzó entonces a crepitar al sufrir el peso asimétrico de su cuerpo al descender y el oscilar de un movimiento pendular cada vez más amplio. Tengo que bajar cuanto antes o mis brazos no van a resistir, resolvió. No había calculado el tremendo peso que suponía su cuerpo sumado al del petate. Antes de llegar al segundo de los nudos escuchó las sábanas crujir. Miró hacia arriba para comprobar estupefacto cómo la parte anudada a la barandilla comenzaba a rasgarse. El costalazo iba a ser feroz. Se dio toda la prisa que pudo y con ello también aumentó aquel movimiento pendular con el que la raja abierta en las sábanas se iba extendiendo. Tal vez cargar con los libros no había sido la mejor de las ideas, pensó, pero ya era tarde. Superó el segundo de los nudos, ya solo le restaba un tramo de sábana y por primera vez miró hacia abajo. ¡Cielo santo!, se dijo. La distancia era aún mayor de la que parecía desde arriba. Cuando llegó hasta el final dirigió al suelo una última mirada, la altura se le antojaba insalvable y el ruido provocado por la caída, sordo y seco en mitad de la noche, sería sin duda escuchado por el centinela apostado al otro lado de la puerta. Las fuerzas comenzaron a abandonarlo y el dolor en manos y brazos estaban a punto de superarlo. Sin saber por qué el recuerdo de Sevilla vino a su mente, aquellos tiempos de la universidad en los que rozó la felicidad, el amor de su madre cada día que regresaba a casa, el afecto de su tío y los cálidos besos que un día en Sanlúcar, a la luz de la luna, le había regalado Constanza. Y de repente, el fogonazo de un rayo lo iluminó todo. Y entonces contó en silencio, aguardando a que llegara el sonido del trueno, uno, dos, tres, cuatro... El extremo superior de la sábana, incapaz de soportar más el peso se rompió por completo haciendo que su cuerpo se precipitara al vacío. La carga del petate lo venció hacia atrás haciendo que el costalazo lo recibiera por la espalda, golpeándose asimismo la cabeza contra el suelo, todo al tiempo que sonaba aquel colosal trueno.

Y entonces el mundo se tornó oscuridad.

# 43

—¡Mi señor Alonso, despierte, despierte de una vez, vive Dios! Ya ha pasado la hora prima y en su palacio los lacayos empiezan a encender bujías por todas partes. No tardarán mucho en abrir la puerta principal y entonces lo descubrirán. ¡Por favor! Aquí está la mula que me pidió en la carta que me entregó el cirujano. La he provisto de comida para tres días, una hogaza de pan, queso y carne seca, algo de vino y un poco de café…

Los golpecitos que el sastre le iba dando en el mentón comenzaron a surtir efecto. Mateo, impacientado por su tardanza salió en su búsqueda y no tardó en encontrarlo, empapado, calado hasta los huesos, tumbado sobre el petate de libros sobre el que había caído de espaldas y manchado por los hilos de sangre que procedían de sus mal curadas heridas. La nuca y la base del cráneo le dolían horrorosamente a causa del tremendo impacto sufrido contra el suelo. Habían transcurrido más de dos horas desde que perdiera el conocimiento. Durante todo ese tiempo no había parado de llover por lo que una vez recobrada la consciencia se sentía entumecido, dolorido y exhausto.

Trató de incorporarse, pero el intenso dolor y el peso de los libros se lo impidió. Mateo lo ayudó a despojarse de la cinta y poco a poco consiguió que se sentara. Temblaba ostensiblemente, por momentos su cuerpo se convulsionaba de frio y fiebre. El sastre lo cubrió como pudo con el capazo de su padre y le frotó el cuerpo intentando que entrara en calor, lo que también provocó en Alonso una mueca de dolor al rozar las cicatrices. Se levantó a duras penas, y apoyándose sobre el sastre que llevaba de la mano las bridas de una mula se dirigieron a un portalón cercano bajo una balconada cuya cubierta los protegía de la lluvia. Una vez allí ató al animal y dejó a Alonso medio tumbado mientras él corría a por los restos de sábanas y el petate de libros que aún seguían caídos sobre la calle.

—¡Válgame el cielo don Alonso! ¿Cómo ha podido descolgarse desde ese balcón con este saco a la espalda? ¡Pesa como un muerto! Venga a mi sastrería, séquese y déjeme que le provea de ropa limpia para que pueda empezar su viaje. Tengo unos modelos exclusivos que le vendrán muy bien a donde quiera que vaya. Por cierto, ¿hacia dónde se dirige? —le preguntó mirando las sábanas anudadas. —¿Es que piensa escaparse? ¿Pretende abandonarnos?

—Tengo que irme, don Mateo. Mi padre se ha vuelto loco. Está ciego de codicia e ira y pretende confinarme en el despacho. Me trata como a uno más de sus esclavos. No puedo seguir por más tiempo en esa casa. Tengo que ganarme la vida lejos aquí. Pensaba ir hasta Santa Fe y solicitar un puesto de escribano o notario al nuevo presidente de la Audiencia. No sé dónde ir pero tengo que poner tierra de por medio, se lo aseguro.

—Lo entiendo perfectamente, don Alonso. La personalidad de su padre llega por momentos a ser enfermiza. No es el día a día lo que vuelve loco a los hombres, sino el remordimiento por algo que sucedió ayer o por el miedo al mañana. Pareciera que su señor padre sufriera remordimientos y miedos por doquier. Ayer mismo me visitó el abyecto de su mayordomo para anunciarme que ya dejaba de proveer su casa y a media tarde recibí cancelaciones de varios pedidos por parte de otros buenos clientes. Ellos se lo pierden —dijo con una vaga sonrisa—, a ver dónde encuentran diseños tan brillantes como los míos en este confín del mundo… Pero vamos a mi casa, don Alonso y allí le prepararé un café calentito que lo reconfortará y le dará fuerzas.

—No, don Mateo, no puedo perder ni un solo minuto. No tardarán en darse cuenta de mi ausencia y desconozco cuál será la reacción de mi padre o, lo que es aun peor, de ese asesino que tiene por capataz y mayordomo. A buen seguro que el primer sitio en que me busquen será en su casa, y entonces no quiero ni pensar en las consecuencias. No, no quiero causarle más problemas, es mejor que me vaya —sentenció.

—Puede ser que tenga razón, pero ir a Santa Fe es una locura, es un viaje demasiado largo y pesado. No lo logrará en su estado. Además, ¿es que acaso puede montar? No creo que esté en condiciones ni siquiera de permanecer en pie por mucho rato —le dijo señalándole la sangre que le brotaba del jubón y ya le escurría por las mangas del sayal.

—¿Y hacia dónde puedo ir, don Mateo? No conozco nada de estas tierras, pero si me quedo en Cartagena cerca de mi padre, sé que nunca podré estar tranquilo. Me haría la vida imposible. No sabe lo ladino que puede llegar a ser.

—Conozco sus malas artes demasiado bien. A mí hasta ahora me ha respetado pero su falta de escrúpulos es sobradamente conocida en toda la ciudad. Si no estás con él, estás contra él. Sé de muchos a los que ha hundido o arruinado. Pero en cuanto a su huida, olvídese de Santa Fe. Se me ocurre que, a escasos tres días de Cartagena, siguiendo el camino que atraviesa Getsemaní, se encuentra una nueva y pujante ciudad que está creciendo impulsada por el abrigo y la riqueza de sus explotaciones mineras. Es aún pequeña, pero cuenta ya con un mercado diario y algunos establecimientos: posadas, tabernas y fondas donde poder establecerse. Además, seguro que necesitan letrados. Se llama Santa Marta y por su cercanía tiene correo diario con Cartagena. Así podremos mantener el contacto. Su llegada a la ciudad había llenado mi vida de esperanza.

—Le agradezco mucho la recomendación —contestó Alonso al que la posibilidad de atravesar Getsemaní en su camino, el barrio donde se encontraban Las Dos Rosas, y de interesarse por el estado de Valle le había abierto en el corazón un atisbo de ánimo—. Sí, creo que sería acertado encaminarme hacia una ciudad más cercana y que ofrezca nuevas oportunidades. Ayúdeme a levantarme, se lo ruego.

Lo consiguió a duras penas y el sastre le tendió las bridas de la mula al tiempo que lo miraba con suma ternura. Sin poder reprimirse se lanzó sobre sus hombros para darle un sentido abrazo. Al soltarlo lo tomó de ambos lados de la cara y le plantó un beso en los labios al que Alonso no se resistió. Intentó rebuscar en su mente unas palabras con las que despedirse de aquel hombrecillo bueno, pero no las encontró. De súbito, de la casa comenzaron a escucharse voces y gritos de alarma que dieron paso a que la puerta principal se abriese de par en par. El guarda alertaba de la presencia de Alonso en la calle y al momento se abrió el balcón superior del que surgió la figura de su padre.

—Pero ¿qué haces ahí, estúpido majadero? —gritó tomando los restos de sábana que aún había atados a la balaustrada de su balcón y arrojándoselos con rabia. —¿A dónde te crees que vas, mierdecilla? Entra en la casa, ¡te lo ordeno! ¡No conoces nada de estas tierras! Aquí se muere por una picadura de mosquito o una mordedura de serpiente, cuando no por los salteadores de caminos. ¡Eres un inconsciente! ¡Entra ahora mismo! Y tú, Mateo Alemán, no pararé hasta destruirte, lo sabes, ¿verdad?

Alonso no respondió a ninguno de los insultos de su padre. Dirigió un rápido y cariñoso gesto al sastre y con su ayuda subió torpemente a lomos de la mula, no sin dolor.

—¿Te crees que te puedes ir así, de rositas? ¿Con todo lo que yo he hecho por ti, desgraciado? ¡Mal hijo! ¡Infeliz! ¡Eres como la sucia madre que te trajo al mundo! ¡Un asqueroso traidor! No tardarás ni dos días en volver con el rabo entre las piernas, y entonces no vas a conseguir nada de mí. Te vas a pudrir en la misma mierda porque ya no eres mi hijo. ¡Reniego de ti! ¿Me oyes? ¡Reniego de ti, ya no eres mi hijo! ¡Que te quede bien claro, bastardo, desagradecido, hijo de la gran puta! Reniego de ti y de toda tu maldita generación —y diciendo esto escupió hacia la calle una flema de saliva y babas con intención de alcanzarlo a él o a Mateo, quien en ese momento ya se encontraba poniendo pies en polvorosa, no sin antes dirigirle a aquella patética figura del balcón un gesto con el puño de la mano cerrada y el dedo corazón sobresaliendo, apuntando hacia los negros nubarrones que aun cubrían el cielo.

# 44

Impertérrita al pertinaz aguacero, la mula iba acercando a Alonso hasta la plaza central del barrio de Getsemaní, paso obligado para tomar el sendero que conducía hacia Santa Marta. Allí se toparía con la taberna de Las Dos Rosas donde abrigaba la esperanza de recabar noticias acerca de la suerte del negocio, sus ocupantes y por el estado de las dos indias. Incluso, pensaba, si se lo permitían podría detenerse el tiempo justo y necesario para recobrar algo de fuerzas, dejar que se le secara la ropa, comer algo caliente...

La lluvia resbalaba por el capazo robado a su padre formando finos torrentes que morían en hilos de agua por debajo de sus piernas. La calidad del tejido, prácticamente impermeable, consiguió que al menos Alonso no se mojara más. Además, el calor que desprendía la acémila al andar lo reconfortaba, por lo que se abrazó al cuello del animal y a él encomendó su suerte. No tenía apenas fuerzas. Empapado como estaba en agua y sudor, la fiebre le iba subiendo gradualmente, y su mente borrosa no alcanzaba a articular otro plan que no fuera el de asirse a aquel estoico animal e intentar no morir.

Las calles adoquinadas desaparecieron y dieron paso a un camino embarrado en el que la marcha del animal se tornó suave y amortiguada, como si flotaran sobre un mar de algodón. Tras cruzar el puente comenzó a divisar las primeras casas. Cuando por fin llegó a la plaza de la Trinidad, le ordenó a la mula que se detuviera y el animal obedeció dócilmente. Miró hacia la taberna y no pudo salir de su asombro. La puerta y las ventanas del negocio estaban atrancadas con fuertes tablones de madera que las cegaban completamente. ¡El local ya lo habían clausurado! ¿Cómo podía su padre ser tan cruel y despiadado? Era inútil bajarse e intentar llamar pues dentro no podía quedar criatura alguna o la habrían condenado a morir de inanición. ¿Qué habría sido de las dos dueñas de la mancebía? ¿Las habrían llevado a prisión por ejercer un negocio prohibido? ¿Y Emilio Osorio, el proxeneta, su mujer, María de Villalpando y el resto de las meretrices? ¿Qué tipo de suerte habrían corrido? ¿Qué sería de sus vidas a partir de ahora con el negocio clausurado?

Maldijo a su padre y maldijo también el momento en que, sin saberlo, había hecho que su mera presencia en el local hubiera deparado aquellas nefastas consecuencias. Estaba a punto de ordenar a la mula que reiniciase su camino cuando una ventana de la vivienda aledaña se entreabrió.

—¿Es usted, don Alonso? —preguntó con timidez una voz al otro lado. Se trataba de Rosa Belmonte.

Alonso bajó como pudo de su montura y tomándola del ronzal se acercó.

—Sí, soy yo, pero ¿qué ha pasado? ¿Por qué se encuentra la taberna cerrada y sus ventanas trabadas? —interrogó temiendo la consabida respuesta.

—Pues pregúntele al malnacido de su padre. Él le podrá responder mejor que nadie. Llegó a última hora de la tarde acompañado ni más ni menos que del nuevo obispo de Cartagena y de diez o doce alguaciles. Cuando nos comunicaron que se clausurara la taberna imagínese cómo reaccionó mi socia, la Vargas. Ya conoce el temperamento que tiene. Yo me encontraba en esta casa dándoles de cenar a los niños, pero pude escuchar la trifulca. Al final se los han llevado a todos, a Emilio, a la Villalpando y a casi todas las mujeres. No pude hacer nada, don Alonso, créame. Haberme metido en la refriega solo hubiera servido para que me llevaran a mí también —dijo en tono de disculpa—. Pero por lo menos quedo yo para intentar mantener a los niños. Perdone que no le pueda invitar a que entre en la casa, pero es que nada tengo que ofrecerle, nos lo confiscaron todo, el dinero ¡y hasta la comida! Todo lo que había en la taberna que se pudiera trasladar se lo han llevado antes de sellarla. Si los alguaciles regresan, ven que seguimos atendiendo hombres en esta casa y nos la cierran también, no tendremos donde caernos muertos. Dese cuenta de que en esta plaza hay dos iglesias y muchos curas. Nos quitarán a los niños y me encarcelarán a mí también. Perdóneme, señor Alonso, veo en el estado en que se encuentra, pero no puedo ayudarle. No puedo… ¡Perdóneme se lo suplico!

Se acercó lo que pudo hasta el alféizar de la ventana mientras desataba la bolsa de monedas que llevaba al cinto. De ella extrajo todas las monedas de oro que le quedaban menos una, y se las ofreció a la mano temblorosa que surgió del otro lado.

—¡Dios lo bendiga, buen señor, Dios lo bendiga! No se lo aceptaría si no fuera porque aquí hay muchas bocas que alimentar y no sé cuándo podremos, si es que alguna vez lo conseguimos, volver a ganarnos la vida y reabrir la taberna. Pero ¿hacia donde se encamina?

—Me dirijo hacia Santa Marta. ¿Conoce usted el camino que debo de tomar?

—No es difícil. Continúe hasta el final del barrio por la calle principal, allí se abre la puerta de la muralla, la única de salida de la ciudad por este lado del barrio. Entonces siga todo recto por el camino. No se desvíe nunca y en dos o tres días habrá llegado. Pero no se confunda porque del sendero principal salen algunas bifurcaciones que van a terminar en encomiendas o pueblos indígenas donde no sé cómo lo recibirán. Todos dicen que Santa Marta es una ciudad amable y acogedora. No es un mal destino si, como parece, está usted también sufriendo la cólera de su padre. ¿Cómo se puede ser tan vil y miserable?

La miró con resignación, sin saber qué responderle. En su lugar fue el quien preguntó:

—Y las dos indígenas, ¿que suerte corrieron? ¿Fueron apresadas por los alguaciles también? ¿Hacia dónde las llevaron?

—Gracias a Dios que no —respondió—. Por fortuna para ellas, poco antes de que irrumpieran los alguaciles llegó un cura a recogerlas. Dijo que venía de parte de vuestra merced, aunque no nos informó a dónde se las llevaba. También nos previno contra su padre y el obispo, pero sinceramente, no podíamos ni imaginar que la intervención iba a ser tan drástica y repentina. Nos confiamos. Yo vine a preparar la cena y lo demás ya se lo he contado. Por favor, don Alonso, cuídese mucho. Es usted una muy buena persona que no se merece el padre que tiene. Debe andar con mil ojos porque el camino no es seguro, intente detenerse lo menos posible y cuando lo haga sea precavido. Si puede dormir sobre la mula mejor. Ella sabrá cuidarse y cuidarlo a usted de las mordeduras de serpiente. Sólo parará para descansar y buscar forraje. Tenga mucho cuidado, se lo imploro

—Trataré de hacerlo, doña Rosa —dijo metiendo ligeramente la mano por entre los barrotes de la ventana y rozando con dulzura la de la mujer.

—Don Alonso, tome esto antes de irse —le ofreció de repente, sacándose del refajo la pistola del proxeneta que él conocía familiarmente como *la chispilla*—. Es lo único que Emilio pudo distraer del ansia de los alguaciles y me la confió para que nos defendiera. Pero a donde va la necesitará usted más que yo.

Alonso la miró, estuvo tentado de cogerla, pero no se atrevió. Desconocía de lo que era capaz si tenía una pistola en su poder y declinó el regalo.

—No doña Rosa, ese arma tiene un destino que no es el mío.

Y así, subido nuevamente a la mula, inició la marcha hacia la espesura de la selva tropical.

# 45

El padre Pedro Claver tuvo que detener el carro para no arrollar aquel cuerpo inmóvil que yacía tirado en mitad del sendero, cubierto de lodo y aparentemente sin vida. Junto a él, una mula pastaba del abundante forraje. Por su indumentaria parecía tratarse de un letrado. ¿Pero qué diantres hacía un abogado en aquel apartado lugar, tierra de nadie?, se preguntó. Con sumo cuidado giró su cuerpo para ponerlo boca arriba. Era un hombre joven, se encontraba inconsciente aunque aún respiraba. Su frente ardía. Trató de reanimarlo, pero ni tan siquiera consiguió que abriera los ojos, por lo que pidió ayuda al padre Ballesteros, su asistente, y entre ambos lo subieron al carro donde viajaban con las dos indias en dirección al poblado de Teyuna, en la cordillera de Santa Marta. Una de ellas estaba ya muy recuperada de la tremenda paliza que había recibido y se dedicaba a cuidar de su compañera, arropándola entre sus brazos, tratando que el incesante vaivén del carruaje la maltratara lo menos posible. Sin embargo, cuando introdujeron el cuerpo casi sin vida de aquel moribundo, el rostro de la joven se iluminó. Dejó a su compañera lo mejor acomodada que pudo y dedicó toda su atención al muchacho, que como única reseña vital emitía de vez en cuando un delirante gemido.

Los dos sacerdotes descargaron la mula que había permanecido fiel a su amo y la ataron al carruaje, que no era otra cosa que un carretón de transporte cubierto por una improvisada lona para protegerlos de la lluvia. A duras penas consiguieron abrir hueco para meter allí el pesado fardo de libros y otros enseres que el muchacho portaba sobre la acémila.

Reanudaron la marcha. Hacía horas que había salido el sol, por lo que la tierra húmeda comenzaba a desprender un vaho caliente que provocó que los viajeros comenzaran a sudar copiosamente. La joven india comprobó poniendo su mano sobre la frente del enfermo que esta hervía. Lo desnudó totalmente para evitar que su cuerpo siguiera en contacto con la ropa mojada y lo tapó amorosamente con la colcha y los restos de las sábanas que los curas habían descargado de la mula. Luego, haciendo jirones una de ellas la empapó en agua para ponerla en la frente del muchacho con la intención de bajarle la fiebre. Después rebuscó en el interior de aquel enorme petate buscando algo que pudiera serle útil, mirando extrañada los libros que iba sacando de su interior, abriéndolos y sacudiéndolos para descubrir que nada de provecho había dentro de ellos. Luego extrajo dos botes de porcelana y los destapó para olerlos. En su rostro se dibujó una sonrisa de satisfacción. Ayudándose de otra jira comenzó a aplicar con suma destreza primero el árnica y después el aloe vera que había encontrado en los frascos. Cuando las heridas del muchacho estuvieron cubiertas por aquellos ungüentos le ordenó enérgicamente al sacerdote que detuviera el carro. Con gesto de incomprensión Claver, que había seguido las maniobras de la muchacha con el rabillo del ojo, tiró de las riendas y cuando las ruedas se hubieron detenido y con una agilidad inusitada para una persona que había sufrido una tremenda agresión la chica saltó del carro para adentrarse en la espesura.

—Es verdaderamente inaudita la capacidad de recuperación de esa joven, pero sobre todo la determinación que tiene ¿no le parece, don Pedro? —preguntó el padre Ballesteros, quien se había ofrecido voluntario para acompañar a Claver y retornar a las dos indias a su poblado de origen.

—Pues imagínate cuando las saqué de la casa de mancebía y le comuniqué que las iba a ingresar en una orden religiosa de mujeres. Casi me come cuando le dije que podían incluso formar parte de la congregación y hacerse novicias si lo deseaban. No puedo decir que sea yo un hombre dócil —eso bien lo sabes tú, Ballesteros— lo que si te puedo contar es que en menos de un minuto ya me había persuadido de que las lleváramos a su poblado. No me dio otra opción. Desconozco cómo lo hizo, pero lo hizo. A pesar de su corta edad tiene un poder de convicción arrollador y una firmeza incontestables. Aprendió el español de otros padres evangelizadores y lo emplea como arma afilada.

—Aun así, no sé si hacemos lo correcto trasladándolas tan pronto a su poblado. Quizá deberíamos haber esperado a que al menos la otra joven se repusiera para emprender el viaje.

—Lo mismo argumenté yo, pero imagina mi buen Ballesteros lo inescrutables que son los designios de nuestro señor pues, a buen seguro, de no haber sido por la terquedad de esa india es posible que este joven al que está cuidando con tanto esmero hubiera muerto esta misma noche.

—Eso es más que probable, sí. Pero, ¿a dónde habrá ido ahora?

—Por lo poco que me ha contado es la curandera de su poblado, sacerdotisa, sanadora o algo así. Debe conocer bien las hierbas que curan. Ese cargo en estas poblaciones indígenas es una posición de suma relevancia, asisten a los partos, curan a los enfermos y dirigen los rituales y las ofrendas religiosas. De ahí su insistencia en regresar cuanto antes. Además, según dice pertenece a una especie de consejo de mujeres con el que gobierna su pueblo y su presencia allí es imprescindible. Y eso precisamente es lo que más me ha sorprendido. No es frecuente ver tribus donde el puesto de sumo sacerdote lo ostente una mujer, pero más extraño aún es que el lugar del cacique lo ocupe un consejo de sabias y ancianas. ¡Eso sí que es insólito! Pero no creo que nos esté engañando. El poblado debe encontrarse en algún punto escondido de aquella cordillera —dijo señalando unas montañas a lo lejos—. Es posible que por hallarse tan escondido y preservado, las mujeres se hayan visto más protegidas de las tribus vecinas y hayan podido subsistir con su sistema matriarcal. Aunque, según me contó, la situación allí es ahora mismo crítica.

—¿Han sufrido también allí los ataques de los cimarrones?

—No solamente por eso. Desde hace unos años, una explotación minera confiada a un encomendero sin escrúpulos ha llegado a diezmar tanto la población de varones que temen incluso por su futura pervivencia. Después de dejarlas en el poblado visitaremos esa encomienda para ver hasta qué punto son ignominiosas las condiciones de vida de los esclavos y ver qué podemos hacer por ellos. La justicia aquí es débil con los arrogantes y arrogante con los débiles —sentenció Claver.

—Aquí y en cualquier parte.

La conversación fue interrumpida por el ruido de los pies desnudos de la joven al saltar dentro del carro. Bajo el brazo traía diferentes hierbas que había arrancado con la ayuda de una navaja de afeitar que también había extraído de entre las pertenencias del muchacho. Ahora, sentada junto a él, su rostro brillaba al mirarlo. Comenzó a machacar y mezclar algunas de aquellas hierbas dentro de un cuenco. Bajo la atenta mirada de los dos sacerdotes, que no salían de su asombro, se introdujo en la boca una buena parte de aquel mejunje que había molido con las cachas de nácar de la navaja y permaneció ensalivándolo durante un rato. Luego lo sacó de su boca con aquellos dedos menudos y hábiles y con sumo cuidado lo fue introduciendo todo dentro de la del enfermo, obligándolo a tragar.

Los dos sacerdotes se miraron, sonrieron y reanudaron la marcha.

# 46

La habitación donde Alonso abrió los ojos era una amplia estancia rectangular de madera con cabeceras semicirculares y sin ventanas, aunque sí provista de dos accesos, uno orientado hacia levante y otro a poniente. Esas entradas y salidas no disponían de puertas sino de unas cortinas con cascabeles para avisar con su sonido de la llegada de algún visitante y contaba con apenas unos sencillos y rústicos muebles. Las paredes estaban hechas de un armazón a base de horcones y varas con embarro, blanqueado todo ello a base de cal. La cabeza le dolía y estaba aturdido. Tardó algo de tiempo en darse cuenta de que en el camastro donde se encontraba, junto al suyo respiraba un cuerpo femenino que le resultó familiar. Se trataba de una de las dos indias que defendió en la taberna de *Las Dos Rosas* y dormía angelicalmente. Pudo observar que una de las piernas la tenía fuertemente entablillada desde la cadera hasta el tobillo, posiblemente debido a una fractura múltiple de los huesos. También tenía un brazo en cabestrillo asido al cuerpo para que durante el sueño no pudiera moverlo. Una tremenda hinchazón en la nariz hacía que la respiración resultante emitiera cierta sonoridad.

Al poco escuchó una conversación en su propia lengua proveniente del exterior de la cabaña. Se trataba de dos voces masculinas y una femenina. Creyó entre ellas distinguir la del padre Claver, aquel incisivo sacerdote que había doblegado a su padre, pero las otras dos no le eran en modo alguno familiares. No sabía si en realidad estaba despierto o soñando, por lo que prestó toda la atención que pudo hasta conseguir al cabo de un momento entender algo de aquel diálogo. Hablaban acerca de la forma en la que se regía aquel pueblo. Era el religioso el que interrogaba:

—Y, ¿cómo es posible que solo gobiernen mujeres en Teyuna?

—Cuando dominaron los hombres —contestaba una voz dulce y pausada— sólo existía una norma: el uso de la fuerza cuando se perdía la razón. Los propios padres preparaban a sus hijos para el arte de la guerra, para matar o morir y, lo que era peor, disfrutaban con ello. Los enseñaban a conquistar pueblos, igual que nos conquistaban a nosotras, las mujeres. En contraposición, la ley impuesta en Teyuna desde los tiempos de las más ancianas, abuelas y madres de abuelas es distinta: la progenie tiene que ser educada y adoctrinada desde la más tierna infancia para crear, dialogar, respetarse a sí misma y a los demás. Pero sobre todo para venerar al gran espíritu que es el origen y la unión de todo y que se expresa en la tierra a través de la madre naturaleza.

—Pero ¿eso cómo se consigue? —replicaba Claver.

—La educación de nuestro pueblo se basa en que no se nace para sembrar confusión, sino para aclarar misterios; no para competir con los dioses o con tus semejantes sino para honrarlos; no solo para disfrutar de la belleza y de las cosas naturales, sino para crearlas y compartirlas, para edificar un mundo humano en armonía con la naturaleza.

—Pero ¿cómo evitáis el rencor, la codicia, los celos…? ¿Cómo habéis llegado a esa convivencia tan armoniosa?

—Nacer es algo doloroso —seguía contestando aquella voz amable—, para la madre y para el recién nacido, pero lo compensa la vida misma y nunca se puede, por ley, volver a generar más dolor. Gracias a estas enseñanzas, ni las gobernantes de Teyuna ni por supuesto ninguna madre, volvió a tolerar que sus padres, hermanos, hijos e incluso esposos fueran a pelear a más guerras o a matarse por ideas. Y por ello, desde hace ya muchas generaciones, nuestro pueblo vive en paz.

Alonso seguía inmóvil sobre aquel camastro, la mente confusa trataba de seguir el hilo de una conversación que la fiebre hacía densa y pastosa. Por un momento perdió el curso del diálogo y creyó dormirse. Para cuando despertó era la muchacha la que interrogaba al cura.

—¿Y cómo es posible que ese Dios vuestro, que lo creó todo en seis días, pueda tener forma de hombre y no de mujer, cuando es el lado femenino el que tiene el don de la creación y no al contrario?

Ninguno de los religiosos pudo dar una contestación clara a aquello, lo único que acertaron a decir era que había que confiar en el Señor, el único ser omnipotente que tenía todas las respuestas y en su infinita bondad y sabiduría. Alonso desde la cama, estaba convencido de que la voz de la muchacha debía ser la de la otra indígena de la noche de la pelea en *Las Dos Rosas*. Sí, ¡seguro que era ella!

Hervía de fiebre pero consiguió alzar una de sus manos por encima de la cabeza, la contempló durante un buen rato, entonces la imagen se distorsionó tanto que comenzó a alargarse hasta el punto en que creyó que sus huesos iban a troncharse. Quiso gritar para llamar la atención y pedir ayuda, ver sus caras, reclamar consuelo… ¿Valle? Trató de gritar, pero lo único que consiguió fue que la nuca le propinara un seco y doloroso chasquido que le hizo perder el resto de fuerzas que le quedaban y caer de nuevo en un profundo sopor del que no recordaría si permaneció minutos, horas o incluso días.

Una nueva conversación lo volvió a sacar de su letargo. Era noche cerrada y esta vez estaba teniendo lugar dentro de la habitación donde él se encontraba. Dos hombres con hábito religioso susurraban en un extremo de la habitación sentados junto a un fuego.

—¿Es usted, padre Claver? —preguntó, esta vez sí con mayor presencia de ánimo.

Los sacerdotes se levantaron y acudieron hasta el convaleciente.

—Nos has dado un buen susto, Alonso. Porque imagino que eres Alonso Ortiz de Zárate, el autor de esta misiva ¿verdad? —preguntó enseñándole el pliego de papel manuscrito que él mismo le había enviado a través del médico Antonio Reyes.

—Sí, soy yo. Gracias a Dios que la carta les llegó a tiempo —suspiró.

—Pensábamos que no salías de esta. Las heridas se te infectaron y te han provocado mucha fiebre. Llevas cuatro días inconsciente y de no haber sido por los cuidados de Valle, bueno de K'óom, como a ella le gusta que le llamen en su lengua nativa, ahora mismo estarías junto a nuestro Señor.

—¿Cuatro días? —preguntó extrañado.

—Cuatro que nosotros sepamos, desconocemos si cuando te encontramos en el sendero, lleno de fango, llevabas más tiempo en ese estado.

—Pero ¿dónde estoy? —dijo mirando extrañado el techo construido a base de madera y hojas de palma.

—Estamos en un poblado perdido en el corazón de la sierra de Santa Marta al que los indígenas conocen como *Teyuna*. Lejos de cualquier lugar, pero sobre todo prácticamente incomunicado. Para llegar hasta aquí hay un único camino que termina en unas escaleras de piedra de más de mil doscientos escalones. Imagínate lo que supuso tener que subir dos cuerpos inconscientes. Tú lo hiciste a lomo de tu mula y en la nuestra cargamos el pesado fardo de libros que acarreas por lo que a la muchacha nos la tuvimos que turnar, entablillada como estaba, y tratando de que no se hiciera mayor daño, el padre Ballesteros y yo durante toda aquella interminable escalinata —afirmó Claver frotándose el espinazo.

—¿Dónde está? Dormía aquí, a mi lado, ¿no es así? —preguntó volviendo la cabeza hacia la parte vacía de la cama.

—Está mucho más recuperada y la han trasladado a la cabaña de su familia, donde cuidan de ella. Aún le queda para poder volver a andar, pero el cirujano que contrataste hizo un excelente trabajo y unió sus huesos fracturados a tiempo, por lo que conseguirá recuperarse felizmente.

—¿Y Valle? ¿Dónde está, cómo se encuentra?

—No he visto a ninguna mujer en mi vida con tanta vitalidad y energía. No sé si será por los brebajes que elabora a diario, pero el caso es que creemos que hemos topado con una auténtica sacerdotisa. Desde que llegamos aquí, con una determinación encomiable y como si estuviera completamente sanada de sus heridas, no ha parado de dar instrucciones y se ha encargado de la gobernación del poblado. Organiza todos los estamentos, supervisa los cultivos, cura a los enfermos y da las órdenes precisas para que nada falte en ninguna casa. Ahora mismo está sentada dirigiendo el consejo de sabias con objeto de planificar las necesidades más urgentes. Es un torbellino. Ya la conocerás, estaba deseando que recobraras el conocimiento para agradecerte lo que hiciste por ellas cuando las atacaron los militares.

—¿Es cierto que te enfrentaste tú sólo a dos soldados de los tercios y que saliste victorioso? —preguntó incrédulo Ballesteros.

—Bueno… —reflexionó Alonso—. La verdad es que conté con la inestimable ayuda de las dueñas de *Las Dos Rosas*, disponía de una mejor arma para utilizarse en espacios pequeños y, sobre todo, tuve mucha suerte.

—Y gracias a tu carta pudimos llegar a tiempo de salvarlas. Tengo entendido que al poco de marcharnos de allí clausuraron la taberna. No comparto el exceso de celo de nuestro nuevo obispo, aunque deba respetarlo y obedecerlo.

—Yo le rogaría encarecidamente que intercediera ante el obispo a favor de esas gentes, padre Claver, se lo suplico. No hacen ningún mal y tienen familias y una numerosa prole que mantener; cosa que no pueden hacer desde una cárcel real.

—Le estás pidiendo a un servidor de la Santa Madre Iglesia que interceda por una casa de prostitución?

—Le pido a usted que haga lo mismo que hizo nuestro señor Jesucristo por María de Magdala.

—¡Vaya! —dijo con marcado sarcasmo don Pedro, golpeando con el codo a su compañero—. Parece que en este viaje no sólo vamos a toparnos con sacerdotisas; al parecer, el Señor nos pone también en el camino leguleyos tan diestros con la espada como con el verbo.

—Abogados de pobres —replicó Ballesteros—. Muchos de ellos harían falta para mejorar la vida de las gentes. No sé si el que tenemos delante es uno de ellos, aunque lo que está claro es que no ha seguido el ejemplo de su padre. ¿Fue él quien te causó las heridas?

—Sí —contestó ruborizado.

—Está bien, mozalbete —sentenció Claver—. Intentaremos interceder en la medida de nuestras posibilidades ante el obispo y las autoridades civiles para que permitan a esas gentes ganarse la vida… honradamente —añadió, haciendo una forzada pausa—. Pero la prioridad del padre Ballesteros y la mía propia es la defensa de indios y negros, y antes tenemos que intentar restablecer el orden social que se ha quebrado en estas tierras.

—¿Orden social? —preguntó Alonso con curiosidad.

—Sí. Al parecer hay un encomendero, un tal Antonio Vargas que está quebrantando la ley en esta zona, esclaviza indios indiscriminadamente y con ello deja a este y otros poblados sin sus hombres. Se ha llevado a su mina a todos los útiles, a los que a su vez parece someter a tanto tormento que caen como chinches. Aquí solo ha dejado a los ancianos, los tullidos y los niños, a los que cada vez va reclutando a más corta edad, por lo que si no intervenimos rápido condenará a esta civilización al exterminio. Y a fe que nunca hemos visto un pueblo dirigido y gobernado tan sabiamente. ¡Únicamente por mujeres! ¿Sabes que su consejo de gobierno no toma ninguna decisión que pudiera perjudicar a las generaciones futuras? Creemos que es un ejemplo que nuestra orden debería estudiar pues mucho hay que aprender de ella. Y ese encomendero puede llevarlo todo al traste si no hacemos algo pronto para evitarlo.

—Conozco al encomendero. No solamente incumple la ley, también sus compromisos de pago. Por orden de mi padre tuve que redactar una demanda hipotecaria contra él por el impago de unos prestamos. En cualquier caso el sistema de encomiendas —intentó aportar un poco de luz—, fue instaurado por el propio Cristóbal Colón cuando descubrió La Española, obligando a que cada indígena le entregara un cascabel de Flandes lleno de oro. Ese impuesto debían pagárselo cada tres meses, y de no poder hacerlo, sustituirlo por trabajo no remunerado. Resultó de tanto éxito que al poco fue copiado por las autoridades. Este sistema ha servido durante mucho tiempo al rey para recompensar a conquistadores y colonos que abandonaban la Madre Patria para venir a estas tierras, dotándoles de mano de obra barata a cambio de que los encomenderos cuidaran de los indios promoviendo su bienestar terrenal y espiritual.

—Pues si esa era su intención, Su Majestad no ha conseguido ni una cosa ni la otra. Únicamente miseria y esclavitud para esas pobres gentes. Pero ¿no es más cierto que las encomiendas están actualmente prohibidas? —replicó el padre Claver con contundencia.

—Sí, es cierto. Oficialmente. La institución de la encomienda se creó con esa finalidad de ayudar en la explotación de los nuevos territorios, pero al dar lugar a toda clase de abusos y violencia por parte de los encomenderos y gracias a las denuncias de los frailes dominicos fray Antonio de Montesinos y, sobre todo, de fray Bartolomé de las Casas fueron finalmente derogadas. De las Casas llegó a desplazarse personalmente hasta España para entrevistarse con su majestad imperial Carlos I, y consiguió que en mil quinientos cuarenta y dos, tras cincuenta años de vigencia las encomiendas se abolieran y los indígenas se consideraran súbditos de la Corona como el resto de los españoles.

—Entonces —replicó indignado Ballesteros—, ¿cómo es posible que sigan produciéndose estos abusos y que un pueblo entero esté condenado a la extinción porque un encomendero sin escrúpulos los esté ultrajando y llevando al borde del exterminio?

—Por lo que he podido comprobar durante el tiempo que he estado ejerciendo el derecho en Cartagena lo puedo resumir así: hasta aquí, de la justicia real llega sólo un atisbo. Y cuando llega lo hace tarde, mal o nunca. Quizá yo, desde el punto de vista jurídico les pueda ayudar aportándoles los preceptos y leyes infringidas.

—De momento vamos a utilizar los medios que mejor dominamos, las leyes de Dios. Mañana saldremos hacia la explotación minera para persuadir a ese encomendero de que ceje en su actitud, libere a los nativos sobre los que no tiene ningún derecho y les permita regresar a su tribu. Tenemos nuestros propios medios, créenos —afirmó el padre Claver sin esconder cierta dosis de orgullo.

Alonso miró por unos instantes a los dos sacerdotes, delgados, enjutos, curtidos en mil batallas, la barba desaliñada y el hábito sucio y descuidado, pero con una determinación indomable marcada en el rostro.

—Pude comprobarlo desde el balcón de la casa cuando ejerció ese poder para con mi padre. Nunca lo había visto tan humillado, ciertamente. Mañana no sé si estaré en condiciones de poder acompañarles, pero cuenten conmigo para cualquier cuestión en la que pudiera ayudarles.

—Apreciamos tu ofrecimiento, pero me temo que en tu estado no serías más que una carga. No estarás bien ni mañana ni durante bastante tiempo. En nuestra orden religiosa tenemos como primer objetivo el de ayudar al prójimo, pero para poder servir a los demás sabemos que antes es necesario estar fuerte tú mismo. Permanece aquí el tiempo que sea preciso. Deja que esa Valle te diga lo que tienes que hacer para recuperarte y, cuando seas útil, nuestro señor te enviará una señal. Tenlo por seguro.

El fino tintineo de un cascabel sonó en el momento en el que el sacerdote estaba terminando de decir aquellas palabras, entonces la cortina de la cabaña dejó paso al rostro de Valle. La profunda mirada de ojos verdes que Alonso bien recordaba le iluminó el rostro. Al verlo recuperado y consciente la muchacha también sonrió.

# 47

Mi amada y añorada Beatriz:

Antes de nada suplico tu perdón. Debes excusarme, te lo ruego, por no haber podido remitirte nuevas con anterioridad, pero créeme, desde que llegué a esta tierra he vivido en un continuo estado de incertidumbre y agitación que ahora procedo a relatarte:

Tras la lectura de aquellas primeras líneas y conteniendo la emoción, Beatriz de Llerena buscó un lugar apartado de la vivienda donde poder desgranar palabra por palabra, frase con frase, los sentimientos encendidos que se volcaban en aquella carta.

Escribo estas letras desde Valladolid, en vísperas de partir mañana hacia la villa de Madrid a primera hora del día, y lo hago en la confianza de poder encontrar un correo fiable que te haga llegar esta misiva.

A pesar de mi premura por llegar puntual a la hora y el día señalados para tan importante juicio, el Duque de Lerma, quien debía presidir el tribunal, se había ausentado de la corte. Por ello, la vista se suspendió y no pudo celebrarse. Algún asunto importante lo tenía retenido en su feudo de Burgos desde hacía más de una semana, por lo que todos los juicios, vistas y recursos se vieron aplazados *sine die*. A ninguno de los letrados allí presentes nos dijeron si estos se iban a celebrar en los siguientes días, semanas o incluso meses. Únicamente nos requirieron para que facilitáramos un domicilio en Valladolid donde poder localizarnos cuando el Duque regresara para seguir impartiendo la justicia real. Ante dicha situación no tenía opción alguna de poder regresar a Sevilla, dado que el tribunal podía requerirme de un día para otro, y de no comparecer puntual a la citación el recurso se perdería *ad initio*.

No te puedes hacer una idea de hasta qué punto he tenido que apurar la bolsa para poder subsistir aquí. Me he visto incluso obligado a vender mi montura pues me era imposible comprarle forraje ni encontrarle establo. Desde que la corte se trasladara a esta ciudad, su presencia y la de todo el séquito de personajes de tronío y hacienda que la acompaña han hecho que la inflación se dispare tanto que el dinero que porté desde Sevilla se me agotó al poco. La ciudad ha pasado de tener treinta mil vecinos a más de setenta mil. Imagínate lo complicado que ha sido encontrar un sitio decente donde poder pernoctar. Valladolid es una ciudad llena de vida y bullicio. Durante este tiempo, me he cruzado por las calles con personajes de la talla del pintor Rubens, escritores como Quevedo y Góngora o una delegación inglesa comandada por un célebre autor, un tal Shakespeare que viene a negociar asuntos de la corona inglesa con nuestro rey. También he tenido la gran suerte de coincidir en la misma posada desde la que te escribo con un viejo amigo y cliente, don Miguel de Cervantes Saavedra, que se encuentra en estas tierras buscando un editor que le publique una colosal obra que acaba de escribir.

Beatriz seguía la lectura con fervor. Durante la prolongada ausencia de Diego había permanecido sin noticia alguna de su paradero y no sabía siquiera si se encontraba o no con vida. La espera la había sumido en una lenta y prolongada agonía. Repuesta de sus lesiones, fue poco a poco retomando su trabajo al frente del hospital de las Cinco Llagas, intentando con ello evadirse de la ansiedad. Pero cada día, al regresar al hogar, se sumía en una profunda desazón. Era una mujer fuerte y no translucía en modo alguno aquella pesadumbre, ni ante el servicio ni en el trabajo. Sin embargo, el aroma de la ausencia de su amado hacía que, a escondidas, el llanto se apoderara de su ser, y cada amanecer sin aquel cuerpo que ansiaba a su lado le provocaba una gran desolación.

Comprobó que a la carta aún le quedaban varias páginas y tomando aire con un suspiro retomó la lectura:

Por fin, la semana pasada dio comienzo la audiencia pública del recurso, presidida por el mismísimo don Francisco de Sandoval y Rojas, I Duque de Lerma, Sumiller de Corps, Caballerizo mayor y Valido Plenipotenciario de su Majestad el Rey, Felipe III. El Duque, para mi gran asombro, estuvo en todo momento muy activo y atento al desarrollo del juicio. Llegaba incluso a detenerme y pedirme aclaraciones de las que él tomaba notas manuscritas, cosa que no hizo en ningún momento con el abogado contrario. Desconocía si era esa su actitud habitual, pero no la esperaba en un personaje tan preeminente que lleva toda la responsabilidad del imperio sobre sus espaldas, máxime para este pleito de importancia relativa: un simple seguro de un navío hundido en las costas de Cádiz en el que no podría tener un interés ni tan siquiera mínimo.

El caso es que, ya que te lo puedo adelantar: he ganado el recurso.

Beatriz se mordió con fuerza los nudillos de la mano y no pudo evitar que las lágrimas brotaran nuevamente de un rostro iluminado por la alegría.

Y puedo decirte que sé que he ganado el recurso aunque la sentencia aún no se haya publicado porque han ocurrido acontecimientos sumamente extraños, complejos y totalmente ajenos a la mera actividad judicial.

Resulta que una vez concluida la sesión de juicio, y como la sentencia podría demorarse aun varios días, incluso semanas en dictarse, decidí venir a la posada en la que me encuentro, recoger mis cosas y regresar cuanto antes a Sevilla. Créeme que nada podía desear con más ahínco que estar a tu lado. El fervor de mi corazón por verte dirigía todas y cada una de mis acciones.

Pero cuál no fue mi sorpresa cuando al disponerme a entrar en la posada me aguardaba junto a la puerta un paje real que me abordó y conminó a acompañarlo ante la presencia del mismísimo valido. Puedes entender mi confusión pues no es habitual en modo alguno que el presidente de un tribunal que ha de decidir sobre un recurso pretenda entrevistarse en privado con uno de los letrados intervinientes. En mi mente se dibujó entonces el miedo a que hubiese llegado ya la noticia de mi inhabilitación como letrado ante la jurisdicción de Valladolid, y por tanto la imposibilidad de haber sustanciado aquel recurso. Ello supondría no solo perder el asunto, con la consiguiente imposición de las costas procesales a mis clientes, sino que, además, estos podrían exigirme a mi responsabilidad por negligencia, esto es, reclamarme una indemnización por daños y perjuicios en forma de un caudal que, como bien sabes, no dispongo. En definitiva, mi ruina. Hubieran embargado todos mis bienes, la casa de la calle Aire incluida claro está.

Puedes imaginarte el ánimo con el que ingresé en la fastuosa sala de embajadores del Palacio Real de Valladolid, la capital del imperio. Cuando el paje anunció mi presencia, el Gran Duque se encontraba despachando un asunto ni más ni menos que con don Francisco de los Cobos, antiguo propietario de aquel palacio y personaje de gran lustre. Sin embargo, lo ventiló con urgencia para prestarme a mí toda su atención. Al expresarle mi asombro por lo inesperado de su llamada argumentó que las cuestiones que tenía que tratar conmigo trascendían más allá del estricto ámbito jurídico. Efectivamente, había llegado a sus oídos el hecho de que yo nunca había obtenido titulación universitaria para ejercer como abogado y que la Audiencia de Sevilla ya se había pronunciado al respecto inhabilitándome. Creí morir.

No caí al suelo, pero la sensación que tuve fue la de que la tierra se abría bajo mis pies.

Sin embargo, el duque me tranquilizó diciéndome que se hacía cargo de mi situación: la de un militar curtido en los tercios viejos, defensor de la Corona y que además había realizado, según él, una brillante defensa del asunto durante mi actuación ante el estrado. Tanto que le había convencido para inclinar la balanza de la justicia a nuestro favor. Llegó incluso a mostrarme la sentencia que ya tenía avanzada, manuscrita de su propio puño y letra, a falta únicamente de su rúbrica y en la que, en definitiva, se podía leer un fallo que revocaba totalmente la sentencia anterior y se pronunciaba favorable a nuestros intereses. No obstante, el Duque condicionó la firma de esa sentencia al hecho de que yo ejecutara para él una delicada misión que tenía que encomendarme y para la que me exigía de la máxima discreción.

Es por ello por lo que no puedo contarte el contenido expreso de la misma, pero me veo en la obligación, dado que voy a tener que estar alejado de ti por bastante más tiempo, de explicarte someramente la situación. Espero de todo corazón poder desenvolverme bien y culminar la tarea encomendada lo antes posible, pues el encargo del duque me obliga a desplazarme a la villa de Madrid para después regresar nuevamente a Valladolid y rendirle cuentas del resultado. Si este es de su satisfacción, me recompensará notificándome la sentencia favorable y todos nuestros problemas y estrecheces económicas habrán terminado. De lo contrario, si no cumplo con éxito su cometido, romperá la sentencia, notificará a las partes que el recurso interpuesto está viciado de nulidad al haber sido ventilado por un letrado inhabilitado, y entonces… llegarán el resto de consecuencias.

Debes entender que mi vida y mi fortuna dependen de cómo pueda ejecutar esta complicada misión y de su resultado final, por lo que me veo en la triste obligación, muy a mi pesar y en contra del deseo de mi ánimo, de cambiar mis planes y dirigir mis pasos hacia Madrid y no hacia Sevilla y cumplirla con la mayor celeridad para poder volver a tu lado cuanto antes. He convencido a mi buen amigo Cervantes para que me acompañe y así tener alguien con el que compartir gastos y fatigas. No ha encontrado en todo este tiempo un editor que publique su novela y va a probar mejor suerte en la antigua capital del reino, donde han quedado los que no han querido desplazar sus imprentas hasta aquí.

Por último contarte que, cuando ya prácticamente había concluido mi reunión y me dirigía hacia la puerta donde me esperaba el protonotario del reino para conferirme poderes suficientes con los que cumplir mi cometido, el duque me preguntó con forzado desinterés si tenía algún tipo de parentesco o grado de consanguinidad con un letrado Doctor en Derecho por la universidad de Sevilla y actualmente ejerciente en Nueva Granada, Alonso Ortiz de Zarate y Llerena. Cuando le contesté que se trataba de mi sobrino carnal me dijo que a mi regreso me daría mayores noticias de él, pero se negó en redondo a ofrecerme ningún tipo de detalle acerca de la información con que contaba. «Será un complemento si, finalmente, desarrollas con éxito tu labor», me dijo como toda razón.

Quedo en la total frustración de no saber cuándo podré verte de nuevo, amada mía. Ardo en tal deseo que mi mente se obnubila y a cada despertar la ansiedad y la agonía me carcomen. Pero esta misión y sobre todo ganar el recurso supondrán el final de nuestras dificultades económicas y poder así disfrutar de tu amor sin más límite ni cortapisas.

Deseando tenerte entre mis brazos lo antes posible, se despide;

Tuyo y amantísimo;

Diego Ortiz de Zárate.»


Beatriz de Llerena releyó la carta varias veces. Le intrigaba e interesaba todo cuanto le había acontecido a su amado, la entrevista con el Duque, el hecho de que hubiera ganado tan importante pleito y al mismo tiempo tener la esperanza de conocer algo acerca del paradero de su añorado Alonso, del que tampoco sabía nada desde que partiera de aquella irreverente manera hacia el Nuevo Mundo.

Pero ya una vez, hacía mucho tiempo, sufrió la pérdida de un abandono provocado además por otro Ortiz de Zárate. Tardó entonces en entender que su felicidad no podía depender de nadie, y menos de un hombre. Que la plenitud solo podía provenir del equilibrio y la paz interior. Y a fe que aquello le costó más llevarlo a la práctica que entenderlo. Pero cuando finalmente lo consiguió, el amor colmó tanto su vida que llegó a desbordarla. Un amor pleno, profundo, sin condiciones ni ambages. Un amor hacia sí misma y hacia todos los seres de la creación. Fue entonces cuando entregó su vida a mejorar la de los más necesitados, pues ese amor le regalaba cada día caudales inagotables de energía renovada.

Y ese equilibrio, esa riqueza a raudales se habían visto quebrantados desde que la pasión por Diego irrumpiera en su vida. Bien era verdad que los días que pasó con él en aquella casa tras abandonar el hospital se podían contar entre los más felices de su vida, pero también era cierto que desde que él marchara su existencia se había sumido en una agónica ansiedad, siempre a la espera de una noticia, siempre faltándole el aire, siempre sintiendo una carencia difícil de llenar. La misma carencia que una vez se juró, jamás volvería a sufrir.

Así, tras dar un último y resuelto repaso al escrito y forzando un sonoro suspiro, lo rompió en mil pedazos para ordenar desde donde se encontraba:

—¡Erundina! Deja todo cuanto estés haciendo por favor, y prepara el equipaje con todas mis pertenencias. Me marcho de esta casa.

# 48

Desde que los sacerdotes marcharan no habían tenido noticia alguna, ni de ellos ni de los indígenas esclavizados. Gracias a los cuidados de Valle se encontraba ya totalmente restablecido aunque con el indeleble recuerdo de unas cicatrices que lo habrían de acompañar de por vida.

Convivió en Teyuna como uno más. Al principio le costó acostumbrarse a la sencillez y pureza del poblado, a prescindir de los lujos de su vida anterior. No vestir con su traje togado como había venido haciendo cada día desde que se doctorara se le antojó el hábito más difícil del que desprenderse. Pero en aquel perdido confín del universo, una toga era sin duda la prenda más engorrosa, estúpida e inútil para vestir. Pasaba el día desenganchándose las hojas que se atrapaban en ella y quitándose los espinos que la rasgaban. Además, al ser tan tupida no le permitía transpirar aquel sudor pegajoso que provocaba la influencia del Mar Caribe. Tras deambular varios días por el poblado con aquella horrible y absurda indumentaria negra, una mañana Valle lo tomó de la mano y lo condujo hasta el río. Allí lo desnudó completamente y lo sumergió, lavándole el pelo enmarañado y frotándole con sumo cuidado el resto del cuerpo. Después lo vistió con una especie de calzón que ella llamaba *pati* y una camisa o *kup* con cortes en los brazos y una abertura de forma cuadrada para sacar la cabeza. Ambas prendas eran de paño fino y sumamente frescas. El calzón era corto y no se enredaba en la maleza.

—Pertenecieron a *Son de Viento* y ahora te pertenecen a ti —le confió con voz cálida mientras lo vestía delicada y sensualmente, aprovechando cada oportunidad que sus dedos tenían para acariciar la piel del muchacho y sobre todo, aquellas infames cicatrices. Por último y como única explicación antes de regresar alegremente al poblado le dijo: —¡Ya está!, ya no te lastra nada de tu pasado, siempre que tú quieras, claro.

Su condición de varón le confería el privilegio de ser útil a la comunidad trabajando con la fuerza de sus brazos. Así, y desde que pudo valerse por sí mismo, se esforzó por hacerlo en el campo para ganarse el alimento y aprovisionar a los demás. En aquella sociedad matriarcal, el hombre más valioso se distinguía en función del número de bocas a las que podía alimentar. Los que al final de la estación de recogida se encumbraban en lo más alto, alcanzaban el mayor escalafón social y gozaban de todo tipo de reconocimiento social, ceremonias y rituales en su honor y además, un puesto en el consejo que gobernaba el pueblo. Un puesto con voz, pero no con voto.

Como quiera que apenas quedaban hombres en el poblado su presencia se hizo notar, y por donde quiera que pasaba despertaba muestras de cariño. Además de sus tareas agrícolas procuraba pasar el mayor tiempo posible cerca de Valle, o K´óom, como empezó a llamarla al notar que eso hacía feliz a aquella muchacha a la que, era plenamente consciente, se sentía cada vez más atraído. No había conseguido olvidar a Constanza en modo alguno. La recordaba cada día, pero la lejanía y la imposibilidad de su amor hacían que frente a aquel recuerdo se erigiera una barrera insalvable.

Algo brotaba en su interior cada vez que K´óon se acercaba y él podía aspirar el aroma de su pelo, o cuando sus miradas coincidían y ella le obsequiaba con aquella cautivadora sonrisa. Cada gesto, cada detalle de aquella india que parecía tratarlo con un cariño indiferente, lo trastocaba. Un extraño hormigueo surgía entonces, manándole de su bajo vientre y provocándole una sensación entre agradable y desazonada que no conseguía controlar. No se decidió en ningún momento a dar el paso de expresarle aquellos sentimientos. La diferencia abismal entre las dos culturas de las que procedían lo coartaba y no sabía qué reacción podría tener la joven. Máxime cuando ella había estado a punto de ser violada por unos degenerados de su propia raza. Además, era conocedor de que Valle estuvo unida a un varón, uno de los primeros que se llevaron para esclavizarlo, y que había muerto ejecutado al intentar escapar. Ella misma, que había organizado una expedición a la encomienda con la intención de llevarles alimentos, pudo ver su cabeza segada y clavada en una pica a la entrada de la mina. Aquel fue el último intento de ayudar a sus hombres que hizo su pueblo.

En una ocasión, cuando Alonso regresaba de sus tareas en el campo, uno de los niños llegó corriendo hasta él y le pidió que se apresurara porque Valle había convocado a todo el pueblo ante el *kuche*, un formidable cedro rojo que era conocido como el árbol de la justicia. Y aquella tarde pudo descubrir la parte más severa e inflexible de aquella insólita muchacha. Se trataba de ejecutar un castigo sumamente cruel. Una sentencia dictada por el consejo y refrendada por ella misma que había quedado en suspenso por la repentina invasión de los cimarrones y el rapto por parte de los soldados de Valle y de su compañera. El procesado era un joven llamado *Keh*, uno de los adolescentes del poblado, el cual había intentado, por segunda vez, violar a una muchacha. En la primera ocasión, la sentencia consistió en la aplicación de un doloroso aguijonazo en sus genitales de una hormiga urticante y venenosa conocida como *paraponera, y* cuyo mordisco podía llegar a ser letal. Pero su efecto disuasorio duró poco y el joven lo volvió a intentar nuevamente. En caso de reincidencia, la ley Teyuna era clara y contundente: si el árbol no se endereza, hay que talarlo. Sin embargo, y tras un arduo debate en el que se valoró no solo la gravedad del asunto sino también la mera subsistencia del poblado, Valle consiguió con su voto de calidad persuadir al consejo para que este le perdonara finalmente la vida al muchacho; pero ello no implicaba que aquél no sufriera su merecido castigo: dos aguijonazos de paraponera, uno en cada testículo. Bien era verdad que aquello podría ocasionarle también la muerte, pero le daba posibilidades de seguir con vida si es que así lo deseaba el Gran Espíritu.

Para cuando Alonso llegó, el procesado ya se encontraba atado con las piernas abiertas, una a cada lado de aquel inmenso árbol de la justicia. No entendía lo que estaba gritando, pero claramente imploraba misericordia. Junto a él estaba su madre y en su gesto podía advertirse el sufrimiento por el padecimiento al que iban a someter a su hijo, pero también la resignación de entender que lo que le estaba sucediéndole a su vástago era de sumo merecido. Todo el pueblo se había reunido allí para presenciar y aprender. Alonso pudo contemplar cómo el rostro de Valle se transfiguraba hasta el punto de antojársele irreconocible. Impasible, implacable, casi feroz. Con unas pinzas sujetó cada una de las dos paraponeras, aplicando cada dosis con calculada precisión.

El acto en sí apenas duró unos minutos. El muchacho se desmayó tras el primer mordisco y yacía exánime, con los testículos tan hinchados que parecía que la bolsa escrotal le fuera a estallar y con dos hilillos de sangre brotando de cada uno de ellos. Permaneció así, expuesto junto al árbol, con sus aleccionadores genitales desnudos para que todo el mundo pudiera aprender de ellos, hasta que el sol dejó de colgar del cielo. Entonces su madre pudo desatarlo y llevarlo hasta su cabaña donde lo cuidó hasta que el Gran Espíritu le devolviera o no a la vida. Alonso no volvió a ver a Valle en los siguientes días.

Con el tiempo se fue implicando más y más en la comunidad Teyuna hasta el punto de que lo invitaran en varias ocasiones a las reuniones de sabias donde se tomaban las decisiones que afectaban al gobierno del poblado. Se sentaba junto a Valle, quien le iba traduciendo someramente los acuerdos que se adoptaban. Cada resolución del consejo tenía que ser valorada y autorizada finalmente por las más ancianas, que disponían de un derecho a veto, pues debían dictaminar si aquellas no perjudicarían a las siguientes generaciones, esto era, a los nietos de sus nietos. Si existía la más mínima sospecha de que el acuerdo de comercio con un poblado vecino, desviar un río para fertilizar un valle, cazar o pescar determinada especie que empezaba a escasear o en definitiva, cualquier decisión, podría perjudicar el bienestar futuro del poblado, esas ancianas podían con su decisión final tumbar el acuerdo.

En aquellas reuniones también estaba permitido intervenir a algunos hombres elegidos entre los que más méritos habían hecho en beneficio de la comunidad, pero su presencia era siempre minoritaria y nunca podía recaer sobre ellos la responsabilidad de gobernar. Durante muchas generaciones, los caciques habían demostrado que la guerra y el uso de la violencia para conseguir sus fines era un aditamento más de su forma de gobierno. No les importaba mandar a perecer a sus hijos, padres o hermanos, incluso ellos mismos, con tal de que su ego saliera fortalecido. Adiestraban a sus más pequeños para batallar al poco de destetarlos, los preparaban para morir y lo que era aun peor: ¡llegaron a considerar aquello como algo normal! ¿Qué mente perturbada puede querer que el fruto de su semilla se prepare para matar o morir?

También de tanto en tanto, los hombres, reyezuelos, caciques y sumos sacerdotes eran aficionados a los sacrificios: niños, vírgenes, prisioneros… todo valía para agradar a los dioses. ¡Cómo se notaba que aquellas ofrendas no se habían gestado nueve meses dentro de sus entrañas! No, en Teyuna nada de aquello volvería a suceder jamás. Aquellas madres, hermanas, tías o abuelas no iban a volver a consentirlo.

Sin embargo ahora, paradójicamente, la mayor amenaza de subsistencia para el poblado era precisamente la ausencia de hombres. Al igual que el exceso de sol quema las cosechas, el de agua las anega. El equilibrio se había roto y su propia civilización peligraba.

Una noche, cuando el pueblo entero bailaba junto a la gran hoguera en agradecimiento por un nuevo día, Alonso decidió que algo tenía que hacer. Después de darle una y mil vueltas y ante el evidente fracaso del padre Claver, decidió actuar él mismo y así se lo comunicó a Valle: la justicia no se espera, se busca. Consiguió convencerla de que la única posibilidad que existía para acabar con el cautiverio en la mina era promover una demanda legal del pueblo indígena de Teyuna contra el encomendero Antonio Vargas. Para ello, él se trasladaría a Santa Marta, ciudad de nuevo cuño, distante tan sólo a unas pocas jornadas de viaje. Allí, lejos de la influencia de su padre, abriría un nuevo despacho profesional y promovería la demanda.

Alonso le había contado también a Valle el pleito que por encargo de su padre había redactado en nombre de unos banqueros contra Antonio Vargas, por lo que probablemente la mina cambiaría de manos en el futuro. No llegó a firmar el pleito, le argumentó, dado lo precipitado de su huida, pero estaba seguro de que su progenitor buscaría a otro abogado que lo hiciera, ya que él por otros motivos no podía encabezarlo. En poco tiempo esos prestamistas serían los nuevos dueños de la explotación, los conocía y sabía que no eran malas personas, pero en ningún caso podía garantizarle que liberarían a los indígenas ilegalmente esclavizados cuando la propiedad de la mina les perteneciera.

Era por eso, la convencía Alonso, totalmente necesario que se interpusiera la demanda por parte del pueblo damnificado contra el infractor de la ley, en este caso el titular de la encomienda. Alonso estaba seguro de que, en condiciones normales, podía ganar ese pleito y, en definitiva, salvar el futuro del poblado. A Valle le costó mucho entender que el futuro de su aldea pudiera caber en un montón de papeles. Que el destino de tantas familias de carne y hueso, de sus árboles, sus cabañas, sus ríos y sus sueños pudieran meterse dentro de aquellos finos y endebles legajos garabateados como los que Alonso tenía en sus inútiles libros. Pero confiaba ciegamente en aquel muchacho que una noche le salvara la vida.

Valle informó al consejo de las intenciones de Alonso y el litigio que pretendía emprender contra la encomienda para restablecer la ley. Pero cuando entró en pormenores y les explicó cómo sería el proceso, surgieron las primeras dudas. Representantes del poblado tendrían que desplazarse ante los tribunales de Cartagena de Indias donde este asunto se dirimiría. Luego habría que comparecer ante un delegado del rey, llamado juez, que decidiría quién tenía finalmente la razón. Sembró sus dudas sobre todo escuchar la palabra rey, porque cada vez que la escuchaban, al igual que la palabra oro, suponía pesar y sufrimiento para su pueblo. Finalmente, y después de un arduo debate y el hecho claro de que sin sus hombres el futuro del poblado corría un mayor peligro que no intentándolo, el consejo confirió un permiso especial a Valle para que tuviera la última palabra, ya que sería ella la que tendría que desplazarse a Cartagena y representarlos durante aquel proceso.

Y tras una profunda reflexión, Valle decidió confiar en aquel hombre bueno, interponer la demanda y que la justica del Rey restableciera el orden. Alonso comenzó entonces a hacer los preparativos para su marcha, terminando los trabajos que había iniciado en el poblado, reuniendo sus pertenencias y preparando a la mula para el viaje. Cuando únicamente faltaban dos días para partir hacia su destino en Santa Marta, Valle se le acercó. Lucía una sonrisa seductora. Venía del río donde acababa de bañarse y brillaba exultante, habiéndose perfumado y adornado con unas flores el cabello.

—Mañana —le dijo tomándolo de ambas manos—, quiero hacerte un regalo muy especial. Has de estar aquí justo al amanecer pues pasaremos todo el día fuera del poblado. Voy a mostrarte mi mundo.

Y levantándose sobre las puntas de sus pies, sin dejar en ningún momento de mirarlo a los ojos, lo tomó por la nuca para darle un dulce y prolongado beso en los labios tras el cual, rompiendo a reír, se marchó corriendo.

# 49

Sentado sobre el saliente de una roca desnuda aguardó a que Valle llegara. Cuando los primeros rayos del sol despuntaban el horizonte la vio acercarse, con su paso alegre y jovial. Vestía huipil blanco de una sola pieza, los hombros desnudos y la cabeza tocada con plumas de aves exóticas. Lucía un collar con incrustaciones de nácar y piedras grabadas. Nunca la había visto tan bella.

—Ven —le dijo sin poder evitar que la embargara un gesto de escondida timidez—, te va a encantar lo que quiero enseñarte.

Lo guio por un sendero que transcurría entre las decenas de terrazas de piedra que su pueblo había construido durante generaciones para hacerlas aptas para el cultivo. Después el camino fue haciéndose más sinuoso rodeándose de maleza hasta desembocar en un valle denso y frondoso del que la sonrosada luz de la mañana acababa de apoderarse. A diferencia del resto de los territorios aledaños al poblado, en este no se había permitido ninguna explotación agrícola. Nadie salvo las sanadoras y curanderas podían hollarlo. No había plantaciones de maíz, frijoles o habas, ni presencia alguna o rastro de seres humanos. Únicamente tupidos árboles, exuberante vegetación y un pequeño riachuelo que nacía bajo una colina de piedra verdinosa. Durante el camino, Valle fue extrayendo de una bolsita que llevaba al cinto hojas de una planta que le dijo se llamaba *koka,* y que él mascaba sintiendo como le anestesiaba la boca.

—Te hará bien —afirmó— y te quitará el hambre. Es posible que no regresemos al poblado hasta bien entrada la noche.

Alonso sintió ese efecto casi de inmediato. No había ingerido nada para el desayuno, pero aquellas hojas de *koka* frenaron su apetito y le proporcionaron una vitalidad extraordinaria.

—¿Sabías que mi madre me llamó K´óon, es decir, Valle en tu lengua, porque en cuanto pude gatear, cada vez que me escapaba de su lado me dirigía tercamente hacia el sendero que conduce hacia este valle?

—Lo desconocía, pero tiene sentido. Me parece un nombre muy bonito, K´óon.

La chica pareció ruborizarse al escuchar su nombre y agachó tímidamente la cabeza para rebuscar algo en su bolsa. Se trataba esta vez de una hierba machacada a la que denominó *ashawaska* y que le aseguró le abriría una puerta. Alonso no entendió lo que aquello significaba, pero se dejó llevar por la conversación alegre de la muchacha, embriagado por aquel mágico entorno que lo envolvía. Valle prosiguió su relato:

—Se trata de la reserva de vegetación autóctona que el consejo ha preservado íntegramente desde hace muchas generaciones. Se mantiene virgen para que nosotras podamos extraer de esta reserva las hierbas con las que hacemos las mezclas que sirven para curar. Nadie más tiene permiso para venir aquí. Desde que mi maestra abandonó su cuerpo físico en la tierra y se unió al del Gran Espíritu, soy yo la encargada de cuidarlo. Estoy formando y enseñando a varias jóvenes del poblado para cuando yo falte. *Alitzel,* que significa «niña sonriente» es una de ellas. Las dos nos encontrábamos aquí recolectando plantas cuando escuchamos el estruendo de los cimarrones al irrumpir en el poblado. Habían conseguido armas de fuego y disparaban al aire para amedrentarnos. Las que no pudieron escapar como Alitzel y yo fueron repetidamente violadas por esos salvajes. Pero la represalia de los tuyos fue aún peor. Los persiguieron por todas partes y, obviamente, llegaron hasta aquí. Para doblegarlos no les importó en modo alguno que muchas de las muchachas que habían utilizado de rehenes y sufrido terribles vejaciones murieran. Fue espantoso.

—He oído hablar de la brutal represión de la revuelta. Efectivamente, puestos a aplastar, la maquinaria de nuestro ejército es implacable.

—Y bueno, ya conoces, porque fuiste testigo, la suerte que corrimos Alitzel y yo. Huimos montaña abajo, escondiéndonos donde podíamos, durmiendo en cuevas y comiendo lo que encontrábamos. Pasamos así varias lunas, no podíamos regresar al poblado. Entonces fue cuando esos hombres armados nos emboscaron. Parecían alimañas. Nos arrancaron la ropa y trataron de forzarnos, pero creo que no esperaban tanta resistencia. Desde muy pequeñas, una de las primeras lecciones de adiestramiento que recibimos es cómo debemos rechazar una agresión sexual. Te puedo asegurar que puedo llegar a ser muy contundente con mis rodillas, mis uñas y mis dientes. Pero estos eran tan fuertes que, aunque no conseguían penetrarnos, nos redujeron y nos arrastraron como un trofeo hasta aquella taberna donde tú nos encontraste... Y nos salvaste —dijo mirándolo amorosamente por vez primera desde que Alonso despertara en el poblado.

—Fue algo muy confuso, tengo que confesártelo. Jamás me había peleado. No había participado en otro duelo que no fueran las clases de espada que recibí en España por parte de mi tío. Pero cuando tú me miraste, sentí una fuerza extraña y una energía inusitada. Escuché algo, como una orden en mi cabeza que me exigía actuar y prestaros ayuda. Nunca había notado algo semejante.

Lo observó con profundidad, casi con clemencia. Si alguna vez existieran sacerdotisas en el Olimpo estas debieron tener aquella misma mirada con la que ahora lo estaba cautivando. Alonso sintió un tremendo ardor y cómo una deliciosa sensación lo embargaba. A duras penas consiguió tragar saliva. Valle se giró en esos momentos y empezó a trotar sutilmente hacia el nacimiento del río.

—¡Sígueme! —le indicó.

Pasaron la mañana conociendo cada palmo de aquel paraíso de vegetación. Le obligaba a detenerse para escuchar cómo las gotas del rocío se arrastraban sobre las hojas hasta acumularse al final del lóbulo.

—Ahora no pienses en nada, cierra los ojos hasta que oigas cómo esa gota cae al suelo y se rompe en mil fragmentos—. ¡No hagas nada! Ni siquiera pienses. Solo espera —le ordenaba—. ¿Lo has oído? —le preguntaba jubilosa, sin que Alonso se atreviera a reconocerle su fracaso—. ¿A qué es increíble? Ahora escucha el aleteo de ese insecto. Concéntrate en él —le exigía—. Mira la vaina de aquella semilla voladora, está a punto de desprenderse. Si te fijas bien podrás sentir como cruje antes de caer al suelo.

Y así fue, poco a poco, cómo Valle lo fue transportando hacia otra realidad. Un extraño mundo que Alonso desconocía y en el que se fue adentrando inconscientemente. Su mente iba perdiendo el control y el protagonismo para cederlo al precioso e irrepetible momento que estaba viviendo junto a aquella asombrosa muchacha. Sin mente, sin pensamiento, guiado únicamente por la voz de Valle, se fue abstrayendo de tal manera que llegó a perder la noción del tiempo. Se dejó llevar absolutamente por la forma en que la joven iba guiándolo hasta el punto de que ya nada parecía tener importancia. Ni su padre, ni el pleito de la encomienda, ni la lejana Sevilla. Todo carecía de sentido alguno porque lo único verdaderamente importante se encontraba allí, en aquel lugar y en ese precioso momento.

—Ahora —escuchó cómo le ordenaba un eco lejano que le exigía con firmeza—, escucha tu respiración. Quiero que permanezcas atento al aire que llena tus pulmones para cargarte de energía pura y fresca y cómo con cada expiración te vacías completamente…

No fue consciente de cuantas veces aspiró y expulsó aquel aire fragante y dulce, pero de repente dejó de escuchar las órdenes de Valle. Su voluntad seguía dirigida por ella, aunque ya sin mediar comunicación verbal alguna.

Y entonces sucedió. Miró hacia sus pies y halló el caos más absoluto. Estaba rodeado por un amasijo de ramas, de hojas muertas y raíces que lo envolvía todo y que carecía de orden o sentido. Sin embargo, en mitad de aquella anarquía sintió una súbita y extraordinaria lucidez. Descubrió la belleza, el amor y el alma que impregnaba cada célula de la creación, y milagrosamente se sintió formando parte unívoca de ella. Era uno con un universo de naturaleza armónica, y por más que lo intentó, únicamente alcanzaba a ver eso: la más absoluta belleza. Por donde quiera que mirara solo encontraba amor. Todo cobraba sentido dentro de un orden entrópico pero absoluto, interconectado, puro, intenso e ilimitado.

No sabía cuánto tiempo estuvo llorando. Un llanto quedo, quieto. Un llanto de felicidad desbordante, de sensación infinita, de plenitud. No hacía falta nada más para alcanzar ese estado de perfección, solo ser consciente de la absoluta sencillez que lo rodeaba y de la que él que formaba parte. ¡Solo eso! Notaba que de cuando en cuando Valle se le acercaba para acariciarle suavemente el rostro, pero en ningún momento secó aquellas lágrimas densas que se derramaban una tras otra.

Oscurecía cuando por fin salió de aquel estado de ensoñación. Estaba tumbado sobre la vegetación, sentía un frío que lo hacía tiritar y un hambre desaforada. Vislumbró la figura de Valle en la distancia. La muchacha cortaba amorosamente unos finos brotes de plantas con la cuchilla de afeitar que Alonso llevaba en su petate y que no había vuelto a ver desde que esta cayera en manos de la joven. Al notar que ya había despertado, se le fue acercando con pasos acompasados mientras hacía un hatillo con las hierbas que acababa de recolectar.

—Parece que te ha gustado tu puerta, ¿no es así? —le preguntó-. ¡Ahora estás preparado! Siempre dispondrás de ella y la disfrutarás a tu elección. Únicamente tendrás que observar tu respiración y podrás abrirla cuando desees. Te empoderará si lo necesitas y te conectará con el Gran Espíritu.

Y ayudándole a levantarse del suelo, lo tomó de la mano para dirigirse lentamente hacia el poblado.

# 50

No fue consciente de cuántas veces estuvieron haciendo el amor durante aquella, la última noche que pasó en la ciudad perdida de Teyuna. Ni tampoco de cuándo Alitzel se deslizó dentro de la cabaña para colarse entre sus cuerpos desnudos.

Alitzel los estaba aguardando al final del sendero. Cuando regresaron al poblado ya era noche cerrada y la joven corrió hasta encontrarse con Valle, graciosa y jovial, con aquella pequeña cojera que le había quedado, secuela de la agresión de los soldados. Intercambiaron al oído escuetas frases de complicidad y al terminar, ambas lo miraron por un segundo para después regalarle una sonrisa desvergonzada. La muchacha se dirigió entonces hacia su cabaña y ellos hicieron lo propio, unidos por las manos, hacia la de Valle.

Alonso seguía en aquel extraño estado de ensimismamiento cuando entró. No estaba cansado, pero era como si las fuerzas lo hubieran abandonado y la sangre no alcanzara a fluirle por el cuerpo. Se desplomó sobre el tálamo. Desde allí contempló cómo Valle avivaba el fuego y metía en una marmita las hierbas que había ido recolectando junto a los restos de hoja de *koka* que le quedaban en la bolsita. Luego se acercó a él y le ofreció un cuenco que contenía un líquido lechoso.

—Se llama *pulke*, bébelo, te reconfortará.

Tras ingerir un segundo cuenco de aquel brebaje, Alonso sintió que el cuerpo le hervía, pero no de calentura como había sufrido tiempo atrás al padecer fiebre. Un intenso calor le hormigueaba desde los genitales hasta el coxis y se iba esparciendo por todo su cuerpo provocándole una extraña desazón. Miró hacia Valle confuso. Ardía de pasión. Ella se había desnudado completamente y a los pies de la cama untaba su cuerpo con aceites perfumados, lo que hacía que su piel, tersa y anacarada, refulgiera a la temblorosa luz del fuego.

No pudo resistirse. Se incorporó ajeno al crujir de los junquillos y las ramas ligadas del camastro. La miraba hipnótico, extasiado. No era dueño de su voluntad. Valle se irguió para recibirlo, deteniéndolo al apoyarle suavemente una mano en el mentón mientras que con la otra le cerraba los labios y le rogaba con dulzura:

—Aún no… es demasiado pronto. Déjame hacer a mí.

Le pidió que esperara sobre la cama y se dirigió nuevamente hacia el fuego. Alonso no podía dejar de admirar aquella figura de curvas perfectas, la piel lisa y brillante que envolvía su cuerpo fibroso y esas manos de dedos finos y alargados que ahora le ofrecían, aderezados de una profunda mirada, otra bebida. Se trataba del brebaje caliente que había ido mezclando en la marmita. Alonso lo recibió para beberlo con fruición, quemándose la lengua que se le quedó momentáneamente insensible.

—¡Ten cuidado! —le reprendió— Es una poción muy fuerte y debe durarte toda la noche.

Mientras bebía a sorbitos, la muchacha volvió a dirigirse hacia el fuego, donde había colocado otra olla más grande con agua tibia y hierbas perfumadas en la que sumergió un paño. Entonces se acercó hacia él y lo desnudó con suavidad al tiempo que iba frotando su cuerpo con aquella tela que desprendía un aroma cítrico. Alonso se estremecía cada vez que notaba el roce del tejido en cada parte de su anatomía. La piel se le erizaba y el torbellino de placer se propagaba inundándolo como una vibración. Sus sentidos se elevaban hasta un nivel de percepción que nunca había experimentado. Terminó de limpiarle todo el cuerpo y lo incorporó para frotar su miembro con una solución en la que mezcló ambas pócimas. Alonso sintió que le resultaba imposible controlar la erección, el pene le ardía y estaba a punto de estallarle. Valle, de rodillas como estaba frente a él, comenzó a acariciarlo con sus dedos, primero delicadamente, luego tomándolo con firmeza y masajeándolo desde la base hasta su extremo, mientras que comenzaba a besar el vientre y el pecho de su amante al tiempo que lo tumbaba sobre la cama para sentarse a horcajadas sobre él. Luego lo rodeó con sus piernas y situó su sexo sobre el vientre del muchacho. Exhaló un prolongado gemido de placer cuando sintió como Alonso se había introducido completamente dentro de ella y entonces, tomando su cabeza entre las manos y sin dejar de mirarlo un solo instante, comenzó a contornearse rítmica y pausadamente sobre su cuerpo.

Cada beso, cada mordisco en la piel, cada roce de sus lenguas era extremadamente lento, como si ambos quisieran eternizar el momento. Alonso notaba el aliento húmedo de Valle al penetrar por sus fosas nasales hasta llenarle los pulmones de un aroma dulce y cálido. Los sentidos exacerbados, las sensaciones eternas. Lo acariciaba deslizando ambas manos por detrás de la nuca mientras le mordía los labios, la nariz, la barbilla... frenándolo cuando él se encontraba a punto de alcanzar el éxtasis u obligándolo a cambiar de postura para enardecerlo con su boca o con su cuerpo cuando era ella la que alcanzaba el placer máximo. Recordó que fue después de vaciarse por primera vez dentro de ella cuando notó que otro cuerpo se adentraba en la cabaña para participar en aquel ritual de pasión. Era Alitzel ahora quien, mientras Alonso se recuperaba, besaba a Valle tomándola por el pelo y fundiendo sus lenguas y sus sexos con una sutileza extrema. Se tumbaron a su lado amándose enardecidas, haciendo que sus cuerpos se contornearan convulsivamente y alcanzando el cénit una ocasión tras otra. Alonso nunca había contemplado esa pasión y entrega tan absolutos. Contemplaba cómo sus nalgas se alzaban y hundían fuera de sí, y entonces las comenzó a poseer también él, indistintamente. Tomaba un cuerpo u otro con tal naturalidad que le pareció que aquello que estaba viviendo no podía ser más que un sueño. «¿Es esto real? Dime, Valle, si es real, por favor, ¡dímelo!», le preguntaba mientras mordía los labios de su amada y sentía al mismo tiempo cómo Alitzel tomaba su miembro para introducirlo dentro de su boca.

No podía parar. No quería controlarse. Los bebedizos que Valle les iba proporcionando no hacían sino exaltarlos aún más a cada sorbo. No importaba cuántas veces se vaciara, en un momento el fuego y el ímpetu volvían a encenderse y el mero hecho de contemplar como las dos jóvenes se amaban con aquella entrega tan sublime lo incendiaba por dentro.

Tampoco supo cuándo cayó rendido. Al abrir los ojos la mañana inundaba ya la choza yrecordó con pesar que aquél era el día fijado para partir hacia Santa Marta. Fuera, un silencio sepulcral roto por los primeros cánticos de los pájaros se adueñaba del poblado. Se encontraba en medio de las dos indias, pegado a la piel de Valle rodeándola con su brazo y con los muslos acoplados en las corvas de la muchacha. Alitzel dormía a su espalda y tenía la mano introducida entre su brazo y su costado, emitiendo al respirar ese sonidito característico de la nariz quebrada por el cabezazo de un soldado.

—Quiero que esto dure para siempre —le susurró al oído a su amada en cuanto percibió que esta había abierto los ojos.

Ella se separó de él unos escasos centímetros para mirarlo con aquella profundidad insondable.

—Sabes que nos están exterminando, ¿verdad? No podría prometerte ni tan siquiera que esto durara un sólo día más.

# 51

Taparon a Alitzel abrigándola con una fina manta y se vistieron. Necesitaban un momento último de intimidad antes de despedirse. Caminaron hasta un pequeño montículo desde el que admiraron al sol protagonizando el resurgir de un nuevo día. Valle había portado unas tortas de maíz que empezaron a tomar, bocado tras bocado, en absoluto mutismo, dejando que el tornasol de la mañana los fuera envolviendo. Cuando el calor del astro templaba ya sus rostros fue Valle la que inició el diálogo.

—¿Tú crees que el Dios verdadero, ese que nos han enseñado los religiosos que han venido a educarnos, a convertirnos, a evangelizarnos…, ese Dios misericordioso del padre Claver… tú crees que va a permitir que nos extingamos?

Tomó un tiempo para articular una respuesta que en realidad no tenía. Sabía que el poblado de Valle había recibido la visita de misioneros de diversas órdenes religiosas y que el mismo padre Claver durante su estancia había compartido con ellas los misterios de la Santa Madre Iglesia. Pero desconocía hasta qué punto dichas enseñanzas habían mellado la psique de la joven y el miedo reverencial hacia ese Dios omnipotente, dueño del destino de cada cosa, se había incrustado en sus células.

—No soy una persona fervientemente religiosa. Entiendo que Dios está en todos los hombres, pero no todos los hombres están en Dios, y por eso sufren. Conozco los dogmas de la Iglesia aunque no soy temeroso de su obra, pues creo más en la Justicia y en lo que cada ser humano puede hacer para influir y cambiar su destino, si es que estuviera de verdad marcado al nacer. En definitiva, creo que cada uno es lo que es por las decisiones y las elecciones que va tomando a lo largo de su vida. Aun así, si nuestro rey es fruto de los designios del Señor y si está aquí en verdad por gracia divina, entonces ese rey dictó leyes y estas han de ser cumplidas. La encomienda no puede esclavizaros, y eso es justamente lo que yo voy a conseguir.

—Cuando vinieron los primeros sacerdotes a enseñarnos la palabra de vuestro Señor, a convertirnos, yo era apenas una adolescente. Mi maestra era la sacerdotisa y sanadora del pueblo y de ella lo aprendí todo. Me enseñó que solo hay un Dios, que nosotros llamamos Espíritu o Gran Espíritu, y que ese Dios no es Dios sino Diosa, y está encarnada en la madre naturaleza o *Pachamama*. Pues ¿cómo puede ser Dios un varón?, ¿cómo puede dar la vida? Si la vida únicamente la da el lado femenino, la madre naturaleza, las mujeres que paren niños, las aves que ponen huevos, las flores que guardan el polen celosamente. Y ese Dios masculino y ese rey varón son los que van ahora a aniquilar a mi pueblo.

—No es el deseo de Dios ni la voluntad del rey, créeme. Es la ambición desmedida del hombre, su ansia de codicia y también, tengo que reconocértelo, la corrupción que nos corroe como la carcoma a la madera.

—De generación en generación, desde que *Táanil Nal,* la «primera de las Madres» asesinara en plena noche a su marido, el cacique que iba a mandar sacrificar a más de un centenar de miembros del poblado, huyendo esa misma noche junto a cientos de mujeres para establecerse en estas tierras, nuestra civilización se ha forjado y reforzado mucho. Las enseñanzas son sencillas y están muy lejos de esos misterios de la Santísima Trinidad y de la virginidad de una mujer que luego pare un hijo. Todo eso que vuestros curas nos han intentado enseñar y que no llegamos a comprender. Para nosotros la vida es más simple y se edifica en el día a día. Si todo el mundo mantuviera limpio el trozo de calle que hay en frente de la puerta de su choza, toda ella estaría limpia. Cuando nos ocupamos de nosotros mismos también nos estamos ocupando de los demás y del Universo. Y eso conlleva cuidar nuestro espíritu, que es el espíritu de todos.

Alonso la escuchaba admirado, anonadado. ¿Cómo podía una mujer tan joven, expresándose en una lengua que además no era la suya, transmitir con tanta sencillez principios tan existenciales? Pareciera que al hablar alguien la iluminara dictándole el discurso. Siempre había creído que la religión generaba miedo, superchería y era para aquellos que necesitaban que alguien les dijera lo que tenían que hacer, mientras que la espiritualidad consistía en prestar atención a tu voz interior y proporcionaba paz. Pero nadie se lo había expresado con tanta claridad como Valle. No quiso interrumpirla y la dejó proseguir.

—El problema es que vosotros queréis mantener la casa, vuestro trozo de calle y la calle entera limpios, pero no con vuestro esfuerzo, sino con el de los demás. Con nuestro sufrimiento, nuestro sudor y nuestra sangre. Rompéis el equilibrio natural cada día. Desafiáis la ley del Universo, abusáis de las mujeres, envenenáis los ríos con ese mercurio que habéis traído para separar el mineral de plata, no cazáis para comer sino por divertiros, esquilmando nuestra fauna y nuestro alimento —hizo una reflexiva pausa para mirarlo con gesto de incomprensión, dibujando trazos con sus manos que flotaban en el aire—. ¡Rompéis la balanza! No buscáis el equilibrio sino el dominio, la explotación y el abuso. Y lo que es peor: a pesar de estar afrentando la ley divina y el orden natural, ¡no os pasa nada! Por más que la divinidad ya no está presente en casi ninguno de vuestros actos, de que el espíritu os haya abandonado ¡no os extinguís! Más bien en realidad cada día sois más fuertes y los que estamos sucumbiendo somos nosotros. No, no puedo creer en vuestro Dios varón, vengador y justiciero, pero tengo que reconocer que es poderoso y sabe protegeros.

—No se trata de Dios. Hemos creado un sistema que nos esclaviza sin saberlo, con trabajo, con obligaciones, con necesidades superfluas, reputación, prestigio… Al menos los que trabajan en la mina son conscientes de su penosa situación, pero nosotros estamos igual, esclavizados por el trabajo, el dinero, la ambición y la codicia. Aunque no lo sepamos.

—Pero ¿cómo podéis matarnos y mataros por cosas que no podéis tocar con las manos? ¿Dios, poder, dinero… qué significan vuestras ideas? ¿Merecen la pena más que el enorme sufrimiento que generan?

—Vamos a ganar esa demanda, Valle, es lo que puedo decirte. Cree en mí. Sé que puedo hacerlo. Conseguiré que vuestros hombres regresen al poblado.

—Pero —replicó—, es que no se trata solo de Teyuna. ¡Nos estáis exterminando! Ya has sido testigo de cómo mi pueblo todas las noches al encender el fuego en honor a sus ancestros baila en agradecimiento a la Madre Naturaleza que nos da la oportunidad de sentir, por un día más, la vida. Y cada amanecer nos regala la luz, los colores y los sonidos y el alimento que nos mantiene. Y danzamos porque necesitamos que haya equilibrio entre la luna y el sol, para que ni el exceso de sol seque la tierra ni el de lluvia la inunde. Porque toda armonía en el Universo pasa por mantener la proporción entre los dos opuestos. Pero llegáis vosotros y vuestros caballos de guerra con armaduras impenetrables, con explotaciones mineras que llagan la tierra y exterminan a los pueblos. Estáis destruyendo a la Madre Naturaleza. Habéis venido a acabar con ese equilibrio ancestral. Y al final conseguiréis exterminarnos, ¡pero es que vosotros ya estáis muertos!

Rompió a llorar sin consuelo posible. Aquella muchacha singular, que gobernaba con mano firme un pueblo, una civilización única, que había resistido el ataque de unos bárbaros y resurgido de sus cenizas, mostraba ahora su lado más frágil. Y lloraba hecha un ovillo con la cabeza entre las rodillas y los brazos rodeándolas. Lloraba de incomprensión, de impotencia, de rabia y odio. Aquella que cada noche hacía reír y bailar a los más ancianos cantando y divirtiéndose, dispuestos a resistirse a la mortal amenaza que suponía aquel nuevo mundo hegemónico que se estaba cerniendo sobre ellos. La heroína, sacerdotisa, casi diosa, se había desmoronado.

Se despidieron aquella misma mañana. Alonso vestía su traje togado y lucía radiante, con la gola blanca refulgiéndole bajo el cuello y realzándole el rostro, la barba cortada por última vez con la navaja de su madre. Enseñó a Valle a afilarla con una piedrecita que también le regaló. La muchacha, nerviosa, lo acompañó hasta el límite del poblado. Allí entregó las bridas a Keh, el joven al que ella misma había ajusticiado y le dijo en su jerga: Llévalo sano y salvo a Santa Marta, no pares ni entres en la mina y, sobre todo, regresa. Es tu última oportunidad y lo sabes.

Se despidieron con frialdad. Aquellos ojos le transmitieron, como lo hicieran una noche en plena pelea de taberna, que tenía que actuar. Ahora le tocaba a él. Y Alonso sabía perfectamente lo que tenía que hacer. Era ese su campo, su dominio, su don. Para aquello era, sencillamente, el mejor. Con una determinación y una confianza que no había sentido jamás se dejó llevar por Keh que lo conducía, mula abajo, por aquellos mil doscientos escalones de piedra que conformaban el sendero que iba hacia Santa Marta.

En el último recodo del camino desde donde podría visualizarla giró la cabeza con el deseo de verla por última vez, pero K'óon ya no estaba.

# 52

Santa Marta no eran más que sesenta o setenta casas de piedra y ladrillo y contaba con unas cuatro manzanas de extensión. El resto no eran sino chozas de madera que se extendían por arrabales en un urbanismo caótico de calles sucias y polvorientas. Sobre todo ello sobresalía el torreón de la iglesia y la espadaña del campanario.

Su llegada no pasó inadvertida. Primero fueron los niños, corriendo tras la mula y tirándole risueños de la toga. Desnudos, vestidos, blancos, morenos o mestizos. Luego, a medida que se acercaba al centro, los personajes más insignes del lugar iban saludándolo, inclinando el ala del sobrero, sorprendidos ante la presencia poco habitual de un hombre de leyes. Ni más ni menos que un abogado. ¿Qué lo traería por allí, estaría de paso?, se preguntaban unos a otros, ¿o pensaría instalarse en Santa Marta?

Se detuvo ante la puerta del cabildo. Allí preguntó por el alcalde de pueblo. Lo llamaron y el corregidor tardó poco en venir. Era un hombre rudo, de campo, pero de buenas maneras. Lo recibió en su despacho que no era sino una estancia fría y huera, sin más muebles que una mesa de madera tallada y un par de sillas. No había ningún cuadro, ninguna bandera o cualquier símbolo del poder real en aquella oficina. Alonso inició la conversación sin contarle sus verdaderas intenciones pues no pretendía enemistarse con quien lo tenía que ayudar.

—Me llamo Alonso Ortiz de Zárate —se presentó— y pretendo establecer un despacho legal en esta ciudad, si es que ustedes no tienen inconveniente.

—Mi nombre es Carlos Mendoza, y soy el alcalde de esta su ciudad, en la que es más que bienvenido, don Alonso —respondió con remarcada cortesía, forzando modos y maneras a las que, obviamente, no se encontraba habituado. Es más —continuó—, Santa Marta tiene un futuro prometedor gracias a las explotaciones mineras y agrícolas que se están instalando en las inmediaciones y en la actualidad carecemos de letrados, teniendo que desplazarnos hasta Cartagena cada vez que precisamos los servicios de uno. Su llegada aquí, ya le adelanto, será bendecida por todos los vecinos. Es un privilegio tenerle aquí, amigo mío —dijo forzando una ridícula reverencia.

—Necesitaré entonces que me ayude a encontrar un lugar que me sirva de hospedaje, así como de despacho profesional para poder atender a los clientes.

—Yo mismo dispongo de una habitación en la planta baja de mi vivienda, huelga decir que se trata de la calle principal de la ciudad. Si es de su agrado podría gustosamente arrendársela. Es bastante amplia y tiene entrada propia por lo que podrá gozar de la intimidad que desee.

—También debemos formalizar los trámites para homologar mi titulación —dijo extrayendo un cartapacio enrollado en el que figuraba un nombramiento, por su majestad, don Felipe II, Doctor en Derecho por la Universidad de Sevilla.

Don Carlos comenzó a leerlo dificultosamente, trastabillando, uniendo torpemente sílaba con sílaba. Re-y Fe-li-pe, Doc-tor De-re-cho... Levantó la vista y lo contempló admirado.

—¡Un doctor en derecho en Santa Marta! ¡Y además formado en una Universidad española! ¡Cielo santo! ¿Gracias, Señor, muchas gracias! —exclamó buscando la mano de Alonso para besarla.

La habitación no era muy grande. Tenía una pequeña ventana enrejada, una puerta de acceso desde la calle y contaba con el espacio justo para ubicar una mesa, dos asientos de confidentes y una estantería donde colocar sus códigos y libros de leyes. No disponía de cocina, pero sí de chimenea en un rincón. Separándola con una cortina le quedaba el espacio justo para una cama en la trastienda. Cuando don Carlos le dijo el precio que por anticipado debía pagar por un mes de alojamiento, Alonso sacó su bolsa y rebuscó con el dedo. Un ducado de oro. La última moneda de ese metal que le quedaba como único caudal. Además, tenía que amueblar la oficina y comprar un jergón. Volvió a calcular las de plata y bronce que le restaban. Apenas le llegaría para comer durante dos o tres días. Al menos consiguió que el precio incluyera encerrar la mula en los establos del alcalde y su manutención. Se acordó del momento en que depositó las monedas de oro en la mano extendida de Rosa Belmonte a través de aquella ventana cuando partió de Cartagena y se afirmó en que, sin duda, en aquellos momentos esos niños estarían alimentados gracias a ello. Sonrió y cerró el trato con el alcalde.

Despidió a Keh, pues ya no precisaba más de sus servicios como guía y este, antes de echar a correr, lo miró con marcada inquina. En verdad que no lamentaba separarse del único lazo que lo unía a Teyuna. Aquel muchacho tenía una mirada aviesa y no le inspiraba ninguna confianza. A pesar de las advertencias que Valle le había hecho, se había adentrado sumamente curioso en el territorio de la encomienda, tanto que los capataces llegaron a amenazarlo con soltarles los perros si no se alejaba.

Contrató los servicios de un carpintero que mientras fabricaba sus muebles le cedió otros ya usados pero que le venían al pelo para iniciar cuanto antes su actividad. Le pagó por adelantado, y cuando sopesó la bolsa ya apenas abultaba, miró entonces en su interior: únicamente tres monedas de bronce... Suspiró y la cerró. Se encontraba acabando de rotular en la fachada de su recién alquilada casa la inscripción con su nombre y su titulación de abogado cuando un hombre lo abordó. Se trataba de un colono que había sufrido un impago por parte de un tratante de maíz. Le vendió toda la producción de su encomienda pero el fulano no le había pagado mas que la cuenta que le entregó como señal. Cuando el último carro de maíz entró en su almacén y le reclamó el restante, el tratante le indicó que no tenía más dinero, que debería esperarse a que pudiera vender la mercancía. De eso hacía ya casi un año...

Aún ni había colocado su título en derecho, pero en aquel improvisado despacho lo atendió lo mejor que pudo. Cuál no fue su sorpresa que al abrir la puerta para despedirlo encontró a otros tres colonos que formaban fila demandando sus servicios. Se trataba de gente sencilla, trabajadora y de origen humilde, que había abandonado todo para probar aventura en el Nuevo Mundo. Acostumbrados a arriesgar a cada paso eran gente aguerrida, pero en cambio, excelentes pagadores.

Así empezó a trabajar a destajo, ganando tanto dinero que no sabía ni dónde lo iba a poder esconder entre aquellas cuatro paredes. Desde primera hora del día los clientes se iban colocando en hilera ante la puerta del despacho, y sin poder ni tan siquiera descansar a comer, los iba atendiendo uno tras otro, hasta que se hacía de noche. Entonces, aquellos que no había tenido tiempo de atender se iban marchando, no sin antes guardarse la vez para la mañana siguiente.

Transcurrió así un mes de vértigo. Al igual que le había costado acostumbrarse a no vestir con traje togado cuando estaba en el poblado indígena, ahora se le hacía insufrible tener que volver a usarlo cada día. La gola le oprimía el cuello y por debajo de las axilas comenzaron a surgirle ronchas y rozaduras. Le hacía sudar sobremanera, y cuando se lo quitaba por las noches tenía la sensación de que el paño se le quedaba adherido al cuerpo. La inmediatez del mar Caribe y su húmeda influencia en una habitación que apenas tenía ventilación era por ende una combinación asfixiante. Después de haberse acostumbrado a vivir en plena libertad y contacto con la naturaleza, a asearse a diario y a nadar frecuentemente en el rio Buritaca, ahora, confinado entre aquellas cuatro paredes, notaba que tanto él mismo como su traje togado desprendían un incisivo olor acre que se le hacía cada vez más opresivo.

Echaba de menos la compañía de Valle, el ánimo y la alegría de aquella joven excepcional y también, cómo no, aquel cuerpo con el que le había regalado la pasión más sublime. Añoraba también la sensación de simplicidad, de sencillez que sintió junto a aquella comunidad en la montaña. De no necesitar nada para tenerlo todo. Un modo de vida tan alejado y distante del que ahora llevaba en Santa Marta, que le hacía pensar que lo vivido en Teyuna no había sido más que un lejano y hermoso sueño. Ahora, en su día a día, se había reencontrado con la prisa, la codicia y el artificio, y los sentimientos de carencia volvían a apoderarse de todo.

Era sábado por la noche y se encontraba agotado por el trabajo extenuante. Sin embargo, aún no había tenido tiempo para redactar ni una sola coma de la demanda que tenía que interponer a favor del pueblo de Teyuna. Asediado por un cliente tras otro, únicamente había podido dar un repaso a las leyes aplicables y redactar unas cuantas notas con el esquema general del proceso con sus pros y sus contras. Pero empezar a redactar... ni letra. Y aquello se le antojaba imperdonable. Por mucha faena que hubiese tenido, el recuerdo del sufrimiento de aquella civilización única y la posibilidad de su extinción lo removieron por dentro. Al día siguiente, domingo, no recibiría clientes. Se juró a sí mismo que dedicaría toda aquella jornada de descanso a encerrarse y comenzar a escribir. Iría a misa pero no a la taberna. Los domingos anteriores, la cortés insistencia del alcalde y del resto de sus nuevos vecinos para que los acompañara al colmado después del culto lo había hecho llegar demasiado bebido como para poder trabajar.

Exhausto, se sentó ante la mesa dispuesto a despachar unas tortas de maíz con frijoles y patatas asadas que la mujer del alcalde le había llevado como cena. Llegó al acuerdo con ellos que le sirvieran dos comidas al día a cambio de una cantidad exorbitada de dinero que Alonso abonó gustosamente ya que carecía de tiempo siquiera para cocinar. Iba a echarse el primer bocado a la boca cuando escuchó unos fuertes golpes en la puerta. Sorprendido por lo intempestivo de la hora se puso la toga y abrió. Ante sí, al umbral de la escasa iluminación de la calle descubrió la fisonomía de tres individuos. Uno era un negro enorme que venía sujeto con grilletes de pies y de manos. De su garganta, sujeta por una argolla, pendía una pesada cadena de hierro cuyo extremo era sujetado por otro hombre, blanco y fornido. Delante de ellos, un señor de unos cuarenta años, bajito, rechoncho y bien vestido a la usanza colonial tomó la palabra.

—Buenas noches tenga usted, don Alonso. Me llamo Antonio Vargas. Soy el titular de una explotación de mineral de plata, la más importante de toda Santa Marta, y como uno de los prohombres más notables de la ciudad me he permitido venir desde mi encomienda a presentarme y hacerle entrega de este regalo de bienvenida a la ciudad —dijo señalando al negro—. A buen seguro que necesitará de un esclavo tan útil como este —dijo con marcado sarcasmo—. Pero... ¡es que no nos va a invitar a pasar?

# 53

—Disculpe mi sorpresa, no esperaba más visitas hoy —Alonso tragó saliva pues no conseguía salir de su desconcierto. Tenía delante al hombre que había esquilmado el pueblo de Teyuna y contra el que al día siguiente se proponía comenzar a redactar una demanda—. En verdad estaba cenando —se disculpó— y a punto de acostarme, pero pasen por favor, no se queden en la puerta —les solicitó sin estar totalmente seguro de si lo que estaba haciendo era correcto.

Entraron solo los dos hombres blancos. Al negro, que Alonso pudo apreciar tenía un brazo tullido, lo dejaron atado del cuello a la reja de la ventana mediante un fuerte candado con llave. Solo por norma de educación les ofreció compartir con ellos su cena, lo que ambos hombres declinaron. Fue Vargas quien tomó la palabra:

—Excuse usted el horario poco habitual de mi visita señor Alonso, pero mi encomienda dista una jornada de marcha de Santa Marta. Únicamente me desplazo cuando mis obligaciones me lo permiten y, claro está, algunos sábados para asistir al día siguiente al oficio religioso y poder comulgar como dicta nuestra Santa Madre Iglesia. En verdad que la noticia de su llegada ha corrido como la pólvora por estas tierras y ardía en deseos de conocerlo. Cuando vengo a la ciudad me hospedo en el cuarto de invitados del señor alcalde, es por ello por lo que me he permitido el atrevimiento de bajar a saludarlo y a solicitarle que me conceda una audiencia para mañana mismo dado que tengo que encargarle un asunto de extrema urgencia e importancia.

—Pues veremos si puedo serle de alguna ayuda —reaccionó Alonso, consciente de que si lo aceptaba como cliente ya no podría firmar contra él la demanda del pueblo Teyuna. La ley era muy clara desde tiempos de Alfonso X, y un abogado no podía llevar a un cliente como defendido y luego demandarlo pues vulneraba el principio de secreto profesional.

—Antes de nada, aquí tiene las llaves de los grilletes y el título de propiedad del esclavo —dijo depositándolo todo sobre la mesa—. Desde este momento puede considerarlo suyo. Ya he estampado mi firma en la última página del documento en señal de transmisión. Se trata de un buen ejemplar de negro africano, fuerte como un toro. Al principio intentaba, como todos, escapar de la mina, pero, poco a poco, mi buen capataz aquí presente ha sabido aplicarle buen medicamento para reconducirlo y guiarlo por el buen camino —rio el sólo con su propia ocurrencia—. Ahora es manso como un cabestro.

—Le agradezco mucho el detalle, señor Vargas, aunque no puedo aceptarlo.

—¡Cómo! —exclamó—. ¡No puede despreciarme el regalo, don Alonso! Por favor, no me ofenda. Considérelo, en cualquier caso, si no lo quiere como obsequio, un anticipo a cuenta de sus emolumentos por el asunto que voy a encargarle.

—Es que no necesito ningún esclavo, señor Vargas —intentó zanjar.

—¡Por favor, amigo mío! ¡Todo el mundo necesita esclavos en estas tierras! —dijo soltando una fingida risotada y haciendo un aspaviento con las manos golpeándose ambas rodillas—. Ya verá como le es muy útil guardando la casa. A buen seguro que ya estará ganando buenos dineros con sus honorarios, y aquí en Santa Marta aún no hay banco donde guardar el caudal. Créame que está usted haciendo una buena adquisición. Y… si no lo quiere, siempre pude venderlo al mejor postor. Mire su valor en la escritura de propiedad. Según el abogado que me llevó el asunto, un tal Fernando Ortiz —afirmó mientras sus párpados se entrecerraban hasta dejar que su mirada en una estrecha rendija— este negro tuvo el precio en escritura de la nada desdeñable cifra de cincuenta ducados. Por cierto —preguntó sibilinamente— comparte usted apellido con don Fernando, ¿no se tratará de su padre, verdad?

—Yo no tengo padre —respondió con una firmeza cortante, recordando las últimas palabras proferidas por su progenitor desde el balcón, mediante las que había renegado de él.

—¡Cuánto lo siento, mi buen señor, cuánto lo siento! —reiteró mirando hacia el suelo pero dedicándole un somero gesto de desconfianza con el rabillo del ojo—. ¡Bien! Pues entonces nos veremos mañana —dijo haciendo ademán de levantarse—. ¿A qué hora le parece a usted que me puedo pasar? ¿Le viene bien antes o después del oficio religioso?

—Me temo que, como le he dicho, no voy a poder atenderlo a ninguna hora. Tengo otro asunto de extrema gravedad que he de ventilar y para el que necesito todo el día.

—¿Cómo? —replicó el encomendero dejándose caer nuevamente sobre la silla con un gesto tan atónito y contrariado que sus labios se quedaron boquiabiertos dibujando en su boca una arrogante y engreída «o».

—Que mañana me resultará imposible atenderlo. Debo dedicar mi tiempo a un asunto encomendado antes que el suyo. *Prior in tempore, potior in iure*, le espetó, confiando en que con el latinajo que a buen seguro no entendería, se quitaba de encima a aquel analfabeto.

El golpe fue súbito y seco. Alonso vio cómo el puño de Vargas, del que sobresalía un enorme anillo de oro y piedras preciosas, se estrellaba contra su mesa. El estruendo sonó aún con mayor virulencia al rebotar las llaves de los grilletes. El capataz se levantó de golpe y adelantó sutilmente una de sus piernas en la que llevaba un enorme machete para que el abogado lo pudiera ver con perfecto detalle. Un remolino de frío y calor recorrió la espalda del letrado hasta alcanzarle la nuca. Vargas percibió el gesto.

—¡Usted no sabe con quién está tratando, querido mío! Soy el hombre más rico y el que más esclavos tiene de los alrededores, amigo personal del alcalde en cuya casa me hospedo. ¿Acaso quiere usted hacer carrera en esta prometedora ciudad, o pretende granjearse enemigos a los que nunca podrá ganar?

Respiró lo más profundo que pudo para recomponerse y ganar tiempo. Aquel insolente se había colado en su casa a una hora intempestiva aprovechándose de su hospitalidad y ahora le venía con aquellos modales... el mismo bárbaro que estaba esquilmado al pueblo de Valle... Tuvo que volver a respirar varias veces más para conseguir calmarse. Y entonces comenzó a hablar con mesura y en un tono lo más reflexivo posible.

—Mire usted, señor Vargas, ya le he dicho que mañana he de dedicar todo mi tiempo a otra cuestión que requiere de mi inmediata atención. Pero si se trata de un asunto de tan elevada importancia para usted, déjeme verlo ahora y yo estudiaré si puedo o no llevárselo. Vuelva aquí a la hora prima y le daré mi opinión.

Vargas ordenó con un gesto al capataz que sacara de su zurrón un grueso legajo. Cuando lo deslizó sobre la mesa para que el letrado lo examinara, Alonso no pudo dar crédito a lo que estaba viendo. Se trataba, ni más ni menos, de la demanda de los banqueros De la Rubia y Torres, íntegramente redactada por él a excepción de la firma y de la rúbrica. Encabezaba la demanda Tomás López Lucena, el procurador de los tribunales adscrito al despacho de su progenitor.

—Por lo que me explicó el ujier del juzgado que me entregó este cartapacio —dijo sin querer reconocer en ningún momento que no sabía leer— unos banqueros asquerosos me quieren desposeer de mi mina. ¡Malditos usureros! Vinieron a verme hace un tiempo y no quisieron darme más plazo para poder devolverles el prestamo que en su día me concedieron, los muy avaros. Les informé de que actualmente la explotación está pasando por un mal momento. Los esclavos enferman y caen como chinches, sobre todo los indios que doblan el espinazo al primer latigazo. Estamos en plena prospección de una nueva veta que a buen seguro descubriremos en breve, entonces podré pagarles lo que debo. Es del todo imposible que el yacimiento se haya agotado, lo compré hace no mucho y pagué por él una inmensa cantidad de dinero. Solo necesito un poco más de tiempo, pero esos codiciosos banqueros son implacables. Se comportan como chacales y lo que quieren es despojarme de mi mina a toda costa. ¡La quieren para ellos! ¿Entiende? No saben que, sin mi intuición, aquel montón de detritus no vale nada. No, no puede permitir que esos rufianes se queden con mi encomienda. Tiene que ganar este pleito. Me explico con suficiente claridad, ¿verdad? ¡Ganarlo a toda costa!

Pero Alonso no prestaba ya ninguna atención a esa voz aguda e insolente que manaba del tipejo que tenía sentado enfrente. Pasaba una tras otra las páginas de aquella demanda que conocía tan bien, la misma que había terminado de redactar el día que escapó de la casa de su padre. Temía llegar hasta el final, allí donde debía operar la firma del letrado. Si su padre no podía suscribirla, ya que con anterioridad había tenido a Vargas como cliente, ¿a quién habría buscado para que la signara y la metiera tan pronto en los juzgados? ¿O tal vez la había firmado él mismo, saltándose todas las normas deontológicas de la abogacía y exponiéndose, nuevamente, a que lo expulsaran de la profesión? Prosiguió hasta la última página y sus peores temores se confirmaron. En la rúbrica del letrado aparecía su propio nombre junto a una burda imitación de su firma.

# 54

¿Pero cómo podía llegar a ser tan ladino y miserable su progenitor? ¡Cómo se había aprovechado y abusado de su firma en blanco para interponer la demanda y quitarse él de en medio! ¡Canalla!, pensaba mientras abría la puerta para que, por fin, Vargas abandonara su despacho.

Ver la figura del negro enorme atado a la reja de su ventana lo devolvió a la realidad. El título de propiedad y las llaves de los grilletes permanecían sobre su mesa. Cuando comprobó que Vargas había desaparecido de la escena, entrando en la casa del alcalde, cogió la escritura donde figuraban las sucesivas transmisiones del esclavo y tomando una pluma estampó en ella su firma junto a las palabras: esclavo manumitido. Después se acercó a la puerta donde su *regalo* lo aguardaba mirándolo nerviosamente con unos ojos marcados por el miedo.

—¿Entiendes algo mi lengua? —le preguntó.

—Un poco, amo.

—¿Cómo te llamas?

—Ne Sung.

—Pues bien Ne Sung. Eres libre. Desde este momento gozas de plena libertad y eres dueño de tu propio destino —dijo comenzando a abrirle los candados de los grilletes y haciéndole entrega de la escritura—. Toma, este es tu título de propiedad y como último dueño tuyo que he sido, he estampado aquí mi firma liberándote.

Ne Sung miraba el documento que tenía entre las manos con una expresión mezcla de incredulidad e incomprensión.

—Y toma esto también —dijo abriendo la faltriquera y entregándole una moneda de oro. Con este dinero podrás buscar alojamiento al menos durante un tiempo. Si por desgracia no encontraras un trabajo con el que poder ganarte la vida como ciudadano libre, regresa aquí y veremos lo que podemos hacer.

Ne Sung comenzó a temblar. Desde que lo capturaran nadie, absolutamente nadie lo había tratado con una mínima dosis de afecto. Y aquel hombre blanco que tenía delante no solo lo acababa de hacer, sino que además le había concedido la libertad.

—¿Libertad? —preguntó con encogimiento—. ¿Libre? —Y comenzó a llorar hincándose de rodillas ante Alonso, tomándolo de las manos sin querer dejar de besarlas.

—Por favor, levántate —le imploró—. Al final de esta calle hay una posada donde no creo que te pongan problemas para dejarte dormir hasta que encuentres otro sitio. Pero paga con esto, —dijo sacando otras dos monedas, estas de bronce, de la bolsa. —No quiero que te engañen con el cambio. Si tienes cualquier problema muestra esta escritura que te acredita como hombre libre. Que el señor te guarde y te acompañe —y diciendo estas palabras, cerró la puerta.

Miró la cena prácticamente sin tocar. La visita de Vargas le había corroído las entrañas y tenía la misma sensación en el cuerpo que si se hubiera tragado un avispero. La actitud arrogante y prepotente de aquel individuo había conseguido que su animadversión contra él se disparara y el estómago se le cerrara por lo que tiró la comida y decidió meterse directamente en la cama. A la mañana siguiente le iba a dar a ese vanidoso un poco de su propia medicina. Eso tramó mientras apagaba la luz de la vela.

Le costó bastante conciliar el sueño a pesar de su agotamiento. Daba vueltas y más vueltas de un lado a otro sobre la cama, buscando una postura conciliadora sin conseguir alcanzar más allá que un liviano duermevela. Había escuchado ya, en lontananza, al gallo de la mañana cuando por fin, extenuado, se dejó vencer por el cansancio.

Unos golpes de picaporte lo despertaron sacudiéndolo de su precaria vigilia. ¿Son ya las seis de la mañana?, se preguntó sobresaltado. Se levantó resuelto, despacharía a Vargas lo antes posible para poder dedicarse íntegramente a redactar la demanda del pueblo de Teyuna contra él. Comenzó a vestirse tomándose su tiempo, intentando permanecer ajeno a los reiterativos golpes, ahora de puño, que hacían temblar su puerta. «Que espere un poco ese engreído», se decía sin poder evitar que aquellos estruendos lo enervaran, consiguiendo sacarlo de quicio. Cuando por fin abrió, portando el gesto de contrariedad más cáustico de los que fue capaz de esbozar, encontró a Vargas sonrisa en ristre acompañado del alcalde y de su capataz. Sobre la acera, ante la puerta, como un perro y hecho un ovillo sobre sí mismo, yacía Ne Sung medio adormilado.

—¿Ve usted como le dije que este negro era perro fiel? Y mire además si está bien domesticado que aún quitándole los grilletes no se le ha escapado —dijo Vargas con ambas manos metidas en su cinturón, abrazándose la barriga.

—Bien —interrumpió tras un forzado carraspeo el alcalde—. Yo únicamente he venido a presentarlos formalmente, aunque creo que ya anoche tuvieron la oportunidad de conocerse. Me voy porque entiendo que los asuntos que tienen que tratar son sumamente privados. Solamente quería rogarle muy encarecidamente, mi buen amigo e inquilino don Alonso, que dispense un trato preferencial a don Antonio, amigo personal mío, buen contribuyente de la comunidad y cristiano pío. Si precisa urgentemente de sus servicios es que no debe tratarse de una cuestión baladí. Ayúdelo, se lo ruego. Señores, les dejo, nos veremos en misa de doce —y tomando el sombrero con ambas manos se lo puso, despidiéndose con una reverencia para adentrarse en su casa.

—Le he pedido que venga —dijo Vargas dando un puntapié a Ne Sung para que apartara sus pies de la puerta— porque es buen amigo, y como se suele decir, a los amigos de los amigos hay que tratarlos bien… ¿no le parece? Esto es una comunidad pequeña y todos debemos apoyarnos unos a otros. Hoy por ti, mañana por mí… —y dijo esto al tiempo que se adentraba en la oficina sin esperar siquiera a que Alonso le franqueara la entrada. —Y bien, amigo mío, ¿ha tenido tiempo de examinar el panfleto que le traje anoche? ¿Sabe ya qué estrategia debemos de seguir para ganar ese pleito?

Alonso se tomó un premeditado lapso para contestar. Se sentó al otro lado de la mesa donde ya Vargas lo había hecho, sacó la demanda de los banqueros que él mismo había redactado, la dispuso entre ambos contendientes a modo de juez arbitro y se dispuso a entablar el combate utilizando la palabra como armamento.

—Mire usted, señor Vargas, esto a lo que llama panfleto es una demanda de ejecución hipotecaria contra su mina. Además, y puesto que usted le otorgó a los banqueros un aval en forma de garantía solidaria sobre todos sus bienes presentes y futuros para garantizar la devolución de la deuda, resulta que responde personalmente del importe total de lo debido. ¿Entiende de qué le estoy hablando? —preguntó endureciendo el tono de la voz para que su interlocutor se diera cuenta de la gravedad del asunto—. Si con la mina no es suficiente para recobrar la deuda, los banqueros irán contra todos sus bienes y a duras penas le dejarán con lo puesto, y lo que es peor, podrán cobrarse de cualquier caudal que usted perciba en el futuro si rehace fortuna, ¿me comprende?

—Bueno… —replicó Vargas un tanto aturullado—. Pero para eso lo contrato yo a usted, ¿no? Los dos sabemos que en el mundo de la Justicia todo es posible… Dígame qué hilos debo yo mover y usted haga el resto del trabajo. Le recompensaré bien, créame, en cuanto encuentre la nueva veta de plata…

—¿Cómo que yo haga mi trabajo señor mío? Usted no ha devuelto ni una sola de las cuotas del prestamo, que tiene previsto un interés del treinta por ciento anual, por lo que cada tres años la deuda prácticamente se duplica. Para cuando la mina salga a subasta deberá usted más de lo que vale.

—Bueno, mi señor Alonso, todo el mundo dice que es usted un abogado excelente, ¿no es así? Formado en una universidad española y además doctor en leyes o algo así.... Tiene que poder hacer algo, ¿no?

—No quiero extenderme en disquisiciones jurídicas, señor Vargas, de verdad que no tengo tiempo —Alonso comenzaba a exasperarse, cansado de la insistencia de aquel negrero. Notaba que estaba comenzando a perder el control de sí mismo, pero el individuo cansino que tenía delante lo exacerbaba y repugnaba al mismo tiempo—. La hipoteca de bienes es una institución que dimana del derecho romano y se encuentra encarnada entre las de mayor garantía para el acreedor. Usted no ha pagado. No ha devuelto nada. ¡Nada! Ni principal, ni intereses. No hay causa posible de oposición. Lo condenarán en costas y podría ir a dar con sus huesos en la cárcel. ¿Es que acaso no conoce usted el delito de prisión por deudas? ¿Entiende ya de una vez cual es la gravedad del asunto? —concluyó exasperado.

—Pues vaya abogado de pacotilla —replicó con un gesto de suficiencia.

—¿Abogado de pacotilla? —inquirió ya fuera de sí—, ¿sabe usted quién ha redactado esta demanda con la que le van a confiscar todos su bienes? —dijo punteando los folios abiertos con su dedo índice una y otra vez—. ¿Y sabe quién, además, va a denunciarlo ante las autoridades por esclavizar indígenas en su encomienda, siendo los nativos súbditos de la Corona y ciudadanos de pleno derecho a los que usted está esquilmando? Pues yo, señor mío. Yo mismo he redactado esta demanda, y yo me voy a encargar de que nunca más pueda continuar con sus abusos. ¿Me ve usted bien? ¡Hágalo! Fíjese en mi cara porque se la va a tener que tragar en los estrados de la corte y en los tribunales de justicia. Y allí, señor mío, allí siempre gano yo.

# 55

Apenas consiguió concentrarse en toda la mañana. No pudo redactar más allá del encabezamiento de la demanda. Le costó un mundo tranquilizarse después de lograr por fin deshacerse de Vargas y echarlo de su despacho.

—¡Ortiz de Zárate! No había duda, por mucho que lo negaras. ¡Eres digno hijo de tu padre! ¿Pensabas que podías engañarme? ¿Creías que no me iba a enterar de quién eras realmente? ¡Cobarde, mentiroso y embustero! —le gritaba desde la calle—. Te destruiré, maldito leguleyo. ¡Te hundiré en la miseria!

Sin duda que aquel felón sabía cómo hacer daño. De entre todos los insultos que le profirió, el hecho de que lo comparara con su padre fue el que más le dolió. Sentado delante del pliego en blanco intentaba en vano no dedicarle mayor atención, pero aquella sarta de anatemas rebotaba sin control entre las paredes de su cerebro como grillos en una jaula. Tampoco contribuía la presencia de Ne Sung, inmóvil, sentado en uno de los confidentes junto a la entrada.

—No abrir puerta de posada al verme negro. Hombre blanco no deja entrar —le dijo antes de meterse en la oficina cuando ya Vargas había desaparecido.

Debía de haberlo supuesto. Aquella sociedad clasista y excluyente aún no permitía a los hombres libres ser iguales, y el color de la piel era una de las principales marcas sociales. Ne Sung intentaba permanecer lo más callado posible al ver que la persona que le había dado la libertad estaba volcado sobre aquellas cajitas repletas de finas hojas blancas, muy abstraído en lo que estaba haciendo. Pero lo que no conseguía acallar eran los retortijones de su estómago vacío que emitían sonoros gruñidos.

—Ne Sung hambre —soltó al fin un tanto apocado.

—Toma los restos de mi cena de anoche —le ofreció, sorprendido de que a aquella hora de la mañana la esposa del alcalde aún no le hubiera bajado el almuerzo—. Es domingo y el colmado está cerrado pero después de misa compraré algo en la taberna y comeremos aquí.

Cuando llegó a la plaza de la iglesia arrastraba hambre y un mal humor considerable. Percibió algo extraño en el ambiente. Únicamente el cura se le acercó para hacerle un cortés y escueto saludo de bienvenida. Lo observaban con recelo desde los corros de conversación ya formados, mirándolo de reojo por encima del hombro y hablando en *sottovoce*.

Uno de sus clientes, un hombre culto y leído que había acudido a su despacho la semana anterior con la intención de editar una hoja de noticias en Santa Marta fue el único que se le acercó amén del cura. Le había propuesto que colaborara con él escribiendo un artículo de contenido jurídico que fuera de utilidad para los miembros de la comunidad cada vez que el panfleto se publicara.

—Don Alonso, discúlpeme —se introdujo con la timidez de la culpabilidad— pero me temo que he de cancelar el encargo que le hice. Aquí hay pocas personas que sepan leer y creo que voy a demorar el proyecto durante un tiempo —se excusó con falsedad.

Ante la hostilidad que percibía en los herméticos corros de vecinos decidió adentrarse en la iglesia. Ocupó un asiento en la primera fila, aquella que estaba reservada a los personajes más insignes de la ciudad. Así lo había hecho los domingos anteriores desde que llegara a Santa Marta y no entendía que hubiera impedimento alguno para volver a hacerlo. Poco a poco la iglesia se fue llenando. Sin embargo, en esta ocasión nadie se sentó a su lado.

Al terminar el oficio religioso, el alcalde, que ocupaba junto a su familia una fila más atrás, le pidió que aguardara unos minutos pues deseaba hablarle y se sentó a su lado. Cuando la iglesia se había casi vaciado y en un tono de secretismo comenzó a exponerle:

—No me había dicho que el motivo principal de su llegada era redactar una denuncia contra uno de nuestros más virtuosos ciudadanos, importante hacendado y como ya le dije, cristianísimo.

—No creo que tenga yo que revelarle mis secretos profesionales nada más establecerme en la ciudad, ¿no le parece don Carlos? —contestó a la defensiva, previendo la que se le venía encima.

—No puede usted poner esa denuncia contra la encomienda de Vargas, ¿me oye? ¡No puede!

—En esa encomienda se están vulnerando todos los derechos de los indígenas, hijos de Dios y súbditos del Rey. Se los está esclavizando, esquilmando y quebrantando todas las leyes habidas y por haber.

—Mire don Alonso. Usted está, como quien dice, recién salido del cascarón. Acaba poco más o menos de llegar desde España, pero esto es otro mundo, como habrá podido comprobar. Los indígenas son unos salvajes que matan a sus hijos para sacrificarlos.

—Matan al tercer niño que nace de cada pareja, pero no por gusto, es porque cada uno de los padres sólo puede correr transportando uno. Correr de nosotros, don Carlos. Huir, para que no los esclavicemos.

—Son bestias, son animales sin sentimientos. ¡Monos!

—Son personas y súbditos de nuestro Rey, y así lo declaran y proclaman nuestras leyes.

—Para el rey desde España es muy sencillo decir eso. Promulgar leyes que hunden y perjudican a los colonos es muy fácil teniendo todo un océano de por medio. Pero luego hay que lidiar aquí con el día a día. ¿Se imagina lo que sería de nuestra sociedad si no pudiéramos usar mano de obra indígena? Aquí todo está por hacer y esos indios están asilvestrados. ¡Sería nuestra ruina! ¡La de todos! ¿Es que quiere eso para los suyos? ¿Para los de su raza?

—Solo quiero que se cumpla le ley. Que no puedan los poderosos saltársela a su antojo mientras el común de los mortales hemos de acatarla y respetarla.

—Entonces, es cierto… ¿Va a demandar a Antonio Vargas para despojarle de su encomienda?

—No, la demanda que voy a interponer es para que en su encomienda no siga esclavizando a los indígenas.

—Pero si hace eso, y al final gana el litigio, la noticia se extenderá como un reguero, habrá revueltas y ningún encomendero podrá usar más esclavos indios en sus explotaciones. ¿Sabe lo que eso significa? ¿Sabe que la prosperidad de Santa Marta y de Nueva Granada en general depende directamente de esa mano de obra, y que si no disponemos de ella esta comunidad acabará muriendo por inanición?

—Eso nadie puede confirmarlo. Pero lo que sí está claro es que las leyes se dictan para cumplirse.

—¡Pero qué leyes ni que leches! —dijo un alcalde cada vez más ofuscado—, ¿cree que voy a permitirle que arruine a mi pueblo? ¿A que ha venido aquí, a jodernos a todos?

Las últimas palabras del alcalde resonaron entre los muros de una iglesia prácticamente vacía. Tan sólo unos pocos parroquianos murmuraban bajo el arco del pórtico principal. Alonso las interpretó como una amenaza directa. Miró hacia atrás y únicamente pudo ver dos figuras masculinas que habían permanecido en el interior, Antonio Vargas acompañado del cura que acababa de oficiar la misa. Ambos observaban al letrado de manera desafiante.

—Le he pagado por anticipado por esa cloaca que me ha alquilado como despacho. El pago vence esta semana. Tranquilo que no me volverán a ver más por aquí después.

# 56

Trató de comprar algo para comer, pero al ser domingo todos los establecimientos se encontraban cerrados y no se sintió con ánimo de ir a la taberna donde a buen seguro se encontraría con el alcalde y su piara de adláteres. Llegó a casa desfallecido. Vargas interrumpió su cena la noche anterior y su casera no le había bajado nada para comer durante la mañana. Con los hombres en las tabernas, las mujeres después de misa iban a sus casas a preparar una comida especial para el día de descanso ordenado por el Señor. La semana anterior le trajeron un delicioso capón asado, y a Alonso se le abrieron las papilas gustativas como flores al recordarlo. Comenzó a ensalivar y el hambre se le antojó insoportable. El alcalde aún permanecería en la taberna, pensó, junto al resto de personalidades, por lo que decidió tocar en la puerta de su señora y reclamarle el almuerzo tal y como había pactado y pagado. Hizo sonar el picaporte varias veces y se retiró a esperar. Pudo ver cómo desde el balcón superior se descorría una cortina que volvía a correrse de inmediato al comprobar que era él quien llamaba. Luego, en lugar de comida solo obtuvo un cerrado mutismo. Si ese era el valor de los pactos y la palabra dada en aquellas tierras, ¿quién podía esperar que se cumplieran las leyes? —pensó mientras abría la puerta de la oficina. Al entrar, Ne Sung, que dormitaba en el suelo se incorporó limpiándose el polvo de la ropa al verlo.

—Hambre, señor. ¡Mucha hambre! ¿Comida?

—No, Ne Sung. No hay comida en casa. De momento —soltó de un bufido.

Entonces se armó de valor, decidió dirigirse hacia la taberna y enfrentarse a quien tuviera que hacerlo. Era él el que estaba al lado de la ley y los otros los que la infringían, ¿qué tenía que temer? Decidido, tomó el cuenco vacío donde le habían traído la cena el día anterior y salió de la casa dando un portazo. Nada más entrar en el mesón todas las conversaciones se silenciaron y fueron sustituidas por un murmullo languideciente. Tras vacilar por un instante se acercó resuelto hacia la barra mientras, como había aprendido en su juventud de su amigo Andrea Pinelo, hijo de una de las familias más pudientes de Sevilla, sacaba de su faltriquera ni más ni menos que un ducado de oro.

—Buenas tardes mesonero —saludó con cortesía—. Sírvase llenarme el cuenco del asado que tiene en aquella olla, hágalo hasta el borde, por favor y deme una botella de su mejor vino y una buena hogaza de pan.

El tabernero contempló por un largo instante la reluciente moneda que acababa de depositarse sobre la madera de su mostrador y también a Alonso. Luego desvió la mirada hacia la mesa donde se encontraban el alcalde, Vargas, el cura y otros dos encomenderos que lo observaban con dureza. Tímidamente, casi avergonzado, desplazó la brillante moneda con la punta de los dedos hacia su interlocutor al tiempo que respondía:

—Lo siento señor. No nos queda de nada.

Alonso echó una rápida mirada hacia la olla situada en el fuego que, atendida por la mujer del tabernero, rebosaba. También recorrió con gesto de sorna la gran cantidad de toneles que había en el local y por último al tendero, directamente a los ojos. A pesar de que el estómago se le estremecía lo hizo con condescendencia, sonriéndole sin resentimiento. En el fondo lo comprendía. Aquel hombre no podía arriesgarse a perder a sus mejores clientes por atender a un apestado.

—Gracias entonces — contestó resignado y tomando el cuenco vacío y su ducado de oro dio media vuelta y se marchó.

Nada más cruzar el umbral comenzó a escuchar voces coléricas e insultos amenazantes. «¡Pero qué desfachatez! —decían—. Primero nos roba el dinero abusando de su palabrería y luego pretende reventar nuestro sistema de encomiendas, nuestro bienestar. Ese bastardo nos ha engañado y ahora quiere jodernos bien. ¡Qué se muera! ¡Ingrato! ¡Malnacido!», escuchó decir mientras avanzaba por la calle. Llegó a ver con el rabillo del ojo cómo algún cliente de la taberna, envalentonado por el alcohol, salía a la puerta para seguir gritándole. Una jícara de barro le rozó el hombro y cayó sobre el suelo rompiéndose en mil pedazos. Aceleró el paso para llegar cuanto antes a su casa. En cierto modo le reconfortaba saber que Ne Sung se encontraría allí con su enorme corpachón y fortaleza física. Le inspiraba confianza contar con el para el caso de que la cosa se desmadrara.

La calle principal estaba tranquila y nadie lo había perseguido. Al menos de momento. Aún así abrió la puerta de su oficina con cierta congoja. Al hacerlo, comprobó que Ne Sung ya no estaba, y entonces lo abatió una gran desazón. Atrancó la puerta como pudo con la mesa que le servía de despacho y las sillas de confidentes. Después, contra ellas dispuso la cama a modo de parapeto y se sentó. Nervioso. Desesperado. Hundido. Los talones rebotaban descontrolados impulsados por las puntas de sus pies, chocando con el suelo y produciendo en la soledad de aquellas cuatro paredes un incómodo repiqueteo. Se cubrió la cabeza con ambas manos en vano intento de recapacitar. Estaba atrapado en aquella ratonera y no sabía qué hacer. Ese maldito Vargas se había movido bien y rápido. Su osadía de aquella mañana dejándose vencer por la arrogancia y contándole sus planes podía dar al traste con todo. ¡Maldito bocazas!, se insultó a sí mismo…

Y de repente, como una aparición, surgió en su mente el rostro de Valle, ordenándole que no pensara en nada. Que se concentrara en su respiración, en el aire que inflaba sus pulmones para luego filtrarse, cálido y húmedo, a través de los orificios de su nariz, desinflándolo, descargándolo de la tensión. Y durante unos minutos no pensó en nada más y de su interior surgieron paz, serenidad y confianza.

A lo lejos comenzó a escuchar el clamor de turba envalentonada que parecía subir calle arriba en dirección a su despacho. Pero no encontrarían al Alonso timorato y asustado de hacía un momento, se dijo. Se puso en pie resuelto y determinado. No, no iban a atraparlo en aquel cubículo sin salida. Se colgó al cinto la bolsa que contenía todo el dinero que había ahorrado gracias a su ejercicio profesional en Santa Marta. El sonido de la muchedumbre al acercarse iba in crescendo pero aún le dio tiempo de apartar los muebles que había dispuesto a modo de parapeto y de coger todos y cada uno de los expedientes que sus nuevos clientes le habían confiado. Y con ellos y la bolsa llena de monedas, se plantó en mitad de la calle, completamente solo. Dejó los legajos en el suelo y se dispuso a aguardar lo que se le venía encima.

Tenía mínimas posibilidades de salir airoso de aquella situación, pero si quería conseguirlo, algo dentro de él le escupía una sola: divide y vencerás.

Conocía a esas personas. Había tenido que atender a muchas de ellas en su despacho, las había tratado en misa o en la taberna y no eran mala gente. Uno a uno eran cobardes. En multitud se comportaban como lobos. Al verlo plantado en mitad de la calle la multitud fue desacelerando el valiente paso que traía. Con su traje togado de servidor de la justicia, rigurosamente negro, la toga abierta y sus botas de tacón parecía más grande. Ocupaba casi el ancho de la calle. No esperó a que ninguno de ellos tomara la iniciativa. Reconoció de inmediato a uno de los que venía en la primera línea de frente. Se trataba de un comerciante sospechoso de ser descendiente de judíos que le había encargado a Alonso un pleito de filiación para que demostrara que era cristiano por los cuatro costados. Cuando le entregó sus certificados de filiación y los de sus padres le rogó al letrado que guardara la máxima discreción. Lo llamó con firmeza:

—¡Álvaro Hernández! —gritó, haciendo que el fulano se detuviera en seco al escuchar su nombre y no el de ninguno de sus compañeros de hueste.

Al hacerlo, provocó que todo el cortejo lo hiciera al unísono causando una sorprendida montonera. Aprovechando la confusión Alonso retomó la palabra y se dirigió a él con contundencia, aislándolo del resto.

—Me entregaste dos escudos de plata para que llevara tu asunto personal —prosiguió en voz alta—. No voy a desvelar de qué se trata delante de toda esta gente. ¡Toma tus documentos y tus monedas!, le ordenó. Y los demás, ¡poneos en fila! Seréis debidamente atendidos. He decidido marcharme de Santa Marta hoy mismo y aquí tenéis vuestros asuntos y el dinero que me disteis. Os devolveré hasta el último maravedí, no quiero irme con nada de nadie.

Muchos a los que Alonso había recibido como clientes durante las anteriores semanas le habían confesado y confiado sus cuitas, sus problemas más oscuros; sus vergüenzas. Algunos tenían cuestiones de linaje, sufrían acusaciones de adulterio o tenían cuentas pendientes con la justicia que querían limpiar. Pero lo que ninguno deseaba en modo alguno era que todo aquello llegara a ventilarse públicamente ni, por supuesto, que aquellas miserias llegaran a ser conocidas por sus vecinos. Por aquel motivo, más que por el dinero, cada uno de los allí presentes quería llevarse sus secretos cuanto antes. Diligentemente, forzando un murmullo ahogado, mitad protesta, mitad aprobación, fueron obedeciendo a aquel autoritario muchacho, formando una disciplinada fila en la que cada cual quería ser el primero en recoger sus malaventuras y largarse de allí. Así pues, al tomar las monedas y sus papeles se despedían rápidamente de los demás dando a entender que si el letrado se marchaba… «Muerto el perro se acabó la rabia». En definitiva, había que irse a casa a despachar con la parienta la comida del domingo y tampoco era cosa de mancharse las manos con la sangre de un servidor de la justicia que, además, estaba poniendo pies en polvorosa.

Cuando entregó el último de los expedientes a la persona que tenía delante abrió su faltriquera. Pero dentro ya no quedaba ni una sola moneda. Tres o cuatro curiosos lo miraban desde una prudente distancia con mal disimulo. Alzó la vista para comprobar que, desde el balcón principal de la casa, el alcalde y Vargas lo habían presenciado todo observándolo ahora con aire de suficiencia y con la inquina macerada en sus rostros.

—Entre en la oficina, por favor —le rogó al que había sido su cliente, precisamente el primero de todos a los que había atendido, aquel que tenía que reclamar una deuda por el impago de la cosecha de maíz. Ya dentro de la oficina se sinceró—: Aquí tiene su expediente, pero no me queda más dinero para devolvérselo. La demanda está íntegramente redactada y sólo resta interponerla ante el juzgado de Cartagena. Pienso dirigirme hacia esa ciudad. Puedo devolverle la provisión de fondos que me entregó interponiéndola, ganando su pleito y lo que le deben, o puede quedarse con los muebles de esta casa, que valen más que lo que me dio.

El hombre lo miró, y aunque dudó un instante, estaba claro que el pacto de venganza que el pueblo de Santa Marta había tramado contra él venció su posible disquisición mental.

—Vendré luego con un carro a por los muebles. Me llevaré también la cama —concluyó.

# 57

Tenía el petate preparado con sus pesados libros y sus exiguas pertenencias. Creía recordar el camino de regreso hasta el poblado de Teyuna. Varias jornadas de marcha con el estómago vacío iban a ser duras de pelar subiendo cuestas por caminos infernales. También iba a ser difícil explicarle a Valle lo ocurrido, que había perdido un tiempo valiosísimo sin avanzar nada en el pleito. Como último aderezo a lo complicado de su situación, en su camino hacia el poblado debería obligatoriamente pasar por las inmediaciones de la encomienda, por lo que no podía descartar una celada de Vargas, conocedor de que iba a abandonar Santa Marta aquella misma noche.

Sentado sobre la mesa de su despacho y por más que daba vueltas en su cabeza no conseguía urdir un mejor plan: redactar la demanda en Teyuna y luego dirigirse acompañado de Valle hacia Cartagena para interponer el pleito. Ella, como máxima mandataria del poblado, tendría que otorgar la escritura de poder para que él pudiera representarles como letrado. Además, debería comparecer en el juicio oral cuando el pleito se celebrara y permanecer allí mientras durara el proceso. Ello dejaría al pueblo aún más vulnerable ante posibles represalias de Vargas para contra los indígenas, ahora que el tirano lo sabía todo.

La confusión reinaba en su cabeza y el hambre le abatía el cuerpo. Dudó de sus fuerzas e incluso de que si denunciar a la encomienda iba a ser la mejor estrategia para salvar al pueblo de Teyuna. ¡Cuánto se arrepentía de aquel arrebato de ego en el que le había confesado a Vargas que iba a denunciarlo! ¿Qué había ganado con ello en realidad? ¡Nada!, se reconoció. ¡Maldito momento de ofuscación! Llegó a dudar incluso hasta de sus conocimientos, de su capacidad como abogado. Pero en el fondo, muy dentro de sí, latía una determinación que le decía que no se equivocaba, que estaba haciendo lo correcto. A contracorriente, pero por el camino adecuado. Y como tantas y tantas veces le dijera su tío Diego: cuando vas en la dirección adecuada solo tienes que dar pasos. Unas veces esos pasos serán largos, otras veces más cortos, pero dalos siempre en la misma dirección.

Y el primer paso que tenía que dar era salir de Santa Marta cuanto antes. ¿Por qué tardaba tanto su excliente en venir para recoger los muebles? No parecía mal hombre. Tal vez podría pedirle que le proporcionara un poco de comida para el camino, pensaba sentado sobre su cama. Repasó los muebles con la mirada, en unos minutos no tendría nada. Absolutamente nada. Ni dinero, ni comida, ni tan siquiera una silla en la que poder sentarse. Únicamente sus libros y su conocimiento. Gracias a ellos, cuando pasara la pesadilla en la que se había convertido su existencia podría ganarse la vida. ¿O tal vez no? Quizá, si ganaba el pleito le dejarían instalarse en Teyuna, lo más cerca posible de Valle. Los días que pasó en aquel poblado fueron los únicos en los que podía decir que se había sentido realmente vivo desde que Andrea Pinelo le confiara que iba a casarse con su prima, su amada Constanza. Desde aquel momento únicamente en compañía de la india había vuelto a notar el vuelo de su alma. Sentía algo muy especial por aquella muchacha, pero no sabía cuales podían ser los sentimientos de ella. En realidad, la única noche de pasión que habían vivido lo había compartido sin ningún empacho con Alitzel, y por su frío comportamiento el día de la despedida, no parecía que más allá de sexo tuviera mayores intenciones para con él.

Unos golpes en la puerta lo sacaron de su abstracción. Se levantó resignado y ya con una mano en el picaporte se volvió para echar un último vistazo a sus escasos enseres de los que en unos minutos iba a despedirse. Pero cuando abrió, la sorpresa iluminó su rostro. No era el mercader quien llamaba, sino Ne Sung. En uno de sus brazos descansaban exangües los cuerpos de cinco o seis conejos, y bajo el otro una gran cantidad de hierbas, raíces y tubérculos. Le sonrió con aquella boca inmensa al tiempo que le decía:

—Ne Sung traer comida.

Mientras despellejaba y desollaba hábilmente los conejos y los metía en un perol para asarlos con las hierbas, aquel negrazo tullido le contó, a duras penas y con su precario vocabulario, la historia de su vida. La mañana que lo capturaron, cómo tronchó para siempre los huesos de su brazo intentando zafarse del cepo con que le asieron la cabeza. Necesitaba salvar a su hijita Kura que se estaba ahogando en el gran lago salado, se excusó. Le narró asimismo su posterior hacinamiento en la isla de Goreé. La pesadilla de la travesía en barco, con sus compañeros vomitando, enfermando y muriendo sin que pudieran hacer nada, ni tan siquiera deshacerse de los cadáveres putrefactos. Tanto los habían cebado y engordado en la isla que creían que su destino final era servir de comida para aquellos horribles hombres blancos. Al llegar a puerto unos hombres con crucifijos y hábitos negros saltaron a las bodegas donde ellos se encontraban, los abrazaron, besaron y cuidaron. Por último, le contó el proceso que tuvo que sufrir por su brazo inútil.

—Aquel hombre gordo que vestía igual que yo era mi padre, el abogado de Vargas, tu anterior dueño. ¿Ves su nombre aquí, en tu escritura de propiedad? —le dijo señalando el documento con el que le había proporcionado su libertad.

—Hombre gordo malo. No tener espíritu. Hombre muerto en vida.

Engullían los conejos a gran velocidad, el caldo de hiervas y raíces los reconfortó de inmediato. Ne Sung prosiguió diciéndole que el sufrimiento físico en la mina no era nada en comparación con el que padecía al añorar a su familia. Su hija Kura desapareció ahogándose en el mar mientras su hermanito Ghibhú contemplaba la escena, impotente, desde un árbol. ¡Precisamente aquel día pensaba enseñarles a nadar! Nhora, su mujer, estaba embarazada... Los esperaría hasta el anochecer, para ir poco a poco dándose cuenta de que su vida entera se había truncado en una mañana aciaga. ¡Ni tan siquiera la había querido despertar aquella mañana para despedirse!, se lamentaba, dando un puñetazo sobre la mesa al tiempo que sus ojos se inundaban de escozor.

Y mientras Ne Sung seguía narrando aquella historia de su infame vida, Alonso recordó que la noche antes de su examen de doctorando tuvo una extraña pesadilla en la que una niña negra se hundía en el mar.

—Te ayudaré —afirmó—. Te prometo que haré todo lo que esté en mi mano para que vuelvas a tu casa. Si es que antes consigo ayudarme a mí mismo —reflexionó para sí.

Era noche cerrada cuando entraron en el establo para recoger la mula. Con el estómago ya repuesto habían decidido dejar la puerta del despacho abierta y que fuera el mercader el que se apañara con los muebles para salir ellos de Santa Marta lo antes posible. Al fin y al cabo, no podían perder mucho más.

Nada más penetrar en la cuadra sintió algo especial. Desde que Valle, durante aquel mágico día, lo hiciera sentirse como una parte integrante de la creación, como uno con Dios y con la naturaleza misma, sentía un amor más intenso y especial para con todo lo que le rodeaba, fuere cosa, animal o persona. Llegó hasta la acémila que yacía descansando y la acarició. No necesitó ni susúrrale orden alguna pues el animal se levantó sin hacer ningún tipo de ruido dejándose atar dócilmente correas, bridas y alforjas.

Caminaron sin descansar un solo momento durante toda aquella noche. Ne Sung se adelantaba o retrasaba deliberadamente para rastrear el camino y cerciorarse de que nadie, ni Vargas ni su capataz, los siguiera o pretendiera emboscarlos. Hasta la entrada a la encomienda todavía les restaba media jornada de marcha. Iban en completo silencio, bañados por la luz de la luna y cubiertos por un inmenso mar de estrellas fulgurantes. La mula transportaba todo el peso.

Cuando por fin se acercaron a las inmediaciones de la explotación minera Ne Sung comenzó a temblar de puro miedo. Alonso se dio cuenta enseguida y le dijo:

—Ahora eres libre, no debes temer nada. Esas escrituras de propiedad que te di son tu salvoconducto. Eres tu propio dueño, ¿me comprendes?

Ne Sung lo miró como deseando creerle. También Alonso lo quería. Pero allí, en aquel apartado confín del universo, frontera de nadie, era consciente que la única ley que se respetaba era la del más fuerte y por eso rectificó.

—Si, tal vez es mejor que andemos los dos con cuidado.

Se detuvieron al llegar a la confluencia de la bifurcación de los caminos que conducían hacia Cartagena de Indias y al poblado Teyuna. Allí debían despedirse. Para ganar tiempo, Alonso había decidido en el último momento que fuera Ne Sung el que recogiera a Valle y la llevara a Cartagena. Así dispondría de unos días para avanzar en la redacción de la demanda. Ahora que Vargas conocía sus planes el reloj corría en su contra y de nada servía que los dos fueran a por la india perdiendo él un tiempo muy valioso. Así es que se repartieron el trabajo.

—No te olvides, por favor. Es de vital importancia que recuerdes estas cosas. Cuando llegues a Teyuna debes preguntar por Valle. ¿Recuerdas? Valle es la jefa de la tribu. Debes seguir todo este sendero siempre hacia arriba. Llegarás hasta una escalera de piedra. Son muchos escalones, no te preocupes, es señal de que vas en la dirección correcta. Y luego debes llevarla sana y salva a Cartagena. ¿Te acordarás? Cartagena. Dime que serás capaz de acordarte. Cartagena de Indias, Casa Jesuita. No descanses hasta llegar allí. No te detengas a hablar con nadie. Lleva siempre tus escrituras. Valle te ayudará a llegar, ella conoce el camino. Nos veremos allí. Casa Jesuita. Yo en este tiempo tengo que hacer cosas importantes, muy importantes para cuando vosotros lleguéis. Te acordarás, ¿verdad?

—Valle, Cartagena, Casa Jesuita —respondió Ne Sung abriendo la boca para mostrar su inmensa caja de dientes—. Luego casa. Luego familia. Sí amo Alonso. Ne Sung recordar.

—Nadie es tu amo ahora Ne Sung. Nadie, ¿me entiendes? —dijo poniéndose de puntillas para abrazarlo. Al hacerlo, notó bajo la fina camisa que lo cubría la marca del látigo abarcando todo el ancho de su enorme espalda. Entonces recordó que él también portaría las suyas para siempre. El dolor y la separación unía a ambos seres tan dispares. Sin poder evitarlo, sus ojos comenzaron manar—. Mis esperanzas están puestas en ti —se sinceró, tratando de ocultar las lágrimas antes de subirse a la mula para regresar tan rápido como pudiera hasta la ciudad donde vivía su padre.

# 58

Pedro Claver corrió escaleras abajo en dirección a la portería nada más anunciarle la presencia de un letrado, medio moribundo, a las puertas de la institución. Tras varios días de forzada de marcha desde que se despidiera de Ne Sung, la mula, un animal tan fiel y leal que no dejó de caminar a pesar de encontrarse al límite de sus fuerzas, reventó. Se desplomó exánime a un lado del camino. Había permanecido más de un mes parada en el establo y se vio de repente obligada a trotar de forma ininterrumpida durante casi tres días. Su cuerpo se sobrecalentó y su corazón no resistió más. Antes de caer al suelo, el colapso renal hizo que sus patas traseras comenzaran a fallarle para luego, trastabillando, ladearse torpemente, tratando aún de proseguir la marcha en una última entrega de nobleza. Alonso dormitaba sobre su lomo en ese preciso momento, y la reacción del animal le permitió despertarse y saltar antes de que le aplastara las piernas con el espinazo. Desde el suelo, la mula prorrumpió un sonoro gemido y expiró. Lloró desconsoladamente sobre la cabeza de aquel animal sin vida, acariciándole el cuello, las orejas y la frente, mientras los cristalinos ojos del animal se velaban. ¿Por qué no te detuviste a descansar? ¿Por qué no te quejaste? ¡No me avisaste de que te ibas a morir! Ahora, mira lo que has conseguido, me has dejado sólo, gimoteaba como un niño desconsolado.

Trató de sacar fuerzas de donde ya no las tenía. Ni físicas ni anímicas. Y entonces comenzó a llover, tímidamente al principio, pero Alonso ya sabía cómo se las gastaban las tormentas tropicales. Aún le restaban más de veinte leguas de camino para llegar a su destino y tenía que recorrerlas en ayunas, bebiendo agua de los charcos que iba encontrando y cargando con el sempiterno petate de sus libros. Le vino a la mente la figura esbelta del doctor Antonio Reyes y cómo todas sus herramientas de trabajo cabían en un pequeño maletín. Si hubiera estudiado medicina, no me vería cargando con este maldito lastre, se repetía una y otra vez. Lucharía para salvar vidas y no tomando partido por los intereses de unos hombres en contra de otros.

Era noche cerrada cuando por fin alcanzó Cartagena. No le restaban fuerzas para detenerse en Getsemaní e interesarse por la suerte de *Las Dos Rosas*. Usando el petate como parapeto contra la lluvia, tuvo el aliento justo para ladear la cabeza y comprobar que la fachada del edificio donde se ubicaba la taberna continuaba tapiada. Tampoco había luz en la ventana aledaña donde dio aquellas monedas a Rosa Belmonte. Aceleró el paso lo que pudo, cruzó el puente y comenzó ya a pisar las lisas y frías calles adoquinadas de Cartagena. Hacía tiempo que caminaba descalzo, pues había perdido sus botas, de todas formas inservibles en el profundo lodazal en que se había convertido el camino. Los pies los tenía helados e insensibles. Anduvo por callejones secundarios, no se podía permitir pasar por la vía principal y que su padre o Tello lo descubrieran en aquel estado. No, no podría superarlo. Aunque sabía dónde se ubicaba la casa de la orden religiosa en la plaza del Muelle, en realidad Alonso solo la había visto en una ocasión, durante su paseo con el sastre. Por eso no recordaba que, al estar edificada sobre los restos de la muralla antigua de la ciudad, al enorme edificio únicamente se podía acceder por una escondida puerta lateral que con la oscuridad no conseguía encontrar. Los negros nubarrones tapaban la luna y en la plaza la iluminación brillaba por su ausencia. La lluvia rebotaba sobre el gris adoquinado haciendo que una niebla de salpicaduras lo dominara todo. Decidió entonces apoyar el petate contra un lateral del muro para liberarse de aquel peso muerto que llagaba su espalda y así poder rodear todo el perímetro, tanteándolo con las manos. Así consiguió adivinar lo que, intuyó, podía tratarse de la puerta. No era una entrada grande y dudó de que aquel fuese en realidad el acceso, pero tras rodear por dos veces la construcción no había encontrado otro acceso. El resto de las fuerzas que le restaban las empleó en aporrear aquella portezuela, gritando de rodillas y suplicando que le abrieran bajo aquella pertinaz e inclemente lluvia.

El portero trataba de reanimarlo proporcionándole agua. Llevaba días sin descansar ni comer. Todo su cuerpo temblaba. No traía zapatos, y la toga, raída y hecha jirones, parecía un andrajo. Cuando por fin vislumbró el rostro de Pedro Claver, alcanzó a decir únicamente tres palabras:

—Tenemos que salvarlas.

Y sus últimas fuerzas lo abandonaron, desmayándose.

Cuando abrió nuevamente los ojos, comprobó que se encontraba en una celda pequeña, bien iluminada y ventilada, de las que daban al claustro del colegio. Reconoció de inmediato al padre Ballesteros, quien había estado velándolo hasta que despertara.

—Pareciera que siempre que nos encontramos tienes más pies en el otro barrio que en este, mozalbete —le saludó jovial al verlo despertar, tratando de animarlo.

—Por favor, no me diga que también he tardado cuatro días en recuperarme esta vez. ¿Y Valle y Ne Sung? ¿Han llegado? ¿Se encuentran bien?

—¿Ne Sung? No sé quién es, pero no, aquí no ha llegado nadie. Tranquilízate muchacho que aún debes recuperarte. Has tenido que sufrir mucho porque llegaste en un estado deplorable, pero no enfermo, sólo agotado —le reconfortó Ballesteros—. Eso sí, has estado casi un día durmiendo, ahora son las dos de la tarde. El padre Claver te espera para comer contigo si te encuentras con fuerzas suficientes. Si no, ordenaré que te suban algo y le diré que venga a verte cuando termine. Hemos mandado tu traje togado a lavar y zurcir. Ya te adelanto que quizá no puedas volver a usarlo porque llegó en un estado lamentable, pero haremos lo posible por recuperarlo.

—¿Y mis libros, padre? —preguntó tratando de localizar su petate en el interior de la celda.

—¿Libros? —dijo extrañado Ballesteros. No, no traías ningún libro. La única pertenencia que portabas bajo la toga es esta —y le acercó un folio enrollado con su título de doctor en derecho, arrugado, húmedo y manchado. —No traías bolsa ni ninguna otra pertenencia, únicamente esto.

Se encontraba acogido en una Orden religiosa, desnudo, sin dinero y además había perdido sus herramientas de trabajo, la única forma con la que sabía ganarse la vida. ¿Cómo había podido llegar a aquella miserable situación? ¿En qué momento, qué decisión había tomado para encontrarse así, sin familia, sin pertenencias, vacío de todo? Su pasado, su vida, sus estudios, su carrera, su formación… todo se había desmoronado de un plumazo. Rompió a llorar desconsoladamente. El padre Ballesteros comprendió que aquel muchacho necesitaba fundirse con su interior, con su verdadero ser, y tomándolo por las manos con un gesto de profundo amor trató de inculcarle todo el ánimo que pudo. Sin decir una sola palabra se ausentó de la celda en busca del padre Claver.

Los sacerdotes fueron muy parcos durante la comida que ingirieron en profundo y respetuoso silencio. Alonso iba, poco a poco, recuperando las fuerzas que había perdido durante aquellos días de marcha y devoró dos tazones de caldo de pollo colmados hasta los bordes, bebiendo hasta tres vasos de vino. Cuando Claver ya consideró que Alonso se encontraba repuesto comenzó a narrarle lo sucedido al personarse en la encomienda de Antonio Vargas para hacer valer los derechos de los indios. La recepción no pudo ser más abrupta.

—No quiero curas en mis tierras. No necesito sacerdotes que me vengan a decir lo que puedo o no hacer en mi propiedad. Voy a misa los domingos y fiestas de guardar y siempre dejo en el cepillo. Pago las contribuciones y los diezmos y dejo a la Corona el quinto real de toda la plata que extraigo, así es que, o se marchan ahora mismo o mi capataz suelta los perros que llevan sin comer varios días. Los huesos de más de un cura ya sirven de abono para mis plantaciones, ¿queréis ser vosotros los siguientes?

Claver hizo una reflexiva pausa en su narración y miró a Ballesteros. Ambos relacionaron de inmediato aquellas palabras de Vargas con la desaparición de algunos misioneras evangelizadores en los últimos años que no habían podido ser esclarecidas. Uno de ellos, también jesuita, había servido en Teyuna. Fue Ballesteros el que prosiguió:

—Nos gritaba desde el balcón, ni tan siquiera se dignó a bajar. No nos dejó acercarnos ni exponerle el motivo por el que íbamos a visitarle. Nada más notar nuestra presencia, el capataz cogió dos enormes mastines a los que sostenía con mucha dificultad por las correas ante el empuje de los perros y que nos ladraban con fiereza. No somos cobardes, nos conoces, pero hemos presenciado aperreamientos de indios que ajustician de esa manera por robar un simple mendrugo y te aseguro que no estaba en nuestros planes ser pasto de las mandíbulas de aquellos canes del demonio. No, así no conseguiríamos nada, ni para nosotros, ni para el pueblo de Teyuna.

—Decidimos volver y denunciar aquellos hechos ante el nuevo obispo de Cartagena —prosiguió Claver—, refiriéndole expresamente la posible relación entre Vargas y los sacerdotes desaparecidos en los últimos años. Tras escucharnos, Zúñiga resolvió crear una comisión que estudiaría el caso y cuyas conclusiones serían elevadas al gobernador, don Francisco de Murga. Al tratarse solamente de nuestra denuncia verbal, sin más testigos, nos dijo, sería la palabra del encomendero contra la nuestra, argumentó. Dejadme que sea yo el que lo mueva y ya os daré razón, nos dijo dando por terminada la audiencia.

—De eso ha pasado ya más de un mes —concluyó Ballesteros— y el asunto, como siempre que se crea una comisión, ha quedado en el olvido. El día a día de la Orden es tan abrumador de trabajo y son tantas las necesidades inmediatas de negros, indígenas y esclavos que precisan de atención que tener que volver a hablar con el obispo para recordarle el asunto nos asquea. Somos hombres de acción, no de perder el tiempo en los despachos.

Pero ahora, Alonso se encontraba allí junto a ellos, y el conocimiento del muchacho en el ámbito jurídico y en los procesos civiles y eclesiásticos podía ayudar a evitar, o al menos paliar, la gran cantidad de abusos y desmanes que se sucedían a diario.

—Si puedes, tienes fuerzas suficientes y así lo deseas —prosiguió Claver—, podríamos unir nuestros esfuerzos e intentar salvar al pueblo de Teyuna. En verdad que nunca nos habíamos topado con una cultura tan extraordinaria. Creo que debemos hacer todo lo posible por preservarla. Deberían servir como ejemplo para futuras generaciones. A nuestra Orden religiosa le encantaría profundizar en su historia, su modo de gobierno y cómo han llegado a él. Ya sabes que uno de los principales objetivos de la

Compañía de Jesús es la salvación y perfección del prójimo. Y a ello accedemos mediante el saber y el conocimiento propio para luego poder compartirlo.

—Tenía previsto interponer una demanda —Alonso tomó la palabra por primera vez— en forma de recurso extraordinario de justicia. Es un proceso que debe sustanciarse ante el propio gobernador con la ayuda de los oidores de justicia o jueces de carrera y un fiscal. Dada la gravedad e importancia del asunto, podemos también solicitar la presencia de la autoridad religiosa, pues lo sojuzgado en el fondo del asunto es la esclavitud de los siervos del Rey, pero también hijos de Dios y de la Santa Madre Iglesia. Ello provocaría que el proceso se complicara y sin duda que se alargara, pero, al intervenir también la Iglesia sus efectos serían *erga omnes,* es decir: la sentencia que se dictara tendría que ser cumplida y respetada por todos, hayan sido o no partes del proceso. Por lo que los encomenderos del virreinato en su totalidad se verían obligados a liberar a sus esclavos indígenas.

Los sacerdotes se miraron con el rostro iluminado de súbita esperanza.

—¿Estás diciendo que con un solo proceso podríamos acabar con toda la esclavitud de los indígenas del Virreinato? —inquirió Claver con los ojos muy abiertos clavados en los del letrado.

—Exactamente eso.

—¿Y ese recurso no puede hacerse extensivo a los esclavos negros?

—Me temo que no. Al igual que en el resto del mundo, la esclavitud está permitida en Nueva Granada por la ley. Aunque en España se prohibió el tráfico de esclavos hace mucho tiempo y ningún español puede lucrarse con su comercio, esta tierra se sigue nutriendo de tratantes portugueses y holandeses, estos últimos a través del contrabando. Con la ley en la mano no podemos hacer nada por los esclavos negros que hayan sido legalmente adquiridos mediante contrato de propiedad.

—¿Entonces por qué sí podemos actuar a favor de los indígenas?

—Porque nuestra Reina Católica, Isabel de Castilla, no veía bien que los que iban a ser sus súbditos pudieran ser esclavos. Por eso, ya en septiembre del año de nuestro de señor de 1477, mucho antes del primer viaje de Colón, dictó una ley para evitar la esclavitud de los territorios que se descubrieran por España. Esa es la ley más antigua que tenemos y aún hoy sigue vigente.

—Pero entonces, ¿por qué la esclavitud de indios ha sido tan generalizada?

—Porque el *sistema de encomiendas* se lo permitía. Es una práctica mediante la que se compensaba al colono con un territorio dentro del cual podía disponer de mano de obra indígena, siempre y cuando velara por su bienestar físico y espiritual. A raíz de esta figura es cuando se camufla la esclavitud indígena y se extiende descaradamente por el Nuevo Mundo.

—Si cuidar al indio física y espiritualmente es lo que hace Vargas, que Dios nos pille confesados —interpeló Ballesteros—. Así pues, ¿cómo dices que podemos detener este magnicidio?

—No digo que vaya a ser fácil, pero sí que tenemos la ley de nuestro lado. Debemos mucho al dominico fray Bartolomé de las Casas, el cual, curiosamente por haber sido encomendero antes que ordenarse sacerdote, sabía de los abusos y desmanes que se producían. Tomó un barco y se desplazó hasta su Sevilla natal, pidió audiencia primero al cardenal Cisneros y luego consiguió llegar hasta el mismísimo Emperador Carlos, el cual lo escuchó, y lo que es más importante: lo creyó. Todos hablan del inmenso poder de persuasión que tenía De las Casas. La cuestión es que comenzaron a dictarse normas cada vez más favorables para con los indios hasta que, en 1530, Su Majestad Imperial prohibió toda forma de esclavitud de cualquier tipo y circunstancia sobre sus súbditos, los indígenas.

—Pues aplicar, lo que se dice aplicar esta norma allende los mares, no se ha aplicado mucho —sentenció Claver.

—¡Y tanto! —replicó Alonso—. Tuvo fray Bartolomé, ya muy mayor, que regresar a España para entrevistarse nuevamente con el emperador. Y con aquella energía que únicamente tienen los hombres excepcionales, puso en su conocimiento de qué manera se saltaban sus normas al otro lado del océano.

—Los dominicos siempre nos han ayudado en la defensa de los menesterosos. A ellos nos une el amor a nuestro Señor y al prójimo. Si no fuese por las Órdenes religiosas, la degradación de la humanidad habría socavado la tierra hasta colarse en el averno —intervino Ballesteros.

—El caso es que Carlos I, espantado por lo que de las Casas le contaba, y al tener fe y confianza en que el sacerdote no le mentía, a pesar de que numerosas voces se alzaban contra él, convocó al mismísimo Consejo de Indias. A través de la comisión de Valladolid que se reunió con el propio emperador y tras un amplio debate se publicaron, por fin, en 1542, las *Leyes Nuevas*. En ellas se prohibió tajantemente la esclavitud y se ordenó que todos los encomenderos liberaran a los indios y los pusieran bajo la protección directa de la Corona.

—Entonces tenemos todas las de ganar, ¿no es así?

—Con matices. Los primeros intentos de liberar a los indios esclavizados chocaron frontalmente contra los encomenderos que iniciaron revueltas. Imagínese que los que tenían que aplacarlos y liberar a los indios, los virreyes, tenían hermanos, hijos, parientes o amigos encomenderos, por lo que las Leyes Nuevas sufrieron posteriores reformas. Pero de eso ya no puedo seguir informándole.

—¿Y por qué no?

—Pues porque lo que le he contado es lo que hasta ahora había podido estudiar en mis libros de Derecho. El problema es que cuando llegué a Cartagena era noche y estaba tan cansado que los dejé apoyados contra el edificio, en alguna parte de la plaza. Los he perdido todos y no podré trabajar en la redacción de la demanda sin contar con ellos para fundamentarla jurídicamente. Obviamente que no voy a ir al despacho de mi padre a pedirle que preste los suyos. Estoy perdido jurídicamente. No podré redactar una demanda fiable ni defender un proceso con garantías legales sin ellos.

El padre Claver sonrió a Ballesteros. Tomó un último sorbo de vino y se incorporó para decir:

—Tú no conoces la biblioteca de la casa jesuita, ¿verdad Alonso? Anda, síguenos, por favor.

# 59

Pasó los siguientes diez días sin apenas salir de aquella apasionante y nutrida biblioteca. Sus estantes estaban preñados de sabiduría. Textos de Teología, pero también de Filosofía y Humanidades, de Historia, Ciencia, Medicina, Astronomía, y por supuesto, de Derecho. Compilaciones completas de leyes, desde el Digesto Romano hasta las más modernas publicaciones. Todo lo que se necesitaba saber sobre legislación se encontraba allí.

La Orden ya contaba con numerosos colegios y escuelas en el Nuevo Mundo, y la aspiración de los jesuitas era la de instituir una Universidad en Cartagena. En el colegio estudiaban ya veinticuatro alumnos a los que Alonso no podía evitar mirar con cierta nostalgia. A diferencia del resto de centros educativos, el jesuita era gratuito, dado el voto de pobreza prestado por los integrantes de la institución. En ellas podía ingresar todo el que quisiera acceder al conocimiento mientras que a las demás instituciones docentes únicamente tenían acceso los hijos de ricos y hacendados. Esa gratuidad de la enseñanza la habían conseguido gracias a un sistema innovador de gestión económica, sobre todo de grandes explotaciones agrarias que llamaban *misiones*. En ellas, la Orden había dispuesto que una parte de los beneficios fueran distribuidos entre las comunidades indígenas, que eran las que aportaban la mano de obra. Con ello consiguieron que los indios se vieran como auténticos propietarios de aquellas tierras, multiplicando el rendimiento final con respecto al de las encomiendas. Y eso levantaba ampollas, y no pocas, con el resto de la sociedad que no conseguía por medio del látigo lo que aquellos entrometidos curas obtenían mediante el amor.

Pues bien, la utilidad final de toda aquella inmensa organización económica, era destinar fondos a financiar las escuelas de la Orden para que nadie tuviera que pagar por obtener conocimiento. *Formando personas hacemos cada día un mundo mejor*, era uno de los lemas que repetían. Por eso, los colegios y escuelas jesuitas siempre estaban a la vanguardia del conocimiento con los docentes más innovadores, y los alumnos que formaban se distinguían notoriamente de la media, llegando a crear cuando salían verdaderas hermandades de ayuda mutua donde se buscaba la prosperidad colectiva a través de la individual.

Por todo aquello y por su vehemente defensa de negros e indios, en esos momentos la Orden estaba manteniendo una auténtica guerra sin cuartel contra las instituciones más rancias y anquilosadas del Nuevo Mundo, incluyendo claro estaba, la eclesiástica. Tenían cada vez más dinero, más propiedades, más poder en todos los sentidos. Comenzaban a gestionar misiones donde protegían a los indios bajo la autoridad de Dios sin que el poder civil pudiera entrometerse. La actuación beligerante de los jesuitas, siempre acudiendo en defensa del más necesitado, y toda aquella riqueza que estaba generando, codiciada por las instituciones, hacía que la amenaza de que los expulsaran de Nueva Granada flotara siempre en el ambiente. Ya había ocurrido en Francia en 1594, cuando el rey Enrique IV los expulsó confiscando todos sus bienes y haciendo que miles de hermanos de la orden tuvieran que exiliarse a otros países. Se elucubraba además que eso mismo iba a suceder de manera inminente en Inglaterra, debido a la situación de grave conflicto con Isabel I.

Con aquel repertorio de saber universal a su disposición, Alonso únicamente salía de la biblioteca para ir al refectorio o acercarse a la portería para preguntar si había noticias de la llegada de Valle. De nada serviría su trabajo si la gobernante del pueblo Teyuna no suscribía la demanda y le confería poderes para que pudiera representarles. Pero algo no debía ir bien. Ne Sung habría necesitado como máximo un día o día y medio para llegar hasta el poblado desde donde él lo dejó. De Teyuna a Cartagena habría otras tres jornadas de marcha o incluso menos. Cuatro, cinco días era posible que se demoraran. Pero diez eran demasiados.

Quizá Ne Sung confundiera el camino o hubiera topado con otro pueblo en el que nada sabían de Valle o lo que podía ser peor, con una tribu guerrera donde lo habrían cazado como trofeo. O tal vez el consejo de ancianas hubiera puesto un impedimento final a Valle o demorado el viaje por otras causas o necesidades. O podría ser que ya en la misma Cartagena, cualquier colono que reparara en la cautivadora belleza de la joven y la posibilidad de quedarse con un buen esclavo negro los hubiera emboscado. Todas aquellas nefastas posibilidades galopaban en la cabeza del letrado como potros desbocados. Su mente lo bombardeaba con continuas e irresolutas incógnitas: ¿Otra vez se había equivocado no acompañando a Ne Sung hasta encontrar a Valle? ¿Por ganar unos días en su trabajo, había puesto en claro peligro la vida de aquellas dos criaturas?

La tarde del decimotercer día, cuando acudía al oficio de vísperas junto al resto de sacerdotes, seglares y estudiantes de la institución, se topó con el padre Claver, que normalmente se encontraba fuera de la Casa, batallando en el frente por los derechos de los esclavos.

—Padre, —lo abordó desesperanzado— me temo que tengo todo preparado. La demanda está ultimada.

—¿Todo? —le interrumpió al ver su cara de desánimo.

—Todo, menos el mandato del pueblo Teyuna.

—Habrá entonces que ir buscar a esa india, ¿no? —le contestó tratando de infundirle optimismo—. Tardaremos unos cuatro días en llegar allí, o tres en el mejor de los casos si disponemos de buenas monturas. Podemos alquilar algunos caballos. Gestionaré una partida urgente con el asistente superior de la Orden para que me provea de los fondos necesarios. Todos tenemos fe ciega en ti y en tu proceso judicial. Creemos que con él conseguiremos avanzar en favor de los indios lo que no hemos podido en tantos años.

—He pensado que mientras Valle no llega podríamos ganar tiempo si articulamos una representación *apud acta*.

—¿*Apud acta*?

—La demanda es del pueblo Teyuna contra Antonio Vargas y la encomienda. Al proceso deberían comparecer las tres instituciones oficiales de Cartagena: el gobernador, la corte de justicia y el obispo en representación de la Iglesia. Eso implica que tendremos que personarnos y pedir que constituyan un tribunal conjunto. Si interponemos la demanda *apud acta*, esto es: yo como letrado y el padre Ballesteros y usted como parte coadyuvante y testigos del exterminio, ya daríamos por iniciado el proceso y ganaríamos un tiempo muy valioso, pues desde ese momento deberán buscar a Vargas y traerlo a disposición de la justicia. Aunque Valle debe ratificar ese apoderamiento antes de que el tribunal se forme, si no… habremos perdido la oportunidad y a Vargas lo pondrán en libertad con todos los pronunciamientos favorables. Sus posibles represalias no quiero ni imaginármelas.

—Me parece una buena solución para ganar algo de tiempo y quitar a ese tirano de la circulación, por lo menos por un tiempo. Mañana a primera hora mandaré a Ballesteros con caballos de repuesto a buscar a esa india. Nosotros mientras nos persona-remos en cada institución a interponer la demanda. ¿Has hecho copias suficientes para todos los tribunales y el resto de las partes?

—Se encuentran ahora mismo transcribiéndola algunos alum-nos de vuestra escuela que me están prestando ayuda.

—Si, están impresionados por el hecho de que todo un Doctor en leyes se encuentre trabajando en nuestra biblioteca. Entonces, mañana nos espera un día interesante, ¿no es así? Voy a reclutar seis o siete voluntarios entre los hermanos de la Orden para que nos acompañen. Son los mismos con los que nos enfrentamos a tu padre en la puerta de su casa, curtidos en mil batallas, están bien coordinados y saben en cada momento lo que tienen que hacer o decir. Solo por las dudas…, ¿te parece oportuno?

—Cuando vas a enfrentarte con la máquina burocrática de la justicia, cualquier ayuda es poca.

—Pues los citaré a todos mañana en el refectorio para ulti-mar los detalles durante el desayuno. Ansío ver la cara de nuestro señor obispo cuando nos vea llegar por allí otra vez.

—Va a ser interesante también ver la reacción del gobernador y los oidores de justicia cuando se enteren de que queremos derribar la institución de la encomienda en estas tierras —dijo Alonso—. Ya experimenté un jugoso aperitivo en mis propias carnes cuando estuve en Santa Marta.

—Será curioso, sí —respondió con sorna—. En otro orden de cosas —continuó— me gusta mucho cómo te sienta el hábito secular de la orden con el que has vestido estos días, pero imagino que mañana tendrás que usar otro más apropiado para presentarte ante la corte de Justicia ¿no es así? Tienes tu traje togado en la lavandería. Lo he visto, los hermanos han hecho lo que han podido aunque ya te anticipo que tiene más remiendos que tela.

—De eso precisamente quería hablarle. Como he terminado ya la redacción de la demanda y los hermanos se están ocupando de las copias, quería pedirle permiso para ausentarme tan solo unas horas esta noche. Me gustaría visitar a un amigo que me ayudó a escapar de las garras de mi padre. Sin él no lo hubiera conseguido. Tal vez pueda ayudarme con este asunto.

# 60

Encontró el escaparate cerrado, así como la puerta de entrada al establecimiento. Le extrañó mucho pues aún era horario de comercio cuando Alonso llegó a la sastrería. Vestía su traje togado, o lo que quedaba de él, recién recogido de la lavandería jesuita. Golpeó con los nudillos, tímidamente al principio y más insistentemente después, pero siempre con cuidado de que nadie pudiera advertir su presencia desde el palacio de su padre, donde todo aparentaba normalidad. Cuando ya estaba a punto de desistir y volverse a la Casa de la Orden la puerta se entreabrió, y de ella surgió la punta de una pistola que Alonso reconoció por haberla tenido en sus propias manos cuando salió de la taberna de Las Dos Rosas. Se trataba de la *chispilla,* la pistola de Emilio Osorio, el proxeneta. Pero no era él quien se encontraba al otro lado de la culata, sino Mateo Alemán, o más bien su espantajo. Seco, demacrado, cadavérico. Así encontró Alonso a su amigo.

—¿Es usted, mi hermano, mi amigo Alonso? Disculpe que haya tardado tanto en abrir pero, es que aún tengo serias dificultades para caminar. Pero pase, por favor, pase, ¡Cuán agradable sorpresa, señor! ¡Qué alegría verlo sano y salvo! Venga, entre, que iré preparando un cafetito mientras nos ponemos al día. Pase mi hermano, pase por favor.

No daba crédito a lo que estaba viendo. Con el escaparate cerrado a cal y canto y sin apenas luz ni ventilación, el ambiente era lúgubre y muy cargado dentro de la sastrería. Olía a rancio y a sangre seca, y había suciedad por todas partes. Parecía haber sido el escenario de una pelea. Apenas quedaban dos o tres modelos confeccionados en las perchas y el resto, rollos de telas y paños se arrumbaban sobre el suelo o contra la pared, cubiertos de polvo, sin ningún brillo ni lustre.

—Pero ¿qué ha ocurrido don Mateo? —preguntó boquiabierto, sin poder creer lo que veían sus ojos—.

La que había sido la más floreciente sastrería de Cartagena parecía ahora una zahúrda.

—¿Qué ha sido de su tienda? ¿Y qué ha pasado con usted? —preguntó mirando incrédulo sus ojeras hundidas y los huesos marcados sobre la fina capa de pellejo que apenas la cubría.

—Lo he pasado muy mal, verdaderamente mal, horrible, señor Alonso.

—Pero ¿qué ha ocurrido? ¡Cuénteme, por favor!

—Ante todo quiero que sepa que nada de esto ha sido cosa suya. No tiene usted nada que ver con esta tragedia, se lo aseguro. No. Ninguna culpa tiene, no…

—¿Mi padre? —preguntó angustiado.

—No. Él no. El hijo de puta de su perro guardián.

—¿Escobar?

—El muy cabrón, si. Vino a verme la misma noche que usted escapó. Llegó a última hora. Tenía la sastrería cerrada pero no había colocado el pestillo en la puerta. Había estado atendiendo clientes hasta tarde, la mayoría cancelando pedidos tras la espantada de perros, fieles a su señor padre. El caso es que entró de malas maneras, diciéndome que a don Fernando no le había gustado nada que yo le ayudara en su huida y supongo que tampoco la peineta que le dedique al escapar de su escupitajo. El caso es que él venía a restaurar el orden. Se quitó el cinturón y comenzó a bajarse los pantalones. Me asusté. Me asusté muchísimo. Conozco a los de su calaña. Es invertido, pero invertido malo. Resabiado. Antinatural. Porque es de los que no reconoce lo que es pero lo sufre por dentro. El resultado de esa mezcla es terrible. El caso es que yo me negué y él me forzó. Me hizo mucho daño. Fue espantoso —reconoció con la mirada ida.

Alonso seguía el relato acongojado, sumamente preocupado por la naturaleza débil, casi sin vida, que reflejaba su buen amigo.

—El caso es que el muy felón después de sodomizarme quiso como propina vaciarse en mi boca apuntándome con aquel nauseabundo cipote a la cara y forzándome a abrirla. Y entonces yo lo mordí. Lo mordí con todas mis fuerzas. Tenía que haber visto su cara de incredulidad y dolor. Sí, tendría que haberla visto... —pronunció forzando una sonrisa resignada—. Pero lo malo fue su reacción. Estalló de cólera. Me lanzó contra esa pared y me golpeó con una silla en la espalda dejándome atontado. Y luego probó en mi culo toda la colección de bastones que tenía en la sastrería. Sí, incluso aquel de mango protuberante en forma de bola de madera labrada —dijo señalando uno que había tirado en una esquina—. No he podido ni tocarlo desde entonces. El caso es que me desgarró por dentro. Sufro hemorragias y padezco lo indecible cada vez que voy a hacer de vientre. Estoy vivo de milagro —concluyó.

Alonso no salía de la consternación. Estaba aterrado, imaginando al pobre Mateo intentando defenderse de la agresión de Escobar, con la crueldad intrínseca que tenía aquel ser maldito grabada en la piel.

—¿Y no lo ha reconocido ningún médico?

—No mi señor. La paliza que me dio con los bastones no fue únicamente anal. Mire mi cuerpo, tengo llagas y heridas por todas partes. No hubo un lugar de mi fisonomía al que no llegara la armonía de golpes que me profirió. El caso es que yo no me podía mover. Aquella noche la pasé en el suelo, donde me dejó inconsciente. Creo que pensó que me había matado y por eso dejó de molerme. Desde aquello, comencé a sufrir fiebre intensa. Algunos días alguien tocaba a la puerta, pero yo ni me atrevía a abrir, ya fuesen clientes o no, tampoco me encontraba en condiciones de atenderlos. El asunto es que me consumí. Apenas comía o bebía más que un poco de agua al cabo del día. Una mañana llamaron de manera insistente. Temí lo peor y no pensaba abrir hasta que reconocí la voz de Rosa Belmonte. Ella ha sido el alma caritativa de que me ha cuidado hasta hoy y la que me trajo la *chispilla* de Osorio por si el muy felón de Escobar volvía a interesarse por mi. No sé de dónde ha sacado los dineros para mantenerme a mí y a las familias que todavía permanecen en la casa. Porque imagino que sabrá usted que *Las Dos Rosas* está clausurada ¿verdad?

—Sí amigo mío, lo sé.

—Y que Osorio y Rosa Vargas siguen en prisión.

Alonso hundió la cabeza entre los hombros. No podía soportar lo que estaba viviendo.

—No se culpe don Alonso. Por favor, no se culpe amigo mío. Todo esto es responsabilidad única de la mente enfermiza y retorcida de su progenitor, que usa a su antojo a la administración corrompida de Cartagena. No se lamente, por favor.

Alonso reaccionó:

—¿Le queda a usted aun algún dinero don Mateo? —le inquirió.

—Mi señor Alonso, el póstumo gesto de amor de Escobar fue reventar mi caja y llevarse hasta el último maravedí que tenía ahorrado. No seguro de haberme matado a bastonazos querría asegurarse mi inanición. El caso es que me dejó sin blanca. ¿Para qué necesita dinero a estas horas? Ya no deben quedar comercios abiertos.

—Voy a buscar a un cirujano que conozco para que venga a reconocerlo. Es una persona honesta además de un médico excelente, pero no le puedo asegurar que si lo saco a estas horas de su casa, vaya a prestarnos sus servicios sin exigir honorarios.

—Déjelo don Alonso. Ya estoy mucho mejor. No, no vaya.

—¿Está usted loco? Tiene que verlo un médico. Se encuentra usted muy débil y temo por su salud.

—No, no puede usted ir. ¡De ninguna manera!

—Me arriesgaré a pedirle el favor. Es un hombre de buen corazón y estoy seguro de que lo atenderá. Déjeme a mí, ¿qué inconveniente tiene?

—¿Pero es que no se ha dado cuenta usted de la pinta que tiene con ese harapo que lleva por traje? Parece un adefesio, ¡un guiñapo más que otra cosa! No, no puedo consentir que salga usted así de mi sastrería. ¡De ninguna de las maneras!—negaba con la cabeza intentando levantarse.

Dejó al sastre bajo los atentos cuidados de Antonio Reyes, el cual, desde el trayecto de su casa a la sastrería le confirmó que no pensaba cobrarle ni un maravedí a don Mateo Alemán. Lo conocía, no solo por haberle entregado la misiva que le encomendó, sino porque el sastre lo contrató meses atrás para que asistiera a dos indias que habían sufrido una gravísima agresión por parte de unos soldados.

—Ni más ni menos que un doble ducado de oro me dio para pagarme. ¡Un doble ducado de oro! Y se negó tan siquiera a que le diera el cambio. Me dijo que ese dinero era para curar a las indias y que me esmerara todo lo posible en conseguirlo. No, en modo alguno puedo cobrarle ni un maravedí a don Mateo Alemán.

Alonso llegó hasta la plaza del muelle. La silueta del edificio de la casa jesuita con su arcada de doble punto sosteniendo las ventanas de los estudiantes lucía sobria y majestuosa a la luz de la luna, muy lejos de aquel aspecto fantasmal que presentaba bajo la lluvia la noche de su regreso a la ciudad. Llamó a la portería con suavidad, pues ya la hora era bastante avanzada, pero la puerta no estaba cerrada y se abrió sin oposición alguna. Allí, sentado sobre una bancada se topó con un Ne Sung exultante.

—Amo Alonso. Ne Sung traer a Valle a casa jesuita —afirmó con aquella sonrisa rebosante de brillantes piezas dentales.

# 61

Se encontraba en el refectorio desayunando junto a los padres Claver, Ballesteros y el resto de hermanos de la Orden, todos ellos con gesto tenso, dispuestos a entrar en acción. Valle había llegado la noche anterior escoltada por Ne Sung y acompañada de Alitzel mientras Alonso se encontraba en la sastrería. El consejo de ancianas había decidido en el último momento que asistiría al juicio acompañada de su joven aprendiza. Además, y si tenía que representar a un pueblo orgulloso como el Teyuna, debería asistiri debidamente ataviada y engalanada. El caso es que los preparativos para la partida se demoraron por varios días e incluyeron una ceremonia de despedida de todo el pueblo para con su suma sacerdotisa. Tal vez Alonso no supo transmitir con claridad a Ne Sung la urgencia y perentoriedad del viaje. O tal vez, pudiera ser, que las nativas aprovecharan la presencia de aquel negro enorme en el poblado para alegrar su mustia existencia carnal. El caso es que, al margen del retraso en la partida, el posterior devenir del camino, portando los vestidos, joyas y abalorios con que Valle se ataviaría durante el juicio obraron el resto de la tardanza. Pero ya estaban allí. Justo a tiempo.

El padre Claver había decidido hospedarlas en la vecina Orden de las Hermanas Clarisas, un convento de clausura donde estarían seguras y las acogerían el tiempo que fuese necesario hasta que el proceso hubiera concluido. A Ne Sung le alojarían en el colegio y le habían asignado un hermano para que lo enseñara a leer y escribir y así poder defenderse en un español correcto. Se le veía inmensamente feliz. Aprovechaba cualquier mínima oportunidad para agradecer su suerte: iba a comer tres veces al día y a dormir en una cama sin que por la mañana lo levantaran a latigazos. Decidieron que Ballesteros, que ya tenía preparado el viaje, se trasladara a Teyuna junto a otros hermanos para comprobar que todo estaba en orden y poder amortiguar cualquier posible represalia de Vargas contra el poblado.

Terminado el desayuno, Claver solicitó del resto de hermanos que fueran cada uno a su celda para orar y prepararse. Deseaba quedarse un momento a solas con Alonso.

—He leído una copia de la demanda. No soy experto en leyes pero puedo afirmar que has hecho un trabajo extraordinario.

—Me enseñaron a ello. En verdad, no sé si ahora mismo puedo hacer bien otra cosa. Ciertamente pareciera que no he tomado demasiadas decisiones acertadas últimamente —dijo mirando hacia su traje roído, espejo de su situación actual—. Pero mi trabajo sí sé hacerlo. Mi tutor, mi tío Diego, siempre me decía que sólo hay dos formas de hacer las cosas: hacerlas bien, o no hacerlas. He puesto en esta demanda cada partícula de mi conocimiento y cada segundo de mi tiempo y dedicación. No me he dejado nada en el tintero.

—Si las decisiones que tomamos son acertadas o no, el único juez que puede determinarlo es el tiempo, que pone a cada uno en su sitio.

—Confío en que esa línea de tiempo que parte hoy con la demanda nos lleve a una sentencia que ponga a Vargas en el lugar que se merece.

—Por lo que he leído en los fundamentos de derecho, parece no haber duda de que llevamos la razón, al menos desde el punto de vista legal.

—En el mundo de la justicia, Padre, no sólo hay que llevar razón, sino saber demostrarla y que al final te la den. Nos faltan las dos últimas patas de la banqueta, que no son baladíes. Sin ellas nos daremos un seguro batacazo.

—En cualquier caso, como recompensa a de tan brillante trabajo, me he permitido hacerte un regalo —dijo sacando un libro que llevaba bajo el hábito y tendiéndoselo.

Alonso tomó el libro que el sacerdote le extendía. Lo sostuvo brevemente en sus manos, como apreciando la joya que tenía entre ellas, y luego, mirando muy fijamente a Claver no pudo más que expresar una enorme sonrisa de agradecimiento

—¡La *Ratio Studiorum*! —exclamó— El compendio de enseñanza más completo del mundo. Está redactado por los más experimentados académicos internacionales del colegio jesuita de Roma. ¡Es el *sanctasanctórum* de la docencia!

—Soy consciente de que ha sido muy duro para ti perder todos tus libros y por eso me gustaría regalarte este ejemplar. Tal vez quieres empezar una nueva colección. O quizás…, cuando acabe todo esto, si no deseas seguir cargando con tan pesado fardo de libros para ganarte la vida, podrías contar con nuestro fondo de biblioteca para compartir ese conocimiento que llevas dentro con los demás.

—¿Está insinuando padre que…?

—Estoy afirmando que a nuestra Orden le encanta disponer de profesores brillantes, tanto en lo académico como en lo espiritual. Y tú, pase lo que pase durante el proceso, reúnes estas dos cualidades. ¡Además de tus virtudes para con la espada! —bromeó.

Contuvo la respiración porque no quería llorar, pero la emoción lo embargaba. El padre Claver, consciente del peso de su propuesta, aguardaba en respetuoso silencio. Alonso tuvo que volver a concentrarse en observar su respiración para que los sentimientos más profundos no afloraran. ¡Poder compartir sus conocimientos con los demás, con los más jóvenes! Nunca se lo había planteado, pero la idea lo seducía. La Orden tenía ya más de trescientos centros docentes repartidos por todo el mundo, muchos de ellos en América. Entrar a formar parte de esa red de vanguardia constituía un privilegio, pues se la consideraba como una de las enseñanzas más importantes del planeta. Nunca había pensado en dedicarse a la enseñanza, ni sabía si aquello sería compatible con el ejercicio de la profesión de abogado, su auténtica pasión. De lo que sí era consciente es de que hacía unos días, recién llegado «con lo puesto» de Santa Marta, cuando el padre Ballesteros le comunicó que sus libros habían desaparecido creyó morir. Lloraba arrumbado en una celda de aquel colegio sin absolutamente ningún bien material. Sin embargo, ahora, lleno de energía, estaba dispuesto a entablar combate allí donde más le gustaba, en el terreno jurídico. Además, se le abrían nuevas opciones de vida, igual que una flor se abre cada mañana para recibir la luz del sol.

Iba a tomar la palabra para agradecer la propuesta del sacerdote, cuando desde la entrada del refectorio una agria discusión llamó la atención de todos.

—¡No puede entrar! ¡No señor, no insista! Por favor, este lugar está reservado para los hermanos de la Orden. ¡Márchese buen hombre!

—Pero es que he estado toda la noche cosiendo y confeccionando una toga nueva para el señor don Alonso Ortiz de Zárate. ¡Tiene que dejarme pasar! No puede comparecer ante la corte de justicia hecho un adefesio. Es muy importante, ¿no se da cuenta?

Cruzaron las miradas con complicidad. No hizo falta hablar. Claver se levantó de inmediato y fue hasta donde el sastre se encontraba para acompañarlo hasta la mesa.

—Mi señor Alonso, comprenda usted que no iba a permitir que fuese usted paseando por Cartagena con esos harapos viejos, llenos de descosidos y desgarrones… ¡Madre de Dios! ¿Cómo iba yo a consentirlo? ¡No me lo hubiera perdonado en la vida! Gracias a que me quedaba algún resto de café en casa y género de color negro. En cuanto se fue el galeno, ese Antonio Reyes, por cierto ¡qué apuesto y elegante es ese hombre, amén de buen médico! No solamente ha aliviado mis heridas sino que me ha proporcionado unas cocciones que resucitan a un muerto. Miren ustedes, ¡si hasta puedo andar! Y sepan que yo llevaba semanas sin coser nada y, gracias a su visita, mi señor Alonso, resurgieron en mí las ganas y la energía. En cuanto se fue el médico me quedé muy animado y decidí sacar mis patrones y ponerme a confeccionar y coser como un loco para hacerle este traje —explicó al tiempo que abría un envoltorio para exhibir una lujosa toga exquisitamente terminada—. Mire, mire usted padre, ¡qué paño!

Claver miró hacia Alonso asintiendo, como queriendo confirmarle su conversación anterior y le dijo, sonriendo:

—Únicamente el tiempo y las líneas que traza confirman si las decisiones del pasado están siendo los aciertos del ahora.

—Pero toque padre, —interrumpió el sastre que no se enteraba de nada de lo que estaba hablando el cura— ¡toque los acabados! Gracias a Dios que guardaba las medidas anotadas. Le va a quedar al pelo, don Alonso. Impecable. No he escatimado en nada, lo mejor de la casa. ¡Que no se diga que una pieza de Mateo Alemán tiene mácula alguna! Pero pruébesela don Alonso, por favor, hágame la merced que a lo mejor tengo que meterle algún pespunte o hacerle un dobladillo. Me he traído aguja e hilo. ¿Y sabe lo mejor? Que todo esto es un regalo mío que le hago yo a su persona por ser tan bondadoso. ¿Sabe que don Antonio Reyes ni tan siquiera quiso cobrarme la consulta?¡ Qué guapo es el condenado! ¿Estará casado? No me atreví a preguntárselo…

Cuando Alonso llegó a la portería después de haberse cambiado, deslumbraba. En comparación con su traje usado, ya gris por el paso del tiempo, ajado y raído, el negro de la nueva prenda confeccionada con los mejores tintes relucía con la luminosidad de la mañana. Llevaba una cartera donde portaba cuatro originales de la demanda, manuscritos por sus compañeros de colegio, en cada uno de las cuales acababa de estampar su firma y su rúbrica. Claver se encontraba con la palabra en la boca, conversando con el sastre.

—Pues como hermano secular, sin necesidad de profesar los votos religiosos de la orden, podría usted dirigir nuestro taller de confección. Le va a gustar. Necesitamos personas de su valía y un maestro de su categoría y conocimiento siempre sería bienvenido en nuestro colegio para compartir su buen hacer con nuestros hermanos y alumnos. Además, cuenta usted con la calidad humana que nosotros buscamos, demostrada con su noble gesto de trabajar toda la noche de manera altruista para su amigo. Le va a encantar conocer nuestros telares —sentenció mientras dirigía una sonrisa cómplice hacia Alonso, que este ya conocía.

—¿Cuándo puedo empezar, don Pedro? —preguntó Mateo sin pensárselo un segundo.

—De momento tiene permiso para ir al refectorio a desayunar, daré orden al hermano hospitalario para que le atienda debidamente. Primero debe recuperar usted las fuerzas, porque débil no nos sería de utilidad ni a nosotros ni a usted mismo. También puede si lo desea instalarse aquí, en alguna de las celdas de colegiales. Hay bastantes libres... de momento. Cuando esté recuperado, retomaremos ese asunto. Ahora tenemos que concentrarnos en otro tipo de gestiones, ¿no es así, don Alonso?

—En efecto, padre. Hay que remover algunos cimientos de nuestra anquilosada sociedad. Nos espera un día interesante.

—Y parece que la jornada empieza cargada de regalos, señor letrado. Tiene un libro con el que comenzar su nueva colección, un flamante traje togado y, por último, la Providencia nos ha traído el eslabón que nos faltaba para completar la cadena. Y eso me recuerda que ha llegado el momento de ir al convento de las hermanas Clarisas para recoger a la gobernadora del pueblo Teyuna. ¿No le parece?

# 62

Cuando el séquito salió del convento de las Clarisas, un nutrido grupo de curiosos se agolpaba ya ante su puerta. Lo encabezaba el célebre padre Claver, famoso por ser defensor de los esclavos y azote del poderoso. A él se le había unido un prestigioso Doctor en Derecho por una Universidad española. Muchos eran los que se encontraban ociosos aquella mañana de calor tropical y la acción siempre era bienvenida en una ciudad donde únicamente la presencia temporal de la flota rompía la monotonía. Debidamente alentada por seis o siete padres jesuitas que les iban filtrando la información precisa, la muchedumbre sabía que algo importante iba a suceder aquel día en Cartagena. Algo que cambiaría el futuro de la ciudad y el trato para con los indios.

Lo que ese grupo de curiosos transeúntes no podía esperar era que acompañando a esos dos hombres apareciera una mujer de tan enigmática belleza. Vestida de un blanco inmaculado, resultaba aún más altiva gracias a las largas y coloridas plumas de aves exóticas que tocaban su cabeza. Los ángulos de su rostro eran perfectos y armonizaban con el resto de su esbelto cuerpo. Su forma acompasada de andar la envolvía en una aura majestuosa. «Es una sacerdotisa», se oía decir. «No, debe ser una princesa, la hija de algún cacique», decían otros, sin que ninguno pudiera sospechar que aquella egregia joven que tenían delante había llegado a gobernar su pueblo por méritos propios.

El padre Claver, consciente de la necesidad de que una masa social apoyara la iniciativa, hizo circular la comitiva por las principales calles de la ciudad antes de dirigirse a la Casa de la

Gobernación. Así fueron captando más y más adeptos. Ello implicó que Alonso tuviera que pasar por dos veces delante de la puerta de la casa de su padre. Durante la primera no detectó movimiento alguno; sin embargo, al volver, el balcón del despacho se encontraba abierto. Alertado por el ruido del gentío en la calle, observó cómo la figura oronda de su progenitor se asomaba por encima de la balaustrada del palacio. Portaba un libro y parecía que el desfile le hubiera pillado trabajando. Translucía un gesto de curiosidad al ver el cada vez más nutrido grupo de figurantes. Pero de repente su rostro mudó. El libro que sostenía cayó al suelo del balcón pues los dedos de aquella mano, inertes por la confusión, cedieron ante su peso. Frunció los ojos para dirigirlos directamente hacia aquel muchacho togado que iba encabezando la procesión y que parecía ser... ¡No!, ¡era su hijo! Y además, acompañado de aquel maldito cura del diablo. No pudo contener la expresión de rabia que sentía y los miró a ambos con gesto iracundo. Alonso apretó los puños, afirmó el paso y miró hacia el padre Claver. Ambos sonreían abiertamente.

La presentación de la demanda ante el Gobernador debía ser la primera en orden si querían que se tomaran las medidas preventivas y urgentes que Alonso había solicitado en su demanda. La más importante era traer ante la justicia a Antonio Vargas y usar la fuerza en forma de alguaciles del rey si ello fuera necesario. No resultó sencillo. Cuando el Gobernador entendió que el trasfondo de la demanda no era otro que la liberación de los indios, comenzó a poner todo tipo de objeciones. No obstante, finalmente firmó la orden y la cursó en aquel mismo momento. Si no lo hacía y el denunciado escapaba a la acción de la justicia, incurriría en una grave responsabilidad, como bien le hizo entender Alonso. Y aquellos que tenía delante se encargarían muy decididamente de que esa responsabilidad se depurara.

La siguiente institución, la Corte de Justicia, fue el trámite más sencillo, pues este organismo estaba más acostumbrado a la presentación casi a diario de demandas. Allí además conocían a Alonso y su impecable trayectoria jurídica en Cartagena. En presencia del secretario del tribunal, Valle estampó su firma en señal de que el pueblo de Teyuna le confería su confianza al letrado

Alonso Ortiz de Zárate. El proceso pues, acababa de comenzar oficialmente. El oidor principal, don Domingo Pérez Quinto se comprometió a coordinar la formación del tribunal. Sin embargo, no podía garantizar la presencia del poder eclesiástico para dar la eficacia *erga omnes* a la sentencia. En aquella materia él no podía hacer nada. Dependía exclusivamente de la voluntad del obispo.

La eclesiástica era pues la última obstáculo que salvar aquel día. Ya con el sol en su cenit la comitiva cruzó la plaza y dirigió sus pasos hacia el flamante y lujoso pórtico de la casa del obispo Zúñiga. Mientras, los hermanos jesuitas informaban a las gentes de los avances que se iban produciendo, la orden de traer como fuera al encomendero Vargas ante la Justicia, la formación de un tribunal extraordinario... La pregunta más manida durante la mañana era la de saber quién era aquella enigmática joven, pero ellos se zafaban respondiendo con vagas y ambiguas respuestas. La noticia en forma de rumor trascendió por la ciudad, y a esas horas todo el mundo era consciente de que algo muy gordo se estaba cociendo.

Cuando entraron en el Palacio Obispal, Zúñiga los aguardaba en el vestíbulo, parapetado junto a su secretario y hombre de confianza, un seglar curtido, hosco y resabiado. Ni tan siquiera los invitó a pasar a su despacho. La hostilidad en el ambiente la percibió Valle nada más pisar la sede obispal. Tomó a Alonso por la toga y le dijo al oído: «No es buen hombre, no te fíes de él. El mal anida en su interior».

El padre Claver presentó a Alonso como letrado y a Valle como la gobernante del pueblo de Teyuna de la cordillera de Santa Marta.

—¿Una mujer gobernadora? —interrumpió al jesuita—. ¿Me está tomando el pelo Claver? Eso no es posible —afirmó.

—Según la costumbre Teyuna, sí.

—¿Ah sí? ¿Y qué hacen estos? ¿Matan niños o solo a viejos para sus sacrificios? ¿Canibalismo? ¿Practican rituales de brujería?

—Monseñor, con los debidos respetos —interrumpió Alonso ante el desprecio que destilaba el obispo—, no estamos aquí para enjuiciar al pueblo de Teyuna sino a un encomendero que los está llevando al exterminio.

—Y con la insolencia que demuestra el letrado que han elegido, a buen seguro que sí, se extinguirán.

Había sido mucho el trabajo avanzado durante aquella mañana y Claver lo sabía. No conseguir el sí del Obispo a comparecer en lo más alto del estrado del tribunal, confiriendo la aprobación de Dios y el beneplácito del Altísimo a lo que allí se decidiera, sería una victoria mediocre. Por ello, más avezado que Alonso en el cuerpo a cuerpo, intervino con firmeza para evitar que aquello se fuera al traste y que el obispo tuviera fácil poder apartarse del asunto a las primeras de cambio.

—Su excelencia reverendísima; permítame que le exponga brevemente la situación, con el mayor de los respetos: ahí fuera —dijo señalando hacia la puerta— hay un pueblo enfervorecido que quiere saber si su autoridad religiosa va o no a velar por aquellos que, aunque débiles ante los hombres, son iguales ante el Señor. Hijos suyos y de su Iglesia. Venimos aquí para implorarle que la autoridad eclesiástica se sume a lo que todos creemos que debe hacerse con urgencia: actuar en defensa de los indios antes de que sea demasiado tarde.

—¿Quién cree eso?

—Lo creemos los que cada día visitamos encomiendas, los que vemos a esos indios esclavizados muriendo bajo el yugo del látigo de capataces inhumanos que actúan bajo las órdenes de encomenderos sin escrúpulos.

—Decidir si los encomenderos se sobrepasan o no con los indios que les han adjudicado es una materia que compete a la autoridad del gobernador. No veo ningún motivo para que la Iglesia deba inmiscuirse en este asunto y formar parte del tribunal —dijo con ademán de dar en aquel momento por zanjada la discusión.

—Su excelencia, por favor —rogó Alonso—, las encomiendas están prohibidas desde las Leyes Nuevas de su Majestad Imperial Carlos I.

—Asunto civil letrado, usted mismo lo está diciendo. La Iglesia no va a interferir en esas cuitas.

—¿Asunto civil Zúñiga? —preguntó Claver alzando notoriamente el tono de su voz—. Estamos hablando del encomendero que estuvo a punto de aperrearnos al padre Ballesteros y a mí cuando quisimos visitarlo en su encomienda. El mismo que se jactó de haber hecho lo propio con otros sacerdotes que hasta allí se habían acercado en su misión evangelizadora. ¡Afirmó haberlos matado y enterrado para usarlos como abono de su jardín! ¿Recuerda que ya lo denunciamos ante su excelencia? ¿Va usted a ser su cómplice? ¿Va a seguir mandándonos a evangelizar indios mientras los encomenderos usan a sus perros para asesinarnos?

—¡Claver! —respondió Zúñiga visiblemente ofendido—, ha prestado voto de obediencia al Papa. Su Orden depende jerárquicamente de la Iglesia, y ahora mismo está hablando con el representante de la autoridad pontificia aquí en Cartagena. Le exijo el máximo respeto a mi autoridad.

—Monseñor, le pido disculpas —intentó conciliar el jesuita que sentía cómo la batalla se estaba perdiendo—. Pero es que tanto el padre Ballesteros como yo hemos sido testigos directos del exterminio. Ha dejado al pueblo de Teyuna sin sus hombres. Los está condenando a extinguirse en dos generaciones. Lo hemos visto con nuestros propios ojos.

—¿Acaso tiene la osadía de pedirle a un ministro de la Iglesia, que defienda el regreso de hombres a un poblado para fomentar el fornicio y la concupiscencia de esos lascivos indios?

—Le estoy suplicando a su excelencia que salve a una civilización que puede enseñarnos cosas únicas. Son un pueblo evolucionado con un sistema de gobierno respetuoso con…

—¡No quiero escuchar más milongas, Claver! ¡Ya he tenido suficientes! Desde este momento, y por el voto de obediencia debido, prohíbo terminantemente que ningún jesuita pueda comparecer, ni como parte ni como testigo a ese juicio. ¿Me hago entender con la suficiente claridad? ¡Se lo prohíbo terminantemente!

Alonso y Claver se miraron angustiados mientras Zúñiga se regodeaba en sus últimas y fulminantes palabras. Había hundido todas sus expectativas antes siquiera de comenzar a jugar la partida. No solamente no formaría parte del tribunal, restándole la importancia y trascendencia que pretendían, sino que además acababa de cercenar de raíz una de las pruebas esenciales del mismo: la testifical de los dos sacerdotes. Alonso barruntó mentalmente la posibilidad de interponer un recurso ante el arzobispado de

Santa Fe, para cambiar la decisión del obispo, pero la descartó de inmediato. No solamente tendría pocos visos de prosperar, sino que además retrasaría tanto el inicio del juicio que el gobernador se vería obligado a levantar las medidas preventivas adoptadas sobre Vargas. Y si Vargas volvía a su encomienda a esperar la decisión del arzobispo de Santa Fe, repartiría su ira en forma de látigo sobre las espaldas de aquellos vulnerables indios. Habían lanzado una enorme piedra pero lejos de impactar contra sus adversarios, se precipitaba a enorme velocidad sobre sus propias cabezas y las indefensas almas del pueblo Teyuna. No habían calculado aquella feroz resistencia por parte de Zúñiga. El ánimo se les quebró y los hombros de Claver y Alonso se hundieron al unísono, resignados. El obispo exhibió una amplia y victoriosa sonrisa.

—Y ahora, si me disculpan, señores, tengo asuntos importantes que tratar…

—Su excelencia reverendísima, monseñor padre Zúñiga —la voz de Valle sonaba dulce, sedosa y pausada, como la de un ángel. No parecía terrenal. Apenas si movía los labios, pero el eco de sus palabras resonaba en toda la estancia—. Durante muchas generaciones —prosiguió— mi pueblo se ha levantado cada día cantando, agradeciendo al Gran Espíritu el regalo de un nuevo día. Sin embargo, desde que vuestros sacerdotes evangelizaron nuestra tierra y fuimos obsequiados con el regalo de la palabra de nuestro Señor Jesucristo, a él hemos encomendado nuestras almas y nuestro espíritu. Hacia él se dirigen ahora nuestras oraciones y es su Dios el que anida ahora en nuestros corazones. Nos da la vida y la alegría de cada amanecer. Somos un pueblo cristiano —hablaba con tal serenidad y tanto aplomo que las palabras penetraban en las sienes de los cuatro hombres con una fuerza casi opresiva. Hasta Alonso, que la conocía bien, creía que estaba diciendo la verdad—. Hoy hemos venido hasta aquí para implorar la protección de nuestra Santa Madre Iglesia a la que usted representa y de la que nos consideramos sus hijos. No venimos a pedirle una sentencia a nuestro favor, no. Venimos a solicitar que un padre escuche a sus hijos para que pueda conocernos y tener así una base para decidir. Solo eso hemos venido a suplicarle.

Aquellas palabras no podían haber salido de la boca de una indígena que apenas sabía leer ni escribir. Eran un dictado directo de Dios. Todos los que acababan de escucharla, sin excepción, pensaron lo mismo. Un silencio sepulcral se cernió sobre aquellos hombres, como si lo que hubieran recibido fueran, efectivamente, instrucciones divinas. Zúñiga balbuceó.

—Bien... En fin... —dijo, mirando hacia su secretario que se encontraba, como todos, mudo por la sorpresa—. Creo que tal vez sería conveniente... sí... no sería tan mala idea echar un vistazo, hacer una lectura pausada de esa demanda para poder tomar una decisión ilustrada sobre todo este proceso. No veo que una lectura pausada de su contenido pueda perjudicarnos —y dirigiéndose hacia Alonso con forzada amabilidad le inquirió:

—Trae usted una copia de ese escrito para dejarnos, ¿verdad, señor letrado?

# 63

Fue el obispo el que exigió la presencia de Alonso a la mañana siguiente para comunicarle personalmente su decisión. Además, dejó taxativamente claro que debía comparecer solo. Ese condicionante no vaticinaba un feliz desenlace pues ya no habría chusma popular ante la puerta de su casa ni el terco de Claver estaría allí para poder presionarle. Y tampoco estaría aquella india con voz de ángel que pareciera que le estuviese dictando órdenes directas sobre su conciencia. Sin embargo, Alonso decidió que Ne Sung lo acompañara al menos hasta el vestíbulo obispal. Se sentía a gusto en presencia de aquel grandullón que, a pesar del indecible sufrimiento que arrastraba dentro de su alma no paraba de sonreír. Pareciera como si una vez admitido el inmenso dolor de su existencia, únicamente vivir el momento presente fuera suficiente para llenarlo de vida y alegría.

El secretario los recibió con idéntico desabrimiento al del día anterior, pero esta vez sí habló. Al enterarse de que Ne Sung no era esclavo sino hombre libre no tuvo más remedio que permitirle esperar en la sala del vestíbulo. Era la primera vez que un negro entraba con tal condición en la casa del obispo. Luego ordenó a Alonso que lo acompañara hasta la cámara de su excelencia, donde aguardó casi una hora hasta que lo atendieran. Se escuchaban discusiones y voces provenientes del interior del despacho, pero Alonso no alcanzaba a distinguir lo que decían. Cuando por fin la puerta se abrió y el secretario le ordenó que pasara, Alonso se topó ni más ni menos que con el gobernador, el oidor principal y el obispo, esto era, la composición al completo del tribunal cuya formación había solicitado. Y los tres tenían cara de pocos amigos. Fue Zúñiga el que comenzó el discurso:

—En verdad que ha sido para nosotros una poco grata sorpresa, por decirlo de alguna manera, leer detenidamente el *petitum* de su demanda señor Ortiz de Zárate. ¿Sabe usted que el bienestar social de nuestros colonos, de la población entera de Cartagena y de toda Nueva Granada descansa sobre el trabajo de esos indios a los que usted pretende liberar?

—Soy consciente de ello.

—Y… ¿sabe usted que haciéndonos comparecer ante este proceso nos está poniendo en la grave tesitura de tener que decidir entre el bienestar de nuestra gente o la protección de unos dudosos derechos del pueblo indígena? Esas criaturas, si bien son por ley hijos del Señor y súbditos del rey, creo que coincidiremos todos, distan mucho de poder considerarse personas. Son bestias, amigo mío, monos salvajes. Si no fuera por la evangelización y conversión espiritual, aún seguirían comiéndose unos a otros, guerreando por placer y matando a sus hijos, si no para comérselos, para ofrecerlos a uno de sus múltiples dioses con cabeza de serpiente, águila o cualquier otro animal que les venga en gana. ¿Es a esos a los que ha venido a defender en detrimento de los suyos, de los de su propia raza?

—Están evangelizados. Gracias a la labor de los sacerdotes ahora son tan hijos de Dios como usted y como yo.

—Intente ponerse en nuestra situación —interrumpió el gobernador, Francisco de Murga, tratando de conciliar los ánimos—. Sabe que ayer mismo accedí a formar parte de este tribunal —afirmó con dulzura obviando que al ser cuestión civil la ley lo obligaba a comparecer si es que se requería de su presencia— y que ayer mismo, en cuanto me lo pidieron, cursé la orden para traer a ese maldito encomendero ante la justicia. Pero ¿es consciente de la contradicción que nos está imponiendo? La mayor parte de nuestras familias y amigos, nosotros mismos, tenemos indios a nuestro servicio. Las mayores producciones de Nueva Granada son encomiendas agrícolas o mineras que requieren tal cantidad de mano de obra que, tener que hacerlo todo con esclavos negros sería una hecatombe, ¿acaso desea eso para su gente?

—No creo en modo alguno que les vaya a suponer la ruina darles descanso a los indios, permiso para que vayan a sus poblados para plantar cosechas o recolectarlas, estar con sus familias o, por qué no, pagarles un jornal.

—¿Pagarles un jornal? ¿A los indios? ¿Quiere ser el responsable de una revuelta de encomenderos? ¿Quiere que se derrame la sangre por su culpa? ¡Si eso sucede tendré que mandar soldados para reducirlos! ¡Una encomienda tras otra! ¿Cree que merecerá la pena semejante sangría por salvar a unos cuantos indios? Hablamos de su propia raza, de los suyos… ¡Recuérdelo!

—¡Caballeros! —Intervino por vez primera don Domingo Pérez Quinto, oidor principal y juez de carrera—. No adelantemos ni precipitemos acontecimientos. Seremos nosotros los que dictemos la sentencia. El señor letrado ha realizado un *petitum* en su demanda y en modo alguno ello significa que vaya a tener que ser ese nuestro fallo. Atendamos el proceso, escuchemos a partes y testigos y decidamos conforme nos dicte nuestra conciencia y en su caso, monseñor, le inspire la divina Providencia. ¿Qué tenemos que perder? —preguntó con la convicción de que cuantos más votos hubiera en la sentencia, menos responsabilidad y presión recaería sobre sus hombros. Al fin y al cabo, don Domingo era el que, por imperativo de su propio oficio y condición tendría que dar la cara y dictar una resolución que, fuera cual fuese su signo, sería sumamente controvertida.

—Contra el vicio de pedir, la virtud de no dar, ¿no dicen eso? —sentenció el gobernador Murga, sabedor de que él también estaba ya totalmente metido en el ajo.

—Creo que debemos dar una muestra de transparencia y hacer un juicio público del que se hable en toda la comunidad. Un proceso ejemplarizante que sirva en el futuro tanto para encomenderos como para indígenas —confirmó don Domingo.

Se produjo un instante de reflexión. Los dos últimos en hablar no tenían nada que perder y mucho que ganar si el Obispo confirmaba su presencia pues el proceso contaría entonces con el respaldo y el apoyo de la Iglesia, y por ende de Dios. Una sentencia con inspiración divina sería una buena salvaguarda a sus respectivos pellejos. Ambos personajes cruzaron un mirada de complicidad para dirigirla luego hacia el obispo, reclamándole un pronunciamiento.

—En fin, caballeros —tomó la palabra Zúñiga— parece ser que por más que le demos vueltas, este entrometido letrado y ese ángel del demonio que tiene por clienta van a doblegar finalmente nuestra voluntad. Soy consciente de que nos vamos a meter en un berenjenal. Accederé a su petición con una condición que exijo a ustedes dos —dijo señalando a sus desde ese momento, compañeros de estrado—: que me apoyen y ayuden a instaurar cuanto antes el Tribunal de la Santa Inquisición en esta tierra. Proliferan cada vez más casos de magia negra, brujería y adoraciones al maligno entre las tribus indígenas que se dicen evangelizadas. Todo ello habrá de ser depurado por un tribunal de la Fe. Si acceden ustedes a mi petición, tal vez sea hasta bueno ensayar con este proceso… —dijo lanzando sobre Alonso una mirada retadora.

# 63

Todos los jesuitas, excepto el portero de la institución, se habían congregado en la sala capitular para rezar y pedir la intercesión de Dios en la formación del tribunal. Por ello, cuando vieron a Alonso entrar en respetuoso silencio y sentarse en un asiento que quedaba libre, ellos comenzaron a removerse en los suyos. La conexión de miradas que cruzó con Claver lo dijo todo, y Alonso le sonrió en señal de conformidad. El obispo accedía a formar parte del tribunal.

Tras el oficio ambos se dirigieron hacia el claustro. La paz reinaba en aquel patio nutrido de exuberante vegetación tropical y rodeado de sólidas columnas que formaban un perímetro adintelado de piedra granítica. Cuando Alonso le contó los pormenores de la reunión, Claver trató de restarle importancia a la condición que impuso Zúñiga para acceder a formar parte del proceso. No era proclive a que se instaurara el Tribunal de la Santa Inquisición en aquellas tierras, pero lo daba como un hecho consumado que llegaría tarde o temprano. Compartió alegría con Alonso dándole un intenso abrazo. Después de la incertidumbre del día anterior, ambos se encontraban pletóricos.

—¿Y cuándo empezará el juicio? —preguntó Claver.

—Ahora hace falta que los alguaciles traigan a Vargas lo antes posible. Cuanto menos tiempo disponga para preparar la defensa, mejor. Es tal el abrumador entresijo legal y normativo que se ha vertido sobre los derechos de indios y encomenderos que la balanza puede inclinarse para favorecer a cualquiera de las partes sin levantar demasiada controversia jurídica. La fecha de comienzo no la sabremos hasta que el demandado comparezca ante el oidor.

—¿Sigues manteniendo las mismas esperanzas de ganar el litigio o ha cambiado tu punto de vista después de ver la actitud de los miembros del tribunal?

—Son muchas las circunstancias que se analizarán en el proceso. Será un juicio público, y la postura que tome el pueblo también influirá. De todos los miembros del tribunal, el único que me inspira una cierta confianza en su ecuanimidad es don Domingo, pues al ser juez de carrera, su dictado es de derecho y no político. Por los otros dos votos no puedo pronunciarme, aunque no barrunto una batalla sencilla.

—Pues de la lectura de los fundamentos de derecho de tu demanda, no parecía deducirse otra cosa que no fuera dictar una sentencia a favor del pueblo de Teyuna.

—Obviamente padre, usted ha leído mis fundamentos, pero no los de la parte contraria, que ya le adelanto tiene donde encontrar miga entre las leyes a favor del encomendero.

—¿Pero eso cómo puede ser? ¿Pueden existir leyes contradictorias?

—¡Todas los son! —afirmó Alonso con irónica pesadumbre—. Si fueran claras y contundentes ¿para qué servirían los oidores, procuradores, secretarios, abogados…? El sistema está pensado para crear confusión y que en definitiva el mejor preparado, que suele ser el más poderoso, se lleve el gato al agua.

—Entonces, ¿no estás seguro de poder ganar?

—Seguro únicamente estoy de que algún día, usted y yo, compareceremos ante el altísimo. Como le he dicho, tras la reunión de esta mañana creo que ahora mismo sólo contaríamos con el voto favorable de don Domingo, el único juez de carrera. Y de ello tampoco estoy completamente seguro.

—¿Y qué ocurriría si perdemos el litigio?

—Tendríamos que recurrirlo ante la Real Audiencia de Santa Fe, donde intervendría su nuevo presidente, don Juan de Borja.

—Nieto del mismísimo san Francisco de Borja, ilustre precursor de esta Orden jesuita de la que llegó a ser su prepósito general. Bajo su mandato se dio el gran impulso a las misiones con las cuales nos financiamos y las escuelas de la Orden se expandieron como nunca. De hecho, fue su abuelo el responsable de que se promulgara la primera *Ratio Studiorum*, la columna vertebral de nuestro sistema educativo del que tú ya tienes un ejemplar. Si interponemos recurso tal vez deberíamos visitarlo para hablar con él de la importancia del asunto.

—Lo conozco y es un hombre honrado y justo. No creo que se dejara influenciar por nadie. Aunque si perdemos la sentencia y nos vemos obligados a llegar al al recurso dudo que Vargas deje indios vivos en la encomienda para cuando dentro de tal vez dos o tres años se dicte la sentencia definitiva. Nuestro momento es ahora… o nunca.

—Pues entonces tenemos que preparar ese juicio como si no hubiese un mañana.

—Así lo estoy haciendo padre, créame. Y en ese sentido debo alertar a Valle y prepararla sobre las materias y posibles preguntas que le puedan hacer. Como parte demandante no solo se someterá al interrogatorio del abogado de Vargas, sino que también cualquier miembro del tribunal o el fiscal podrán interpelarla. Temo un juicio largo. Tal vez dure todo el día y que los interrogatorios sean profusos y farragosos. No podemos permitirnos ningún error. También tengo que prepararles a usted y al padre Ballesteros.

—En cuanto a Valle, solicitaré permiso a la madre superiora para que os podáis entrevistar. Aunque se trata de una orden de clausura, no creo que ponga ninguna objeción siempre y cuando ella o alguna hermana de la orden se encuentre presente en todo momento.

—Dispondremos de muy pocos días, pero si actuamos con diligencia creo que serán suficientes.

—Pues esto es lo que habíamos estado buscando, ¿no es así, señor letrado? Entonces, preparémonos para entrar en combate —sentenció Claver, levantándose del murete del claustro en el que se había sentado y dirigiendo sus pasos al convento de las Clarisas para entrevistarse con su madre superiora.

# 65

Las entrevistas de Alonso con Valle se sucedían casi a diario, siempre en presencia de una hermana de clausura. No fue nada sencillo explicarle las leyes del viejo mundo a alguien cuyo espíritu estaba incardinado en el de la madre naturaleza, el dios sol y la diosa luna en su delicado equilibrio. Para colmo, el tedio que sufrían las dos muchachas encerradas en el convento era terrible. Allí, la austeridad de la orden: pobreza, silencio y clausura las asfixiaban. Acostumbradas a una libertad de movimientos casi plena, aquella prisión las mortificaba. Las obligaban a permanecer encerradas cada una en su celda y únicamente salían para asistir a los oficios religiosos o comer. Aquello resultaba cada vez más angustioso y difícil de sobrellevar. Así se lo hizo saber Valle a Alonso durante una de sus entrevistas. Ella podría resistir, pues dominaba el arte de la introspección espiritual a través de la respiración. Pero temía por la salud de Alitzel, a la que veía cada vez más débil, física y moralmente, obligada a permanecer entre cuatro paredes y sin posibilidad de poner los pies extramuros del convento.

—Tenéis que aguantar, Valle. No pueden tardar mucho en detener a Vargas y traerlo ante la justicia. Entonces comenzará el juicio. Es muy importante que seáis fuertes, sobre todo tú. Te presionarán mucho y no puedes ceder. No puedes darte por vencida. Nunca. ¿Me entiendes?

—Confía en mí. Yo ya lo he hecho en ti. Si tú no fallas, yo no lo haré —le decía para tranquilizarlo con aquella voz pausada y cautivadora.

Durante los siguientes días apenas vio a Claver. El padre había permanecido ya demasiado tiempo en Cartagena para preparar junto a Alonso el litigio del pueblo de Teyuna contra Vargas, descuidando el resto de sus responsabilidades. Debía ausentarse forzosamente para atender las misiones y supervisar su correcta administración. Además, durante todo aquel tiempo había dejado de lado su autentica vocación: la acción en defensa de los negros.

Destacaba por su poder de convicción. Aquella era su mejor arma: seducir y moralizar al encomendero, persuadiéndolo de que la mejor conducta para su alma era la de tratar a los esclavos con bondad. «Ello, les decía, sería bien visto a los ojos de Dios y bien considerado a la hora del juicio final y el rechinar de dientes...» Pero ahora también comenzaba a utilizar la demanda de Alonso y el proceso judicial que se había entablado y que a esas alturas era conocido en toda Nueva Granada. Estaba consiguiendo avances sociales como nunca antes, para los indios sino también para los negros, simplemente preguntándole al encomendero de turno si es que acaso deseaba ser él el siguiente demandado.

Los alguaciles se demoraron más de un mes en traer al encomendero ante las autoridades. Vargas, advertido por el propio Alonso de que iba a ser demandado, había urdido junto al resto de los encomenderos de la ciudad una curtida defensa. Lo primero que hizo fue esconderse, con la complicidad del alcalde de Santa Marta que no se lo puso nada fácil a los funcionarios del gobernador para que estos lo encontrasen. Después, y contando asimismo con la ayuda del jefe del Cabildo, convencieron al resto de encomenderos de que si no le ayudaban, pronto ellos también se verían en idéntica situación. Así pues, entre todos recolectaron fondos suficientes para articular la defensa y pagarle un buen abogado. Pero es que, además, en un gesto de hermandad, el alcalde consiguió reunir dinero para poner al día la deuda bancaria y suspender así la ejecución de la demanda hipotecaria interpuesta por los banqueros De la Rubia y Torres. Todo ello para que Vargas llegara inmaculado y con un currículum intachable al proceso, y así conseguir que a la hora del juicio apareciera como el encomendero ejemplar.

A Alonso en cierto modo le daba igual quién fuese el abogado que eligieran. Descartando a su padre, cuya acérrima enemistad con Vargas y la de Vargas para con él eran irreconciliables, conocía a los ocho o nueve letrados que ejercían en Cartagena. Todos estaban formados en universidades indianas y la mayor parte eran grises y anodinos, sin experiencia o formación comparable a la suya. Dudaba incluso de que muchos de ellos dispusieran en sus despachos de las compilaciones de leyes necesarias para preparar un asunto tan complicado. Y aunque cabía la posibilidad de que el ladrón que se hubiera apoderado de su petate de libros lo hubiese vendido a alguno de aquellos abogados, sería demasiada coincidencia que fuera este el letrado elegido por Vargas.

Otra opción plausible era que Vargas contratara un letrado en Santa Fe donde sí existían varios de excelente reputación. Podría ser uno de los motivos que le hubieran llevado a esconderse: ganar tiempo y procurarse una buena defensa. En cualquier caso, de ser así y tener en frente un rival digno, ese hecho no le provocaba ningún temor. Quienquiera que fuese el abogado contrario, Alonso tenía la obligación de ser mejor que él. Simplemente. Y para ello se encontraba sobradamente preparado y, además, contaba con todo el acervo de conocimiento de la biblioteca jesuita.

Ya con Vargas en la ciudad transcurrieron varios días durante los cuales los preparativos para el juicio que iba a paralizar la vida de la ciudad fueron frenéticos. No había ninguna sala ni en la sede del gobernador ni en la de justicia, que estuviera preparada para acoger a tanta gente como la que iba a convocar la vista pública. Llegaban encomenderos y familiares de todas las provincias con intención de apoyar a Vargas e influir en la resolución judicial. También los jesuitas movieron ficha, solicitando al resto de las órdenes religiosas, dominicos, mercedarios, franciscanos y agustinos a que hicieran todo lo posible en favor de la justicia de los indios. Ante tal afluencia de gentes que llegaban de todos los rincones del virreinato y que ya habían atestado fondas y posadas, el lugar decidido para la celebración del juicio no fue otro que la iglesia catedral de Cartagena de Indias.

Intentando rebajar la presión que sentía ante la inminencia del juicio, una de aquellas mañanas decidió acercarse hasta las dos cárceles de la ciudad, la de hombres y la de mujeres. Se presentó como abogado y se entrevistó con Emilio Osorio y con Rosa Vargas. Sabía poco de ellos. Se encontraban bien de salud y lamentó no poder ayudarles en aquellos momentos, pero les prometió que en cuanto concluyera el proceso del pueblo de Teyuna, interpondría un recurso para levantar la orden de prisión e intentaría por todos los medios que pudieran reabrir La Dos Rosas. Se comprometió a ayudarlos de manera altruista, ya que en cierto modo, se consideraba el responsable final de aquella tragedia en la que su padre les había sumido. Ellos le agradecieron el gesto de haber dado el dinero a Rosa Belmonte con el que aún estaban manteniendo a sus familias y le desearon la mayor de las suertes para el juicio.

—¡A esos te los comes tú con papas, pico de oro! —le espetó la Vargas antes de despedirlo con un beso en la mejilla, tan sonoro, que a Alonso le estuvo retumbando en la oreja aun cuando ya salía por la puerta de la prisión.

Con Ballesteros se reunió la mañana de un viernes a su regreso de Teyuna. Se citaron en la biblioteca. No habían detectado presencia ni rastro alguno de los hombres de Vargas cerca del poblado. Ni tampoco de sus perros. No vieron actividad alguna en la encomienda, al menos en la casa de Vargas que parecía cerrada a cal y canto. El sacerdote le contó que el muchacho llamado Keh, el chico que le sirviera de guía para llevarlo a Santa Marta, nunca regresó al poblado. A pesar de que ello no supusiera una pérdida importante, al consejo de ancianas les había parecido un hecho preocupante y le habían rogado expresamente que se lo comunicaran a Valle y a él. Yo me encargaré personalmente de informarla, las tranquilizó el sacerdote.

Cuando Ballesteros se fue a descansar, Alonso dio un paseo junto a Ne Sung y Mateo Alemán, que se encontraba ya muy recuperado de sus padecimientos y había iniciado una nueva vida en el telar de la casa jesuita de la que había decidido hacerse hermano secular.

—Todavía no me veo yo con el voto de castidad, don Alonso —le dijo mientras paseaban— que si no me pensaría muy mucho el ordenarme jesuita. Estos hermanos me han devuelto la ilusión y la vida. Me apasiona enseñar y transmitir todos mis conocimientos. Pienso desmontar mi sastrería y vender el local. Está demasiado cerca de la casa de su señor padre y no me seduce la idea de toparme con su cariñoso capataz.

Alonso tenía la intención de pasarse por el juzgado por si había novedades sobre el pleito y prefirió hacerlo en compañía de los que podía considerar como sus amigos. Los viandantes los observaban curiosos. El letrado que iba a ventilar la demanda de los indios contra los encomenderos se hacía acompañar por el siempre extravagante Mateo Alemán, solo que el sastre ahora iba ataviado con un riguroso traje seglar de la orden jesuita. Los acompañaba un negro enorme, también vestido con hábito secular, pero al que la sotana, en lugar de llegarle a los tobillos lo hacía un poco más abajo de las rodillas y las mangas del traje por encima de las muñecas.

—¡Cómo nos miran! Se burlan de nosotros y es por tu culpa, Nesuncito —reía Mateo—. ¡No puedes salir así! En cuanto regresemos me vas a dejar que te tome medidas y te voy a arreglar un par de trajes en condiciones, porque así no podemos seguir… No vuelvo a salir contigo vestido de esa guisa. Ya está bien de tanta clase de gramática, de lengua y de religión. Tú lo que tendrías que hacer es venirte a mi taller a aprender a coser, que ya iba a hacer yo de ti un hombre de provecho —decía, dándole unos golpecitos en el hombro—. ¡Madre mía, qué brazos tan pétreos y apolíneos tiene esta criatura! ¡Parece una escultura! —exclamó azorado, siendo consciente que por primera vez en mucho tiempo y sin buscarlo, había conseguido un equilibrio en su vida que a esas alturas de su existencia ya no esperaba.

—Ne Sung no coser, Ne Sung África, Ne Sung familia —reía al tiempo que abría su boca amplia y sincera.

Llegaron hasta el tablón de anuncios de la Corte de Justicia. Ya en la distancia Alonso observó que se habían añadido nuevas Providencias a las que existían el día anterior, y comenzó a respirar algo incómodo. Su pulso se aceleró. Cuando llegó, comprobó que efectivamente, las nuevas publicaciones versaban sobre su proceso. Se acababa de señalar la fecha y el lugar para el inicio de la sesión del juicio: en tres días, esto era, al lunes siguiente, daría comienzo el juicio oral, y el lugar para celebrarlo sería ni más ni menos que la catedral de Cartagena. El tribunal lo compondrían don Domingo Pérez Quinto como oidor Jefe, don Francisco de Murga, gobernador de la ciudad y sería presidido por el obispo Zúñiga. Ejercería de fiscal el adscrito por oficio al juzgado. La acusación sería dirigida por el letrado don Alonso Ortiz de Zárate. Se comenzaría la vista con las declaraciones de las partes. Luego vendrían la presentación de pruebas, los peritos, las testificales y, por último, los informes de conclusiones. El letrado que defendería los intereses del demandado, el encomendero Antonio Vargas, sería don Fernando Ortiz de Zárate.

# 66

El hecho de que fuera su padre el letrado al que tendría que enfrentarse en los estrados le había supuesto una conmoción al principio, pero luego lo consideró una oportunidad y una enorme ventaja. Lo conocía bien, tanto sus puntos fuertes como los débiles, y lo pensaba utilizar todo en su contra. Reflexionó sobre como pudo haberse articulado un trato semejante entre acérrimos enemigos, Vargas y su exletrado. Simple y sencillo. A través de un objetivo común: hundirlo a él. Pero, aun así, don Fernando como mucho, podía haberle dedicado una semana a la preparación del asunto. Eso suponiendo que hubiera hecho las paces con Vargas el mismo día en que llegara a Cartagena y aunque tuviera buenas compilaciones de leyes en su despacho, tardaría mucho en encontrar las que en realidad le eran útiles. Por otro lado, si bien en cuanto a las formas, los interrogatorios y la puesta en escena su padre podría llegar a ser un buen abogado, incisivo y cortante; en cuanto al fondo, la capacidad de estudio y asimilación, no. Con el peso de la ley de su parte, Alonso lo iba a destrozar en los estrados. Le haría tragar toda la petulancia y la arrogancia que destilaba. Estaba deseando en verdad que el juicio diera comienzo.

Y llegó la mañana de aquel lunes prevista para el señalamiento. Alonso despertó cuando aún era de noche, el sueño intranquilo, la garganta seca. Bajó con los primeros rayos de sol a la portería y preguntó por Claver. Faltaban escasas horas para el comienzo del juicio y no había señales de vida del sacerdote desde que este se ausentara de Cartagena para atender las misiones de la Orden. La inminencia del juicio y el hecho de que el tribunal, una vez con

Vargas en el redil, quisiera ventilarlo lo antes posible, había pillado desprevenidos a todos. El padre prefecto, nada más saber la fecha de celebración mandó a varios hermanos con postas de repuesto a buscarlo, pero aún no sabían nada de su paradero. Alonso lo había citado como último testigo, consciente de que su testimonio, el más convincente de los que dispondría, aún resonaría en las sienes de los miembros del tribunal cuando él tuviera que exponer sus conclusiones. Si no aparecía antes de iniciarse el juicio, intentaría alargarlo lo máximo posible para darle tiempo de llegar aunque fuera en el último momento. Pero tampoco podría dilatarlo tanto como para perder la atención del tribunal.

Sin Claver, la acción perdía contundencia.

Había pasado todo el día del sábado preparando a Ballesteros y elaborando sus notas para los interrogatorios del resto de testigos. Cuando el domingo por la mañana se personó en el convento de las Clarisas para hacer lo propio con Valle, el acceso le fue denegado por la superiora. Era el día de descanso ordenado por el Altísimo. «Si el Señor supo descansar al séptimo día después de crear el mundo, usted y la india deberían hacerlo también» respondió cortando tajantemente el último intento del letrado por entrevistarse con su clienta. «Pero Dios no tenía al día siguiente un proceso donde nos jugamos el exterminio de todo un pueblo», pensó para sí antes de despedirse a sabiendas de que era inútil doblegar la terquedad de la monja.

—Por favor, transmítale al menos que mañana dará comienzo el juicio y que debe estar preparada para poco después de la hora prima. Pasaremos a recogerla. Gracias, madre —dijo inclinándose con una reverencia antes de marcharse profundamente contrariado.

La tensión era enorme y la carga de la responsabilidad infinita. El no poder descargar sus cuitas con Claver le apesadumbraba enormemente el ánimo mientras se dirigía hacia el convento para recoger a Valle. A pesar de la escolta de Ballesteros y de varios sacerdotes jesuitas se sentía solo. Absolutamente solo. Nada más atravesar el umbral de la Orden de clausura sintió un estremecimiento. Tuvo que solicitar el permiso de la madre superiora para hacer uso de las letrinas del convento ante la descomposición que sufrió. Vomitó todo lo que llevaba en su interior. En ese momento fue consciente de que la suerte de Valle, la de Alitzel y la de todo un pueblo dependía exclusivamente de él, de su habilidad, sus conocimientos y sobre todo de sus fuerzas. Debía mimar hasta el más ínfimo detalle durante el juicio para que no pudiera escapársele nada. Anticiparse a las intenciones de su padre, preparar el terreno para sus testigos y prever las posibles preguntas que pudieran hacerles para luego hostigar él a los propuestos por su progenitor. Iba a ser una guerra sin cuartel en la que ignoraba las armas que iba a desplegar su rival en el campo de batalla.

—¿Estás fuerte? —le preguntó a Valle nada más verla.

—Creo que bastante más que tú —contestó ella con cierta sorna al verlo en aquel estado, pálido como la cera y emanando un aliento ácido—. No hemos llegado hasta aquí para titubear —le animó—. Es el momento de usar toda la energía que llevamos dentro. He invocado esta mañana al Gran Espíritu que nos une a todos. Ve tranquilo, que durante el juicio yo estaré en ti. Y si tienes alguna duda o vacilación, solo tienes que mirarme. Recuerda tu respiración.

Se sintió inmediatamente reconfortado por aquellas palabras. La mera presencia de la muchacha le hacía sentirse más confiado.

—Una cosa más —le dijo Alonso antes de disponerse a salir por la puerta—, Ballesteros me ha dicho que por alguna razón el consejo de ancianas quiere que sepas que Keh nunca regresó a Teyuna.

—Lo sé. Está aquí. Llevo varios días percibiendo su presencia, su odio y su resentimiento. Va a participar en esto, no sé cómo, pero lo va a hacer. Ten cuidado.

Siguieron la referencia de la alta torre, aún inacabada, de la catedral. Las obras se interrumpirían mientras durara el juicio. Los padres jesuitas desfilaban en dos formaciones, una abriéndoles paso entre los centenares de curiosos que no querían perderse ni un detalle de lo que iba a acontecer aquel día; la otra lo hacía en la retaguardia, protegiendo al grupo y portando la gran cantidad de libros, códices y textos legales que Alonso pensaba utilizar durante el proceso.

Fueron los primeros en llegar. En los bancos de la catedral apenas había unos cuantos curiosos y feligreses rezando. Valle ocupó junto a Alitzel el primero de los bancos que los bedeles habían separado de los demás a una prudente distancia y que se encontraba casi pegado al altar, muy cerca de Alonso. Al otro lado aguardaba el preparado para Vargas. El estrado para el tribunal, colocado justo delante del retablo, se encontraba aun vacío. Disponía de cinco asientos, tres para los miembros con voz y voto y dos en los extremos para el secretario y el fiscal. De los cinco sobresalía el de en medio, provisto de baldaquín y confeccionado con maderas nobles y fieltro rojo. Tenía un crucifijo de madera en el centro del palio. Estaba destinado a que lo ocupara, con prevalencia sobre los demás, el representante de Dios ante la justicia de los hombres.

Fue disponiendo, sobre el pupitre que le habían habilitado, los códigos de derecho que le iban tendiendo los sacerdotes. Necesitaba tenerlos cerca para comprobar que a su progenitor no se le escapara una coma a su antojo o incluso cambiara el sentido de los preceptos intentando confundir al tribunal. Lo conocía suficiente como para saber que era capaz de cualquier retorcida artimaña. En el suelo, detrás de sí, colocó los que consideraba menos importantes pero que podría precisar a lo largo del proceso. En total apostó siete montañitas entre libros y códices de derecho. Con ese arsenal se disponía a entrar en combate por lo que se sentó a esperar que la batalla diera comienzo.

El templo se fue llenando poco a poco. Por la configuración y el aspecto que iban adoptando las bancadas parecía que simpatizantes de uno y otro bando iban a alcanzar un empate de fuerzas. Las adhesiones estaban repartidas a un cincuenta por ciento, y comenzaron a surgir las primeras discusiones y alguna que otra disputa más allá del mero rumor de fondo. Tampoco aquello le importaba. Solo aspiraba a que tanto gentío no interrumpiera el juicio en demasiadas ocasiones, pues de lo contrario no conseguiría atraer la atención del tribunal sobre las complicadas leyes que tenía que explicarles. Para ello confiaba en el papel de don Domingo Pérez Quinto, el oidor jefe del juzgado, avezado y curtido en mil lides jurídicas. Lo suficiente como para no dejarse amilanar por la chusma.

Respiró hondo y miró en derredor tratando de ordenar sus pensamientos. Se fijó en la esbelta arcada de columnas de piedra que culminaban en arcos de medio punto y que constituían la base de la nave central. Se dio cuenta de que entre los arcos de la primera y la segunda se habían utilizado piedras distintas. Ello fue debido a que, durante la invasión y secuestro de la ciudad por el pirata Drake en el año de mil quinientos ochenta y seis, al no querer la ciudad pagar el rescate que él pretendía, comenzó a cañonear la catedral sabiendo que el templo era su bien más preciado. El primer cañonazo tiró aquellas dos columnas y los arcos se derrumbaron. La ciudad acordó de inmediato el pago del rescate, ni más ni menos que de ciento diez mil ducados. Tras aquello, el pirata se fue. Siguió recorriendo con la mirada la bóveda de la iglesia hasta coincidir con la de Valle, sosegada, tranquila. Con ambas manos descansando sobre su vientre respiraba pausadamente.

Fue en ese momento cuando su padre hizo entrada por la puerta principal de la catedral, engalanado con una toga nueva, de un negro rutilante, luciendo toda la pompa y la circunstancia de la que se sabía capaz. Llevaba tomado por un hombro a Vargas, el cual, dada su delgadez y escasa estatura parecía más bien un pelele al lado de aquel gordinflón de masa informe. Lo iba dirigiendo, como una marioneta, mientras subían por el pasillo central de la iglesia, guiándolo, deteniéndolo para presentarlo a sus amigos o a las personalidades locales, como si de su pupilo se tratara. Sonriente, exultante, seguro de sí mismo. A buen seguro que habría puesto música de fanfarrias si se lo hubieran permitido, pensó Alonso para sí. En el momento en que iba a pasar junto al banquillo de la demandante, Valle, que no se había movido en ningún momento a pesar del murmullo de la gente, se giró para ver por primera vez a los que iban a ser sus rivales, desplazando sus manos ligeramente para apoyarlas sobre el banco. Al dejar despejado su vientre y a través de la fina camisa de hilo blanco que llevaba pegada al cuerpo, Alonso percibió cómo su abdomen había engordado notablemente.

Ni tan siquiera fue consciente del deprecio de su progenitor, el cual, al no acercarse ni siquiera a saludarlo, se saltaba una norma deontológica establecida entre colegas desde tiempo inmemorial, de presentarse antes de empezar un juicio. No. En aquellos precisos instantes, Alonso únicamente tenía ojos para aquella incipiente barriga.

De repente, la voz del secretario tronó, resonando en las tres naves que componían la planta basilical.

—¡Audiencia pública! ¡Todo el mundo en pie! —ordenó—. ¡Audiencia pública! Y mientras, uno a uno, fueron haciendo haciendo pausada y solemne entrada los cinco componentes del tribunal.

# 67

Ahora sí, al ocupar el asiento en el estrado frente al suyo, su padre lo miró. Primero desafiante, después con cierta flema, dirigiéndole una sonrisa burlona cada vez que colocaba uno tras otro los libros y códigos de derecho que le habían pertenecido y que con tanto esfuerzo cargara de un lugar a otro desde que llegara de Sevilla. ¡Había sido él! ¡Él los había receptado, quedándose con el único medio que tenía para ganarse la vida como letrado! «¿Quién si no?», pensó para sí. Lo malo era que, con ello, también se había apropiado de sus anotaciones, ideas y apuntes sobre la demanda. ¡Disponía de todo! Su trabajo manuscrito en los textos legales, los pros y contras de la demanda de su puño y letra, sus interrogantes, sus pesquisas, sus dudas... Absolutamente toda aquella información obraba ahora en poder de su rival. Tragó saliva y miró hacia Valle para aspirar un poco de su serenidad. Luego hacia su padre... «No puedes ser más marrullero», masculló mientras lo retaba con el gesto, ahora también él, desafiante. Voy a hundirte. Lo que te hizo Claver en la puerta de tu casa, a plena luz del día, no es nada comparado a lo que va a presenciar hoy toda Cartagena.

Pero... ¿dónde diablos estaba el jesuita? Lo necesitaba. Precisaba verlo aparecer por la puerta principal de la iglesia, con esa energía y determinación que únicamente saben transmitir los hombres transcendentes. ¿Qué diantres estaría haciendo más importante que el juicio que ahora empezaba? Aunque cuando marchó no conociera la fecha exacta del proceso, la red de jesuitas ya se había movido para localizarlo y traerlo. No, no podría tardar mucho en surgir por aquella puerta que ahora los ujieres pretendían cerrar frente a las protestas del pueblo no madrugador que tendría que seguir el juicio desde la calle. ¡Llegará a tiempo!, se dijo. Si conocía a alguien en quien poder confiar, ese era Pedro Claver Corberó.

Los componentes del tribunal iban ocupando sus puestos, preparándose para soportar la larga jornada que se avecinaba. El secretario organizaba un montoncito de pliegos en blanco, junto a la tinta y la pluma. Zúñiga en el centro, sentado bajo palio, con un acólito quitándole los mocasines de terciopelo rojo y colocándole un cojín bajo los pies. Don Domingo ubicaba códigos jurídicos en una mesita que habían habilitado junto a su sillón y el fiscal hacía lo propio. El único que quedaba en pie era el gobernador, dando instrucciones al mayor de los alguaciles cuya guardia se había apostado estratégicamente por el templo para evitar algún posible desmán o tumulto que la ingente cantidad de personas reunida aquella mañana pudiese formar.

El escenario para la función estaba dispuesto y el resultado era impactante. El hecho de que el retablo de la iglesia estuviera justamente detrás de los miembros del tribunal, con la figura del crucificado, lánguido, extenuado, la cabeza postrada sobre el hombro como implorando que reinara la paz entre los hombres, confería al acto una fuerza coercitiva que Alonso nunca antes había percibido en ningún tribunal. Y el efecto que ejercía en el público asistente era multiplicador. Bajo aquella figura divina, sobresaliendo sobre el resto de actores, sentado sobre su trono, el obispo. En el último escalafón, los contendientes, sus abogados y el resto del populacho. Todo sometido a la justicia divina y a sus representantes en la tierra: los hombres de poder.

Tras las oportunas instrucciones a los alguaciles, el gobernador tomó asiento. Nada más hacerlo, un chistido de silencio comenzó a adueñarse de aquel improvisado templo jurídico. De repente, una voz chillona y estridente que a Alonso le era desagradablemente familiar tomó la palabra. ¡Ni tan siquiera el secretario había dado por comenzado el juicio! No podía ser otro que su padre el que, vulnerando toda norma del proceso, saltaba a la palestra reclamando protagonismo y tomando él la iniciativa.

—Ilustrísimas señorías que forman parte de este glorioso tribunal, Excelencia reverendísima —dijo don Fernando, que se había puesto en pie al extremo de su mesa haciendo unas salutaciones y reverencias tan pomposas que en una de ellas se le removió hasta la peluca y a punto estuvo el bonete de caérsele al suelo—. Antes de comenzar, y con la venia, esta parte querría formular una cuestión de forma previa al inicio del proceso y que, de no ser atendida, debería suponer la inmediata suspensión de este juicio.

¿Una cuestión de orden procesal *ad initio*? ¡Pero si ni tan siquiera había comenzado el juicio! ¡No podían admitirla a trámite, era imposible! La propuesta de don Fernando tomó por sorpresa a todo el mundo. Al tribunal, al secretario que estaba a punto de dar su discurso de inicio de la sesión plenaria, a Alonso y por supuesto, al pueblo entero que esperaba expectante el comienzo del espectáculo y que, de buenas a primeras, acababa de escuchar la palabra suspensión.

Fue don Domingo, el juez de carrera, quien tomó voz, y con entereza y sin dejarse amilanar argumentó:

—Señor letrado, cualquier cuestión procesal deberá exponerse una vez comenzado el juicio oral para que sea debidamente recogida en acta. Aún no dispone de la palabra. Siéntese, por favor.

—Pero es que, señorías —continuó con su voz aguda y penetrante—, se ha hecho venir hasta aquí a mi representado por la fuerza, un encomendero honesto, trabajador y virtuoso, una persona dignísima, cristiano, católico y apostólico por los cuatro costados. Por culpa de ello ha dejado sin atender su explotación económica, ni más ni menos que una próspera mina de mineral de plata. De esa mina se provee el diezmo del que se nutre nuestra Santa Madre Iglesia y también el quinto real. Y todo ello por una demanda tan infundada que, una vez la pierda el pueblo de Teyuna, ¿quién va a indemnizar al señor Vargas, víctima injusta de este proceso? ¿Quién va a pagar ni tan siquiera las costas que se generen? Mi cliente es un hombre extremadamente solvente y dispone de una próspera mina libre de cargas y gravámenes, suficiente para, en el improbable caso de que perdiera el juicio, poder responder. ¡Pero esos indios no! ¡No tienen nada! Viven en la mugre y la inmundicia, son vagos e indolentes. Señorías... ¡Mi patrocinado se niega rotundamente a continuar con esta farsa si el pueblo de Teyuna no presta caución suficiente para garantizar las costas procesales de este litigio!

Se produjo un gran silencio. Las palabras de don Fernando habían calado hondo y resonaban en las sienes de todos los allí presentes. Un murmullo de desaprobación proveniente de la bancada rompió aquel mutis. ¿Cómo era posible que se juzgara a un pobre hombre inocente así como así? Cristiano viejo y servidor de la ley. ¿Qué tipo de justicia era esa?

Hasta don Domingo dudó en aquel instante. Si inadmitía la cuestión procesal y seguía adelante sembraría mucha incertidumbre sobre el buen funcionamiento de la justicia. En cambio, si la admitía y se suspendía el juicio toda aquella parafernalia se vendría abajo y habría que montarla otra vez, con nuevas citaciones a las partes, formación del tribunal…

—¿Qué tiene que argumentar frente a esto el letrado de la acusación? —interrogó don Domingo, quitándose la responsabilidad momentáneamente de encima y cargándola sobre Alonso.

El padre Ballesteros no estaba presente. Como testigo que iba a ser del juicio lo habían confinado junto al resto de declarantes dentro de la sacristía. Allí, custodiados por alguaciles, no podrían conocer ni contaminarse de cómo iba desarrollándose el juicio. Únicamente la orden jesuita podía ayudar al pueblo de Teyuna para garantizar la posible condena en costas pero no había tiempo suficiente como para prestar una caución así en metálico ¿Cómo podía su padre haber dado un golpe de efecto tan letal y nuevamente saltándose a su antojo las reglas de juego? Y lo que era peor… ¿cómo no había previsto él esa contingencia? ¡Con todo lo que había preparado el juicio! Se había obsesionado con el fondo del asunto, con las leyes aplicables, con aquellas derogadas que una cuestión meramente formal, tan ajena a la razón pura, se le había quedado lamentablemente en el tintero. Había cometido un error imperdonable.

Estaba a punto de pedir la suspensión del juicio, con todo lo que aquello supondría de golpe moral y casi mortal para sus intenciones, amén de una rotunda victoria para su padre. La gente se iría de allí decepcionada, sin saber cuándo volvería a reanudarse el espectáculo, cada uno hacia sus casas o sus provincias de origen.

Los propios miembros del tribunal, los de la orden jesuita, Valle, ¡todo el mundo! comenzarían a dudar y desconfiar de aquel arrogante y orgulloso letrado que decía tenerlo todo bajo control y que sin embargo a las primeras de cambio mordía el polvo en una cuestión de mero trámite. Si hubiera prevenido a los jesuitas de que aquello podía pasar, tal vez habrían preparado fondos. Pero ahora... ¡tendría que parar el juicio! ¿Cómo había podido fallar tan estrepitosamente?

Se disponía ya a abrir la boca para conformarse con la cuestión procesal y admitir una suspensión del juicio cuando por el rabillo del ojo vio que Valle se levantaba y se dirigía parsimoniosa hacia el centro del altar. Allí se arrodilló ante el Obispo y comenzó a despojarse de los brazaletes de oro que llevaba, así como las pulseras de los tobillos. Se quitó el collar de esmeraldas, nácar y jade e hizo lo propio con su tocado, de piedras preciosas y plumas exóticas. Cuando se levantó, ya sin sus relucientes joyas, no había perdido ni un solo ápice de su galanura. Al regresar al banco junto a Alitzel, volvió a colocar ambas manos dulcemente sobre su vientre abultado y se sentó. En el templo resonó otra vez un rumor, pero esta vez de admiración. Qué buena decisión había tomado el consejo de ancianas de Teyuna de que la gobernadora de su pueblo debía comparecer al juicio con toda la dignidad y orgullo.

—Señorías —clamó ahora Alonso con contundencia, comprobando cómo su padre regresaba hacia su silla con el rabo entre las piernas—, ¿podemos comenzar el juicio de una vez?

# 68

—Por favor, explique al tribunal, ¿cómo es posible que una mujer haya llegado a ser la gobernadora de un pueblo? ¿Es que acaso no conoce la *Tópica Imbecillitas* aristotélica, cimiento de nuestras leyes, que sostiene que la naturaleza sólo provee mujeres cuando no es lo suficientemente fuerte como para parir hombres? Para sanar a los enfermos, ¿practica usted la brujería? ¿De dónde proceden las pócimas y brebajes que usa? ¿Ha mantenido o mantiene tratos con el maligno? ¿Practica su pueblo, como el resto de indígenas, rituales demoníacos, canibalismo, sodomía o sexo entre hombres o entre mujeres?

Al ser ella la demandante, era Valle la primera que tuvo que absolver el pliego de posiciones y romper el hielo de frialdad en el que se convirtió el juicio una vez iniciado. Público y tribunal guardaban un gélido y expectante silencio y cada pregunta era atendida con suma atención. Pero las respuestas de aquella aparentemente frágil indígena eran seguidas con susurros y rumores de aprobación provenientes de la bancada. Don Domingo se vio obligado a detener varias veces el juicio con su martillo para poner orden. Don Fernando se empleaba con especial rudeza y crueldad, no perdía ocasión de despreciarla, sobre todo abusando de su condición de mujer. Pero ella contestaba a cada pregunta con idéntica dulzura, sin alterarse ni caer en provocaciones. Empleaba una dogmática casi teológica, pero con una sencillez aplastante. Estaba claro que la gobernadora de Teyuna no había perdido el tiempo durante su estancia en el convento de clausura y seguía al dedillo todas las indicaciones y la preparación que le había hecho

Alonso. Don Fernando estuvo a punto de perder la compostura al no poder doblegarla. Empezaba a sacarlo de sus casillas.

—Tal vez si me dejara que yo le proveyera unas infusiones de hierbas naturales podría dormir mejor. Sus ojeras delatan que no concilia bien el sueño. ¿Se levanta por la noche con sensación de ahogo? Y su gordura se arreglaría si dejara de comer tanta carne durante un tiempo. Hasta nuestro señor Jesucristo ayunó cuarenta días y cuarenta noches. Debería probarlo usted un tiempo. Y eso no es brujería, créame. Tampoco canibalismo —exponía Valle sin alterarse.

Las risas no provenían únicamente del público, también empezaron a brotar de los labios del Oidor y del Gobernador. Con cada respuesta, aquella delicada y elegante mujer iba cautivando no sólo al pueblo de Cartagena sino también a los miembros del tribunal. Hasta a Zúñiga se le escapó una risita al ver como ridiculizaba a ese obeso y esperpéntico letrado que, por más que lo intentaba, no podía acorralar a una india casi analfabeta. A pesar de todos sus esfuerzos y los años que tenía de experiencia como abogado, era él quien parecía el ratón y Valle el gato.

El único que dentro de aquel atestado templo no reía era Vargas. Sentado en el banquillo de los acusados, veía cómo su patético abogado, el mismo que lo había engañado años atrás con el trato de los esclavos, estaba perdiendo el juicio por momentos.

«Este pleito lo vamos a ganar de calle, amigo Vargas», le decía aquella misma mañana cuando se dirigían hacia la catedral. «No se ha equivocado usted volviendo a contratarme, créame, lo tengo todo controlado. Va a ser como chuparse los dedos...».

¡Maldito bastardo! No debía haber hecho caso ni al alcalde ni al resto de encomenderos. Tenía que haberse fiado de su instinto y haber contratado al mejor letrado de Santa Fe. Pero, en el fondo, la culpa la tenía él. Si le hubiera dado su merecido cuando lo engañó con el asunto de los negros ahora no se encontraría en aquellas ridículas circunstancias. Sí, el origen de toda su desgracia lo tenía aquel asqueroso y petulante abogado. Si los esclavos de su primera partida hubieran llegado útiles y sanos, él no habría tenido que tirar de tanto indio. Pero aquel maldito leguleyo lo engañó. Y desde ese momento todo empezó a irle mal, ahora lo entendía... La mina rendía cada vez menos porque los negros venían tullidos y los indios eran endebles. ¡Dios! Y la culpa la tenía ese gordo impresentable. Cómo odiaba a aquel gusano que ahora se arrastraba gesticulando patéticamente, perdiendo cada vez más la compostura mientras el otro letrado, su propio hijo, lo ridiculizaba aplomado detrás de su pupitre. Y lo peor estaba por venir, pues..., ahora le tocaba declarar a él y ese mierda de abogado, que no sabía defender ni su propia dignidad, era su única tabla de salvación. ¡Estaba perdido!

Vargas cayó en todas y cada una de las trampas que Alonso le tendió. Se contradijo tantas veces que el tribunal empezó a sentir vergüenza ajena por aquel encomendero frío, despiadado y cruel. Con cada respuesta se ahogaba más en sus propias mentiras. Era imposible negar una verdad tan evidente como el exterminio de un pueblo entero. Uno tras otro, latigazo a latigazo, había diezmado de varones la población de Teyuna condenándola prácticamente a su aniquilación, dejando las huellas de su horror escondidas bajo su pretendida inmunidad de encomendero. Esa inmunidad que ahora aquel implacable muchacho iba levantando despiadadamente. Las últimas preguntas del interrogatorio de Alonso solo obtuvieron un incoherente balbuceo por parte de Vargas como única respuesta.

La mañana avanzaba y Alonso se iba sintiendo más a gusto y confiado. Le tocaba exponer los fundamentos jurídicos. Ahora sí se levantó, tomando cada uno de los códigos, nuevos, impolutos y magníficamente encuadernados en la biblioteca jesuita. Fue desmenuzando todas las leyes, cédulas y pragmáticas dictadas por los reyes españoles y que Vargas había infringido. Las leía con voz clara y categórica y luego se las exhibía al tribunal para que pudieran leerlas a su vez, si es que dudaban de la veracidad de sus palabras. Se dirigía con especial atención tanto al juez como al gobernador. Entendía perdido el voto del obispo, pero para ganar aquella carrera tan solo tenía que correr un poco más rápido que su rival. Solo eso. Y su padre parecía un baboso caracol a su lado. Tanto el secretario como el Oidor iban tomando rápidas notas y en repetidas ocasiones lo interrumpieron para que volviera a leer un precepto o renombrar una u otra ley de las que había citado. No lo hicieron ni una sola vez cuando le tocó el turno a don Fernando.

Empezaron los interrogatorios de los testigos y Claver seguía sin aparecer. El fiscal adscrito al juzgado apenas si formulaba alguna pregunta de mero trámite. Estaba claro que tenía órdenes de no intervenir para no favorecer a una u otra parte. No contaba con aliados para ganar tiempo.

Solicitó que compareciera el capataz de Vargas. Lo llamaron abriendo la puerta de la sacristía y un ujier clamó su nombre. El hombre no podía estar más nervioso. Acostumbrado a reventar a pobres desgraciados indefensos con el poder de su látigo, encontrarse en situación de inferioridad, ante la apabullante grandeza del tribunal, lo abrumó. No sabía nada de lo que Vargas había declarado y trataba de mirarlo a cada pregunta que le formulaban, como para que su amo lo guiara en las respuestas. De nada le sirvió. Alonso lo despedazó. Acabó reconociendo el maltrato para con los indios. Dada su alta mortandad, en varias ocasiones habían vuelto a Teyuna para recolectar más mano de obra, pero allí efectivamente ya no quedaban machos para trabajar, únicamente hembras, viejos y jóvenes enclenques, demasiado flojos e inútiles para la mina. Confesó que él mismo había estado a punto de aperrear por orden de su patrón a dos curas que se acercaron a la mina, pero que al final no lo hizo. No obstante, se negó en redondo a reconocer que en la encomienda lo hubieran hecho con otros sacerdotes, asesinándolos y enterrando allí sus cadáveres. El resoplido de alivio de don Fernando resonó en todo el templo cuando abandonó el estrado de los testigos.

El interrogatorio de Ballesteros fue incólume, lapidario. Resultaba ya casi innecesario que Alonso lo siguiera prolongando por más tiempo pues notaba que el tribunal empezaba a hastiarse dado lo avanzado de la hora, y aún restaban por formular las conclusiones finales. Cuando finalizó con el padre Ballesteros y fue cuestionado por si deseaba interrogar a más testigos, iba a contestar que no. Pero entonces la puerta de la Catedral se abrió de par en par y de ella surgieron las figuras del jesuita Pedro Claver acompañado de don Juan de Borja y Armendia, a la sazón el presidente de la Real Audiencia de Santa Fe, con cargo asimismo de

Gobernador de Nueva Granada, el máximo exponente de la autoridad de su majestad el Rey en el virreinato.

Claver no había fallado. Se desplazó como pudo hasta Santa Fe y una vez allí se entrevistó con de Borja. Tratándolo como si fuera un jesuita más le conminó a que lo acompañara hasta Cartagena y presenciara el juicio para que tuviera su propia impresión de la trascendencia del mismo. Y don Juan le obedeció. Acababan de llegar después de agotar una sucesión de postas a caballo, *in extremis,* pero allí estaban.

Podría haber ocupado incluso un puesto en el tribunal con voz y voto, sustituyendo al gobernador de Cartagena, por su superioridad jerárquica, pero en su modestia declinó tal honor. Lo único que solicitó fue presenciar lo que restara de juicio. Sería él quien decidiría un posible recurso y pretendía conocer el proceso de primera mano. A todas luces, quedaba claro con su presencia que la sentencia que de allí saliera iba a afectar a todo el territorio que él había venido a gobernar. Se le dispuso un asiento entre el gobernador y el obispo. Al padre Claver lo condujeron a la sacristía junto al resto de testigos que aun quedaban por deponer: el alcalde de Santa Marta y un joven indio del pueblo de Teyuna llamado Keh.

# 69

Cuando el joven Keh señaló hacia Valle indicando que fue ella la que en dos ocasiones lo había mortificado con los aguijonazos de un insecto venenoso en sus genitales, el auditorio entero se removió. Oficiaba de traductor un nativo que solía trabajar para la corte de justicia, de voz clara y potente, acostumbrado a intervenir en el juzgado cada vez que un indio era procesado, que no eran pocas.

El interrogatorio de Claver había ido, cómo no, a la perfección. Cuando Alonso terminaba de formular cada pregunta se acomodaba sobre su silla para observar las caras del tribunal. Entonces el padre se explayaba con esa contundencia tan elocuente que poseía y era tan minucioso con los detalles que hasta el obispo se vio obligado a translucir un gesto de reprobación mientras relataba la escena del aperreamiento que estuvieron a punto de padecer Ballesteros y él en la encomienda de Vargas. El juicio andaba tan bien encaminado que pareciera que el jesuita le estuviera dando la extremaunción al encomendero. Alonso aprovechó su turno de preguntas para aclarar cualquier duda que le hubiera podido quedar al tribunal.

—Sí, él había estado en el poblado conocido como Teyuna. Sí, efectivamente, en aquel pueblo ya no quedaban más que mujeres, ancianos y niños. Sí, era cierto que por su condición de sacerdote solía frecuentar otras encomiendas. Sí, era cierto que en el resto de encomiendas que visitaba, en mayor o menor medida, se esclavizaba indiscriminadamente a indios.

Cuando terminó de contestar la última de las preguntas que, ya sin ánimo alguno, le había formulado don Fernando, en toda la sala se comprendió el porqué a Claver se le conocía como *el esclavo de los esclavos*.

Tras aquel interrogatorio llegó el del alcalde de Santa Marta. A pesar de sus intentos no consiguió que la imagen del encomendero se revalorizara un átomo. Desconocedor, al igual que el resto de los testigos, de lo que había acontecido durante el juicio, salió muy ufano de la sacristía, contestando a las preguntas de don Fernando con contundencia. Protegía a su amigo con tanta pasión que sus respuestas, a la vista de lo que ya habían declarado el propio Vargas y su capataz, resultaban sonrojantes por falaces y embusteras. El alcalde no entendía nada. ¿Por qué se reía la bancada cuando decía que Vargas era un modelo de encomendero? ¿Qué habría ocurrido durante el juicio? ¿Es que la estrategia no había funcionado según lo previsto? ¿Por qué a don Fernando, ese abogado tan caro y famoso, se le veía ahora tan apocado?

Alonso aprovechó su turno de preguntas para que el alcalde confirmara que Vargas había puesto al día la hipoteca de su mina *in extremis*, gracias a una colecta popular que él mismo había propuesto. Pero el hecho de que la deuda se hubiera actualizado no significaba que la hipoteca se hubiera extinguido. La demanda seguía en pie, solo que suspendida temporalmente. Por lo tanto, explicó al tribunal, la defensa también había mentido al decir que la mina se encontraba libre de cargas y gravámenes.

—Diga ser cierto que ha sido usted y resto de los encomenderos de Santa Marta los que han puesto al día las deudas de don Antonio Vargas con el único objeto de que comparezca como un ciudadano ejemplar a este juicio. Diga ser cierto que conoce que la mina iba a salir a pública subasta al haber sido el acusado demandado por sus propios banqueros. Diga por tanto ser cierto que la demanda ha sido suspendida, pero no desistida. Diga ser más cierto que usted conoce que tanto en la mina del procesado, como en el resto de encomiendas de Santa Marta se esclaviza a indígenas en contra de las leyes españolas. Diga por último ser más cierto, que es usted amigo personal del señor Vargas, que vive en su casa cuando visita Santa Marta y que por tanto, su testimonio está viciado por la amistad que a ambos los vincula.

Pero luego llegó el testimonio de aquel protervo llamado Keh y su expresión de odio y resentimiento al señalar a Valle.

—Señor traductor, por favor, pregúntele al testigo si el comportamiento de la gobernadora del pueblo Teyuna cuando le aplicaba el castigo o cuando practicaba rituales de sanación de enfermos, podría considerarse como un acto de brujería —ordenaba don Fernando.

—Señorías, monseñor —protestaba Alonso—. Con todos los respetos hacia el letrado de la defensa, esa pregunta nada tiene que ver con el fondo del asunto que aquí se está enjuiciando. El testigo no tiene capacidad ni conocimientos periciales para calificar o no a su gobernante como bruja.

—Que el intérprete formule la pregunta y que la respuesta conste en acta —ordenaba el obispo una y otra vez a pesar de las continuas protestas de Alonso.

Don Fernando utilizó a su testigo como última arma arrojadiza contra Valle. Fue el único momento en que la notó tensa. Su rictus abandonó la serenidad y se tornó rígido y severo, sin dejar de mirar fijamente al testigo barruntó: ¡Debía haberte condenado a muerte!

Mientras su padre terminaba de interrogar a Keh, Alonso observó por un momento a Alitzel. La muchacha había permanecido muy lánguida durante todo el juicio, parecía enferma. Como apenas hablaba español y no se enteraba de nada de lo que estaba pasando, llegó a dormirse sobre el hombro de Valle durante varios momentos del juicio. Sin embargo, ahora que entendía las preguntas que hacía el traductor, se acercó todo lo que pudo a su maestra y al ver cómo la atacaban se abrazó a ella. Se tomaron de la mano durante todo el interrogatorio y aunque trataron de disimularlo, Alonso pudo percibir su nerviosismo. Pero ahora le llegaba el turno de preguntas a él y las miró tratando de infundirles confianza.

—¿Puede explicarnos por qué se le condenó la primera vez? ¿No es cierto que intentó en dos ocasiones violar a una mujer del poblado? Diga ser cierto que según la tradición y la Ley Teyuna, al reincidente por violación lo condenan a muerte. Y ¿no es más cierto que fue Valle quien, con su voto de calidad como gobernadora, impidió que usted muriera, conmutándole la pena de tres, por la de dos mordeduras de hormiga?

El lance del testigo más controvertido quedó en empate para el pueblo de Cartagena. «Era mucho mejor un mordisco de hormiga que haberle arrancado los testículos a ese violador» decían unos. «¡Se lo merecía!», decían otros. «¡Pues vaya con la gobernadora, parecía mosquita muerta, pero no le tiembla el pulso cuando tiene que ajusticiar! ¡Mujeres así, lejos, por favor! No me extraña que no haya hombres en ese poblado como se las gastan estas por allí…»

Las miradas que le dirigieron Alitzel y Valle a Keh cuando el traidor violador abandonó su puesto en el estrado fueron fulminantes. No, ese chico no pisaría nunca más el poblado de Teyuna.

# 70

Y llegó par fin el momento estelar que Alonso ansiaba. El turno de exponer las conclusiones del juicio, con el resumen de las pruebas practicadas y los fundamentos de derecho acreditados durante el juicio. Miró hacia el rosetón del pórtico de la iglesia. Estaba oscureciendo. Entonces calculó el tiempo justo y necesario para su exposición. Se explayaría lo suficiente para que su padre, o lo que quedara de él, tuviera que pronunciar su discurso ya entrada la noche, con el pueblo y el tribunal extenuado y deseando que aquello acabara cuanto antes. Cualquier artimaña final que intentara entonces no se recibiría bien.

Recabó la atención de todos, aguardando casi un minuto antes de empezar su alocución a pesar de que el secretario ya le había dado la venia. Entonces la catedral entera se sumió en un expectante silencio y don Juan de Borja, mano sobre el mentón y codo en la rodilla, parecía no querer perderse ni una sola coma de lo que aquel brillante letrado iba a exponer. Alonso no se levantó. Permaneció sentado en su pupitre, y con una elegante alocución comenzó a desgranar, ligando uno por uno los hechos con los fundamentos que le daban ineluctablemente la razón.

La mera compra de la mina por parte de un particular como Antonio Vargas a un encomendero antiguo estaba ya proscrita desde las Leyes Nuevas de 1552. Desde entonces, las únicas encomiendas que se podían transmitir con una cierta legalidad eran *mortis causa*, esto es, de padres a hijos y con el límite de dos generaciones. Por tanto, el propio contrato de adquisición de la encomienda a un heredero de segunda generación estaba viciado de nulidad *ab origine*. Ya el contrato en sí sería ilegal, pero es que, además, si se tenía en cuenta que la esclavización de los indígenas estaba asimismo proscrita…

Se divertía, recreándose en cada palabra, cada frase, para hundir un poco más a Vargas en su propia fosa cuando de repente se dio cuenta de que algo anómalo estaba ocurriendo… ¿Qué pasaba? ¿Por qué ahora nadie le prestaba atención? Vio cómo el Obispo se levantaba lívido como el papel y empezaba a caminar unos pasos sobre sus inmaculados calcetines blancos, con el brazo levantado y un dedo acusador señalando hacia el banquillo de las demandantes. La cara del Presidente de la Audiencia, de don Domingo y del Gobernador también mudaron de repente hacia la perplejidad y el asombro, con los ojos muy abiertos por la incredulidad.

No quería dejar de hablar. No debía, tenía que recabar como fuera la atención del tribunal otra vez. Fuera lo que fuese que estuviera sucediendo en el banquillo que ocupaban Alitzel y Valle debería restarle importancia. No quería mirar, pero tuvo que hacerlo justo en el momento en que su padre también se levantaba con su dedo acusador dirigiéndose hacia ellas.

—¿Lo ven? ¡Son adoradoras del maligno! Han preparado todo esta pantomima para mayor vergüenza y escarnio de Dios Nuestro Señor. ¿Lo han visto ustedes, Señorías, con sus propios ojos? ¡Se han besado! ¡Se han besado en los labios, dos indias en un templo consagrado! ¡Quieren humillarnos! ¡Quieren reírse de nuestro Señor Altísimo en su propia casa!

Lo poco que Alonso pudo ver cuando por fin giró su rostro no fue más que un abrazo. Nada más. Las conocía bien a ambas. Después de la tensión que habían pasado durante la declaración de Keh, tras aguantar un juicio larguísimo donde no habían tenido ni la oportunidad de comer y en el que Alitzel apenas comprendía nada, con un interrogatorio tan extenuante como el que habían sometido a Valle y, sobre todo, después de estar tanto tiempo encerradas en un convento, sin apenas tener la oportunidad de verse, las dos jóvenes, viendo ya el final del proceso se habían relajado. Alitzel estaba claramente débil, enferma. Alonso entendió que aquel abrazo, tal vez el beso, si es que en verdad se produjo, fue un gesto fraternal, pero en modo alguno una afrenta a Dios.

Sin embargo ya su padre había tomado con su voz hiriente y chillona el mando de la situación.

Nadie dio ninguna orden. Nadie dijo nada a los alguaciles, pero la infecta perorata de don Fernando comenzaba a surtir su efecto, y los guardias empezaban a moverse en dirección al banquillo de las demandantes que ahora sí se abrazaban, pero de miedo, con los ojos preñados de temor. Y Alonso comprendió el gesto de victoria que encendía el rostro de Zúñiga y el por qué se frotaba las manos, relamiéndose por haber conseguido lo que tanto ansiaba: las primeras víctimas a las que ajusticiar en su ansiado Tribunal de la Inquisición.

Se sorprendió a sí mismo al verse de pie. Los alguaciles estaban cada vez más cerca. «¡No!», se escuchó decir. «¡Se trata de un gesto de afecto, de amor! Estas criaturas han sufrido mucho. ¡Dejadlas! ¡Por favor, dejadlas!» Gritaba mientras volvía la mirada hacia el tribunal implorando ayuda. Sólo le dio tiempo a ver la cara de estupefacción de don Juan de Borja, con la cabeza entre ambas manos, los ojos muy abiertos y fijos en las dos jóvenes. Y entonces tuvo que actuar. Apartó de un empujón al alguacil que estaba a punto de echarse encima de Valle y la miró por un fugaz segundo. «¡Escapad!», les dijo. «¡Corred! Volved a Teyuna, escondeos en la selva, pero no volváis aquí nunca jamás». Trató de parapetarlas mientras ambas jóvenes enfilaban el pasillo central de la iglesia, tomadas de la mano, Valle tirando de Alitzel, abriéndose camino como podían, entre los feligreses que empezaban a atestarlo.

Trataba de detener a los dos alguaciles que las perseguían cuando la vio. Distinguió enseguida el perrillo característico de la espada eibarresa, gemela a la que su tío le regalara. Se encontraba colgada al cinto de un hombre barbudo y bien vestido, a escasos centímetros de su mano. Ni siquiera se fijó en el rostro de su portador. La desenfundó. En menos de un segundo tenía ensartado al primero de los dos guardias. El otro apenas tuvo tiempo de desenvainar pues Alonso le atravesó la mano de lado a lado. Sacó la espada y se volvió a la carrera. Valle casi había alcanzado la puerta de salida, pero Alitzel había trastabillado e iba un tanto rezagada. Vio como se detenía un instante a esperarla y también como otros alguaciles, gracias a esa fracción de segundo, cobraban ventaja. Se echaron sobre ellas en la escalinata de bajada del templo. Oía sus gritos de dolor al retorcerles los brazos para inmovilizarlas. Uno ya se ponía de pie para esperarlo a él y batirse con la espada. Tenía que liberarlas. Eran tres. Podría desarmar al primero y luego dedicarse a los otros con la ayuda de las indias. Valle mordía y daba rodillazos al soldado que pretendía asirla. Alitzel se encontraba tirada sobre los escalones con la cabeza pisada por la bota de un fornido guardia.

Sólo se percató del casco del piquero cuando estaba a punto de rebasar la puerta. Se dio cuenta porque el alguacil con el que pensaba batirse le hizo al otro un gesto como que ya era el momento adecuado. Oculto para Alonso, el golpe que le propinó con la madera maciza de la pica fue transversal, contundente y definitivo. A la fuerza de los brazos del soldado se sumó la inercia que Alonso traía a la carrera. El resultado de la combinación de entre ambas se lo llevó en la cara. Escuchó perfectamente como los huesos propios de su nariz se le tronchaban con un chasquido que no solo escuchó el.

Después, en el suelo, sintió que comenzaba a manar abundante sangre y lo golpeaban echándosele encima. Lo último que vio fueron los ojos implorantes de Valle buscando los suyos. La habían atrapado entre tres guardias y conseguido inmovilizarla retorciéndole las muñecas fuertemente contra la espalda.

Luego, el mundo se apagó.

# 71

No supo nada del exterior hasta transcurrida una semana después del juicio. Lo confinaron en una celda de castigo, sin apenas luz ni ventilación más allá que la de un pequeño ventanuco enrejado que daba al patio de la cárcel. La nariz le estuvo sangrando varios días y el charco que había dejado era ahora una mancha seca y maloliente. No podía respirar sino por la boca y la costra que le obstruía ambos orificios nasales se había petrificado. Su único contacto con la civilización se producía cuando los alguaciles le traían el rancho una vez al día y se llevaban el cubo de heces. Y ese precisamente era el momento que más temía.

—Ya no eres tan valentón, ¿verdad abogaducho? Vas a pagar lo que le hiciste a nuestros compañeros. ¡Pero bien!, a uno casi te lo llevas por delante. Pues que sepas que tiene mujer y cinco hijos. Como la palme te veo en el patíbulo —era lo menos que le decían.

Fue el padre Claver el que, tras muchos trámites, consiguió entrevistarse por fin con él. El obispo había ordenado su completo aislamiento hasta conseguir lograr sus fines sin que aquel entrometido leguleyo, aun desde le cárcel, pudiera entrometerse. Pero un hecho lo había cambiado todo y no tuvo más remedio que ceder ante la terca insistencia del jesuita.

Cuando Claver entró lo encontró más muerto que vivo. Pero no porque la fractura de la nariz fuese mortal sino porque el muchacho no deseaba vivir más.

—Alonso, me han dejado entrar a visitarte porque he de comunicarte una triste noticia: tu padre ha muerto. Lo asesinaron anoche.

Alonso lo miró, pero no dijo nada. De todas las cuestiones que durante aquellos días de cautiverio habían inundado su cabeza, aquella era sin duda la que menos esperaba. Sintió que no le importaba ni afectaba en modo alguno el fallecimiento de su progenitor. Su padre se había auto impuesto una etiqueta social que lo clasificaba, sometiéndolo. Y toda su vida la basó en estar a esa altura. Entonces, su ser dejó de existir para poder cumplir con esa imagen que el creía de sí mismo. En realidad ya estaba muerto desde mucho tiempo atrás.

Trató de hablar. Tras siete días sin hacerlo tuvo que esforzarse para conseguirlo con la nariz completamente atorada. Tomó todo el aire que pudo por la boca y preguntó:

—¿Y Valle y Alitzel, cómo están?

Claver no quiso contestar. Aunque preveía esa pregunta, guardó un profundo silencio con el cual intentó dar un giro a la conversación.

—Lo que tienes que hacer es ponerte fuerte, Alonso. Voy a intentar que venga un médico a verte esa nariz. No tiene buen aspecto.

—No me importa mi nariz, padre. Quiero saber cómo se encuentran Alitzel y Valle. ¿Qué ha sido de ellas?

—No creo que sea el momento de hablar de eso, Alonso. Estás muy débil y sería del todo inútil, créeme. Primero debes recuperarte. Los designios del señor son en ocasiones complicados de entender, pero Él tiene siempre un camino para todo, y en cierto modo...

—¡Dígame que ha pasado, padre! ¡Dígamelo! Tengo derecho a saberlo.

Claver suspiró. No tenía más remedio que decirle la verdad, aunque en su estado la verdad podría matarlo. Trató de ganar tiempo.

—Los alguaciles van a presentar una denuncia contra ti. Tenemos que preparar tu defensa. Me he preocupado por ellos visitándolos en el hospital y parece que sus vidas no corren peligro. Si, efectivamente eres tan buen abogado como espadachín. Eso ya lo sabe toda Cartagena.

—¿Cómo pudo acabar todo tan desastrosamente, padre? ¿En qué fallé?

—No fallaste en nada, hijo mío. Es esta sociedad corrompida por la envidia, el ego y el ansia de poder. En verdad es que si todos fuéramos individuos satisfechos, en el mundo reinaría la paz. Pero existen hombres como Vargas o Zúñiga, o como era tu padre, con una absoluta insatisfacción interior. Son ellos los que desequilibran la balanza y siembran la cizaña que luego se propaga como una oleada de peste por entre la gente de bien. Por eso, el mundo necesita personas como tú. Debes recuperarte cuanto antes. Tenemos que nombrarte un abogado para tu defensa. Conoces a todos los de Cartagena, dime el nombre de alguno con el que pueda hablar. Por supuesto que la Orden correrá con todos los gastos.

—No, padre. No deseo defenderme. Obré mal y no he conseguido nada. ¡Nada! He hundido todo lo que he tocado. He herido con una espada a dos seres humanos. Me sobrepasé, me extralimité. Mi confianza rozó la arrogancia, y ahora todo por lo que he luchado se ha hundido —decía con acento nasalizado tratando de aspirar el aire justo y necesario para pronunciar la siguiente frase—. Mi mundo se ha desmoronado y he arrastrado conmigo todo lo que había a mi alrededor.

—¿Te parece poco logro haber ganado la sentencia del pueblo de Teyuna contra el encomendero Antonio Vargas con todos los pronunciamientos favorables?

—¿Cómo? —preguntó sorprendido.

—Si, Alonso. La sentencia se supo ayer —dijo abrazándolo con todo el amor que llevaba dentro, tratando de infundirle su energía. Alonso tiritaba y comenzó a sollozar. Parecía un niño desconsolado, o lo que era peor, sin consuelo posible. A pesar de sus esfuerzos parecía que se fuera a ahogar de un momento a otro al no poder aspirar aire suficiente con el que proveer aquel llanto.

—Pero si al final pasó lo que pasó, y los alguaciles…

—Es cierto que a ti te van a juzgar cuando los alguaciles presenten denuncia, pero ello no es óbice para que el proceso que llevaste fuera tan brillante como para conseguir una sentencia favorable. Don Domingo Pérez, el oidor jefe, me ha dicho que el fallo cuenta con el visto bueno de don Juan de Borja, y eso lo hace inapelable. El mismo don Juan se ha comprometido en persona a liberar a todos los indios de las encomiendas de su jurisdicción, que como bien sabes, es todo el reino de Nueva Granada. Y ello, ha dicho, aunque tenga que movilizar a todo el ejercito al completo. Las leyes de España han de cumplirse en cualquier confín del imperio, por recóndito que este sea. ¿Y sabes que más me ha contado don Domingo? Que el hecho de que don Juan te viera defender a aquellas pobres criaturas, como un caballero, como un soldado, ha sido uno de los factores que más ha pesado en su criterio. Ha forzado el voto del gobernador, obligándolo a cambiarlo. La sentencia se ha dictado por dos votos favorables contra uno, el de Zúñiga, claro está. Pero de Borja ha dejado bien claro que si alguien pretende recurrirla mientras él sea presidente de la Real Audiencia de Santa Fe tumbará el recurso con condena en costas. La sentencia por tanto surtirá efecto sobre todos los encomenderos, y la intención de don Juan es que se empiece a ejecutar ya. Por las buenas o por las malas.

Alonso suspiró profundamente. Claver notó que por un momento dejó de tiritar, pero no de sollozar. Aquel niño grande estaba hundido, y decidió continuar relatándole lo acontecido aquellos días durante su cautiverio.

—Ayer mismo se publicó la sentencia, y cómo no, uno de los primeros en tener conocimiento de ella fue Vargas. Al parecer durante estos días había hecho un pacto secreto con Escobar. Si perdía el pleito, le haría una visita a tu padre y Tello no le pondría ningún impedimento para ello. Vargas no estaba dispuesto a perderlo todo de un plumazo, credibilidad, prestigio, dinero…, hasta la mina. Los jesuitas estamos ya tratando de que Teyuna, una vez regresen sus hombres, bueno, los que queden, sea una misión protegida por la Orden. El caso es que Vargas culpaba de toda su ruina a tu padre y encontró en él a su chivo expiatorio. Por ello, hizo un acuerdo de venganza mutua con Tello, que al parecer ambos tramaron en una taberna una noche donde fueron vistos hace dos o tres días. El mayordomo estaba cansado de los altibajos de tu padre y sus ataques de cólera. No le perdonó nunca que lo dejara marcado de por vida con una cicatriz en la cara un día que le propinó un vergajazo. Escobar solo tendría que relevar la guardia de la casa y quitar el cerrojo de la puerta. Vargas haría el trabajo sucio. Se colaría cuando tu padre durmiera y lo mataría. Luego, ambos se repartirían el cuantioso botín en metálico que había en la casa. El plan salió en principio tal y como lo tenían previsto. A medianoche, Vargas se coló en la vivienda, y sin vacilar llegó hasta el dormitorio de tu padre cuando plácia roncando. En uno de aquellos ronquidos le introdujo una pistola en la boca. Debió haber forcejeo, porque tu padre presentaba varios dientes rotos como resultado del ensañamiento de Vargas. Pero el disparo fue fulminante. Ya ves, Alonso, tu padre había intentado en vida rodearse de grandeza, y frente a la muerte fue tan frágil y débil como cualquiera. Dios no hace distingos.

Alonso nada sintió al escuchar el relato de la muerte de su progenitor. Era como si aquel día en que lo repudió como hijo en realidad fuera él quien hubiera borrado el último trazo de afecto que le unía a la persona que lo concibió.

—Sin embargo, algo debió suceder después —Claver continuó con su relato—. Al parecer, Vargas y Escobar discutieron por el montante de monedas de oro que había en la casa y se originó una trifulca entre ambos. Y como el resultado no podía ser otro, el altercado terminó cuando Tello le dio un machetazo a Vargas en el cuello, tan certero que el encomendero murió desangrado y sin apenas poder gritar ni pedir auxilio. Asfixiado en su propia sangre se le fueron, poco a poco, encharcando los pulmones hasta morir en una lenta agonía.

Alonso por primera vez se irguió para seguir el relato. En modo alguno esperaba un desenlace tan abrupto de los acontecimientos.

—Entonces Tello, al final, habrá huido con el dinero. Ese bastardo sin escrúpulos. No me importa en absoluto, no quiero nada de mi padre, pero ese Tello es malvado y retorcido, lo conozco por sus andanzas.

—Pues no, te equivocas. Tello no tuvo tiempo de huir. Resulta que nuestro común amigo Mateo solía escaparse algunas noches con el liberto Ne Sung y se iban a dormir a su antigua sastrería. Y aquella fue una de esas noches. Lo que hicieran o dejaran de hacer, no lo enjuicio. No es asunto mío. Tal vez era solamente amistad, camaradería, cuartos de ron o lo que fuese. El caso es que ambos escucharon el disparo que mató a tu padre, y al salir para indagar su procedencia vieron que la puerta del palacio estaba entreabierta. Extrañados, se acercaron, pero nada más asomarse se toparon con Tello que, al verse sorprendido intentó escapar arrollándolos y derramando el enorme saco de monedas de oro que portaba. La pelea se produjo en el patio central. Tello sacó su pijotoro y se dedicó a moler a palos a Ne Sung, quien después de tantos años sufriendo latigazos se atenazó de miedo, quedándose inmóvil en un rincón y dejándose hacer. Entonces Mateo se abalanzó sobre Escobar, pateándolo y mordiéndolo con todas sus fuerzas. El golpe que le dio Tello al sastre como respuesta lanzándolo contra la pared lo dejó casi inconsciente. Pero cuando se dirigía hacia él para rematarlo, al ver que empezaba a golpear a su amigo, Ne Sung reaccionó, y levantándose del suelo se fue hacia Tello y le propinó tal patada que lo lanzó contra la escalera. La pelea entre los dos fue feroz. Ne Sung se batió como un coloso a pesar de su brazo tullido. Forcejearon y se hirieron mutuamente hasta que Escobar consiguió desenfundar su machete. Ne Sung estaba tendido en el suelo con un golpe en la cabeza y sangraba abundantemente, pero cuando iba a asestarle el tajo final, justo en el momento de elevar el brazo sobre el cuerpo inmóvil, se escuchó la voz de Mateo. Había corrido hacia su sastrería para coger un arma que al parecer allí escondía y un bastón de puño de bola.

—Si bajas ese brazo será lo último que hagas en tu vida —le sentenció Mateo con una voz inusitadamente tranquila.

Escobar se volvió muy lentamente. Al ver que el sastre lo encañonaba con una pistola sonrió con sarcasmo. Alertados por el ruido de la pelea, algunos miembros del servicio de la casa se encontraba ya presentes pero observaban la escena a una prudente distancia pues nadie quiso intervenir en defensa de Escobar. Quien más o quien menos, todos habían probado la mala hiel de aquel miserable en alguna ocasión.

—Pero ¿qué te pasa pequeñín? ¿Es que no tuviste suficiente el otro día? ¿Quieres más? —Tello trató de intimidar a Mateo— Veo que has traído tu bastón favorito, puedes ir bajándote los pantalones que en seguida te daré una buena ración de él —le dijo mientras iba acercándose lentamente hacia el sastre.

—Tello, ¡no te muevas! Vas a pagar por todos tus crímenes. Tira el machete, —le ordenó.

—Parece que el sastrecillo nos ha salido valiente, ¿no es así?

—Desde que se inventó la pólvora ya no quedan cobardes en el mundo. Te digo que sueltes el machete.

Se abalanzó sobre él blandiendo aquel enorme cuchillo con las dos manos. El disparo de Mateo le impactó en el pecho, pero la bala perdió fuerza al romper las costillas y quedó empotrada en el pulmón. La cara de incredulidad y estupor de Escobar no fue impedimento para que intentara asestar al sastre un machetazo que le hubiera abierto la cabeza como un melón, pero Mateo dio un respingo hacia atrás y esquivó el tajo, al tiempo que Escobar caía al suelo dándose un tremendo costalazo. Lo que pasó después, según los testigos, es difícil de creer, pues la mayoría conocía al sastre de proveer la casa de tu padre y ninguno podía imaginar que actuara con tanta inquina. Parecía que hubiera contenido un odio horrible durante largo tiempo y en ese momento lo descargara.

El caso es que Escobar estaba intentando recuperar el machete desplazándose sobre sus rodillas y apoyándose en una mano, mientras con la otra trataba de cubrirse el agujero por donde había entrado el balazo. Entonces Mateo sacó el bastón que llevaba al cinto y empezó a desenroscarlo por la bola que hacía las veces de mango, desenfundando un fino y largo estilete que era lo que en realidad escondía en su interior disimulado bajo la apariencia de un bastón. Con una frialdad extrema se colocó detrás de Tello y lo ensartó. Hundió tanto aquella lanceta entre las nalgas del capataz y con tal rabia, que el metal no se detuvo hasta que la punta le atravesó las entrañas y golpeó su esternón. Tello cayó sobre el suelo, chorreando sangre por la boca. Aún respiraba, pero, a pesar de su fortaleza el metal que le atravesaba medio cuerpo le impedía hacer cualquier tipo de movimiento. Además del personal de servicio habían llegado algunos vecinos alertados por el ruido. Por lo que cuentan, Mateo se encontraba como ido cuando llegaron los alguaciles, de rodillas junto al moribundo preguntándole al oído: «¿Quieres otro bastoncito? ¿Eh, Tello? ¿Quieres otro más?».

# 72

Alitzel no aguantó el suplicio del primer instrumento de tortura. Su endeble salud tras el aislamiento, lejos del sol, del aire limpio, de los ríos y el agua, de la naturaleza…, no pudo soportarlo. Estrenaron tribunal, verdugo e instrumentos de relajación con ella. Por orden de Zúñiga, la ataron de un tobillo y la levantaron con una polea colgándole un peso del cuello. La cara del obispo era de absoluto placer, disfrutaba como un cochino al contemplar el tormento de la joven. La poca pericia del verdugo con el nudo hizo el resto. Murió asfixiada antes de que nadie se percatara de lo que habían hecho.

A Valle ni tan siquiera la torturaron. No hizo falta. Y eso a pesar de que el propio obispo lo solicitara. «Tan solo un poco de potro. La aleccionará y así experimentará en sus carnes las consecuencias del nefando crimen que ha consumado queriendo burlarse de nuestro señor en su propia casa», pretendió esgrimir. Pero el resto del tribunal inquisitorial no estaba de acuerdo. Formado, además de por el obispo, por un teólogo dominico y otro franciscano, fue convocado con extrema urgencia ante tamaña vileza de aquellas indias que se atrevieron a mostrar su amor contra naturam en la mismísima casa de Dios. Pero una cosa era enjuiciarlas y otra muy distinta ensañarse con su dolor. Y tras la muerte de Alitzel, ninguno salvo el obispo, se prestó a continuar con aquel tormento. Ellos no. Ellos no disfrutaban con su contemplación.

La declaración de Keh durante el juicio, así como la testifical que vertió ante el tribunal inquisidor pesaron mucho. Pero la mayor prueba de cargo contra Valle fue cuando el muchacho exhibió sus genitales al tribunal, con las horribles huellas de los surcos provocados por la mordedura de la *paraponera*. Eran unos orificios purulentos cuyo agrietado perímetro había adoptado un color oscuro, como podrido, y estaba circundado por un rastro de piel ajada y envejecida. Cuando se lo mostraron a Valle, ella misma reconoció abiertamente haber sido la autora del castigo. Lo sostuvo sin mal disimular un cierto orgullo por el hecho de que un violador se viera así marcado de por vida. Por ello fue directamente condenada.

Zúñiga consiguió, gracias a aquel testimonio de un joven que provenía del mismo poblado que la procesada que, además de los cargos de herejía y amor contra *naturam*, se aprobara el de brujería. Como consecuencia la muerte no sería por garrote como se propuso inicialmente, sino que se le aplicaría el martirio final para que el fuego purificador limpiara su alma de pecado.

Así comenzó Zúñiga, con mano dura y ejemplarizante, la andadura de su recién estrenado instrumento de dolor: el tribunal de la Inquisición de Cartagena de Indias. Con ello tenía garantizado por muchos años un entretenimiento con el que aliviar su propio tormento interior. Con él, y con los maltratos con los que vejaba a su concubina, la bellísima Josefina Arnau, a la que tenía confinada en una discreta casa de acogida de las que la Iglesia ponía a disposición de menesterosos. Una casa que él visitaba muchas noches, pero, sobre todo, aquellas en las que presenciaba alguna escena de martirio o sufrimiento ajenos.

A la hora de ejecutar la pena, los restantes miembros del tribunal de la Santa consiguieron persuadir al obispo para que se eligiera el día en que menos público pudiera congregarse. A pesar del desenlace del juicio y de que dos alguaciles fueran heridos, Valle y su enigmático magnetismo habían despertado la simpatía del pueblo. Fueron pocos los que se percataron del presunto beso entre las dos jóvenes salvo algunos que se encontraban en la primera fila y otros que, al hilo del rumor, habían alimentado, jurando y perjurando que, además de besos, hubo también tocamientos y graves muestras de lascivia.

En definitiva, el tribunal temía que una chusma descontrolada ante la primera ejecución por hoguera que se iba a presenciar en

Cartagena, pudiera apiadarse de la joven y amotinarse para defenderla. Zúñiga accedió a la solicitud de sus compañeros. Quería una quema sin incidentes, inmaculada, ejemplar e intachable para su tribunal. En definitiva: le bastaba con poder presenciarla él.

Habían llegado noticias de la flota. Dos galeones de la gloriosa armada de Indias escoltaban a varios barcos comerciales y un correo que atracarían en uno o dos días en el puerto, y la vecindad se dispondría a recibirla como merecía. Se decidió pues ajusticiar a la rea haciendo coincidir la hoguera con la entrada de la escuadra por la bocana del puerto.

El eco de la primera de las veintiuna salvas de bienvenida que emitieron los poderosos cañones de bronce de los baluartes de Bocagrande y Bocachica llevó también hasta el ventanuco de la celda de Alonso el aroma de la madera al quemarse. Después manó por entre aquellas rendijas de hierro el tufillo del pelo y la carne al achicharrarse. La de Alitzel en esfinge, dado que había muerto con anterioridad a la ejecución del fallo. La de Valle y la del hijo que retoñaba en sus entrañas ardían sin que ella emitiera ni un solo gemido, ni tan siquiera una queja, un lamento. Fuerte, altiva, hierática, en ningún momento apartó sus ojos de la mirada libidinosa de Zúñiga. En un momento el viento cambió, y atrajo hasta él el siseo del aire al atravesar del fuego y las brasas hasta el punto en que creyó escuchar: «Sssssiguiente. Sssssserás el sssssiguiente». Y entonces el obispo tuvo que dirigirse al secretario de la Santa que se encontraba justamente a su lado para intentar evitar que ese susurro del viento le siguiera pareciendo una voz femenina. Y entonces le ordenó:

—Recuérdeme que antes de la próxima ejecución extraigamos los ojos de las orbitas a los ajusticiados. No me gusta nada como esa bruja me está mirando.

Además del crepitar de la madera quemada y de la grasa corporal al fundirse, Alonso desde su celda creyó percibir un suspiro rítmico y suave, como una respiración forzada, hasta que esta quedó apagada por el humo y el fuego entrando por los orificios nasales de la joven calcinándole la laringe y los bronquios. Lo que nadie percibió fue la cara de decepción del Obispo al no ver estremecerse a la india. Aquella infeliz ni tan siquiera mendigó un perdón final o la conmutación de la pena. Su orgullo y altanería le arrebataron a Zúñiga aquel momento de sublimación que esperaba, entre dientes, presenciando el retorcimiento de su agonía final. No, Valle no le regaló mayor lubricidad a su verdugo.

Claver llegó a la celda en el momento en que el eco de la última salva resonaba entre los muros del patio de la cárcel en la que Valle fue ajusticiada. Fuera, la algarabía de la gente aclamando a su flota desde el pantalán del puerto iba in crescendo. Al entrar, el humo de la pólvora de los cañones empezaba a confundirse con el de la leña y la carne quemada. Acababa de oficiarle la extrema unción a la ejecutada. Valle se negó a arrepentirse de sus pecados:

—Dígame padre los que yo he cometido y con gusto lo haré. Dígame en que he pecado y lo confesaré y suplicaré su perdón. Pero no puedo confesar o arrepentirme de algo que entiendo que no he hecho. Si amar a las criaturas del Señor es pecado, entonces merezco morir en esa hoguera. Si no lo es, no tengo nada que confesar y de lo que arrepentirme. Cuide de mi pueblo, se lo suplico. Y salve a Alonso. Que siga su camino. Y su destino no está en este mundo. Por favor, pídale que regrese al suyo. Es un alma demasiado pura para soportar esto. Dígale que yo velaré por él.

Zúñiga le dio la venia para que se fuera y no presenciara la ejecución.

—Ya has hecho tu trabajo. Que el fuego redentor haga ahora el suyo —le dijo—. Puedes irte.

Las lágrimas empezaron a brotarle cuando salió a la carrera de allí. Un hombre de acción, acostumbrado a ver el padecimiento humano de esclavos, negros e indígenas, se vio superado por la fortaleza de aquella joven insólita a la hora de su martirio final. Jamás podría haber imaginado una grandeza semejante al enfrentarse al máximo suplicio. Ningún alguacil se opuso a que el jesuita entrara en la celda. Nadie había presenciado nunca una ejecución por hoguera en Cartagena y, aunque obligados por oficio, dentro de cada uno las entrañas se removieron. Cualquiera de aquellos dos cuerpos que ardían podría haber sido el de sus hijas, madres o hermanas.

# 73

Habían pasado dos días desde la ejecución y desde que Claver lo visitara por última vez en la celda. El sacerdote estaba empeñado en montar su defensa, en animarlo, en hablarle del futuro, de su porvenir en la orden jesuita, incluso en la institución de la misión de Teyuna... Pero aquel muchacho al que tanto apreciaba tan solo quería abandonarse. Consiguió que un médico lo visitara, un tal Antonio Reyes, que hizo lo que pudo con aquella fractura de nariz pero sin que el enfermo colaborara en ningún momento. Al final, con agua, vinagre y otras soluciones consiguió limpiarle las costras de sangre que obstruían sus orificios para que, al menos, pudiera respirar un poco. Pero a pesar de los intentos del terco sacerdote, Alonso se consumía.

—Padre... deseo morir. Lléveme con ella. Por favor, se lo suplico —le había implorado mientras el cuerpo de Valle y del hijo que gestaba aún ardían en el patio de la prisión.

—Entiendo lo que sientes, pero no te lo puedo consentir. Ni yo, ni dios, ni tan siquiera Valle te lo perdonaría. Después de lo que has sufrido y luchado, no. No puedes fallarnos —sentenció Claver antes de irse, sin demasiadas esperanzas de que el alma de aquel muchacho no hubiera decidido ya abandonarlo.

Se negó a ingerir alimento alguno durante aquellos dos eternos días que sucedieron a la muerte de Valle. Tampoco bebió nada, pero no se moría. «¿Por qué tardaba tanto la Parca en llevárselo? ¿Por qué la naturaleza lo forzaba a vivir?» Al amanecer del tercero, el cerrojo de la puerta de su celda volvió a crujir. Apenas si entraba algo de claridad a través del ventanuco enrejado. Alonso se consumía en un inquieto estado de vigilia, sueño y estremecimiento.

—¡Espadachín, ha llegado tu abogado, espabílate! —le anunció el carcelero.

—¡No quiero ningún abogado, no lo necesito! Ya se lo dije a Claver. ¡Váyase de aquí, por favor, déjeme tranquilo!

—No, Alonso no voy a irme. Voy a sacarte de este inmundo agujero al que jamás debiste llegar..

El individuo se adentró cojeando. Era una cojera familiar y cuya presencia en la celda le evocó recuerdos de camaradería, de amistad, de familia y de respeto. De amor. Cuando por fin se arrodilló junto a él y lo rodeó con sus brazos, percibió a través del hilillo de aire que ahora le entraba por la nariz que de su capa y sus ropajes manaba un aroma a recuerdo, a azahar y a brisa fresca. Un aroma a Sevilla.

—¡Dios mío, sobrino! ¿Cómo has podido llegar a verte en estas circunstancias? El padre Claver me lo ha contado todo, y también me ha dicho que esa india fascinante, antes de morir, pidió que volvieras a tu mundo, que ella velaría por ti. He venido a ayudarte a que eso suceda.

—Ha sido todo por mi culpa, tío —dijo intentando aferrarse a los hombros de don Diego con las escasas fuerzas que le quedaban mientras prorrumpía en un llanto quedo y amargo—. Me confié. Creí que podía salvarlas y ahora han muerto. Las dos. Los tres. Valle esperaba un hijo mío. He cometido un gran error. El mayor de mi vida.

—Escúchame sobrino —lo zarandeó cariñosamente utilizando aquel tono de voz que solía emplear cuando notaba cómo la debilidad se adueñaba de su pupilo—. No existe sentimiento de culpa, por grande que sea, que pueda cambiar la historia. No existe ningún sentimiento de culpa que pueda resolver un solo problema. Yo no puedo evitarte el dolor de la perdida de esa india y de tu hijo, lo que sí puedo decirte es que hay una mujer que ha renunciado a todo por ti y que ha luchado lo indecible por recuperarte. Y te está esperando en Sevilla. Si no vas a luchar por eso es que en verdad no te reconozco.

Se paralizó por completo. Dejó de respirar. Protegido entre los brazos de su mentor trataba de reflexionar. Las últimas palabras que su tío acababa de pronunciar resonaban en su cabeza. Y entonces lo miró fijamente a los ojos con un mínimo brillo de esperanza.

—¿Constanza?

# 74

Diego reconstruyó lo que había sucedido desde que Alonso decidiera partir hacia Cartagena para reencontrarse con su padre. La peste en Sevilla de la que surgió no solo la brillante figura de doña Beatriz como administradora del hospital de las Cinco Llagas, sino también su amor para con ella. Luego, la partida hacia Valladolid para ventilar el recurso que el propio Alonso había redactado sobre el seguro marítimo y la embarcación que se hundió frente a las costas gaditanas, y cómo allí, durante el juicio, recabó la atención del mismísimo duque de Lerma que le encargó una misión muy especial.

El duque estaba empeñado en quitarle al de Medina Sidonia el título de hombre más rico de Europa. Era una intención terca y contumaz. Ya era el hombre más poderoso del imperio, más incluso que el propio rey del que tenía poderes absolutos y al que subyugaba. Pero aún no el más rico… y aquello no tenía cabida en su extrema ambición. En su afán de ganar más y más dinero intentó sobornar a los comerciantes más importantes de Madrid amenazándolos con llevarse la corte de allí. Les solicitó a todos una renta mensual, tan alta que éstos no estuvieron dispuestos a soportarla. Como no lo consiguió ordenó el traslado de la capital sin más miramientos hacia Valladolid. Eso sí, previamente había comprado a través de familiares, de amigos e incluso por sí mismo los terrenos, casas y palacios donde la corte iba a ubicarse y que luego vendió a la Corona por diez veces lo que le costó. Con ello consiguió sumir a Madrid en una terrible crisis económica. Pero en la nueva ubicación, y a pesar de estar cerca de su feudo de Lerma en Burgos, el duque no llegaba a encontrarse a su gusto. Decidió en definitiva trasladar la corte nuevamente a la villa madrileña. Y para ello contrató a Diego. Le proporcionó un listado de los comerciantes a los que tenía que visitar y hasta allí se trasladó él con plenos poderes para contratar. Los cientos de mercaderes con los que se entrevistó estaban todos en la misma situación desesperada. Madrid había visto reducida su población a menos de un tercio y la mayor parte de la gente adinerada se había ido. Pagaron, sin necesidad de apretarles demasiado, el rescate que Diego les pedía en nombre del duque para volver a trasladar allí la corte. Además, con ese dinero, una cantidad verdaderamente ingente, fue señalando, a la baja, la compra de un listado de propiedades que asimismo el duque le proporcionó y que este pensaba revender de nuevo a la Corona cuando se consumara el traslado. Lo haría coincidir con la llegada de la flota para que el rey contara efectivo suficiente como para reventarle los bolsillos. La jugada era redonda y Diego la ejecutó con maestría.

De regreso a Valladolid, Lerma demostró su agradecimiento transmitiéndole una de las propiedades que había adquirido en la Villa de Madrid con el dinero de los comerciantes. «Te aseguro que solo con esta transacción serás un hombre muy rico. En poco tiempo, esta finca valdrá diez o veinte veces lo que has señalado por ella», le había dicho. De esa forma el duque había inventado un negocio que no podía fallar al no arriesgar su propio dinero y conseguía verdaderas fortunas jugando con una especulación y una corrupción que únicamente él controlaba.

Pero antes de regresar a Sevilla, Lerma le pidió otro favor: tenía que traer al letrado que había suscrito para don Juan de Borja, su primo, un informe jurídico sobre las irregularidades y manejos de Luis Fernández de Córdoba y Sotomayor. Según él, el capitán general de la armada usaba la flota para sus trapicheos. De nada le bastaba a Lerma que hubiera conseguido en todos sus años de servicio, que eran muchos, que la flota permaneciera invicta. Su primo quería la cabeza de don Luis y él se la iba a dar. Pensaba procesarlo, pero para ello necesitaba la ratificación judicial de aquella prueba de enorme importancia. En ese informe se revelaban los tratos que, usando los galeones, lo enriquecían a él y a muchos de sus correligionarios, abusando de una corrupción cada día más asentada de la que el propio Duque era la punta de lanza. En definitiva, Diego tenía un nuevo encargo: ir hasta Cartagena de Indias, encontrar a su sobrino y persuadirlo para que volviera a España, compareciera ante la corte, declarara y ratificara el informe.

Para conseguir aquel magro objetivo, el duque lo invistió de dos títulos. Uno, el cargo de veedor oficial del rey para el Virreinato de Nueva Granada con los máximos poderes y competencias. Esto significaba que tendría la capacidad para fiscalizar e inspeccionar tanto organismos públicos como privados, municipios, juzgados o instituciones responsables de los abastecimientos. Como veedor de su majestad, cualquier funcionario le debería total sumisión, colaboración y ayuda. El otro título se lo pidió el propio Diego al duque: ser licenciado en Derecho, por una universidad española, para que, a la vuelta de su viaje pudiera seguir ejerciendo en su Sevilla natal. El duque le concedió el título de Doctor en Derecho, honoris causa, por la universidad de Salamanca, la de más rancio abolengo de España.

Después de su segunda entrevista con Lerma, se dirigió hacia Sevilla, deseoso de reencontrarse con su amada. Allí podría estar unas cuantas semanas antes de partir con en un barco correo hacia Cartagena. Ardía en deseos volver con Beatriz. Pero cuál fue su sorpresa cuando al llegar a su casa de la calle Aire la encontró cerrada y vacía.

# 75

Angustiado, dirigió su montura a toda la velocidad que permitían las angostas calles del barrio sevillano de Santa Cruz hacia la casa de Beatriz en la calle Sierpes. Cada segundo que aquel caballo, agotado por el larguísimo viaje, se demoraba ante un grupo de transeúntes o trastabillaba herraduras en las calles adoquinadas se le antojaba eterno y su cabeza elucubraba cualquier reacción que su amada hubiera podido tener en despecho de su ausencia. Ni tan siquiera el día en que la buscara por entre las calles aledañas al hospital después del asalto había sentido tanto miedo por perderla. La realidad era que había estado demasiado tiempo fuera sin dar noticias ni recibirlas. Beatriz era una mujer de marcado carácter y se temió lo peor.

Aun así... ¿cómo era posible que su propia casa estuviera cerrada a cal y canto y sin rastro siquiera de sus sirvientes? ¿Habrían sucumbido todos a un nuevo brote de la epidemia o a algún contagio en el hospital? Cuando por fin llegó ante la vivienda, la puerta se encontraba abierta de par en par y de dentro provenían voces en animada charla. Entró con la respiración agitada y entrecortada, el cuerpo completamente sudado y el sombrero cogido con ambas manos a la altura del vientre. Presentaba un aspecto nervioso y dubitativo, totalmente alejado de su experiencia vital. Pero al entrar, allí estaba. Sana, salva y radiante. Su cara, mitad sorpresa, mitad reproche. Esteban y Erundina, con los que sostenía alegre conversación, se vieron sorprendidos también. Ambos se habían acomodado en aquella casa pues no tenía razón permanecer en el palacio sin señor al que servir. Beatriz, además de acogerlos en la suya, había tutelado a una joven de la alta alcurnia, heredera de una gran fortuna, que había estado enclaustrada como novicia en el monasterio de San Clemente y que consiguió, contra viento y marea, emanciparse: Constanza Gazzini.

El proceso de emancipación fue notorio en la ciudad y extremadamente complicado pues en la anquilosada sociedad sevillana no estaba bien visto que una mujer se emancipara y pudiera disponer libremente de sus bienes, esto es, contratar, tener personalidad jurídica independiente y, en definitiva, disponer de su propio destino. El juicio lo ventiló Martín Valls, amigo de Alonso en la Universidad, quien se encontraba de pasante en el despacho de Diego cuando este partió hacia Valladolid. Las primeras reticencias que tuvieron que vencer fueron las del propio convento a cuyo cuidado se había confiado a la menor, con la negativa de la abadesa a que la novicia dejara los hábitos. Allí brilló el carácter de Constanza, que mostró una determinación irreductible, consiguiendo finalmente imponerse a la autoridad de San Clemente. También influyó, y no poco, la promesa de una importante dote para el convento que la novicia comprometió por escrito una vez fuera emancipada. Su padre, el difunto Paze Gazzini le había dejado a su única hija no solo una gran fortuna sino también una personalidad forjada a fuego. Además, desde que ingresara en el convento, la novicia visitaba a diario la biblioteca de la orden religiosa empapándose de todos los libros de derecho, humanidades, filosofía y ciencias que allí había en busca del conocimiento y del saber.

La figura de doña Beatriz también cobró relevancia en aquel primer proceso de emancipación de una mujer en Sevilla. Cuando por fin pudo entrevistarse con la joven en el convento, la muchacha le contó el amor verdadero que sentía por su hijo Alonso y su frontal oposición al deseo de su tío Jerónimo de casarla con su primo Andrea Pinelo. Entonces comenzó a entenderlo todo y el porqué de su precipitada huida sin apenas despedirse. Imaginó su alma desgarrada al enterarse de la noticia de la boda entre su amada y su mejor amigo. Todo empezaba a cobrar sentido dentro de aquella celda del convento de San Clemente. La fortuna, siempre burlona, quiso que la epidemia de peste que arrasó Sevilla también atrasara la boda y le diera a la novicia tiempo, fuerza y coraje suficientes para enfrentarse no sólo a los deseos de su familia, sino también a los estamentos de la sociedad civil y religiosa Sevillana.

Beatriz se ofreció a la joven para hablar personalmente con don Jerónimo Pinelo, su tío y tutor testamentario. El anciano mostró comprensión y razonabilidad. Era cierto que aquello trastocaba sus planes para con el futuro de su hijo Andrea, pero no iba a obligar a su sobrina a llevar una vida en contra de sus deseos. Hombre enamorado de su esposa, de su familia y de la vida, no podía ir en modo alguno en contra de los designios del amor.

A pesar de que Constanza contara con el apoyo de su mentor legal, el proceso de emancipación fue complejo y farragoso y levantó ampollas en los sectores más rancios de la sociedad. No se entendía que una mujer quisiera hacerse cargo de semejante fortuna por sí misma, pudiendo contraer matrimonio con un marido que a buen seguro la administraría mucho mejor que ella dada su condición inferior de mujer. En la sentencia, a pesar de conseguir la emancipación, se le impuso que hasta que cumpliera la edad de veinticinco años, Constanza tendría que estar tutelada por una persona mayor de edad. En detrimento de su tío, la joven señaló a doña Beatriz.

Desde entonces ambas vivían juntas en la casa de la calle Sierpes. Constanza comenzó a hacerse cargo poco a poco de los negocios de la seda que heredó de su difunto padre. Consultaba lo que no comprendía, tanto con su tío Jerónimo como con su nueva mentora, y fue demostrando un finísimo olfato para los negocios. Desde muy pequeña, su progenitor la había llevado a sus múltiples transacciones en el zacatín de su Granada natal y reconocía, solamente con verlo, la calidad del género. Además desarrolló un talento innato para cerrar contratos. Nunca intentaba sacar ella la mayor tajada. Entendía que el proveedor también tenía que obtener su parte de beneficio y tampoco escatimaba en calidad para con el cliente final. Por eso pronto se granjeó la simpatía del gremio en uno y otro sentido y bajo su mando, el negocio comenzó nuevamente a florecer.

—Yo prefiero que sea el otro el que gane el último maravedí, querida tutora —contestaba a Beatriz cuando su valedora le acompañaba a un trato y le recriminaba que quizá podría haber apurado aún más en un precio u otro—. Esto no es un hospital, aquí no tengo que velar por la economía de los enfermos como hace usted. Los negocios son como una rueda, una rueda que va girando y a cada giro va generando riqueza y bienestar. Si ese círculo se rompe porque alguna de las partes quiere abusar enriqueciéndose a costa de la otra, la rueda se romperá y ya no volverá a girar.

La inesperada llegada de Diego y las noticias que el abogado portaba llenaron la casa de alegría y esperanza. Les contó que tenía expresas instrucciones y poderes del mismísimo duque de Lerma para traer de regreso a Alonso y que pronto partiría hacia Nueva Granada para buscarlo. Beatriz entendió el porqué de su prolongada ausencia en Madrid cumpliendo la misión que el duque le encomendara. Aquella noche celebraron con sublime pasión su nuevo título de Doctor de Derecho Honoris Causa que le permitiría en el futuro seguir ganándose dignamente la vida como abogado. Además, con la sentencia favorable del recurso en el bolsillo tenía asegurado un buen porvenir económico.

—Cuando regrese con Alonso, viajaremos tú y yo a Madrid, es una bella ciudad y tenemos algún negocio que hacer por allí —le dijo al besarla, antes de embarcarse desde el puerto fluvial de Sevilla con destino al Nuevo Mundo.

# 76

—Contamos con muy poco tiempo si queremos volver de regreso
a España antes de que empiece la temporada de tornados, y debes
ayudarme. Yo solo no podré hacerlo... ¿Entiendes sobrino? ¡Tienes
que ayudarme!

—Deme agua tío, por favor, tengo la boca seca —le solicitó.

Los acontecimientos que se sucedieron durante los siguientes
días en Cartagena de Indias fueron trepidantes. Diego disponía
tal vez de dos, tres semanas a lo sumo, antes de que el último
barco correo tomara su derrotero de regreso, y había que resolver
no pocos entuertos... Consiguió que Alonso comiera algo mientras despachaba con él los pormenores y la estrategia a seguir.
Para media mañana, cuando salió de aquella prisión con una firmeza y decisión irreducibles, ya había conseguido que se pusiera
en pie, anduviera dentro de la celda y comenzara a asearse con
agua y jabón que el veedor del rey había ordenado que le trajeran.

Regresó de nuevo pasada la media tarde acompañado de un
notario. Con su cargo y con los poderes que portaba junto al sello
y la firma del plenipotenciario Lerma, contó con poca oposición
por parte de las autoridades carcelarias que le facilitaron rápidamente el acceso hasta el prisionero. Alonso confirió escritura de
representación judicial y procesal para el Doctor Honoris Causa
de la Universidad de Salamanca, don Diego Ortiz de Zárate. Antes
de salir de la celda se volvió hacia su sobrino para interrogarlo por
última vez:

—¿Hay algo que sepas de Zúñiga que no me hayan dicho y puedas contarme?

—Lo siento, tío. Todo lo que sé de él está sujeto a secreto profesional. Son cuestiones que me confió mi padre en el ámbito del despacho y no puedo desvelarlas.

Fue suficiente.

El primer paso lo dio esa misma tarde, presentándose en compañía del notario ante don Felipe Romero, oficial del despacho de la casa que perteneciera a su difunto hermano. Por lo que percibió se trataba de un hombre que, a pesar de haber trabajado para don Fernando, era sorprendentemente honrado. Le exhibió los poderes que lo autorizaban.

—Don Felipe, soy hermano del difunto y represento a su único heredero, don Alonso Ortiz de Zárate y Llerena, al cual conoce sobradamente. Quiero saber qué cantidad de efectivo había en el despacho cuando los asesinos entraron a matar y a robar.

—Está todo contado, mi señor. Coincide, salvo alguna moneda que pueda faltar, con el que teníamos contabilizado. Don Mateo, el sastre, y el hombre negro que lo acompañaba y que fueron los que impidieron el robo lo custodiaron todo hasta que yo llegué, aquella misma madrugada, avisado por los alguaciles. Se trata de una grandísima suma en metálico que pongo a su disposición. Estaba deseando que alguien me relevara de esta responsabilidad.

Con dos sacos colmados de esa cuantiosa fortuna y tras poner a buen recaudo lo demás, el veedor del rey se dirigió, todavía en compañía del notario, a visitar a los dos alguaciles heridos en el duelo de la catedral. Ninguno de aquellos soldados podía haber juntado en cien vidas aquella enorme cantidad de monedas, todas ellas de oro. Las aceptaron de buen grado, así como las sinceras disculpas de aquel distinguido personaje en nombre de su sobrino. Firmaron ante el notario la renuncia a emprender cualquier acción judicial contra Alonso. Aquella noche, Diego se aposentó en una celda de la casa jesuita, aunque no consiguió dormir.

Entrevistarse con don Juan de Borja le resultó bastante más complicado. El gobernador general de Nueva Granada supervisaba personalmente que no se escatimara un solo maravedí del caudal de la Corona que se estibaba en las bodegas fortificadas de los galeones, comprobando una por una que las cuentas de los depositarios de las atarazanas coincidieran con las que se cuadraban en los libros de asiento de las naves. Pero cuando Diego se acreditó como representante del rey, con expresos poderes de su primo, el duque de Lerma, don Juan dejó lo que estaba haciendo y se reunió con él en un discreto despacho.

Que lo acompañara de madrugada hasta una casa de acogida de la iglesia flanqueado de cuatro de sus más fieles hombres, se lo debía el presidente de la Real Audiencia a un letrado que le había prestado unos servicios profesionales impecables, y que ahora le iban a servir para que la justicia del rey se revolviera contra la corrupta administración que estaba corroyendo las instituciones españolas. Diego había estado aguardando durante varias noches al obispo a la salida del palacio obispal, hasta que una de ellas lo vio salir y decidió seguirlo. Zúñiga se detuvo ante una casa en los arrabales, modesta pero que contaba con cierta distinción sobre las que la rodeaban. Allí, tras golpear la puerta, vio como una bellísima joven le abría y el obispo se adentraba en ella. Faltaban escasos días para que su barco partiera hacia Sevilla. O aquella noche o nunca, se dijo, y se jugó el todo por el todo. Corrió con urgencia de regreso y golpeó la puerta de la palacio donde dormía el gobernador hasta conseguir que lo atendiera. Luego le habló de soldado a soldado. Al enemigo no había que darle tregua.

La escena que presenciaron cuando los hombres de don Juan derribaron la puerta fue dantesca, casi demoníaca. Varios velones circundaban una mesa de madera sobre la que doña Josefina, blanca, finísima, con unas piernas interminables, se encontraba atada y amordazada. En su vagina se encontraba incrustado un grueso crucifijo y su cuerpo presentaba huellas de latigazos en muslos, estómago y senos. Justo en el momento de entrar, Zúñiga se disponía a cubrir aquellos verdugones con cera derretida proveniente de uno de los cirios que acababa de tomar del suelo.

Fue don Juan el que lo redujo personalmente tumbándolo de un primer puñetazo en el mentón. Luego, el asco y la repugnancia acrecentaron su inquina, y el obispo se llevó una buena paliza de aquellos hombres. Doña Josefina fue llevada a una orden religiosa donde la acogieron y curaron. Por orden expresa del heredero de don Fernando Ortiz de Zárate, el palacio que había pertenecido a su padre y donde ella fue sucesivamente violada, así como un importante caudal en metálico, se le confirieron a la joven que ahora, además de belleza, dispondría de una cuantiosa dote. Antes de hacerlo, Alonso manumitió a todos los esclavos que su padre tenía en vida.

Quizá el obispo hubiera preferido que los soldados de la guardia de don Juan lo hubieran matado a palos aquella misma noche en la que lo sorprendieron. Sin embargo, la vergüenza y el descrédito a los que se vio expuesto no fueron comparables al suplicio que sufrió cuando aplicaron sobre su cuerpo los instrumentos de tortura de su recién estrenado tribunal de la inquisición, hasta que al final reconoció su sodomía. El testimonio del presidente de la Real Audiencia de Santa Fe, del veedor oficial del rey y de cuatros soldados fue, asimismo, determinante. Todos presenciaron cómo el crucifico estaba introducido en el sexo de una joven maniatada y amordazada. Ya lo habían condenado pero un poco de su propia medicina, en forma de potro de tortura, le ayudó también a recordar otras herejías.

—¡No podéis hacerme esto! —le gritaba al verdugo—. ¿Es que acaso no sabéis quién soy? ¡Yo os condeno! ¡Os condeno a las llamas del fuego eterno! —gritaba mientras suplicaba que dejaran de aplicarle el martirio sin otro resultado que el verdugo apretara media vuelta más la rueda del potro.

La clemencia de los que fueran sus compañeros de tribunal permitió que al final fuera el garrote vil y no la hoguera el que se llevara de este mundo a aquel perturbado.

El resto del patrimonio en forma de casas, fincas o propiedades que le correspondía a Alonso de la ingente herencia de su padre, lo dispuso en efectivo a través de un anticipo que le hicieron los banqueros Emilio Torres y Miguel de la Rubia. Ambos fueron justos y no escatimaron en el precio, porque sabían que el destino de todos aquellos fondos no era otro que el de procurar que la misión jesuítica de Teyuna fuera la más próspera de Nueva Granada. Los banqueros habían presenciado el sufrimiento de aquellos indios y negros en la mina cuando visitaron a Antonio Vargas en la encomienda y, aunque este había puesto al día la deuda, la hipoteca aún seguía vigente por el restante adeudado. En un último gesto de generosidad levantaron la carga hipotecaria como acreedores reales y la liberaron en favor del pueblo de Teyuna y su nueva y protectora misión.

Asimismo manumitieron a todos los esclavos, los cuales, regresaron a su poblado junto a sus madres, esposas, hijas y hermanas.

Rosa Vargas y Emilio Osorio fueron puestos en libertad al poco de morir su principal acusador, el Obispo Zúñiga. El último cuartillo de ron que tomó Alonso en Cartagena de Indias junto a su tío Diego, Mateo Alemán y Ne Sung, fue en la taberna de *Las Dos Rosas*.

En el pantalán del puerto lo despidieron todos los que consideraba, fueron sus amigos durante su estancia en Nueva Granada. A Mateo Alemán lo habían puesto en libertad sin cargos al no presentar ningún familiar de Escobar denuncia alguna contra él. El fiscal entendió además que había actuado en defensa propia, impidiendo un robo, para lo cual se tuvo en cuenta el testimonio del liberto Ne Sung. Por decisión propia había ingresado como seglar en la casa jesuita de Cartagena de Indias y se encargaría en el futuro de transmitir a los aprendices de la escuela todo su acervo de conocimiento en las técnicas de taller y confección. Sin duda, los hermanos de la orden cartagenera iban a ser en lo sucesivo los mejores ataviados del Nuevo Mundo. Ballesteros ya portaba una de sus nuevas sotanas con un corte más entallado, y como le decía el sastre:

—Luces como un jaspe bajo el sol caribeño.

El padre Pedro Claver entendió perfectamente que aquel muchacho, que había sufrido lo indecible en los últimos meses, regresara al mundo al que pertenecía. No obstante, le entregó una carta de recomendación que podría exhibir ante cualquier universidad jesuítica en el mundo y que Alonso guardó como salva páginas en su ejemplar de la *Ratio Studiorum*. Los tres se despidieron de aquel valiente letrado dándose el más sentido y fraternal abrazo.

—Qué buen jesuita ha perdido la Orden —le confesó Claver al oído justo antes de embarcar—. Recuerda siempre que la salvación y la perfección del prójimo empiezan por la de uno mismo. Busca y encuentra a Dios en todas las cosas.

Subidos en la cubierta de un galeón español con rumbo a las Islas Canarias, dos hombres togados y un varón negro y libre charlaban animosamente.

—¿Cómo supiste que el obispo tenía una amante? Yo no te lo dije en ningún momento.

—Quien calla otorga, querido sobrino. Al excusarte en tu deber de secreto profesional de algo que no podías contarme intuí que algún trapo sucio había escondido en la vida de Zúñiga y decidí investigar. Claver me contó las características de su personalidad retorcida y su obsesión por infligir dolor a través de su Tribunal de la Inquisición. Sabía que esa conducta dentro de la casa obispal no podría practicarla así que lo esperé... El resto fue un toque de intuición y una buena dosis de fortuna. El hecho de que de Borja aún permaneciera en Cartagena y que te debiera un enorme favor también ayudó, créeme.

Alonso guardó un sentido silencio. Cada vez que le nombraban el Tribunal de la Santa experimentaba una grave opresión en el pecho y no podía evitar recordar a Valle. Sin embargo, y desde que la bella india faltaba del mundo físico, en verdad que notaba como si una extraña fuerza interior lo acompañara cada día, a cada hora, en cada minuto. Era como si estuviera allí, dentro de él, para susurrarle palabras que iban directas a su corazón, conminándole a que siguiera su camino.

Don Diego notó que su sobrino se abstraía y cambió bruscamente de conversación:

—Ne Sung, en cuanto lleguemos a las islas te buscaremos un pasaje y un buen guía. Desde las Canarias, y aunque los vientos te sean favorables, tardarás varias semanas en llegar a tu tierra. Una vez allí todo dependerá de ti. Llevas las escrituras de propiedad que te acreditan como hombre libre traducidas al portugués y al holandés que son los únicos comerciantes que continúan con el trato de esclavos. De todas formas, la espada que cargas al cinto será tu mayor garantía. Tenemos toda la travesía para convertirte en un buen espadachín con la zurda, así es que: ¡En guardia! Y diciendo esto apartó a Alonso hacia la derecha ofreciéndole su propia espada, haciendo que Ne Sung desenvainase la suya y situándose él entre medio de los dos a modo de juez.

—Caballeros, por favor... ¡Que empiece el combate!

Y aquel barco donde también viajaba un viejo petate cargado de libros de Derecho hinchó el velamen para encarar, con viento largo de popa, la profundidad insondable del mar océano.

# *Epílogo*

Un hombre negro, alto, fuerte, elegantemente ataviado con una exquisita casaca de fieltro azul regalo de un buen amigo, desembarca en la costa de Senegal. Lleva un macuto al hombro y una espada al cinto, se despide de su guía y comienza a caminar sobre la fina arena de una playa infinita. Cuando llega a un determinado punto, cree empezar a reconocer el territorio. Toma referencias de unos viejos árboles y comienza a remontar un sendero. A pesar del tiempo transcurrido desde que no pisa aquel lugar, cada vez hay más elementos que le resultan familiares. Si la memoria no le falla, no debe encontrarse demasiado lejos del que fuera su poblado, su hogar. ¿Seguirá con vida su esposa? ¿Pudo salvarse su hijo Gibhú y llegar junto a ella sin que aquellos blancos lo apresaran? ¿Habría su pueblo resistido a los ataques de aquellos infames tratantes de hombres, o los habrían esclavizado a todos?

Caminaba ágil, a buen ritmo. Había metido sus botas de piel en el macuto y ahora notaba cómo la hierba esponjosa mezclada con la arena del terreno le rozaba los pies. Sí, ya no debería quedar mucho. Pero cuando llegó al punto donde, estaba seguro, debía encontrarse su poblado, sus ojos empezaron a inundarse de lágrimas. No quedaban apenas sino unos restos de lo que en su día fueron los cimientos de las cabañas. Sus casas, sus hogares... todo lo habían arrasado, fulminado. Su pueblo había desaparecido. Trató de orientarse y localizar la que fuera su vivienda y creyó encontrar el punto exacto donde estuvo emplazada. No quedaba nada, sino tal vez... el aspecto del suelo era raro, diferente...

No tuvo tiempo de reaccionar. La tierra cedió de repente haciendo que su cuerpo se desvaneciera y cayera varios metros hasta golpear en el fondo de un amplio foso. ¡Una trampa para hombres! No se fracturó ningún hueso, pero... ¡No! ¡Aquello no era posible! Había caído otra vez. ¡No podía ser que lo volvieran a apresar como esclavo! De repente a lo lejos escuchó el sonido de unas pisadas. Con una lenta resignación desenvainó su espada su espada. Si aquellos esclavistas querían atraparlo de nuevo no sería con vida.

No le quedaba ya nada que perder ni por lo que luchar. Aquello que le había hecho mantenerse con vida durante tantos años de esclavitud se acababa de esfumar. Había sobrevivido gracias a la remota esperanza de volver a encontrarse con su familia, pero ese sueño se acababa de perder para siempre. Oía los pasos cada vez más cerca, muy próximos ya a la boca de la trampa. No alcanzaba a oír ninguna voz humana pero sabía que estaban allí. Alzó su espada todo lo que pudo en señal desafiante. Moriría en aquel lugar, lo tenía claro, bajo el que un día fuera el suelo de su casa. Y si no lo mataban los esclavistas, lo haría él mismo, clavándose su acero en el estómago.

Lo primero que vio fue la afilada punta de una lanza. Luego la de una flecha tras la cual apareció un arco cuya madera comenzaba a crujir al tensarse. Fueron dos los rostros que se asomaron detrás de aquellas armas. La fiereza del gesto de la chica que empuñaba el arco mudó a la de sorpresa al igual de la de aquel enorme muchacho que blandía la lanza. Eran negros los dos. Tampoco ellos esperaban que fuera negra la piel del esclavista que acababa de caer bajo su trampa.

Desde que vieran apresar a su padre en el gran lago salado, su pueblo se había armado y preparado para defenderse de aquella plaga. Gibhú consiguió, en el último momento, enganchar a su hermana que se hundía en aquel mar inmenso. Ayudado por la rama de un árbol la fue atrayendo hacia sí. Luego sacó su cabecita del agua y, como si fuera un perrillo, dejándose abatir por las olas, consiguió llevarla hasta la orilla. Kura había comenzado a toser y a respirar justo cuando Gibhú vió cómo aquellos hombres blancos subían el cuerpo inerte de su padre a una gran casa flotante.

Cuando lo guiaron hacia el que, en las montañas, era su nuevo hogar y aquel negro que había sido esclavo pudo por fin abrazar a su mujer y a sus hijos, prorrumpió entonces en el grito de libertad más profundo y desgarrado que la capacidad de sus grandes pulmones le permitió. Terminó de exhalar aquel aullido, aquella explosión de furia y rabia contenidas durante tantos años, mirando hacia un cielo nublado que amenazaba lluvia.

A mucha distancia física de allí, pero unidos por un mismo espíritu, como zarandeado por un eco implorante que se ahogaba en el firmamento gris, un joven abogado de alma maltrecha salía de una ensoñación. Se agitaba convulsionándose sudoroso sobre una butaca, al calor del incipiente verano sevillano. Su esposa Constanza, con la que había contraído nupcias nada más pisar suelo español, al verlo alterado, dejó el pan que estaba amasando en esos momentos y se acercó a él con la intención de despertarlo. Beatriz contemplaba la escena. Ella había tardado algo más en casarse con su amado, el tiempo justo y necesario para que se inscribiera en el registro matrimonial el certificado de la defunción de su esposo que Diego se había ocupado, muy mucho, de que le expidieran las autoridades cartageneras antes de embarcar.

Constanza se limpió las manos de harina en el delantal y le acarició la frente, despertándolo con un dulce beso. Permanecía sentado, sin moverse, pero al abrir los ojos la vio. No, no era un sueño. También vio a su tío Diego y a su madre reprendiendo a este por haber estado a punto de despertar a su nieto al rebotar en un cubo el hueso de un fruto…

—Has tenido otra de tus pesadillas mi amor. Ya todo es pasado. Estás aquí y ahora no tienes que preocuparte por nada.

Alonso sonrió. Era una sonrisa de regreso, de aprecio, que contenía el valor todo cuanto había amado en la vida. Todo cuanto había considerado bueno, valioso y sagrado.

Y aquellas dos mujeres, por un instante fugaz, intercambiaron una sonrisa de satisfacción mientras abrazaban a sus maridos. Eran las únicas mujeres en toda Sevilla que podían presumir de contar con dos doctores en Derecho como consortes, aunque en realidad, sus personalidades brillaban en la ciudad mucho más que las de sus esposos. Pero esta, otra historia…

# Nota del autor

La presente novela es ficticia, íntegramente, aunque personajes históricos, hechos y acontecimientos puedan coincidir en la redacción. Me he permitido tensar, con la libertad del escritor, el rigor histórico más allá de lo que lo hice en la primera parte de *El bogado de Indias* en aras de no encorsetar la historia y dejarla fluir libremente por entre aquellos dos mundos apasionantes, el nuevo y el viejo, del Siglo de Oro.

Es real el combate naval con el que comienza el libro, con el resultado anómalo de la pérdida de un galeón español, que lo fue, pero más bien consecuencia del mal tiempo. La persecución de las urcas holandesas y la presencia de los ilustres personajes don Juan de Borja y don Luis Fernández de Córdoba en la nave almiranta también está documentada.

Algunos de los personajes descritos existieron y fueron coetáneos a la novela. Me he permitido usar sus nombres, creando una absoluta ficción de sus vidas. Los padres Pedro Claver y Alonso de Sandoval, ambos jesuitas, destacaron por la enorme defensa que hicieron de los indígenas y negros esclavos. Sin embargo, el realmente coetáneo al tiempo en que se desarrolla la novela es el sevillano Sandoval, mientras que Claver llega a Cartagena varios años después del *momentum* del libro. Ambas biografías son apasionantes y altamente recomendables. Individuos adelantados a su tiempo (varios siglos). No cabe describir mayor amor al prójimo que el de estas dos figuras. Más guerrillero el catalán; más filosófico el sevillano. Ambos coincidieron en vida y se conocieron en Cartagena.

El brote de peste que asoló Sevilla a finales del siglo XVI es asimismo real, aunque a efectos literarios lo he distorsionado en el tiempo.

El tribunal de la Inquisición en Cartagena de Indias no se instaura hasta años después del momento en que se desarrolla la novela.

No he podido recopilar demasiada documentación acerca del mito de la civilización de las amazonas, las mujeres sabias y guerreras que inspiraron el pueblo de Valle. Llegaron presuntamente a existir y tener su hueco en la historia, pero su huella no ha perdurado hasta la fecha. Quiero creer que la historia, contada en ocasiones por los que ganan, no ha colaborado demasiado.

En el pueblo de Teyuna, cuyo emplazamiento estaría ubicado en el apasionante yacimiento arqueológico que es hoy en día la ciudad perdida de Santa Marta, he volcado lo mejor de las culturas mayas e inca en cuanto a sus costumbres, y también las tradiciones de los pueblos nativos de América del Norte. Ellos vivían en esa armonía y respeto con la naturaleza que en mis viajes a otras culturas he podido constatar como posible y deseable.

El padecimiento de los esclavos e indios en las encomiendas a pesar de la sucesiva promulgación desde España de leyes que pretendían evitarlo fue tristemente real.

Aunque el cameo en esta segunda parte con don Miguel de Cervantes no ha sido profuso, sino más bien indirecto, estuve muy tentado a hacer coincidir al genio universal con sir William Shakespeare, el cual, según diversas fuentes, estuvo en Valladolid con una delegación inglesa visitando la corte y allí pudieron coincidir físicamente. Cuestiones de entendimiento idiomático y otras de índole diversa me lo velaron en esta ocasión.

Concluyo esta última página, que ya por fin no está en blanco, con inmensa alegría interior. Deseando que algún día los dos mundos, antagónicos pero condenados a entenderse, como lo fueron en su día el Nuevo y Viejo Mundo y como los que hoy aún vivimos, lleguen alguna vez a fundirse en uno solo.

# Agradecimientos

A Elena Jordá por su pertinaz y ciega confianza en Diego, Alonso, Beatriz, Constanza, y... en Andrea Pinelo.

A María Beatriz García Dereix, coordinadora de asuntos culturales de la Biblioteca Bartolomé Calvo de Cartagena de Indias, por su anónima contribución a esta novela.

A Elisa Fenoy. Por estar siempre ahí. Firme e indulgente.

A Encarni Martínez, por su energía positiva.

A mi familia. Por su apoyo incondicional.

A mi hermana Ruth por enseñarme, hace ya mucho tiempo, que la definición de feminismo no es sino el equilibrio entre lo masculino y lo femenino.

A Marta, por soportarme en mis imprevisibles y repentinas carreras hacia la página en blanco del ordenador.

A los lectores que con vuestros ánimo y agradecimiento me habéis dado la gasolina necesaria para llegar hasta este punto final.

# Leitmotiv

Del alemán *leiten*, «guiar», «dirigir», y *motiv*, «motivo»: suele traducirse como «Motivo central y recurrente de una obra literaria o cinematográfica».

No entiendo una palabra de alemán, pero para mí «leitmotiv» siempre ha significado «el motivo que te dirige.» ¿Qué? Pues tus ideas, los proyectos, las ilusiones, las ganas de vivir…

Me han preguntado en numerosas ocasiones (yo mismo lo he hecho otras tantas) acerca de la razón por la que me embarqué en una aventura que, a la postre, me ha llevado varios años de mi vida entre documentar y escribir las dos partes de «El Abogado de Indias», y que ahora concluye con «Mar de tierra».

Entiendo que les debo (y me debo) una explicación acerca de aquel leitmotiv:

Hasta los veinticinco años de edad fui incapaz de hincarle el diente al Quijote. Lo intentaba, pero me resultaba imposible abarcar tanto léxico desconocido y el estilo del castellano antiguo que mi cabeza se negaba a asimilar. Siempre había otra lectura alternativa, más sencilla, menos farragosa. Sin embargo, casi sin quererlo, durante un viaje lo devoré. Recuerdo perfectamente mi risa incontrolable dentro de un avión repleto de gente, regresando de la Toscana, los pasajeros mirándome sin entender cómo podía alguien reírse tanto con un ejemplar del desdichado hidalgo entre sus manos. Después la he releído varias veces, completa o por capítulos. Me envuelve, me atrapa y me abstrae. Me enriquece. Pero sobre todo, ese humor inteligente que subyace me sublima.

El caso es que, tras varias lecturas, la vida de aquel talento universal me atrajo tanto que comencé a investigar su biografía. ¿Cómo pudo Miguel de Cervantes ser tan sumamente desgraciado y sin embargo habernos legado una obra tan colosal?

Una tarde de invierno, recuerdo que ya era noche cerrada, mientras trabajaba como abogado en mi despacho de Granada recibí la visita inesperada de un desconocido. No se trataba de un posible cliente ni tampoco de un compañero letrado sino de un contrario. Por vicisitudes de la vida, este hombre debía dinero a uno de mis clientes y venía a «negociar» la deuda. No tenía cita previa ni había llamado antes a mi domicilio, de modo que temí una encerrona. En todos mis años de ejercicio era la primera vez que algo así me ocurría. Le pedí a mi secretaria que estuviera atenta por si oía gritos o signos de violencia para llamar enseguida al resto de compañeros (éramos muchos) y avisar a la policía.

No me persigné pero de verdad que aguardé con suma expectación para ver qué clase de individuo entraba por mi puerta. La entrevista se prolongó durante más de dos horas. Fue un momento fascinante. No recuerdo cuántas historias me contó, pero a buen seguro que a don Miguel le hubiera dado para escribir varias novelas. Su personalidad me pareció extraordinariamente seductora. Conocí a un personaje verdaderamente único y singular. «Pasaba por aquí, me dijo, y pensé que lo mejor era visitarle y presentarme...» Nunca más lo volví a ver. Tampoco pudo pagar la deuda y temo que su vivienda fue embargada.

Aquella misma noche, leyendo una de sus tantas biografías, supe que Cervantes había sufrido prisión por deudas en Sevilla. ¿Cuántos maestros ilustres no se habrán visto envueltos en los designios insondables de esta vida?

Me picó de inmediato la curiosidad por saber cómo pudo ser la vida del abogado anónimo de don Miguel (por más que he buscado y rebuscado, no he podido encontrar nada acerca de su identidad o filiación). El caso es que aquel letrado se adentró en una de las tres prisiones que había en Sevilla en 1597, donde más de mil almas gemían, se estremecían o agonizaban. El mismo Cervantes la definió como: «*El lugar donde toda incomodidad tiene su asiento y donde todo triste ruido hace su habitación*». Después de echarle los debidos arrestos para entrevistarse con su cliente —un pobre desgraciado que, a buen seguro, ni tan siquiera podría pagarle— cumplió pulcramente con su trabajo y sacó de prisión al mayor genio universal que la lengua española haya parido.

Con ello consiguió, entre otras cosas, que el Quijote se escribiera.

Y con ello consiguió también que yo me partiera de risa en aquel avión.

Estimado compañero, abogado anónimo del siglo XVI...

Tú inspiraste esta historia.

Este libro se terminó de imprimir, por encargo
de la editorial Almuzara, el 18 de marzo de 2022.
Tal día del 1325, en México, de acuerdo con la
leyenda, se funda Tenochtitlan.